U0575867

法说中国古典文学名著丛书

法说

FA SHUO

【聊斋志异】

LIAO ZHAI ZHI YI

余宗其◎著

中国财富出版社

图书在版编目（CIP）数据

法说聊斋志异／余宗其著.—北京：中国财富出版社，2014.7
（法说中国古典文学名著丛书）
ISBN 978－7－5047－5235－2

Ⅰ.①法… Ⅱ.①余… Ⅲ.①《聊斋志异》—小说研究 Ⅳ.①I207.419

中国版本图书馆 CIP 数据核字（2014）第 115036 号

策划编辑	张艳华	责任印制	方朋远
责任编辑	张艳华	责任校对	饶莉莉

出版发行　中国财富出版社
社　　址　北京市丰台区南四环西路 188 号 5 区 20 楼　　邮政编码　100070
电　　话　010－52227568（发行部）　010－52227588 转 307（总编室）
　　　　　010－68589540（读者服务部）　010－52227588 转 305（质检部）
网　　址　http://www.cfpress.com.cn
经　　销　新华书店
印　　刷　北京京都六环印刷厂
书　　号　ISBN 978－7－5047－5235－2/I·0149
开　　本　710mm×1000mm　1/16
印　　张　21.75　　版　　次　2014 年 7 月第 1 版
字　　数　356 千字　　印　　次　2014 年 7 月第 1 次印刷
印　　数　0001—3000 册　　定　　价　39.80 元

目录

CONTENTS

第一辑
法律人物形象素描

凡是具有一定法律认识意义的文学人物，都可以称之为法律人物形象。法律视角之下的《聊斋志异》吸引我们的突出亮点，就是它提供了三十多幅法律人物形象素描的图画，各有其互不雷同的法理内涵。

早在二十年前的拙著《法律与文学的交叉地》中，笔者就指出过，人物形象是涉法文学作品的法律内涵的一大载体。因此，解读一切涉法文学文本，无不要高度重视人物形象的法理蕴含。《聊斋志异》恰恰在这个重要环节上成就斐然，令人欣喜不已。

出现在作品中的除了人，还有狐、鬼、神之类。谈聊斋的学者，往往处处强调什么“谈狐说鬼”，这不仅造成行文上的重复、累赘，而且也讲不出什么道理。再说，书名虽有“志异”二字，读每一篇作品才知道，蒲松龄并没有渲染恐怖气氛，也没有表现狐、鬼、神如何超凡脱俗的一面，相反倒按人的样子来写狐、鬼、神。正因为这样，本辑人物论几乎不提什么狐、鬼、神，径直按清一色的“人”来叙述和议论。诸如“人鬼情未了”一类的话语，笔者一概不取不用。

一　可悲可叹：纯文学家都是聊斋法理世界的门外汉
——从《画皮》说起

《画皮》因为先后两次拍成电影，成为《聊斋志异》中知名度最高的作品。于是，也就成了研究者的热门话题。我手头有二十几种专门论著，其中谈到《画皮》的共有五种。论者有三位是博士生导师，一位是作家，还有一位是台湾著作颇丰的学者。遗憾的是，他们的意见均未触及作品固有的法律内容，属于自说自话式的学术"画皮"。这个典型事例，又一次有力证明，纯文学家都是聊斋法理世界的门外汉。

据笔者统计，蒲松龄书中的490多篇小说里面，涉及法律的共有212篇，占百分之四十以上。它们共同装点出来的法理世界，别开生面，五光十色，叫人大饱眼福，能把人类关于法律的思考推向一个很罕见的境地。可手头的二十几种论著，没有哪一种能够同这令人流连忘返的境地沾边。说论者们全是门外汉，话很难听，但却是不可否认的事实。读者一定会问：仅以《画皮》而言，论者们失败的症结何在呢？我的回答是，法律是专业性很强的一门学问，而拒斥法律传统的文学专业教育使学者们的法律意识沉睡不醒，因而从根本上失去了正确解读任何涉法文学作品的可能性。我们"法说"过的四大文学名著和现在开始"法说"的《聊斋志异》，就是这样被历代纯文学家一再误读误解的。

不必一一列举五位论者的具体意见逐一加以反驳，直截了当地说出笔者的法律解读话语，可节省许多笔墨和时间。

《聊斋志异》表现法律内容的一个重要艺术手段，是采用法律人物形象素描，对人物自身的法律地位、行为、言论、心理等进行表现，故只要读懂了人物身上的法理法意，一系列有关作品便可顺利进入读者的法律思维之中了。

《画皮》所描画出的人物，不是单人画面，而是一组群像，共有厉鬼、王生、陈氏、道士和疯乞丐五个主要角色，唯有一一读懂了这些人物，弄清了他们之间的法律关系，才可走上正解之路。

厉鬼是刑事犯罪者，有三大罪行。一是先后变成美女、老妇，属于假冒身份，进行诈骗。变成美女，是要诱人上钩；变成老妇，是为逃避打击。二是同王生通奸，依清代法律，男女双方都有罪。三是杀害王生，还要碎尸，是残忍非常的杀人罪。

王生，在通奸罪里，属于厉鬼的同案犯，依法要“杖八十”，仅以道德的贬斥视之论之，就太便宜了。在被厉鬼害死的重罪中，王生是受害者，法律理应为其讨回公道，若谴责他是什么“二三其德”的坏男人，说不过去。事实上，小说对王生并无道德贬责意向。

陈氏作为王生的妻子，是小说讴歌的对象。起初，在略知丈夫跟别的女人勾搭之时，由于不明真相，以为只是同富豪之家的小妾鬼混，故劝丈夫尽早把女方打发走。也就是说，在丈夫已经犯罪时，不吃醋，不吵闹，她宽容地保护丈夫好好过日子，尽为妻的规劝丈夫的责任和义务。而在丈夫被害死之后，她除了悲痛之外，就是极力挽救，企图创造死而复活的奇迹。在大道上接受有能力救活丈夫的疯乞丐的当众调笑和“食唾之羞”，所表现的是陈氏为解救受害人所付出的代价，这正是她的可贵之处。

道士是宗教人士，在清代法典中，道士跟其他宗教人士和尚、尼姑等一样，都是被歧视的。而小说中的这位道士，不顾被法律瞧不起的地位，反而同法律合作，站在严厉打击犯罪的立场上，既关心受诱惑、被害命的王生，又动手惩治厉鬼的罪行。对王生，道士首先批评他受惑而不觉悟，使王生引起注意，终于发现厉鬼会披人皮变美女的绝招。当王生向道士求救之时，厉鬼不敢擅自进出。当王生被害死后，道士又及时指出，有能力救活死者的人不是自己，而是疯乞丐。对于作恶的厉鬼，道士则心明眼亮，洞察他变老妇而逃避追踪打击的伎俩，并面对面作了几个回合的斗争。最后，道士用宝葫芦把厉鬼变成的浓烟收入进去，彻底打败了有三大罪行的歹徒。这个道士，可敬可爱。

疯乞丐，有象征意味，不可拘泥于僵化的法律话语的表述。大体说来，这个人物象征着见义勇为的人们在伸张正义，打击邪恶，同各种不法歹徒作斗争中难以避免的艰难困苦、个人名利的牺牲，甚至要付出生命的代价。惟其如此，陈氏女的“食唾之羞”才能见其本质的东西。有论者作字面的死搬硬套，解释得叫人不堪忍受，正失之于丢掉了疯乞丐的法律象征意味。

以上是对五人群像的一一简略分析。若着眼于五个人物在法律上的内在联系，又可以有两点感悟：

第一，在反对、打击厉鬼的罪恶行径过程中，社会各阶层人物——凡夫俗子、宗教人士、无业游民，为着共同的事业，结成了广泛的统一战线，使歹徒彻底孤立。此情此景，很符合当今司法执法机关办案的群众路线的精神。凡碰到轰动一时的大案要案，有时连小小的民事纠纷案，办案人员总习惯于走访人民群众，让大家都投入执法活动，往往有良好的收效。《画皮》似乎在为现实的这一办案经验提供历史上的依据和说明。这种感悟是符合小说实际的。

第二，是《画皮》中的打击犯罪没有官府参与，纯属民间的自发行为。这在《聊斋志异》中是很常见的。翻开小说集，“讼于官”“鸣于官”“质于官”的简短叙事很常见，这些都是法律诉讼活动的明证，表明作法律解读的必然性。此外，官府不曾出现的法律活动也不在少数。《画皮》即是一例。它没有使用任何法律概念，又没有官员出面做任何事情，只是描述了厉鬼的三大罪行。稍有法律意识，就可以认识到小说的法律内容在于打击这三大罪行，完全符合刑法的有关规定。这样，将其定位为民间的打击犯罪活动，就有了充分的法律依据。

上述所谈的一切，在五位学者的评论中全不见丝毫踪影。换言之，法律意识的淡漠，使论者完全读不到任何一点该议的法理。这种误读误解的总祸根，自然在于传统文学专业教育排斥法律教育的单科独进模式作怪惹祸。这一点，我们一再谈到，此处不多说。

除此之外，还有一个教训，就是学者在解读文学作品时往往会犯一个低级的方法错误，即不从小说的实际出发，抓住一点，不及其余，随心所欲做文章，发议论。这种自说自话的方法论错误，在解读涉法文学作品时不免充分暴露出来，教训同样很深刻、沉重。

有的把作品讴歌的陈氏跟女鬼相提并论，认为“陈氏与女鬼一样，都没有灵魂，而只有一张画皮”。这种说法，连作家的基本情感态度都没有弄明白，还能指望去进一步解读法律内容吗？

有的说，《画皮》给人的教益，“是要警惕披着美女画皮的恶鬼”，更重要的还有“二三其德的男人都有颗肮脏的心”。明明有五个人物登场，论者只谈厉鬼和王生，一举抛弃了三个人物，怎能中肯！再说，所谈两个人物，更是丢三落四，极不完全。

有的把厉鬼变成的美女，说成真正的女人，还美其名曰“落难女子”，显然是把假冒的美女身份以及编造的惨遭不幸的谎言都当作事实了，故一下笔行文就闹了笑话，接下去的所谓“新解”，不过就是信口开河罢了。

最后，有学者的方法论之误，还表现在对于《画皮》结尾附带的“异史氏曰”表示认同。实际上，这则“异史氏曰”同小说固有的上述法律内容相去甚远，在于作道德上的忠奸之分与理智上的智愚之辨，未曾作法理反思。看不出这一点，就会上当。这位论者不仅上当，还要自我发挥，说什么“做错事的是王生，他的妻子却因此而受到了惩罚”。这话恰恰是对“异史氏曰”的根本性歪曲。异史氏明明指出，“妻亦将食人之唾而甘之矣”，意思是为了救活丈夫，她甘心情愿去做“食人之唾”的恶心事，这怎能说成是“受到了惩罚”呢？

完整地概括《画皮》自身固有的法律主题思想，可以这样说：作品描述了恶鬼一样的歹徒所犯诈骗、杀人等罪行，展现了社会各界人士自发联合打击犯罪的动人情景，尤其热情歌颂了解救受害人的斗争精神和自我奉献精神，而这一切是通过对五位法律人物形象的素描来体现的。

二　貌恶而心善的法官

——说《陆判》

《聊斋志异》的法律人物形象素描，除《画皮》的人物群像之外，其余几乎全是单身像。名列第一的，自然是貌恶而心善的法官陆判。

这个陆判官，面貌如何凶恶呢？小说用八个字来形容：“绿面赤须，貌尤狞恶。”样子是很可怕的。然而，这位判官内心很善良，主要表现是对他的朋友朱尔旦很忠心，为他做了两件惊人的大好事。第一件事，是为朱尔旦本人换心；第二件事，是给朱尔旦的妻子换头。

这两件事同法律有联系吗？有。首先，按小说所写，陆判官不是一般的判官，而是专管法律审判的官员，可简称法官。何以见得呢？小说特别交代说，在陆判官站立的地方，每到夜间就传来“拷讯声”，就是拷打犯人、逼问口供的声音。可见，小说强调的是人物的执法办案的身份与特征。法官的所作所为，自然就有法律上的认识价值。

有两位学者不谈陆法官其人其事，却在朱尔旦身上大做文章。想来，纯文学家之所以认次要人物为主要人物，是因为作为主要人物的陆法官与法律联系密切，无从下手，故只好作无奈的选择。对象选择不对，所谈意见，也就只能溢出题旨之外。有一位博导在所做电视节目中说，《陆判》所讲的道理，可用四个字概括，叫作“适可而止”。我们即使把这小说读一百遍，也无论如何读不出这样的“道理”。不要说陆法官身上没有体现这个道理，就是论者所讲的朱尔旦身上，也看不出这个道理。

现在回到陆判做的两件事情上来。

第一件事，陆判为朱尔旦开膛破肚，换了一颗聪明的心，使朱尔旦文思大进，在科举考试中夺魁，其行为包含着行为法学的基本原理。行为法学，是专门研究人的行为动机、过程与结果的法律内涵的法学分支学科。把人体进行开膛破肚、取出肚肠心脏的行为，有可能是杀人罪行，也有可能是外科手术，还可能是别的什么，这就需要进行动机、过程、结果的综合分析。混为一谈，就会出大错。当初，朱尔旦不明真相，就吃惊地问：我和你无冤无仇，为什么要杀我？《水浒传》中，武松杀嫂，就是开膛破肚、掏出五脏六腑的手段。把二者进行比较可知，在手段上相同，或者说行为过程相同。但行为动机不同，最后结果不同。武松的动机是为哥哥武大郎报仇，陆法官的动机是要给朱尔旦换心，使他变得聪明。最后结果，武松剥夺了潘金莲的生命，把活人杀死了，而陆法官果然使朱尔旦文思大进，在科举考试中取得了大胜利。经过行为的综合分析和比较，我们就把杀人罪行和救助善举严格区分开来了。所以说，这里有行为法学的基本原理可议。

第二件事，牵扯出一组三连环的案件，大有法理可议，应当重点说一说。朱尔旦嫌自己的妻子不漂亮，希望陆判给她换一副美丽的头面。这种天大的难事，竟然得到了陆判的承诺。那做法是，先割下朱夫人的头，再换上一位美女的头。手术奇迹般地获得成功。问题在于，这次换头术，并非医学技术创造了人间奇迹，而是陆判官张扬善良，抗击邪恶，成功审结三大疑难案件的良好素质与非凡本领的集中体现。

第一件案子，是奸情杀人案。吴侍御的女儿很美，有一个无赖之徒垂涎欲滴，在夜间搭梯偷偷溜进吴小姐房里，被一个婢女发现，他就杀了她。紧接着就去强暴吴小姐，遭到拒绝与反抗，歹徒一怒之下，就又杀了吴小姐。吴侍御到郡司告状，郡官严令抓捕杀人凶手，三个月过去了，仍然没有结果。陆法官不仅破了此案，而且将死者吴小姐的头接活到了朱尔旦妻子的身上。这是一举两得的大好事：既救活了吴小姐，又满足了朱尔旦把妻子变美丽的希望和要求。这样的好法官，堪称造福一方的楷模。

第二件案子，是误解造成的疑案。吴侍御听到朱家换头的奇闻，怀疑是朱尔旦杀害了自己的女儿，就派一个老妇仆去探听消息，果然看见朱夫人的头面就是吴小姐，于是前往朱家责问。朱尔旦说自己也弄不清是怎么一回事，吴父不相信他的话，又到郡守那里去告状，郡守对这疑案也毫无对策。老朱当了被告，其家人也受到公堂上的拷讯，非常着急，就向陆法官求助。这种求计、求助活动，就是我们今天所说的法律援助，由法律人出力、尽义务，为社会上需要法律援助的人们办好事。陆法官于是又出谋划策，让吴侍御做梦，梦见女儿亲口说出杀害自己的凶手名叫杨大年。吴妻也做了相同的梦。夫妻二人到郡府说明了梦中情形，官府把杨大年抓来审问，果然正是此人杀害了吴小姐和她的婢女。用做梦的方式抓来杀人凶手，虽是小说家言，不能信其表面事实，但骨子里的本质东西，在于表现陆法官不但善理阴间官司，连阳间官司也善于审理。因为在现实生活中，高明的法官为数不少。在《聊斋志异》中，就描写有好几个历史上有名的真实法官。以下有文章将要谈到他们，此处不另述。

第三件案子，是刑事疑案戏剧性形成的民事关系。在上述第二案中，吴侍御是刑事疑案的原告，朱尔旦则是被告，双方已对簿公堂，产生了深刻对立的纠纷。在陆法官的努力之下，吴小姐向父母说明了全部案情，还提出了一个衷心愿望："愿勿相仇。"就这样，吴父到朱家去拜访，见了朱夫人，把朱尔旦认作自己的女婿。这就是说，公堂上势不两立的刑事原告和被告，戏剧性地变成了家庭人伦关系上的岳丈与女婿。化干戈为玉帛的人是谁？又是陆法官。

读懂了以上法理启示，综合考察《陆判》的中心思想，当在于用阴间陆判官的奇异故事，来热情颂扬人间那些其貌不扬，但心地善良，办案有方，造福于民的法官们。

这样理解《陆判》的基本法律内容，可认为说到了蒲松龄的心坎上。请看小说末尾的"异史氏曰"中的一句关键话语：

> 陆公者，可谓媸皮裹妍骨矣。

所谓"媸皮"，指的是陆判那八个字所概括的凶恶的外貌。所谓"妍骨"，指的是陆判内心深处的善良、忠实、造福于民而不求任何回报的美好素质。一个"裹"字说尽了陆法官只做好事，不求名利的淡泊心境。不少人做了一丁点的好事，就生怕别人不知道，自己出面表扬自己，把那点东西吹得天花乱坠。这个"裹"字，不啻是一剂治疗好大喜功病的良药。

上述两位闭口不谈陆法官的学者，不仅未能揭示小说固有的法律内容，而且连有点题作用的"异史氏曰"也忽略了。试想，对于这"媸皮裹妍骨"的关键词不闻不问，能读懂小说吗？能懂蒲氏的良苦用心吗？

更有意思的是一位台湾学者，对《陆判》作了这样整体性的解读：

> 在这个故事里，"换心"与"换颅"实暗示了一场"与魔鬼进行出卖灵魂的交易"。而主持"灵魂交易"的"魔鬼"竟然是个判官！

在具体分析、论证这种结论时，这位学者还把"换心"与"换颅"说成是今日尖端医学中的"器官移植术"（王溢嘉《聊斋搜鬼》），在我看来，这种解释如同蜻蜓点水一样，仅在小说文本的浮面掠取一丁点儿水滴，然后用理智的放大镜扫一眼，有那么一丝感触，于是迫不及待一挥而就写出文章。

要说这是对《陆判》自身的解读，恐怕认真读过小说原文的人们谁也不会接受，谁也不能认同。

三　有多种罪行的女性形象

——说《侠女》

有一位青年作家，在其《聊斋五十狐》专著中，有专题文章《侠女》这一篇，行文方式是惯用的夹叙夹议，在一边复述故事的同时，不留痕迹地发表议论。读毕全文，没有看到作为小说主人公的侠女有任何罪行的半点迹象。其实，小说自身提供了一幅犯有多种罪行的女性素描图画。正解此篇，非揭示这一女性罪犯形象真实面貌不可。

侠女有哪些罪行呢?

其一，用匕首杀死美少年，犯有死罪。顾生二十五岁还没有结婚，其原因是穷，穷得只能靠卖画来勉强养活自己和老母。不料一个自报“邻村”的美少年上门求画，天长日久，这两个男人发生了法律认定为“鸡奸”的罪行。这美少年还对顾生的邻居侠女图谋不轨，一再遭到拒绝。一天在忍无可忍之际，侠女将其杀死，发现他原来是一只白色狐狸所变。在小说的这种叙事里，似乎看不到有什么罪行可言。实际上，有几宗罪交织在一起。

美少年本身是狐狸精，化装为美少年男子，又谎称是顾生的“邻村”，这属于假冒身份与户籍，都是法律所不允许的。后又与顾生“狎抱”“相私”，这是法律规定的“鸡奸”的文学语言的描述。而侠女杀死美少年，则明显犯了杀人罪。

在这样的杀人案里，纯文学家每每认为美少年之死是罪有应得，同时侠女的杀人也就无罪可言。这种看法不正确。在《大清律例》的“人口以籍为定”条中规定：“若诈冒脱免”者，“杖八十”。在有关“鸡奸”的例文中指出，“如和同鸡奸者，照军民相奸例，枷号一个月，杖一百”。可见，美少年两罪相加，合并处罚，也罪不至死。退一步讲，即使犯有死罪，除了依法论处，任何人都无权将其私自杀死。

还有论者说，杀死狐狸精无罪可言。这个说法也不成立。要知道，在聊斋世界里，无论狐、鬼、神、怪，只要变作人，有人的言行的，都应视为"人"，万万不可随意打、骂、杀害，否则就该依法论处。

侠女杀美少年的死罪是无从开脱的。当然，我们应当看到，在这起杀人案中，侠女杀人是有正义感的。因为，顾生是美少年犯罪的受害者，同时又是鸡奸罪案中的同案犯。为了挽救顾生而杀人，自然有正义感起作用。若依法论处，可从轻发落，但不可抹杀其应负的罪责。

其二，侠女与顾生"欣然交欢"，是法定的通奸罪行，男女双方均有罪，都该"杖八十"。有意思的是，侠女对自己的这一行为，有不同于法律规定的看法。她对顾生说："事可一不可再！"后来，她又一次强调说："苟且之行，不可以屡。"这就是说，在侠女心目中，未婚大龄男女偶然一次性行为，属于"苟且之行"，并不光彩，至于屡屡如此"苟且"，她坚决反对。总起来说，她的看法是严肃的，但还是达不到法律准绳的严厉性。不够法律的更严厉的准绳，依法论处，因而也不过分。

至于两人"交欢"而生下一个男孩的后果，侠女本人也有光明正大的理由："为君贫不能婚，将为君延一线之续。"侠女在这里流露出为顾生门宗的香火继承而献身的观念，今天看来可笑，而在当时看来却不失为侠义心肠、牺牲精神。他们的孩子，作为非婚生子女，在社会上是受歧视的，因为法律在许多方面如官爵世袭、财产继承、婚姻等方面都排斥非婚生子女。侠女一身侠气，看不到这些令人忧心的东西。

其三，为报杀父之仇，侠女经过三年隐忍、寻踪觅迹的准备工作之后，终于取下仇人的首级，又一次犯下了杀人罪。对于这宗大罪，纯文学家最难认定。如上述青年作家专文标题，引用侠女自己的话，把报复杀人称为"大事已了"，文中对此只是一笔带过，未作任何实质性的评论。这样做，等于是把这一杀人大罪当作了侠女人生中的一件光明正大的事业，法律人是理所当然不能认同的。

古今中外的文学作品中，充满了有某种冤屈的人们对怨敌复仇而杀人的故事，并往往对此取歌颂的态度。纯文学家在评论这类故事时，由于不通法律，对作家之所歌颂的理由不能作中肯分析，于是都把复仇杀人说得天经地义，无可指责。这就大错特错了。

须知，只有在原始社会法律还未诞生的时候，人类才无条件地认同复仇杀人。依据复仇的形式，可分为血亲复仇和同态复仇两大类型。血亲复仇，指的是自己的长辈被杀，子孙为其报仇雪恨，把凶手杀死。同态复仇，指的是依对等原则，加害者怎样作恶，复仇者就以同样的方式回报对方。大家熟知的“以牙还牙，以眼还眼”，说的就是同态复仇方式。

进入文明社会以后，法律一律禁止民间任何方式的复仇行为。这里有一个重要立法原则，就是国家制定、颁布的刑法，把血亲复仇的心理需求和同态复仇的对等原则容纳进来，由国家司法机关来做从前民间私下所做的事情。这样做，更光明正大，更加合乎情理，避免了社会的混乱，法律人反对报复杀人的理由很多，而这立法理由是非讲清楚不可的。侠女杀人的所谓“大事已了”，正是干完了一件血亲复仇的杀人罪行。这种法律性质毫无疑问，不容否认。

纯文学家认同复仇故事，有道义上的充足理由，但毕竟处于次要地位，不能成为推翻法律认定的犯罪性质的依据。一般说来，复仇者通常处于清白无辜而受邪恶之人陷害的地位。以侠女来说，她父亲做官，任司马之职，被仇人陷害而死，连房屋都被对方霸占，侠女只得背老母外逃。这样，她在惊恐、贫困中煎熬三年之后去杀死仇敌，在道义上是正当的，令人同情的。于是，此案中行为人侠女的道德支撑力量同刑法禁止杀人的规范精神，就形成了尖锐矛盾。文学中的所有复仇故事，几乎没有例外地都是这一矛盾的载体。纯文学家都习惯于用道德眼光论人论事，对这种法律与道德相对立的矛盾，缺乏了解，无从识别，于是该讲的道理就长期被抛弃。

小说的确在彰显侠女的良好道德情操上花费了许多笔墨。在安于贫困、重视贞操、乐于助人等方面，侠女都不同凡响。尤其是顾生的母亲私处长疽，疼痛难忍，日夜哭叫不止，侠女不仅频频看望，更是为她清洗、敷药，一天三四次，像专业护士一样认真负责。母子俩不免说一些感激的话，侠女不爱听。她就这样不求任何回报地给别人做好事。这样的好女孩，后来为报父仇而杀人，的确在读者心目中极容易淡化其犯罪的因素。要注意的是，法律禁止杀人的规定，不以任何读者的阅读心理倾向为转移。因此，纯文学家盲目肯定侠女以及一切类似侠女的复仇行为，在法律视角之下，等于是不明真相而乱起哄。

最后必须指出，此篇的“异史氏曰”极不妥当。蒲氏说：“人必室有侠女，而后可以畜娈童也。”不妥处有两点。一是全盘肯定侠女，这就等于一笔勾销了侠女的上述三种罪行，从而也忽视了法律与道德的矛盾现象。小说自身本来富有法律上的认识意义和教育意义，如此一说，岂不是自己否定了自己的心血之作吗？二是对于所谓“畜娈童”之事，作者持肯定态度，也就是同当时法定的“鸡奸”罪唱对台戏。这一点，即使是今天21世纪的广大读者，也是绝不能接受的事。

四　严于执法的临时法官

——说《李伯言》

《李伯言》篇幅不长，却是《聊斋志异》中大放光芒的典型涉法作品。其典型性加代表性，集中表现在主人公身为法官，所做之事都是执法办案一类的法律实务，主人公更有“法律”概念脱口而出，与法律无关的枝蔓一概绝迹。

之所以说此篇大放光彩，是因为塑造了一位严于执法的临时法官的动人形象，在今天仍不失为法律人的好榜样。不见有人评论此篇，特全力向广大读者推介其人其事。

故事外壳是整个小说集通常具有的谈狐说鬼。李伯言暴病三天，灵魂出窍，被众随从引入冥间当了三天阎王，也就是到鬼世界去当了最高执法官。去掉这荒诞不经的故事框架，我们看到的是一位极可爱的优秀法官的形象。

区区三天，一晃就过去了。在一般当事人看来，三天时间用来熟悉环境、安排吃住都不够，还能有什么大作为呀。这个李阎王，光彩照人的第一点，就是没有凡夫俗子通常有的混日子的观念，抓紧宝贵的时间，在三天里好好干了一番事业。一进阎王府，不说一句闲话，不做半点杂事，直截了当进入法官角色，伸手就翻开堆放在办公桌上的一大堆法律卷案材料。阎王在阴间高高在上，大权在握，如今由李伯言来充当三天，他走马上任伊始，就是一头扎进办案工作之中，这平易近人，全力办实事，不讲一句空话、大话、官话的做派，实在叫人感佩。

在任三天，一共办了两件案子，效率之高令常人很难企及。有人会拿《三国演义》中的耒阳县令来进行反驳。这个县令半天中就审完了堆积一个月的所有案子。我们已讲过，这不叫效率高，而是敷衍塞责，把执法办案当儿戏。所以，这种反驳没有用处。

请看李阎王办的第一宗案子。江南有个歹徒，一生中淫污良家妇女共有八十二人之多。"依冥律，宜炮烙"。李阎王不讲半点情面，也不问是否有大官的批条，依法下令行刑：

堂下有铜柱，高八九尺，围可一抱；空其中而炽炭焉，表里通赤。群鬼以铁蒺藜挞驱使登，手移足盘而上。甫至顶，则烟气飞腾，崩然一响如爆竹，人乃堕；团伏移时，始复苏。又挞之，爆堕如前。三堕，则匝地如烟而散，不复能成形矣。

不要误以为这画面是在展示酷刑手段，惨不忍睹，实际上是借以显现李伯言这个临时阎王铁面无私，不打折扣按阴间法律办事的清官风采。

第二宗案子，没有行刑场面，只有案情叙述以及审理过程的交代，刑罚过程则一笔带过。李伯言在这里的严于执法，经历了一个情感的过程，显得很真实，很感人。小说写道：

同邑王某，被婢女讼盗占生女。王即生姻家。先是一人卖婢，王知其所来非道，而利其直廉，遂购之。至是王暴卒。越日，其友周生遇于途，知为鬼，奔避斋中。王亦从入。周惧而祝，问所欲为。王曰："烦作见证于冥司耳。"惊问："何事？"曰："余婢实价购之，今被误控。此事君亲见之，惟借季路一言，无他说也。"周固拒之。王出曰："恐不由君耳。”未几，周果死。同赴阎罗质审。李见王，隐存左袒意。忽见殿上火生，焰烧梁栋。李大骇，侧足立。吏急进曰：“阴曹不与人世等，一念之私不可容。急消他念，则火自熄。”李敛神寂虑，火顿灭。已而鞫状，王与婢父反复相苦。问周，周以实对。王以故犯论笞。笞讫，遣人俱送回生。

这是一起买卖婢女所引发的民事纠纷案。被告王某，是李伯言的同乡，又有姻亲关系，故在审理之初，主审李伯言曾有袒护的一念之差。这种隐秘的内心活动，在人世间的公堂上，是任何人也无从知晓的。不料阎罗殿里竟有一种监督法官的高科技装置：主审官一有私心杂念，就有无名火燃烧起来，若去掉私心杂念，那无名火就会自动熄灭。一个部属向李伯言说明这个监督装置的特异功能之后，他就立即打消了企图讲人情的一闪念。“敛神寂虑”，记叙的就是法官在内心自我监督，做思想斗争的情形。

被告王某的过错有两点。一是他在买婢的时候，明明知道来路不正，但贪图价格便宜，就不顾后患硬买了回来。婢女的父亲得知女儿被非法买卖，找到了买主王某，状告他的过失，自然有理。二是当了被告后，王某不是老老实实认错改错，而是把有理控告说成是“误控”，且强逼其朋友周某出庭作伪证，颠倒是非，掩护他逃避法律处罚。诉讼中，原、被告相互辩驳，几个回合还不分胜负。在这种情况下，周某被迫实话实说，提供了足以定案的证言。主审官李伯言于是做出了判决，对王某执行了笞刑。

第二件案子的正确判决，昭示了法律诉讼中法官的公正无私并非天生的，案件的审判结果很有可能因为当事人同法官之间的各种私人关系而发生偏差。若在人间，法律上有回避制度防止此类弊端。阴间法律没有这种制度，却有高科技手段用以监督法官。比较起来，这种装置在法律监督上更积极、主动、彻底，能促成法官自我完善，而回避制度是消极避免，法官内心的杂念无从洗涤、取消。因此，这第二宗案子的审理过程很有人情味，同时也表现了作家的某种理想。

李伯言的严于执法，还表现在卸任之后，继续做着有关的执法工作。在现实生活中，公职人员一到下班时间，大都百事不管。至于离职之后，更是你求爷爷告奶奶他也决不帮你做半点事。李伯言却与众不同。他在三天期满卸任之后，又做了两件执法工作。一件是他归途中碰到几百个受伤的异乡鬼有困难向他求助：没有路条，关卡不放他们回乡。在得知做水陆道场可以解决问题的时候，李伯言就连忙到南村胡生那里去代异乡鬼们求情，胡某终于答应帮忙，满足了几百个不相识的异乡鬼的愿望和要求。

另一件事，是去向在阴间受过笞刑的王某表示慰问。就是在这次回访当事人的活动中，李伯言运用跟今天完全相同的“法律”概念，发表了“法律不能宽假”的意见。话虽只有一句，内容却颇具真理性，切中时弊。我们今天的法律在实施过程中的“宽”与“假”实在不少。一个临时法官在三天的执法办案实践中，能够体会到“法律不能宽假”的真谛，说出三百多年后仍有强烈的现实意义的话，该是多么难能可贵！

“法律不能宽假”，简直可以当作今天所有法律人的座右铭。

本篇的“异史氏曰”法律意识非常自觉，对法律的执行、落实问题，发表了符合作品实际的意见。全文如下：

> 阴司之刑，惨于阳世，责亦苛于阳世。然关说不行，则受残酷者不怨也。谁谓夜台无天日哉？第恨无火烧临民之堂廨耳！

整段话有三层意思。其一，对掌刑官员的职责，主张从严要求，哪怕过于苛刻，也在所不辞。其二，认为拉关系、走后门的“关说”一旦绝迹，依法受残酷刑罚的人们也会毫无怨言，有着对司法公正的渴望。其三，表达了司法改革的愿望。司法领域并非暗无天日，只是缺乏小说中足以监督执法官员的无名之火罢了。这是一段认识很超前的法律议论，跟今天法律界呼吁、讨论的司法公正声音，可谓遥相呼应。是故，此篇小说连同这段“异史氏曰”，都值得法律界认真研读。

若文学界人士做同样的认真研读，那么读者和学者都会从这典型涉法小说中格外清楚地意识到：法律意识沉睡不醒，将大量典型的、经典的涉法文学文本置之不顾，或严重误读误解，其损失之惨重，真是不可估量。

五　守礼而犯刑的少女

——说《商三官》

商三官是一位年仅十六岁的少女，排行老三，故名为三官。她有两个哥哥，大哥叫商臣，二哥叫商礼。他们的父亲在一次醉酒时说笑话，得罪了乡里的富豪，这家伙就唆使几个奴仆大打出手，商父被打死了。两个哥哥到官府告状，过了一年仍没有结果。少女守礼而犯刑的特殊法律地位，就出现在因父亲死于非命去告状，又久拖未决的情况之下。

礼，就是礼法。刑，就是刑法与刑罚。我国从夏朝奴隶制时代一直到清朝末年，礼与刑就是国家的两大法律形式。二者关系极密切，一直是法学家讨论的大课题之一。商三官守礼而犯刑的人生经历，就涉及二者的关系。

先看她守礼的情况。就在人命官司发生之后，商三官的婚期推迟。眼见告状无果，女婿家又派人拜见岳母，意在催办婚事，老母打算答应对方的要求。三官说："哪有父亲尸骨未寒就举行婚礼的道理呢？世上就他没有父母吗？"女婿家听到这话，羞愧得很，连忙停止了操办婚事的活动。这是她遵守礼法的第一件事，要义在于有父母丧事之际，依礼法不能举行婚礼。

这一礼法在清代升格为刑法，明文规定："凡居父母及夫丧而身嫁娶者，杖一百"；"而与应嫁人主婚者，杖八十"（《大清律例》）。依此，一旦答应男方结婚要求，那么三官本人和她的母亲，因为有违此法条，都该大吃皮肉之苦。可见，三官这时拒婚，是她守礼法的生动体现，同时还避免了母女两人吃官司。

三官守礼法的第二件事，是劝说两位哥哥，及时安葬了父亲遗体。在告状一年不得结果后，两个哥哥都委屈万分，回到家中，全家都又悲哀，又气愤。兄弟俩商量保留父亲遗体，以便再次打官司。三官不同意这种做法，说："一个大活人被杀死，官府不能查办凶手，这世道黑暗可想而知。老天爷会专门给你们兄弟俩生出一个阎王、一个包公吗？再说，尸骨暴露，我们怎忍心呢。”两个哥哥被这番话感动了，就安葬了父亲。在这里，三官遵守的是长辈的葬礼。清代同样把依礼安葬的礼法规定升格为刑法：

> “凡有丧之家，必须依礼安葬。若……托故停柩在家，经年暴露不葬者，杖八十”。(《大清律例》)

三官的言论合乎这条法律。若依两个哥哥的办法，全家人就将吃苦头。三官的一席合法合理的话，把全家从将受法律追究的旋涡中救了出来。

父亲安葬完毕，三官连夜逃走，谁也不知道她到哪里去了。母亲很愧疚，怕女婿家知道女儿失踪的事情，就对族人封锁消息，嘱咐两个儿子暗中探听女儿的下落。原来，三官去干触犯刑法的勾当去了。这件犯刑的事，就是报杀父之仇，把那个富豪杀死了。三官本人也自杀身死。小说把这起报复杀人案的案情描述得一波三折，生动有趣，稍纵即逝的法理法意就寄托在案情之中，故应一一清理出来。

半年之后，那个富豪大办生日庆典，请一个戏班子来演戏。商三官瞅准这个时机，女扮男装，化名李玉，请求戏班老板收留自己，于是顺利混进仇人家中。在表演完文艺节目之后，主人叫李玉行酒，因为长相出众，富豪就看上了这个青年演员。接下来的事，就是富豪犯鸡奸罪——酒后，人们各自散去，富豪强留李玉同床共枕。三官将计就计，与富豪单独住进一个房间，所有仆人都被赶到别处去了，过了不久，奇怪的响声惊动了众仆人，打开房门一看，主人身首异处，李玉上吊自尽而死。这样，李玉成了杀人犯，然后畏罪自杀。

处理李玉尸首时人们发现他竟是女儿之身，忙问戏班老板是怎么一回事，这时老板才承认自己不知道李玉底细，是路上临时收留的一个徒弟。死者家怀疑老板是商家派来的刺客，就软禁老板。也就是说，老板成了杀人嫌疑犯。

由于李玉长相好，两个看守老板的仆人就抚摸李玉的尸体，觉得又温又软，两个仆人就产生了奸尸的犯罪动机。其中一个率先行奸，尚未得逞，就吐血而死。另一个不敢再轻举妄动，就大喊大叫，到郡府告状去了。这样，一起命案未完，又接二连三出了命案，还有奸尸案在命案中半途而废。

就这样，三官的犯刑，也就是报复杀人罪行，过程曲折，牵扯出她本人和富豪之家的主仆三人的鸡奸未遂，奸尸未遂和又一起杀人等附带案件。这种一件大案子中又包括若干小案子的描述艺术，使案件的法理内涵格外丰富多彩，能极大限度地调动阅读兴趣，同时又极大限度地扩展了法理探讨与思索的空间。

郡府对案件的审理描写得很简略。经过尸检，确认了死者李玉的真实身份就是商三官。至此，商三官报杀父之仇而作案后自杀的案件，才尘埃落定，真相大白。

在报杀父之仇而行凶杀人这一点上，商三官与上文所说侠女的行为，在法理上是完全相同的，即两位女子都犯有杀人罪。不同的一点是，侠女作案后逃之夭夭，逃避了法律的追究，而商三官则是作案后自杀身死，法律无从追究。

那么，这起无从追究杀人罪责的案子到底怎样判决呢？读者自然要关心这最后的结果。小说写道："官奇之，判二员领葬，敕豪家勿仇。"

这个判决，合法合理。既然先后两起命案的直接责任人都已死亡，法律无从追究罪责，判决对象不复存在，就置而不论，无须多事。那么剩下来该做的事，一是安葬商三官的尸体，二是让富豪之家不要再节外生枝，又犯别的什么事情。

蒲松龄把商三官的故事写得引人入胜，意在歌颂这个少女的为人处事。本篇的"异史氏曰"为商三官唱赞歌，热情有加，然而不合乎法理，有提出来引起读者注意的必要。

聊斋研究的著名权威专家马瑞芳，无视商三官守礼而犯刑的法理，把她誉为"复仇女神"，并且把篇末"异史氏曰"借荆轲刺秦王的典故做了同笔者相反的解释。她说：

> 大名鼎鼎的荆轲唱着"风萧萧兮易水寒，壮士一去兮不复还"的豪迈之歌刺杀秦王，却没有完成任务，他都应该在商三官面前感到羞愧，何况碌碌无为的男人呢。（马瑞芳《马瑞芳说聊斋》）

这样解释，就是把蒲松龄对商三官杀人的歌颂这一欠缺完全掩盖了。

六　法律蕴含丰富的传奇女性人物

——说《小二》

赵小二的一生，充满了传奇色彩，每种经历几乎都有一定的法律内涵。头一件事，就是白莲教头目之一的徐鸿儒造反时，她的一家都卷入了造反队伍。在《大清律例》中，白莲教是被明文规定要取缔的非法团体之一。这样，赵小二还是十五岁的少女之身，就成为受法律追究的罪犯。当时在徐鸿儒部下效力的少女一共有六个，唯赵小二出类拔萃。就因为女儿才能出众，她的父亲赵旺就得到了重用，在造反队伍中担任了重要职务。

谋反，在历代封建法律中都是十恶不赦的重罪之一。赵小二和她的一家老小，就这样在重罪深渊里不能自拔。

有一位丁姓少年，比赵小二大三岁，早在他俩同学读书之时，丁就向赵求婚未果。如今赵小二在徐鸿儒部下效力，爱情的动力把丁少年推到了赵小二身边。但这少年法律意识很清醒，是专程来开导、挽救赵小二的，对她讲了语重心长、是非分明的一段话：我到这里来，不是要攀龙附凤，而完全是为了解放你脱离虎口。要知道，非法的旁门左道，无济于事，投身进来等于自取灭亡。你是聪明人，难道想不到这利害关系吗？若能跟我一起逃走，那么我俩就堪称心心相印了。赵小二一听，如梦初醒。也就是说，她有了悔罪的自觉意识。但她不能私下逃走，打算规劝父亲一同弃暗投明。其父执迷不悟，自以为是。这对恋人只好双双远走高飞。

从法律的角度看，丁少年帮助赵小姐远离犯罪生涯，是一种进步，是大好事，然而从政治上看，却是大退步、大坏事。小说站在封建法律的立场上，把徐鸿儒领导的农民起义大军称为“贼”，认为赵小二的父亲参加起义是受“惑”。当时没有马克思主义，不可能认识到农民起义在政治上是推动历史前进的动力，是对反动统治的暴力反抗。作家作品的这种时代和阶级的局限性当时无从摆脱，而今天的读者都能清楚地认识到这一点。

徐鸿儒起义，发生在明代的山东省。起义前，曾利用白莲教的名义秘密组织农民活动达二十多年之久。天启初年（公元1622年）爆发起义后，与其他友军相配合，共有十几万人参战，后终于被明军镇压，徐鸿儒战败牺牲。显然，赵小二跟情人丁少爷从起义军中逃走，是对起义军的背叛。这种政治的倒退性质是很明显的。

由此可知，小说中的徐鸿儒在法律上是重罪犯，而在政治上则是大英雄。那么，赵小二以上的行为，就可以这样下结论：当初是大英雄手下的得力干将，后来是大英雄手下的可耻逃兵。这一政治性的结论，是绝对不可忽视的，否则我们就站到了小说维护封建法律仇视农民起义的立场上去了。

从起义军中逃走之后，赵小二又干了一件不光彩的大事。他们缺吃少穿，丁公子忧虑至极。想向邻居借点米下锅，都不能如愿。赵小姐却一点也不着急，把自己的首饰拿去当了，换回生活必需品。一天她发现邻居有一个绿林好汉，很有钱，就用黑吃黑的方式，设下魔术般的骗局，使对方甘心情愿奉献出巨额金钱，从而一夜暴富。

接下来，赵小姐在同入室抢劫的十三名强盗作斗争中表现出了大智大勇、大慈大悲，不失为巾帼英雄。今天，在犯罪猖獗的条件下，这勇斗歹徒的精神值得继承和发扬光大。请看：一天夜里，乡村里纠集了十三个歹徒，翻墙入室抢劫，丁氏夫妇从睡梦中惊醒，一见满屋都是坏人。有两个家伙来捉丁，另有一个用手在赵的胸前乱摸，这一下惹怒了赵小二，她赤身裸体跳了起来，用手指着众强盗大叫："住手，住手！"那十三个人见此来势，一个个吐出舌头，呆呆站立在那里，形同木偶。这时，她才穿上衣裤，从床上下来，呼喊家人，一一把他们反绑起来，逼着他们交代作案的由来。然后讲了一番教育、警告的话。众强盗服服帖帖，都低头表示谢意。

清代法律严禁夜间私闯民宅。有一条法律说：

> 凡夜无故入人家内者，杖八十。主家登时杀死者，勿论。（《大清律例》）

赵氏女只是将歹徒们教育一顿就了事，表现出的是既勇敢斗争，又宽大为怀。这就是歹徒们叩谢的理由。若抓进官府告状，这伙人都将被打得皮开肉绽。

丁、赵二人后来吃了一次冤枉官司。有一年碰到飞蝗成灾，别人田里的作物全被吃光，唯独丁氏田安然无恙，故遭到大家的嫉妒，于是一起到官府告状，理由是他夫妻二人曾是徐鸿儒的部下。审判官不以为然，却看中他们的财产，以为是一块可以宰割的肥肉，就把丁某抓进监狱。这本是冤案，没有办法，只得花钱消灾，用重金贿赂县令，这才免除了牢狱之若。赵小二对此表示的是消极的逃避态度，说："我们的财产来路不正，本该有散失的去处。但这地方如同蛇蝎，不可久住。"他们便宜地卖掉产业，又搬家了。一个勇斗众歹徒的女子，面对官府的权威与欺压，却只能妥协，别无选择。

迁居之后的丁氏夫妇，由于赵小二胜过丈夫，极善于经营生意，曾办了一家琉璃厂，婢仆达到几百人。她管理的一条重要手段，就是赏罚分明。该奖励的"勤者"，论功行赏，不一刀切，不吃大锅饭。处罚"惰者"，非常严酷。简单说来，就是把古代中国法律允许的家法私刑当作看家宝贝，小说用"鞭挞罚膝立"五个字来概括。通俗明白地讲，就是对不出力干活的人，大打出手，罚他下跪，跪着还要挨打。如此形状，跟犯人在公堂上受鞭杖之刑并无实质性的区别。

在《大清律例》中，有一系列关于官方如何应对自然灾害，体察民情，减免赋税的规定。也就是说，积极、主动应付农业生产中的自然灾害，是依法行政，具有法律意义的工作，否则会对失职官员治罪。赵小二平头百姓一个，在战胜自然灾害，接济广大灾民上，比优秀官员所作所为还要出色得多，可以认为她为广大官员做好法定的救灾工作树立了一个光辉的榜样。这一点很了不起。对比她本人，也是一个大进步。要知道，当年救蝗灾，她只是自扫门前雪，不管他人瓦上霜。到后来，既顾自己，也顾大家。单说一个事例。赵小二在二十年里始终坚持一个做法，就是把钱给村中的少年儿童，让他们上山采野菜，二十年里存的野菜把自己的楼房都堆满了。有人私下嘲笑她在办傻事。恰逢当地碰到大灾之年，竟发生了人吃人的现象。这时，赵小二拿出所积累的野菜，加上一些粮食，无偿送给所有饥民，使她们村和邻近的村子没有一个人挨饿，也无人逃荒。

对照清代大量关于减灾、救灾、济民的法律条文，读者该作何感想呢？

我的一个感想就是，赵小二的所作所为，比所有法律条文的规定都高明。法条只是讲自然灾害来了怎么办，从来不管防患于未然的准备工作。赵小二呢，在丰收年头就早早做了迎接灾年到来的对付举措，这才可在灾害降临之时依靠自己，不仰仗国家，解决了大困难。在这一点上，赵小二不是官员，却胜过官员，可惜法条中没有奖励这样高明、慈善的公民的规定。

七　夫妇三人出生入死的遭遇

——说《庚娘》

金大用、庚娘、唐氏这一男二女结成夫妻，均经历了出生入死的过程，法律现象都伴随其中，有着值得注意的法理法意。

首先，流寇作乱，造成金氏夫妻二人背井离乡，反映出当时社会治安秩序不好，人民群众不能安居乐业。就是在这种社会动乱的条件下，夫妇三人的悲欢离合充满了出生入死的大风险、大波折。

紧接着，金氏夫妇逃难途中碰到一个自称王十八的少年携其妻唐氏，也在逃难途中，不料这王十八垂涎于庚娘美貌，在渡河时首先把金挤到河中，金父一见想叫喊，被恶船家打落水中。金母听到响动，出舱窥视，也被打入水中。这时王十八佯装呼喊救人，其母出舱时，庚娘尾随其后，对王十八接连杀人的行为有所觉察。也就是说，庚娘是王十八接连作案淹死三人的目击证人，也是这刑事案件的受害人。

王十八作案杀人后，企图占有庚娘，图谋不轨，被婉言谢绝。夜半，王氏夫妇不知何由吵闹起来，其妻唐氏对丈夫杀人行为大为不满，在吵闹中呼叫说："死了算了，决不愿给杀人凶手当媳妇!"王恼羞成怒，摔打妻子，只听得咕咚一声，就听见他大叫女人淹死了。这样庚娘又目睹了王十八杀害其妻的新的血案。

抵达王十八的老家金陵后，庚娘眼中的杀人魔王又有新的丑恶表演，他对他母亲说：媳妇掉进水里淹死了，庚娘是自己新娶回的媳妇。已经杀死四人和企图霸占他人之妻的两大罪行，被王十八编造的谎言完全掩盖。这只能骗过王母，对庚娘来说，只是王十八丑恶本质的又一次暴露。至此王十八作为杀人犯的凶残、虚伪和一再要占有庚娘的非法欲望，已经暴露得很充分。若诉诸法律，庚娘作为目击证人提供的证言，将起到决定性的作用。

王十八继续对庚娘非礼的作为，让她再也忍无可忍，于是庚娘由杀人罪的证人角色一变而成了行凶杀人的罪犯。其杀人方式是，把王十八灌得烂醉如泥，然后将他杀死。死者的母亲似乎听到动静，就来探问，也被庚娘杀死。

这里可提出一个阅读心理上的问题：王十八和庚娘都是杀人犯，依法都应判死刑，但是读者内心感受完全两样，就是憎恨王十八，同情庚娘，这是为什么？这是由二人的不同犯罪原因造成的。王十八杀人，目的邪恶，是为了占有美貌的庚娘，而庚娘杀人，有着正义感，是为几个死者讨回公道，惩治这个杀人凶手，同时也是为了保卫自己不受这杀人凶手的迫害。同样的杀人罪行，背后的原因不同，有着道德上的正义与邪恶的本质区别。读者感受不一样的心理根源，就在于多少意识到这一本质区别的东西。

庚娘杀死王十八和他母亲后，自知难逃人命官司，想自刎而刀钝，只得开门逃跑，王十八的弟弟王十九紧随其后，庚娘不得已就投池淹死。

后来，又发生了金大用、庚娘、唐氏由死复生的转折，同样有着法律内涵值得注意。首先是金、唐落水之后，被人救上小船，由死复生。人们劝告金娶唐氏为妻，唐氏本人也要求金收留自己。不久在流寇作乱之际，副将军袁公有意让金生当军中秘书，当袁公讨寇立了战功后，金生就担任了军中职务，回家后就与唐氏结为夫妻。金生、唐氏，都是王十八杀人案的受害人，如今结为夫妻，是对王十八的莫大嘲讽，也是一种道义上的谴责与惩罚。

庚娘投池自尽后，由于留下一封陈诉冤枉的信，民众由此认为她是一个贤良、忠烈的奇女子，于是有几千人来看她的遗容，并为她举行了隆重和豪华的葬礼。这就引起了两个盗墓人的注意。两个歹徒迫于穷困，企图盗走墓中金银财宝，不料庚娘得以重见天日，死而复活。

墓葬，受法律保护，禁止任何挖掘、盗窃坟墓的行为。庚娘被盗墓贼挖出来救活的奇迹，同样寓含着相应的法理。清代法律有一条文说：

> 凡发掘坟冢见棺椁者，杖一百，流三千里。已开棺椁见尸者，绞。（《大清律例》）

依法，两个盗幕人犯了死罪，可他们却意外救了庚娘一条命。事实上，庚娘被救活之后所发生的故事，不仅不是依法绞死两个盗墓人，而是又由此提出了新的法律问题。以庚娘而论，她害怕两个歹徒害自己，便哀求说：幸亏你们两个来救了我，使我得以重见天日。我头上的珠玉之类，你们都拿去。我还愿你们把我卖到尼姑庵里去，还可多少得一点钱。我决不向外人泄露你们的事情。这番话是在向盗墓贼表示感谢，寻求保护和帮助他们发财致富。在那样的场合，庚娘所说和所做，不合法，但合情合理，谁也不忍心用法律条文来指责她。

那么，犯有死罪的盗墓人，是不是就面目可憎，不杀不足以平民愤呢？也完全不是这么一回事。听了庚娘一席话，一个跪下叩头说：你是贞烈之人，神和人共同钦佩。小人不过是太穷，才来做不仁不义的事情，只要你替我们保密，就是万幸，还怎敢卖你去当尼姑呢！又一个献计说：镇江有一个耿夫人，没有儿子，如果见到你，她一定会很高兴。于是，庚娘表示感谢，坚决以全部首饰相送，两人推辞再三，终于恭敬地接受了。他俩把庚娘送到耿夫人家中，庚娘被当作女儿对待。在庚娘死而复活的奇迹中，两个犯了死罪的盗墓贼竟也有可爱之处。

金生与唐氏结婚之后，夫妻二人到唐氏的祖籍金陵去探亲，途经镇江，两船相遇，意外见到死而复生的庚娘。夫妻破镜重圆，庚娘吃惊于眼前的事实：金生与唐氏成了夫妻。经过金生解释，庚娘感慨万千。由于唐氏比庚娘小一岁，庚娘就把她当作妹妹。至此，一夫二妻的小家庭，在经历了生生死死的磨难之后，就正式诞生了。这里要说明的最后一点法律意味就是：清代法律规定妻妾有别，丈夫除拥有一名妻之外，还可娶若干妾。那么，以姐妹相称的庚娘和唐氏，谁是妻谁是妾呢？小说没有确认，读者也不得而知。于是，就有一个无从认定妻妾的法律地位的疑问存在。法典中的妻就是妻，妾就是妾，法律地位、权利、义务等等一清二楚，而小说中有不清不楚的困惑。

一位青年作家以《新闻与小说》为题，评论《庚娘》，对上述法律内容不仅未能解读出来，反倒有不少误解之词，如言之确凿地认为“唐氏成了金大用的妾”。这是不合小说实际的。娶妾，通常不举行婚礼。唐代法律中明文指出，“妾通卖买”。白居易有诗句说，“聘则为妻奔为妾”。《庚娘》中，金大用与唐氏结婚，举行了正式婚礼，而小说写成这样一句话：“夫妇始成合卺之礼。”依此，唐氏身份是妻而不是妾。惟其如此，当庚娘死而复活，出现在夫妻二人面前之后，才有两个配偶谁是妻谁是妾区分不了的法律困惑出现。

解读此篇法理，有四大难点，一个也不能回避。一是王十八和庚娘都是杀人犯，但二者在作案原因上有道德上的邪正之分，给读者的感觉不同，必须讲明道理何在。二是庚娘报仇杀王十八的同时，把王十八的母亲也杀害了，这是没有正义感的邪恶表现，是人物身上不可原谅的污点。三是盗墓贼依法犯有死罪，可在小说中却救活了庚娘，同庚娘与他们作钱财交易是有关系的，在这里庚娘的作为也难以恭维。四是王十八的妻子唐氏成为金生之妻后，与重归金生身边的庚娘到底谁是妻，谁是妾，难以认定，小说以姐妹关系加以取代，把这层关系不明的疑难巧妙遮掩过去了。

马瑞芳教授对《庚娘》得出的结论是：庚娘是一位“复仇女神”，足以跟“英武刚烈的男人并驾齐驱”（马瑞芳《马瑞芳说聊斋》）。她没有提到上述四大难点，或者说自觉不自觉地化难为易，简化小说固有的情节。如庚娘杀了王十八的母亲，她只字不提。又如唐氏从她的复述故事中消失了。再如盗墓贼的死罪，被她淡化得什么都没有。因此，她的结论很鼓舞女同胞的心，然而并非小说自身的意蕴。

八　杀人惯犯的最后杀人罪行

——说《田七郎》

田七郎明明是一个猎人，为什么我要说他是一个杀人惯犯呢？细心的读者只要弄明白了他身上常带的那把刀的来历，结论就出来了。田七郎向他的好朋友武承休解释这刀的来历说：“它从外国购买而来，用以杀人，至今没有钝口。到自己手，如今已佩用三代人，所杀的人达千人，到今天仍然像一把新刀。这刀的特点是碰到恶人，它会又叫又跳，这就离杀人的日子不远了。”短短几句话，全是讲的杀人之事。祖孙三代杀了上千人，不是代代相传的杀人世家、杀人惯犯是什么！

本篇“异史氏曰”有误导读者的消极作用，因为作者说：“世道茫茫，恨七郎少也。悲夫！”天哪，若到处都是田七郎一类的人，人世间岂不成了大屠场吗？蒲氏在这里的法律立场有问题。

看来，此篇的法律解读，有着区分大是大非的重要性。小说的确是一个杀人惯犯的最后杀人罪行大曝光。田七郎一共杀了四个人。第一个，是一名猎人，因一豹子的归属有争议，田七郎就把他打死了，为此被送进监狱。本应定成死罪，田七郎已向朋友武承休交代了后事，请他日后多关照自己的老母亲。不料这老武用重金买通了县令，又花百金给被害者的家属，让他们不要坚持告状。于是人命案就不了了之。

此案表明，金钱的魔力，足以使法律天平倾斜，失去打击罪犯的功能。要义，一是执法者贪赃枉法，由执法者变成坏法者，二是受害人家属拿死者的生命作筹码，换取他们赖以生存的金钱。古代中国的法律诉讼中，只要原告不再告状，就有理由把一切官司平息。就这样，田七郎又一次逃过了法网。作为杀人世家，祖孙三代杀人上千都不见谁吃官司，可见法律长期被架空。这一点，令人吃惊。

田七郎杀的第二个人，是武承休家的老弥子，名叫林儿。什么是弥子？弥子，相当于弥甥，是关系疏远的外甥，在武家当仆人。此人很虚伪，善于讨主人欢心。武的长子武绅新娶了媳妇，林儿有一天企图调戏她，遭到反抗，武绅跑进屋，林儿这才罢休。武承休回家听说这件事，要找林儿算账，过了几天才知道他投奔到一个御史家里去了。由此引发一场官司，但并未查办林儿。后来武家捉住林儿，送到官府告状，御史家加以袒护，官府就释放了林儿。这时林儿为了报复，当众散布流言蜚语，说武承休跟儿媳私通。武承休气得要死。就在这样闹得不可开交时，田七郎把林儿杀死，抛尸野外。在这起杀人案中，田七郎依然犯有死罪。只不过，其杀人原因属于同歹徒以及执法不公的官府作斗争，较之上一次为争一只豹子的私利而杀人，大有差等，能得到读者的同情。若依法论处，这正义的斗争性质和情由，可使其处罚从轻。

小说对田七郎的这种仗义行侠式的杀人原因有较深的挖掘。早在武承休在经济上大力接济田七郎，愿同田七郎交知心朋友的时候，田七郎的母亲就发表了意在知恩图报的谈话。她说："我听说，接受别人的知识要替人分担忧愁，接受别人的恩惠要替人排解困难。富人以财富回报，穷人以道义回报。无缘无故得到重额财富，不是好事，恐怕将会用生命来报答你了。"这一番深明大义的话，深深感动了武承休，也更加仰慕田七郎。事实上，田七郎这次杀林儿的罪行，就是以他母亲所说为指导思想的，完全是用正义的行为来反对林儿的一系列邪恶勾当，同时也是在同官府的执法不公、倒向邪恶势力一边作抗争。然而，杀人毕竟触犯了刑法，构成了死罪。正义的犯罪原因，并不能改变犯罪事实的性质。可悲的是，田七郎对自己杀林儿的罪行没有丝毫的反省和悔改，而是在回报武承休的路上继续前进，又做出了犯杀人罪的糊涂事。这一次，他化装成樵夫，借送柴的名义，混进官府内室，发现御史的弟弟正在与主官进行幕后交易，于是先杀了那个弟弟，又在自杀而未死之际把前来验尸的主官也杀死了。

在新一轮的杀人罪行引发的原因上，田七郎自有他认定的正当原因。原来，在林儿被杀，一时找不到凶手的情况之下，御史家把武承休叔侄俩告上公堂，二人随即被带到公堂受审。这本是冤案强加于武氏叔侄，但主官不管三七二十一，就想对武恒动刑。武承休抗议道："认为我们杀人，是莫须有的罪名。至于骂御史，是我的事，与我叔没有关系。"主官不听这一套，武承休气得瞪眼想上前去，众衙役将他摔倒在地。那些持棍拿杖的衙役，都是御史家的走狗，把年迈的武恒打得奄奄一息。无辜的武氏叔侄俩在公堂上枉受法律追究和刑罚，自然是田七郎又一次杀人的直接原因——他要替吃冤枉官司的恩人报仇申冤。尽管我们理解、同情田七郎的正义感，但丝毫不能改变他犯死罪的法律事实。

小说中审理案件的"宰"，至少是县令。因为县府衙门是基层审判机关，比县更小的行政单位里、乡、村等，都无权审理案件。田七郎杀死县令，罪行比杀平头百姓重，并有专门的罪名，叫作"不义"，是十恶不赦的第九种重罪。《大清律例》在解释这一罪名时指出："谓部民杀本属知府、知州、知县之类。"田七郎混进县衙行凶杀人之后自杀，就是因为他意识到死罪难逃。

小说结尾，有一个细节，足以证明田七郎对自己必死无疑的结局有所预料。这细节是：田七郎最后连杀两人后，县衙派人去逮捕他母亲，这才发现他母亲也已逃走几天了。原来，田七郎不愿连累老母，早就把她转移到了安全的地方。作为杀人犯，田七郎并未失去对母亲的孝心，这是良好道德修养的又一生动表现。

杀县官的案子发生后，舆论都认为是武承休在幕后指使田七郎。因为承受不了舆论的压力，武某只得破财免灾，偷偷摸摸花重金收买当权者，从而换得了平安无事。对比田七郎的敢作敢为，这武承休未免太胆小怕事了。既然自己问心无愧，就别管闲人们七嘴八舌乱发议论。瞎花那么多钱，换取苟且偷生，才真正应受舆论的谴责。可酷爱闲言碎语的人们，一个个都习惯于道听途说，谁肯像侦探一样去费力气作深入调查研究呢？可见，舆论十之八九是不值钱的语言垃圾。武承休花钱免灾的可笑可悲之处，就在这里，他却浑然不知。

更可悲的是，武承休的钱白花了。他花钱消灾的结果，仅仅只是换来了个人的短暂安宁，未能保住下一辈。他的儿子，后来离家出走，改姓为佟，可见他人生道路的坎坷。这虽然怪不得别人，但毕竟是田七郎接二连三杀人的一种社会危害性的反映。

从田七郎家中穷得破烂不堪，来了客人连坐的板凳床板都没有的困境可知，他虽是祖传三代的大杀手，但不是谋财害命一流的歹徒，否则早就暴富了。他们祖孙三代杀了上千人，大约都是行侠仗义，专治邪恶之人，而拼命冒险去杀人，不计报酬，不讲安危。这种道义精神，是能唤起社会的同情和支持的，在穷苦大众心目中是莫大的慰藉。但文明社会禁止任何的非法杀人行为，哪怕目的和动机是正义的。田七郎连同他祖传三代的杀人宝刀最终灰飞烟灭，是刑法发展大势所趋的必然。

蒲松龄是一个富有同情心的作家，憎恨社会的邪恶势力，是他一贯的情感倾向。出于这种爱憎之情，他崇敬田七郎式的仗义行侠之人，是可以理解的。小说末尾的"异史氏曰"所表示的"世道茫茫，恨七郎少"的感叹，充其量只是一种情感流露，并不是正确的法理表白。弄不懂此篇中情感与法理的这一层关系，势必对《田七郎》全篇和作为杀人惯犯的田七郎其人，产生极大的误读误解，同时也会歪曲“异史氏曰”的合理内核。

事实上，许多年来，此篇就一直被纯文学家误读误解，连不满于前人而企图作新解的权威专家马瑞芳也不例外。她认为，有评论家把此篇看成“写朋友之情的佳作”不妥当，经过一番讲故事、说道理，她最后的结论是：“田七郎的悲剧对现代人的启示，就是，交友不可不慎。警惕鲜花里暗藏的毒蛇，蜜糖里包藏的毒品。”（马瑞芳《马瑞芳说聊斋》）这样就全盘抛弃了主人公身上的丰富法律寓意，而是以个人的慎交友观念强加于作品。马瑞芳教授还说：田七郎是蒲松龄“笔下少有的普通劳苦大众形象”。这是一种阶级论的政治话语，无从概括劳动者中出现的杀人惯犯的事实，加上“交友”谨慎论的道德话语，应有的法律话语就被挤压得不知去向了。

九　守礼法、卫刑法的奇女

——说《妾杖击贼》

《妾杖击贼》这篇文章短小精悍，堪称涉法微型小说的佳作。不妨全文抄录如下，供读者悉心研读：

> 益都西鄙有贵家某巨富，蓄一妾颇婉丽。而冢室凌折之，鞭挞横施，妾奉事惟谨，某怜之，常私语慰抚，妾殊无怨言。一夜数人逾垣入，撞其扉几坏。某与妻惶恐惴栗，不知所为。妾起默无声息，暗摸屋中得挑水木杖，拔关遽出。群贼乱如蓬麻，妾舞杖动，风鸣钩响，立击四五人仆地，贼尽靡；骇愕乱奔墙，急不得上，倾跌咿哑，亡魂失命。妾拄杖于地，顾笑曰：“此等物事，不直下手打得，亦学作贼！我不杀汝，杀嫌辱我。”悉纵之逸去。某大惊，问曰：“何自能尔？”则“妾父故枪棒师，妾得尽传其术，殆不啻百人敌也”。妻尤骇甚，悔向之迷于物色。由是善

视女，遇之反如嫡。然而妾则终无纤毫失礼。邻妇谓妾曰："嫂击贼若豚犬，顾奈何俯首受挞楚？"妾曰："是吾分也，他何敢言。"闻者益贤之。

有青年学者在列举了《聊斋志异》中一些所谓"讨虐"者的名单之后，把此篇中的女主人公也称为"讨虐的主儿"。尽管论者在复述小说的故事情节时没有走样，但所得出的"讨虐"结论，并非小说固有的旨意，而是论者的随心所欲。

实际上，妾这一无姓无名的女性角色，是一个守礼法、卫刑法，虚怀若谷的奇女，其言行具有封建时代的典型特征。文学理论上有一句著名的行话，叫作"典型环境中的典型性格"。假如我们把这一微型小说的女主人公的法律内涵都读懂了，就可对这一文学理论行话作出新的说明与论证。

这个没有姓名的妾，不仅外貌漂亮，而且内心也美好。心地美好，主要表现在遵守礼法，逆来顺受，毫无怨言。富有的丈夫，对于妻虐待妾的方式——大打出手，是清楚的，但无计可施，很可能是怕老婆的缘故，于是只能私下对妾好言劝慰。后来，事实教育了暴虐的妻子，非常友好地对待妾，妾依然以礼法为重，"终无纤毫失礼"之处。

清代法律有"妻妾失序"的罪名，谁若弄得妻妾平等，不分尊卑，那就会视为有罪，要受到处罚。这种法律，维护的是"妻妾有序"。那么，什么是"妻妾有序"呢？这就涉及到礼法，而维护妻妾不平等地位的礼法，除了明文规定，更有不成文的习惯法加以约束。甚至可以说，妻骑在妾头上拉屎拉尿，都合乎礼法。《红楼梦》中贾政的妻王夫人，动不动就对贾政的妾赵姨娘破口大骂，这篇微型小说中的妾所守礼法，就是面对妻的凌辱忍气吞声。这不是什么"讨虐"，而是不平等的礼法对为人妾的普遍要求。稍有异议与反抗，就连妾的位置也保不住，会被丈夫休回娘家，甚至会像商品一样被出卖。唐代法律中，就有"妾通买卖"的话出现。

这妾护卫刑法的表现，集中展示在她大战几十个进屋抢劫的强盗的惊心动魄的场面中。这几十人夜闯民宅，把大门都撞坏了，他夫妻二人不知所措。妾猛地起床，悄无声息，从屋里摸到一根挑水用的木杖，突然开门出来，把一大群歹徒吓得乱如蓬麻。她舞动木杖，风声响处，击倒四五个人，其他人都吓退了，乱跑乱叫，有的如同狗急跳墙，跌倒在地咿咿呀呀叫唤，全是丧魂落魄的可怜相。妾像一位战斗英雄，把木杖拄在地上讥笑说：“如此窝囊，不值得一打，也想作贼！我不杀你们，免得弄脏了我的手。”于是把这几十个强盗全放走了。

我们说过，清代法律规定，夜里私闯民宅该“杖八十”，妾勇斗歹徒，把几十个歹徒打倒几个，把他们严厉教育、无情嘲笑一番，再放他们回去。这妾在跟入门抢劫未遂的歹徒作斗争的大事上，如此敢作敢为，一派丈夫气，跟平时在夫与妻面前的谨小慎微，真是判若两人。丈夫吃惊于妾为什么武功如此过硬。回答是父亲为枪棒教练，从小就向他学习武功，大约能够跟一百个人对打。这就是说，跟各种歹徒拼搏，应当苦练基本功，进行必要的体质体能的训练。法律人和普通公民，从妾的武功修养中可得到这种启示。

我们阅读此篇受震撼最强烈的地方，不在于作品极力描述的打斗场面，而在于主人公同邻居妇女的谈话所蕴含的深刻法理。邻居妇女有人好奇地问：“嫂子打贼像赶猪狗一样轻松，为什么低头承受妻的鞭挞呢?”言外之意，妻如此欺凌你，你又有这么高强的武功，你怕她是什么道理。这种疑问，是一般人都可能存在的。而这回答话语，我们今天的读者恐怕就难以完全理解了。“是吾分耳，他何敢言。”短短八个字，道出了浑身武功的主人公安分守己的法律立场。

这八个字的言外之意很多。为人妾在处理同夫、妻的关系问题上，依礼法就是安分守己，而绝对不是拼比武功，勇者胜，胜了就可充当一家之长。完全不是这么回事。再说，在刑法中，也有着歧视妾的许多条款。例如说，妻可以随意打骂妾，打伤了也不负法律责任，而妾若打骂妻，则视为有罪，轻者挨笞杖，重者得坐牢。妻尊妾卑在礼法和刑法中都是规定好了的，必须服从和遵循。身怀绝技，在几十个强盗面前英勇无比，而在正妻面前服服帖帖的奥妙，就在于妾受礼法和刑法的双重歧视，根本不存在单个女人相互拼比武功的问题。所以说，安分守己的法律意识，早已深入到女主人公的骨髓里去了。就这样，作品这八字写尽了封建社会广大妾们的不平和辛酸。如今时过境迁，人们享受着法定的男女平等，见不到妻妾成群现象的人们，确实有些难以理解这八个字沉重的言外之意。

说到这里，回过头来讨论文学理论上的行话“典型环境中的典型性格”，可以认为，此篇女主人公虽不足以称为文学典型形象，但可以启发我们充分理解涉法文学作品中的“典型环境中的典型性”，这就是：典型环境，就是受礼法与刑法制约的社会环境，或者说就是法律秩序中的某种具体环节；而典型性格，就是人物内心深处对自己的法律地位、义务和责任的感悟、遵从或抵抗的一贯表现。本篇女主人公的一贯安分守己的心态，就是这种典型性格的基本形态。不作法理分析，就无从确认它的真实样子。

借此机会，我想呼吁有志者从事这样的理论专题研究，题目是《典型环境中的典型性格的法律论证》。可取用的涉法文学材料比比皆是，即使写一部专著，也能左右逢源，决不会有枯竭之虞。

十 罪与罚 是与非

——说《续黄粱》

唐代传奇《枕中记》所写卢生的黄粱梦，意在讽刺梦中坐享荣华富贵，梦醒一切化为乌有的不切实际的幻想。《续黄粱》却另有主题，即思考罪与罚的主题，沿着犯罪、指控、处罚的思路推进，把这法律主题表现得很集中，别无枝蔓，而其中的具体法理法意，则是非交织，并非一概正确，需要加以区分和澄清。

曾生在梦中做了大官，能跟皇上一起处理国家大事。他利用手中职权，超然于法律之外，大干营私舞弊的勾当。他所犯的罪过，属于今天法律界所说的职务犯罪。这曾宰相被天子授予随意提升或罢免三品以下各级官员的大权，于是乎就高高在上，谁也不在他眼里。昔日旧居顿时变得雕梁画栋，壮丽辉煌。十人组成的女子乐队，每天歌声不断。其中有袅袅和仙仙两个绝色美女，得到特别宠爱，伴陪左右。闲得无聊之际，就大行个人恩怨之事。王子良曾接济过曾生，立刻推荐他当了谏议大夫。郭太仆曾蔑视过曾生，立刻命人将其革职。偶尔上街，碰到一个醉汉不知回避，就派人把他捆起来交京尹治罪，把他活活打死。田地多的大户人家，害怕权势，把肥沃土地拱手相送。袅袅、仙仙夭折后，就把昔日得不到手的邻居美女娶过来。所有这些，无不是滥用职权的腐败现象，都为法律所不容。

又过了一年多，朝廷百官纷纷议论曾宰相的胡作非为。以包公上疏指控曾某罪行为起始，法律诉讼程序到来了，包公的一纸疏文，相当于今天检察院的公诉书，进一步详细列举了曾某任期内的一系列罪行，表达了依法严惩的请求，并愿承担若有诬告的责任。包公的控诉书中有不少可圈可点的精彩话语：

> 曾某的该死之罪，像抓一把头发难以数清；因为有曾某其人，百官寒心，朝廷孤立；他荼毒人民，奴役官府，所过之地，野无青草；世上有这样的宰相吗？
>
> 请求判他死刑，抄他家财，以回天怒，快人心。

可惜，皇上把这义正词严的疏文扣压了。随后，朝廷各部门相继行动，各种奏章雪片似的飞来。皇上再也捂不住盖子了，于是下旨抄家，将曾某流放云南。法律诉讼过程宣告结束。

这里可议的法理，主要是皇权大于法律。天子重用曾某为宰相过于草率，对曾某仅处以流放过于宽松。本来任官与罚罪，都是有法可依的大事，可皇帝办事往往不依法律规定，而凭个人一时的心意，皇权把法律挤压得不知去向。仅以强娶邻家美女为妾这一点，依法就该判死刑。《大清律例》在“强占良家妻女”条指出：“凡豪势之人，强夺良家妻女，奸占为妻妾者，绞，妇女给亲。”曾某怎样把那美女弄到手的呢？就是指使几个仆人，强塞一点钱给女方家里，片刻就把美女捆在车上拉进了宰相府。明明犯这样一些死罪，皇上偏偏只让流放，把包公的合法指控根本不当一回事。

在小说着重描述的全部处罚过程中，应当澄清的法律是非很多。依次说来，主要有这样几个方面：

首先，读法典，只有流放距离、地点的规定，执行流放的情形是根本没有写进法条的。小说描写官方押送罪犯及其家属步行山路，艰困万状，使人大开眼界，进一步认识到流放的滋味。

其次，在流放途中，一伙强盗手持武器，突然出现，押送人员作为执法者，竟吓得一溜烟逃走了，这意味着对曾某的从轻发落的流放也半途而废了。取而代之的是，强盗们将曾某杀死了。他们为什么杀他？因为，这些人曾是曾某作威作福于一时的受害者，今特地来报仇雪恨的。依法理，强盗们犯有劫囚、杀人的罪行，而曾某是此案的受害者。小说把这作为曾某作恶的报应来写，企图告诉读者这是罪有应得的惩罚，是讲不通的。

曾某死后，鬼魂继续在阴间受罚，这是表达人民群众严惩腐败高官的愿望，有慰藉民心的功能。阴间的刑罚有下油锅炸，上刀山砍，用金钱化成的液灌等等。这些都可理解为人间不法官员的法外用刑，也可理解为对人间皇帝从轻发落高官的一种弥补和纠偏。

认为冥罚是对人间法律处罚过轻的一种弥补和纠偏，在小说中有一个细节，足以证明这一点。曾某大发不义之财，只有概况叙述，未有确切数据明示，依法论处也就不免朦胧。这个细节，就把其横财数额具体化了。鬼王命令会计算一算，曾某到底有多少枉法的金钱。那会计运用筹码运算，结果是“三百二十一万”。依清代法律，论赃数量是以“两”为单位的。贪赃银子一两以下，就要“杖七十”，一至五两“杖八十”，达到一百二十两的，就该处“绞”刑（《大清律例》）。依此算来，曾某有三百二十多万银钱，该绞死好多回，罪行严重至极，皇帝让其流放，形同拿法律当儿戏。小说写冥罚的苛严、残酷，有嘲讽皇上的意味。

接着，小说在惩罚曾某的线路上继续推进，又有三种现象可议。一是曾某的魂魄投胎到一对乞丐夫妇的家中，变作一个女婴，过着无吃无穿，冒着刺骨寒风乞讨的苦日子。作品所持的是男尊女卑的观念，认为身为女人的前生都有罪。同时，认为缺少财富也是因为前生的罪过。两种不当的社会价值观就通过这个情节传达了出来。这一点应视作小说思想内容的瑕疵。

二是穷女孩长到十四岁就当了顾秀才的妾，粗茶淡饭过日子，时常挨正妻的打，正妻甚至用烧红了的烙铁烙她的前胸。这是妻尊妾卑的传统观念的产物，跟变作女婴一样，仍然是作品的瑕疵。

三是两个持刀歹徒，在秀才好不容易同这妾住宿在一起的时候破门而入，杀死秀才，抢劫衣物。妾不敢出声，直到杀人者逃离现场，才喊正妻来察看死活。正妻怀疑妾与奸夫合谋杀了丈夫，就到刺史处告状。刺史严刑逼供，定成死罪，按法定的凌迟方式处以死刑。这不是什么对曾某的罚罪，而是把强盗入室杀人抢劫的恶性刑事案件，强加到受害人妻妾二人中的妾一个人的头上，认为是她因奸情而杀夫，从而由官府在法律诉讼的名义下制造了一起冤案。本来，妾丧夫已经是人生的不幸了，可这糊涂官却把她视为杀人犯而处死。此案依法应追究正妻诬告和刺史枉法错判的法律责任。但作品却把妾的不幸和枉死当作了对曾某罪行的惩罚。

另外，此篇还写到东邻恶少企图强暴妾，妾同恶性犯罪作斗争，拒绝被歹徒强暴。这本是值得肯定的。但作者却写妾自念前生有罪，想起被鬼王恶厉责罚的情景，而不敢再做坏事。其实，旧法律在处罚这种性犯罪时，只认为通奸男女双方有罪，而被强暴的女方是无罪的。作品在这一点上也流露出法律观念的差错。

在《聊斋志异》的两百多篇涉法作品中，像本篇这样有较多法律观念错误的例子，实在是不多见的。

十一　为丈夫平反冤狱的妻子

——说《辛十四娘》

当事人清白无辜而受到法律审判和处罚的案件，称为冤案。中国古代文学作品中最著名的冤案，当推关汉卿笔下的《窦娥冤》。大凡被书写的冤案，总有平反昭雪的时候到来。《辛十四娘》的法律闪光点，就在辛十四娘为丈夫冯生平反冤狱的过程和卓有成效的结果。

平反冤狱的活动属于法律实务，没有一定的法律修养，根本不能参与其事。小说在冤案尚未发生之前，先铺垫出辛十四娘有守法的自觉性，对歹徒的作恶有防范的意识。冯生是一老妇的远房外甥，他企图向辛十四娘求婚，老妇也热心做媒，却被辛十四娘拒绝。辛十四娘的理由是，儿女婚事应由父母做主，在父母不知情的时候，我怎么能够草草地跟冯生订婚呢。应该说，辛十四娘是完全遵守当时社会在婚姻方面的礼法的。

冯生的朋友楚公子，是个高干子弟，为人不正派，辛十四娘每每告诫冯生：不要跟这个人来往，甚至跟冯生约法三章，千万不要多喝酒，不要参加社交活动。然而冯生在一次酒席上出言不逊，得罪了楚公子，辛十四娘立即感觉到大事不妙，预言丈夫的灾祸即将降临。后来的事实证明，辛十四娘的预感是正确的。

楚公子为了报复冯生当众嘲笑他文章写得不好，同时也是为了包庇自己的妻子，就制造了一起冤案陷害冯生，事情的起因是这样的：楚公子的妻子一贯凶悍，动不动就打骂婢妾。一天，妻子阮氏用木杖打婢女的头部，婢女当场头破而死。这时冯生正醉酒在楚公子家中，睡在床上什么事都不知道。楚公子把死尸扛进冯生房间，放到床上，闭门而出。天快亮时冯生才发现竟有死尸在床。于是，楚公子诬称冯生奸杀了婢女，捉送冯生到广平受审。

在府尹面前，冯生讲不出什么道理，于是早晚受到拷讯，被打得皮开肉绽。辛十四娘到狱中探问，冯生又气又急，不能说话。辛十四娘果断拿出对策：早点诬服，免得吃更多的皮肉之苦。冯生接受规劝，自供误杀婢女，被判处绞刑。仆人得知这一动态，报告给辛十四娘，她坦然面对，似乎并不介意。实际上，她已成竹在胸，悄悄实施着平反计划。不知内情的人们，窃窃私议，误以为辛十四娘在同丈夫生死离别之际太残忍。

包括清朝在内的历代封建王朝，无不由皇帝执掌全国最高审判权。任何一件案子，只要皇帝做出了判决，各级政府衙门的大大小小的官员，都只有服从的份，不得有异议。辛十四娘是懂得这个法理的，所以她采取的平反措施是向皇帝告御状。她派了一个婢女进京，让她直接向皇上陈述冤情，然而皇宫门禁森严，婢女徘徊了几个月也无从进宫。一天，忽然听说皇上要到大同去，于是婢女化装为流窜的妓女，到青楼中得以见到皇上，并格外受宠爱。皇上怀疑她不是风尘中的女子，询问之下，便得知冯生的冤情，并用纸笔作了记录。

这样，冤案终于得到了平反。首先，楚公子的父亲楚银台，由于教子无方，被革去爵位，也就是人们所熟知的废为庶人，不再有高干待遇了。其次，由平阳的官员奉命审理冯生的案子，广平衙门的审判官靠边站了。很快，冯生就被宣告无罪释放回家。最后，楚公子被迅速逮捕，一经审讯，就全部供出了实际案情。

一起冤案就这样被彻底纠正了。难能可贵的是，事后，辛十四娘把功劳完全让给了婢女。她对回家的丈夫说："这件事完全是婢女的努力办成的，堪称功臣。"公平地说，婢女风尘仆仆在外奔波好几个月确实有功，但没有辛十四娘的深谋远虑，就不会有成功的结局。主仆二人都功不可没。

辛十四娘，身为狐，后成仙，这都是聊斋世界赋予她的特异身份。我们的法律解读，全去掉了奇异色彩，一律还原为凡人凡事来解读。唯其这样，才可品出小说固有的法律意味。依这种理解来看本篇"异史氏曰"，我们深感有两点不足。一是就事论事，对于辛十四娘平反冤狱的上述法理未置一词，似乎同法律无关。其次一点，有明显的鬼神论思想意识，把小说明白无疑的法律思想说成不可思议的神仙作为了。蒲氏说："苟非室有仙人，亦何能解脱囹圄，以再生于当世耶?"冯生走出监狱，平安归家，明明是经过辛十四娘、婢女、皇帝而启动的诉讼纠错活动，为什么要说成是"仙人"所为呢?此篇应是"异史氏曰"的一个败笔。

本篇"异史氏曰"对于有神论的读者以及不通法律的纯文学家，都会产生莫大的误导作用。唯有紧扣小说文本，从故事情节、人物形象、前因后果等实际出发，加之良好的法律知识、理论功底的引导，才可有理想的解读结果。我们以上所谈，并非尽善尽美，拓展的余地还不小。比如说，我们可以追问一下：冯生冤案得以平反的法律症结何在?靠的是皇帝的卓越才能吗?不是。皇帝到大同后，一不进官府调查研究，二不到百姓中访贫问苦，而是到妓院去鬼混，就是这种皇帝一声令下，冤案就纠正过来了。由此可知，皇权的威慑力大大超过了法律，是皇权大于法律的典型表现。

还可从一条具体法律看这皇权大于法律的症结。《大清律例》中有一条"官吏宿娼"，把文武官员宿娼视为有罪，依法得"杖六十"。皇帝是最大的官，出了皇宫来到大同，百姓就知道他要去宿娼，化装成妓女去一看，果然在那地方混得很快活。请问：能用这条法律治皇帝的罪吗?万万不能。皇帝就这样公然宿娼法律治不了他，他却在妓院发号施令来纠正冤案。这带有讽刺意味的描写，揭示的就是皇帝可以为所欲为，皇权大于法律，皇帝高兴之下叫你把冤案推翻了，底下官员就得照办不误。

不管怎么说，在此篇中，皇权大于法律的现象具有纠正冤案的积极意义。但许多时候，这却是具有消极意义的，皇帝的一句话，就能让人坐牢、掉脑袋，制造各种冤假错案。中国古代文学中这类故事很多，《水浒传》《三国演义》《西游记》中就时常出现，笔者已一再加以解读，这里不赘述。

十二　三次当刑事被告的惯犯

——说《窦氏》

有一位研究《聊斋志异》的资深权威、博士生导师在其有关专著中竟有这样的标题——《她们非做鬼不可》。世上本来就没有什么鬼，论者却言之确凿地告诉读者蒲松龄笔下的女性除了做鬼，别无选择。再看正文，首先谈到的小说就是《窦氏》。论者连续四次强调指出："窦氏只有做鬼"才能如何如何。这到底要把读者引导到哪里去呢？

《窦氏》固有的叙事框架为南三复三次充当刑事被告，最后被判死刑，是一个屡教不改的惯犯。

南三复第一次当被告时，原告是窦小姐的父亲。南某是富豪，居所之外另有别墅，因有钱有势，当地百姓对他又惧怕，又巴结。一天下雨，偶进窦氏家避雨，受到恭敬的款待。南见窦小姐年少美丽，就时常来纠缠。窦小姐提出结婚要求，男方假意认可，两个人就发生了婚外性关系，不久窦小姐怀孕，生一男孩。窦小姐受到父亲打骂，说出曾与南某有口头婚约。到南某处询问，南某却矢口否认。这时，有一大户人家到南家提亲，听说女方有钱貌美，南就满口应允。窦小姐忍无可忍，就抱着孩子跑到南家，请求收留他们母子，遭到南家的拒绝。窦女靠门悲哭一夜，第二天早上母子已经死亡。窦父一气之下，将南告上法庭。

这状告得有理。南某占有窦女的方式，依法属于"刁奸"，该"杖一百"，男女同罪。这是南的罪行之一。窦氏母子之死，前前后后闹得尽人皆知，又有奸情为诱因，依法应将南判处斩刑。该条法律指出：“若因奸盗而威逼人致死者，斩。”这是南的罪行之二。此外，依“奸生男女，责付奸夫收养”的法条，南拒不接纳母子二人，属于违法行为，可追究民事赔偿责任。就因这三大理由，若依法论处，南某性命难保，还要破费钱财。

这样几点明显的法理，却被上述权威专家代之以政治鉴定，说“南三复对窦氏始乱终弃的薄幸行为，一开始就带明显阶级压迫色彩”。如果属于阶级压迫，那么被压迫的阶级出身的窦氏能够到公堂去控告压迫阶级吗？把法律现象说成阶级斗争现象，怎能讲出小说自身固有的法律思想意义呢。

接着往下看这第一次告状的进程。南某当了被告很害怕，就以千金行贿而逃脱了法律的惩罚。这极简略的叙事，揭露了司法腐败，法律形同虚设的弊端。若依法办事，贿赂政府官员而贪赃枉法的现象，行贿与受贿双方都构成了犯罪。就这样，南某其人，又有新的罪行发生。

再看南某第二次当被告。南三复娶了大户人家的女儿之后，发生了奇异之事：新妇的父亲来女婿家看望女儿，竟看到女儿吊死在后园的桃树上。进门又看到房中另有一个女人，惊问“你是谁”之际，这女人突倒地而死，一看，死者是窦氏女。南三复害怕至极，把怪异之事报告给窦父。窦父到女儿坟地开棺，果然不见了尸体。窦父第二次上官府状告南三复。

新妇莫名其妙地自杀，窦女死而复活，棺中尸体失踪，几件蹊跷事接踵而来，使官府对此案迷惑不解，于是定罪处罚就成了疑问。南三复有的是钱，就不费吹灰之力，故技重演地去贿赂办案官员，同时买通窦父，哀求他不要坚持告状。于是，南三复第二次逃脱了法网。这一次，南三复的罪行，是又一次行贿。至于新妇自杀而死，同南三复本人的作为没有法律上的联系。

南三复第三次当被告，也是由两件奇异事件引发的。臭名远扬的南三复与百里之外的曹氏女订婚，不到举行婚礼之时，民间传言皇上将选美女入宫为嫔妃，于是有女之家纷纷操办出嫁之事。曹氏女就以这样的理由提前被送到南家，可是迟迟不见后面曹家送亲的队伍。南家快马去问曹家，曹家回言并无嫁女之事。这是第一件怪事。第二件怪事，姚孝廉夭折的女儿刚刚埋葬，就被盗墓人掘开坟墓，尸体失踪，姚孝廉很奇怪。又听说南三复的新妇当天死了，就到南家去看个究竟，结果发现死者竟是自己的女儿，赤身裸体躺在床上。怒火中烧的姚孝廉状告南三复，南三复第三次当了被告。

第三次告状后的审理，写得简略，却意味深长。小说写道："官以南屡无行，恶之，坐发冢见尸，论死。"几句话，层次分明，各有寓意。"官以南屡无行"，为第一个层次，讲的是刑事案件审理中被告与法官的道德问题。"南屡无行"，指的是被告罪行严重的道德原因，全在缺乏良好道德的约束。也就是说，道德沦丧者，极易堕落为罪犯。这是法律与道德关系的一个重要表现。"恶之"为第二个层次，讲的是法官审理案件，固然要依法办事，以法律为准绳，但不排斥道德情感的伴随。"坐发冢见尸，论死"，为第三个层次，指的是依法判决。"坐发冢见尸"，是适用的具体法律条文。小说所写，合乎法典实际吗？"论死"，是应当判处死刑，小说所写是不是也合乎实际呢？查《大清律例》，果有"发冢"条，该条云：

凡发掘坟冢见棺椁者，杖一百，流三千里。已开棺椁见尸者，绞。

这就足以证明，此次的执法官员是一位懂法的清官，既不受贿，跟前两次的法官同流合污，又严于依法办事，找到了适用的法律条文，使最终判决成为无可推翻的铁案。

读者可能有疑问：姚孝廉的女儿尸体，是在盗墓贼掘坟破棺时发现失踪的，后来在南三复的家中发现其裸尸，怎么能证明这是南某所为呢？换一句话讲，法官的最后判决虽有法律依据，但事实依据不足，缺少证据，这一点如何评价？我以为，能提出这样疑问的读者，一定是有自觉的法律意识和法律知识，法律的门外汉，不可能提出这种内行的问题。由此，我的一点解释就是，小说如此写来，如同武功大师在同对手交锋时有意虚晃一枪，从而将对手吸引到可重重一击的位置上来。读者唯有看门道，而不是看热闹，才可在接受小说所蕴含的法理法意之后，再进而去思考那未尽之意，从而提出这个疑问。这本身就是法律描写艺术的胜利。含蓄，留有余地，从来都是一切艺术作品的审美特征的突出表现。

总之，我以为第三位法官的审判无可苛求，应将他与上述两个贪官严格区别开来。

十三　一个杀人犯的沉沦史

——说《云翠仙》

杀人，对于一般人来说，是极不可思议的事情。正因为事态具有超乎寻常的严重性，所以法律严禁杀人，有杀人偿命的规定。那么，一个人成为杀人犯是偶然的一念之差，还是有其沉沦的过程因而是一种必然趋势呢?《云翠仙》以梁有才逐渐沦为杀人犯而死于狱中的蜕变史，形象地呈现了这种必然趋势。

俗话说，小偷针，大偷金。这讲的是偷窃罪犯的沉沦史。

就杀人重罪而论，犯者起初往往有犯轻罪的过程。梁有才在最后杀人入狱之前的人生道路上，的确犯有不少较轻的罪行。他本是一个穷小贩，做着小本经营的生意。在香客们敬神拜佛的寺庙里，他看见一个十七八岁的美女也在“跪香”男女人众之中，就大胆进行调戏。其手段颇为狡诈：“诈为香客，近女郎跪，又伪为膝困无力状，故以手据女郎足。女回首似嗔，膝行而远之。才又膝行近之，少间，又据之。”以现在的眼光看，这不算什么大不了的事，顶多是少男少女间的打情骂俏罢了。古代法律却视为犯有调戏妇女罪。《大清律例》中有一条供法官类推之用的法律指出：“兄调戏弟妇，比依强奸未成律，杖一百，流三千里。”处罚很重。陌生男女在大庭广众之下调情，主动进行勾搭的男子，依此也不能轻饶。梁有才调戏妇女的罪行，便是他犯罪生涯的第一笔黑色记录。

这女郎就是云翠仙。她在梁有才以求婚为由的进一步纠缠中，很不满地指出此人放荡、轻薄、心花易变。后来，她母亲答应了他的求婚，她仍不乐意，便严厉警告说：我知道你不仁不义，迫于母命，我只得委屈地跟着你。你若还是一个人，就不要担心跟我一道过日子。实践证明，梁有才当时唯唯诺诺靠不住，日后的确是一天天走下坡路，不能自制。

岳母见女婿家徒四壁，一贫如洗，就派一帮男女仆人送来衣服、用具、粮食，把住屋装得满满的。坐享温饱的梁有才，此时犯了第二宗罪：跟村里的无赖们结成狐朋狗友，每天赌博，一直发展到把妻子云翠仙的首饰偷来当赌资。赌博罪，该“杖八十”。妻子无论怎么规劝，他就是不听不改。没有办法，妻子只得像防贼一样守护自己的首饰之类。

不久，在赌徒们的挑唆下，梁有才又犯有卖妻未遂的罪。一天，几个赌徒进屋，看见了云翠仙，就对梁有才说：你老婆美若天仙，卖给人做小老婆，可得百金，要是卖到妓院，可得千金，那还缺钱喝酒赌博吗？梁有才一听，虽没有说什么话，但心里认为这话说得对。也就是说，他已有了卖妻子的意念了。自从有了这犯罪动机，梁有才一回到家里就闷闷不乐，频频搞击打桌子、抛筷子、骂婢女之类的小动作，大约借以扩大事态，为卖妻的罪恶勾当寻找由头。

云翠仙大约窥见了丈夫内心的秘密，一天同他饮酒之时，就主动提出卖婢女和卖自身，理由是借此改变家中穷困状态。梁有才果然积极行动起来，找好经纪人，已立下八百串钱的身价字据。若不是云翠仙及时加以制止，梁有才的这宗罪就成了既遂事实。

这次卖妻活动，性质很严重，是对云翠仙的毁灭性打击。要害是梁有才找到的买主，是法定的贱民之一的“乐户”，即靠卖唱过日子的人家。“货隶乐籍”，指的就是卖给户口登记簿上明文规定的乐户之家。清代法律有若干歧视乐户的规定，例如有这样一条：官员若娶乐户女儿为妻，视为犯罪，“杖六十”之后，还得“离异”。把云翠仙卖到这种人家，哪有好日子过呢！对梁有才的绝望，是情理中的事。但她还是留给了他改过自新的机会，就是动身回娘家的时候，云翠仙把梁有才带回娘家的外甥馆住了一年多，不让他去见岳母。这种安排，该给梁有才创造了多少可以重新做人、夫妇和好的机会呀，叫人失望的是一年多过去了，不见有任何长进。

完全绝望的云翠仙只得把这个无可救药的家伙引去见了岳母一面。她当面向母亲揭露了梁有才出卖自己的罪恶行径，历数他忘恩负义的一系列行为，宣布他是“豺鼠子”，一副“乞丐相”，根本不配做自己白头到老的伴侣。小丫头、老太婆们得知这一切后，群起而攻之，有的叫喊把他杀了，有的用首饰、剪刀去刺他。直到这时，梁有才只得求饶，表示悔改。云翠仙制止了众婢仆的攻击，仍留下一线生机，说："可以暂时把他释放，他不仁不义，我却不忍心看他这战战兢兢的样子。"

云翠仙说话从来算数。既然是"暂释放"，那么日后就有回到妻子身边的可能性，关键在他的造化。不料这梁有才经受不了考验。当他发现岳母家的房屋俱已消失，自己已置身于旷野的悬岩峭壁之上的时候，心中充满了恐惧，被一个砍柴人救下来，已奄奄一息了。这以后，梁有才的精神世界已彻底崩溃，卖掉原有的破屋，住进山洞里，乞讨为生。身上仅有一把防虎狼的小刀，有人劝拿去换吃的，他不肯，回答要用以"自卫"。就是这把刀，成了杀人凶器——有一天，他看到从前劝告他卖妻子的那个人，就走近讲一些悲哀的话，突然拔刀将他杀死。就这样，一步步堕落的梁有才终于跌进了死罪的深渊。

小说娓娓道来，构成了一个杀人犯从调戏妇女起步，经由赌博、卖妻、乞讨等犯罪或自甘堕落的中间环节，最后成了故意报复杀人的死刑犯的完整沉沦史。作为反面教员，总结犯杀人重罪的教训，提醒世人引以为戒，就是这沉沦史昭示的法律认识意义。

审理此案的官员，廉洁而清醒，调查出应有尽有的真实案情，富有同情怜悯之心，对凶手梁有才没有用酷刑逼供，仅在关押于狱中尚未结案之际，案犯就很快自然死亡。有青年作家说，如此死在狱中，是罪有应得。这在法理上是讲不通的。当讲的法理是：梁有才故意报复杀人，依法应判处死刑。因尚未结案而当事人就在狱中自然死亡，法律也就无从追究，此案只得不了了之。

此篇题为《云翠仙》，而主人公却是梁有才。如果把标题改换为《梁有才》，那么就文题相符了。现在可以讨论的问题是，蒲氏的文不对题的艺术处理方式，是否得当呢？我以为很得当，是法律描写艺术实践中积累的宝贵经验之一。

如果采用史家写人物传记的方式，标题自然会是《梁有才传》。因为，作为历史著作的人物传记，叙事人是史家，传主为当事人，一般不会出现第三者。故人物传记的文题一致是绝对的，不可更改的。

小说中的人物传记，尤其是罪犯蜕变史式的人物传记，除叙事人的作家、当事人的传主之外，通常会有第三者——见证人出现，这时以见证人的姓名作小说标题，而正文中另写当事人的传记，不仅是自然而然的事情，而且有着特别的提示功能，表明这是有可以信赖的见证人认准了的人物传记。也就说，表面现象的文不对题，昭示的是见证人和传主俱全的文学传记的一大特征，可提高作品的真实性程度。这是其成功处的一个方面。

其成功处的另一方面，这充当见证人的角色，若见证的是正面人物史，本身也是正面人物，或反过来，二者都是反面人物，那么就有相得益彰之效。如果一正一反，则有强烈对比之效。《云翠仙》就属于一正一反的情况。见证人云翠仙不仅貌美，而且心美。她正直，善良，尊重长辈，对于邪恶势力敢于面对面斗争，其斗争艺术有理、有据、有节，同传主梁有才的一系列罪恶行径形成了壤霄之别的巨大反差，较之史家的人物传记，这反差的东西就是文学特征的生动体现，可使读者在阅读过程中做不停顿的取舍，文学的审美功能、教育功能于是得以实现。比如，在写梁有才假借烧香拜佛名义，大干当众调戏妇女勾当之时，见证人云翠仙的庄重、摆脱纠缠而不失分寸的美好，同梁有才的虚伪、放肆、死皮赖脸的丑恶，在强烈对比中同时展示在我们面前。梁有才作为杀人犯的整部沉沦史，无不在这种可比性极强的艺术氛围中一页又一页地展开，直至小说完结。

有一位青年人的著作，把《云翠仙》当作纯粹的婚姻、爱情故事来解读，我以为这样做既不能解读小说固有的法律内容，又无从解释法律描写的艺术经验。

又有一位著名学者的著作，反次为主，以《挣脱牢笼云翠仙》为题，大讲小说中的次要人物云翠仙，这未尝不可，但对主要人物梁有才的全部分析、说明仅仅停留在道德层面的贬斥，如“市井无赖”“下流动作”“市井小人”“干下三滥的事”“残忍狡猾、鬼迷心窍”“这种见利忘义的人不应有好下场”等（马瑞芳《马瑞芳说聊斋》），却是从根本上不能进入传主梁有才作为杀人犯的沉沦史的法理解读过程，自然也就无从得出应有的法理结论了。

十四　百姓与官员之中都不乏玩弄法律的人

——说《饿鬼》

人有今生来世的说法，是反科学的。任何人的生命都是一次性的，根本不可能有死后再投生为人生活于世的事情出现。《聊斋志异》的谈鬼说狐的艺术手段之一，就是每每让某人有今生来世的故事接连发生，甚至有两篇同题的《三生》讲到一个人的三辈子出生入死的故事。《饿鬼》讲的也是这类故事。

在我看来，《饿鬼》通过今生来世的怪诞故事讲出了一个现实生活中的朴素真理，这就是：无论在百姓里面，还是在官员之中，都有人故意玩弄法律。可能大家对这种人与事感到陌生，不可思议，但此篇所思所写，使我们不得不信服，从而大受启发。

饿鬼的真实姓名是马永，因为好吃懒做，家里总是穷得百无一有，乡村的人们就开玩笑称之为“饿鬼”。大家都不理他，只有老朱一个人同情他，给他本钱做生意，但他不去谋求任何门路，把那几百钱花光了之后，又上街去干吃别人东西不给钱的老本行。因为害怕碰到恩人老朱，马永就到别的小镇上去过这种令生意人头痛的日子。不料，就是在这里，他作为一个平头百姓，竟产生了玩弄法律的古怪主意。

要说古怪主意的成因，还是缺吃少穿的贫困逼迫的结果。夜晚，他睡在学校里。因为寒风难挡，他就把圣贤榜上的装饰品扯下来盖在木板上当被子。学官见了，大为恼火，要对他处以刑罚。这穷小子苦苦哀求，没有吃苦头，就想报答学官，说：我愿为先生发一笔财。学官一听，高兴坏了，就放他走了。他去干什么呢？原来，马永探听得有一个人很有钱，就登门强行索要钱财，故意挑衅，引对方恼怒，然后用刀自伤身体，进而到学官这里诬告富人行凶伤害自己。学官乘机索取了一笔贿赂，这才平息了一场官司。这就是马永作为百姓，学官作为官员互相串通，联手骗取钱财的经过，也就是他们玩弄法律的情形。持刀伤人，依清代“斗殴”律，该“杖八十，徒二年”。马永呢，自伤身体，却算在别人的账上，有意让那富人吃官司，这就是拿这条法律当儿戏玩。再说，真正的告状，是为了将犯罪者绳之以法，没有发横财的附加目的。即使是有经济补偿的诉求，那也得依事实和法律规定来办，而马永和学官这两个当事人，却是无中生有人为制造事端，并把发财当作了既定目的，然后有计划地干伤天害理的勾当，这又是在玩弄法律。

法律可分为实体法和程序法两大类型。上述“斗殴”律条文，就属于实体法。关于告状、打官司的法律，称之为程序法。懂得这个知识，就会进一步明白，马永和学官玩弄的恶作剧，把实体法和程序法都糟蹋了。

如此玩弄法律，构成了犯罪。因此，那些在马永和学官一再玩弄法律中吃过亏的人们，就到县衙门告状。县尹审出实情，把马永处以笞四十，再进行卡脖子的刑罚，结果三天过后马永死了。依法，人犯受刑而死于狱中，县尹应当负法律责任。对此，小说叙事略而未论，我们也不必多说什么。总之，小说中的马永玩弄法律的结果是自己丢了性命。这样，意味着对玩弄法律的行为做了彻底否定。

大家都记得，《红楼梦》里王熙凤是平头百姓，独自制造了一起假案，买通张华到察院告状，目的是既控制丈夫贾琏，又要威胁给贾琏偷娶尤二姐作妾而说媒的贾珍父子两个。此外，贾雨村是政府官员，为讨好贾政，霸占石呆子的古扇，也制造了一起假案，谎称石拖欠官银。他们两个都是单干造假案子。而马永和学官的制造假案子，是官民合作，共同造假。清代小说中这么多假案子出笼，证明现实生活中确有用造假案的方式玩弄法律的人们。

《饿鬼》中的马永死于牢房后，投胎到老朱家中，让他的妾生下一个男孩，取名马儿。这马儿后来当了个小官，老毛病难改，又干出了玩弄法律的勾当。主要有两件事。一件是：县令抓住几个书生的小过错，指示朱某从轻责罚一番就了事。朱某阳奉阴违，动用了酷刑，像惩盗贼一样，把他们狠狠整了一回。这是借题发挥，利用合法职权玩弄法律的手段，不知内情的人们很难识破。另一件事是：朱某七十岁了，胡须、头发全白了，每每向别人讨要染发剂。有一个狂放的人，就跟他搞恶作剧，给他弄了一种药，染过须发过后，像庙中赤发判官一样难看。这本是玩笑之事，朱某吃不消，一怒之下，令衙役捉拿那个开玩笑的人，因他连夜逃走，就没有抓着。本想借故再把法律拿来玩弄一回，结果没有达到目的。这在一般人，也就不算什么大事，可在朱老官这里，却成了要命的大事，他活活气死了。也就是说，法律没有玩成，却把自己的老命玩丢了。

朱某年到古稀，想玩一把刑法，演一下抓人犯到公堂审判的节目未成而活活气死的结局，似乎缺乏必然的逻辑性，仔细想来，这里的必然性是铁定的，别无选择的。这必然性在何处？只要抓住朱某到六十多岁才当上一个县的小小训导之职这个关键，我们就明白了个中缘由。中国古代地方政府没有专门的法庭和法官，政府衙门就兼具法庭职能，行政长官也兼任审判官。学官、训导一类的副职官员，主管的是文化、教育，主持审判案子的时机几乎一点也没有。因此，这类官员想借职权来玩弄法律的机会实在难得。梦寐以求的东西，硬想得到，在内心就容易引起失落、忧伤、遗憾、焦急、气愤之类的消极思想、情绪，日积月累，可导致身心交瘁。七十多岁的朱老官之死，就有这种心病作怪。小说正是沿着心理探索的路径来叙述其死因的。作结的一句话中，有“以此愤气中结”六个字，概括的正是玩法不成而心病重重的情形。

马永的一民一官的两世人生，其实就是同一个人由民而官的经历的演绎。无论其为民为官，都在干玩弄法律的同一勾当，同时都有或官或民来充当配角，这使我们意识到，社会上亵渎法律尊严的敌对势力总是不以任何人的意志为转移的客观存在，成为法治社会前行的一种容易忽视的阻力。《饿鬼》在这样的法律角度之下提供反面教员马永，实在新颖、别致。

十五　以身殉职的法官功大于过

——说《阎罗薨》

按照民间的日常生活经验，阴间的阎罗，或者说阎王，是不怎么讨人喜欢的家伙。于是乎，人间那些苛刻、刁滑之徒，就每每被大家说成“活阎王”。鉴于这种社会文化心理习惯，我以为《阎罗薨》中的法官魏经历，很容易被误解。实际上，他是一个以身殉职的法官，其功大于过，属于好法官之列，应予肯定。

魏经历的功，主要有两点。

第一点，积极承担本职工作以外的执法办案工作，这一点很可贵。他的本职工作是押运粮食，一看就知道是一个职能部门的管理干部，而不是负领导责任的长官。依封建社会衙门里的分工习惯，职能部门的管理官员通常没有负责审判的权力与义务。小说写某巡抚的父亲生前的罪过由粮官魏经历主持审判，实属给魏额外增添了工作负担，但他不计较，叫干啥就干啥，而且干得很认真负责，致使被告托梦给当了巡抚的儿子，让他出面向魏法官求情，意思是用人情干扰法律，得到从轻惩处。如果是一个敷衍塞责的主，两次接连托梦求情就没有必要了。

第二点，廉洁执法。他虽然在巡抚大人一再为其父亲求情的行孝举动中有所感动，也在一定程度上答应了巡抚的各种要求，如要求尽快审理案了，又要求亲身到法庭外面旁听，但总的来说是坚持原则，依法办案，不收取任何礼品和好处费，尤其是始终坚持做法制宣传工作，捍卫法律的尊严。在巡抚求情之初，魏法官坦言相告，阴曹的法律，不像人间法律那样容易蒙混过关，可上上下下联手弄虚作假。这言外之意是你求情也没有用，我一定要秉公执法。后来巡抚又求旁听，魏法官在他再三再四磨嘴皮说好话的情况下，还是答应了这个不大合法的要求，但又及时做法制宣传，告诉他：去旁听时，千万不要吭声。冥刑虽然惨烈、残酷，但与阳世又有所不同，比如说暂时把人整死了，其实并没有死。你如果看到奇异、惊恐之处，绝对不要惊叫不已。听其言，观其行，魏法官给人的印象很好，既讲人情，又重法律，总是把法律疑问事先就解除了，使你觉得这个法官实在、可靠，一定能把案子办得叫人放心。

魏法官的过错，不算大，更没有损法坏法的不良后果，只不过在审判过程中，多少打了一点折扣。要讲清这一点，就得回到巡抚大人到底犯了什么罪，该怎样处罚这个基本问题上来。其父生前是级别很高的军官，有权调动大部队作战。有一次，依法依理不该调动一支大部队，他却自作主张进行调动，行军途中碰到海盗狙击，致使全军覆没。早在汉代，就有这样的军法：造成部队伤亡过多的指挥官该判死刑。例如曹操的八十三万人马，经赤壁之战和华容道遇险，最后弄得只有二十多个随从人员，就死罪难逃。巡抚父亲的罪责是很严重的，死后受阴曹法律追究，实质上是对于当事人在人间漏网之后的一种法律补救。魏法官的功与过，都是在法律补救意义上展开的，故读起来大有顺理成章的快感。

且说魏法官的过，只在于审判之中打了小小的折扣，或者说绕了一点弯子，多费了一些周折。到了夜间执行冥法的时候，魏法官穿官服，戴官帽，威风凛凛地升堂。阶下缺胳膊少腿的囚犯，黑压压一大片。一口大油锅摆在堂前，几个衙役正忙着点燃柴禾煮油。群鬼一见法官到来，就纷纷伏地，一起鸣冤叫屈。魏法官一开口发话，就倾向于罪官，有意为他开脱罪责，说："你们当初被海盗害命，这冤屈自有人来承担，为什么要妄自控告调动你们的那个长官呢?"冤鬼们一听，这口气不对呀，就加以反驳说："依据律例规定，本来不该调动部队，可他妄自编造军情到营房，于是我们大家就一同被杀害。到底是谁造成的冤屈，不是一清二楚吗?"魏法官还想歪曲事理，为犯罪军官开脱，但众鬼大叫冤枉，声音雷动。魏法官迫于众怒，就中止了以情压法的行为，做出了这样的判决：把犯罪军官投入油锅，稍加煎炸，在法理上是得当的。巡抚眼见、耳听这一切，已觉察到魏法官想借这酷刑来平息众怒。也就是说，这不得已而为之的行刑活动，依然有人情因素在起一定的作用，而大面上又无可挑剔。

意外情况是：当巡抚看到父亲被利叉刺入油锅的惨不忍睹的场面时，完全忘记魏法官事先的告诫：千万别惊叫。结果，在他失声一叫之际，一切响动全然消失，眼前所有场景和人物全部不翼而飞，无影无踪。这种突变说明了什么？可想而知。小说无非要告诉读者，既然在夜间执行阴曹地府的法律和刑罚，那么绝对不允许阳间活人来干扰和破坏。可见，一切从巡抚眼前消失，意味着他完全、彻底破灭了一场非有不可的司法执法活动。

第二天天亮后，人们发现魏经历粮官已死在昨夜审案的公堂上了。这个极简略的结局意味深长，值得深思。人间的粮官，为什么会突然莫名其妙地死亡呢？不知内幕的人，是解释不了的。若依小说集中大量涉及的冥法、冥判、冥罚案例的逻辑来看，魏法官在从事这一类活动中，违背了向阳间活人保密的大规则，犯了不可挽回的错误，故遭到了冥罚中的极刑——剥夺生命。

由于我们的解读法律，依照的是作为社会科学之一的马克思主义法学原理，坚持的是无神论，故从小说提供的结局中，读出了好法官以身殉职的闪光之处。他的死亡的教训，就在于没有做好法律界应有的保密工作，导致好心没有好报，把自己的性命还白白搭进去了。试想，若没有巡抚自始至终的参与和干扰，魏法官独自的审判犯罪军事长官一案，绝对会办得有声有色，自己的生命也安然无恙。而人情介入法律，弄得案子半途而废，法官本人丢了性命。这当是主人公结局的又一点教训。

依据篇末附记，这则小说是根据张姓人士所讲的故事而创作的。“以非佳名，故讳其人。”这句附记之言作何理解呢？小说中的法官魏经历，姓名俱全，根本无“讳”可言。显然，名声不好，不讲其人姓名的忌讳，指的是巡抚父子。称巡抚，只指其官名，而没有姓名，只说成“某公”，其父虽为高级军官，大约跟他儿子一样，都名声不好，故只称为“父”，也无姓无名。弄清这句话，对于了解小说的法律内容，探讨作家的主观评价，都很重要。我的理解是，作家作品都有意褒魏法官而贬巡抚父子俩。

有人会反对笔者，以为巡抚身为高官，讲孝道，讲人情，为救父亲可以低三下四向一个粮官求情，为人子能这样做，岂不难能可贵？是的，从家庭伦理层面看，这巡抚不失为孝子，他的救父出刑罚之苦的行动也是认真的、彻底的，但要知道，这毕竟是一己的私情。而其父误调军队，造成一支大部队全军将士一个不剩地死于海盗的袭击，这难逃的死罪触犯的是国家刑法，侵害的是国家军队的无数将士的生命，社会危害性极大。作为一个高官，全靠国家和人民养活，在父亲犯不可饶恕的死罪之后，不站在大公无私的立场上想问题，而甘当父子私情的奴隶，致使姗姗来迟的必有法律审判半途而废，又把审案法官推上夭折的不归之路，还是一个好官员吗？所以，小说通篇对巡抚无一贬词，而我们却能读出贯穿全篇的贬义。这种阅读奇效从何而来，一言以蔽之曰：法律视角的观察与思考，足以不费力气地获取这大收获。如果在习惯的道德鉴定的老路上一直走到黑，那么就势必造成褒贬的大颠倒，认为魏法官是活阎王，巡抚某公是大孝子。

如此是非莫辨的阅读方式不全然推翻，岂不是既糟蹋了作家作品，又贻误了广大读者吗？

十六　一个漏网的强盗

——说《某乙》

以往不曾想到，《聊斋志异》中竟这么多为各种罪犯“树碑立传”，可用作反面教员的作品。《某乙》就是又一个突出例子。传主由赤贫到暴富的强盗行径以及始终逍遥法外的结局，一一记录在案。其黑色履历，又自有与众不同之处。

某乙的老底子，是梁上君子，即法律认定的“窃盗”，民间称之为小偷小摸。一旦落网，处罚较轻，三犯者，才判绞刑。因为他的妻子害怕他落入法网，屡屡规劝，终于洗手不干了。两三年过后，穷得吃不上饭，某乙就想到了重操旧业。有道是积习难改。盗窃的犯罪行为，也是如此。

有趣的是，某乙把犯罪当作正当事业来做，假借做生意的名义，找卜卦人寻问吉祥的行动方向。占卜的结果是：“东南吉，利小人，不利君子。”照一般人的思维逻辑，对小人有利的东南方向是不能去的，某乙却心中暗喜，因为他求之不得的目的地，恰恰是对小人有利而对君子不利的地方。某乙从小偷变强盗，就这样取决于他甘心情愿去做小人。要谈人生教训，某乙的最大教训就在自觉自愿当小人这一点上，所有把犯罪职业化的人们，无不如此在人生目标、目的、标准的选择上出了差错。

到南方的苏、松一带，某乙游荡了几个月，偶然在一个寺庙里以原始的怪招，加入了当地的强盗团伙。那怪招是：在墙角处，堆着小石子二三枚，他觉得蹊跷，也投进一枚石子在其中，然后进寺去睡大觉。快到天黑的时候，寺中有十来人聚在一起说话，其中有一个数石子，吃惊发现多了一个石子。原来这石子是强盗们来此报到用的，一颗石子代表一个人。于是，他们终于找到了某乙。在对方询问其籍贯、姓名一类问题时，某乙胡编乱造加以应付。

就这样，他成了该强盗团伙的成员之一。怪招有趣，某乙应付自如，表明这家伙在不务正业，走歪门邪道方面敏感，有小聪明。就凭借这敏感和小聪明，他一举以外地人的身份赢得了当地强盗团伙的信任，并且严严实实地隐瞒了真实身份，为以后的长期漏网留下了退路。如果把这些智能优势用到正道上，某乙很可能有成才的希望。

人说盗亦有道。这话不假。在强盗团伙瞅准了一个大户人家，用绳梯翻墙而入之后，他们认为某乙远道而来，不熟悉路径，适合在墙下接东西、传递东西和看守东西。这种分工有合理性。惯于玩小聪明的某乙，就正好利用这一角色，来了个黑吃黑的手段，把别人偷得的巨额财富转眼间据为己有。原来，在他所接到的财物中，有一箱沉重得很，破箱一看，把所有沉重物装入一个大口袋，背着就快步逃离了作案现场，悄悄溜回老家。就这样，某乙成了暴发户。这一口袋沉重物，当是黄金、白银之类。较之从前的小偷小摸，某乙这次的罪行极为严重。清代法律在“强盗”条中规定：

> 凡强盗已行而不得财者，皆杖一百，流三千里。但得财者，不分首从，皆斩。(《大清律例》)

就是说，某乙一旦落入法网，就死罪难逃。然而，他胆大妄为，用不义的巨额横财在家乡大建亭台楼阁，广买良田，还为儿子买官做。当地政府衙门若有头脑，明于事理，更懂法理，并不难从这个前不久还穷得吃不上饭的穷小子一夜暴富中看出破绽与疑点。然而，极其荒唐的是，县令在其豪宅大门上挂了一块匾，上书“善士”两个大字。这真是画龙点睛的两个字，概括了当政者只认钱不认人，善恶全然大颠倒的愚昧。严惩强盗的上述法律，指望这样糊涂的官员来落实，是根本办不到的事情。再说，有“善士”金字招牌的掩护，当地百姓谁敢非议，其他官员又怎敢同长官较劲去思考其中的疑问。也就是说，这块“善士”匾，具有象征意味，象征着当地的最高行政长官是非不分，滥用权力，已堕落为死刑犯的保护伞，依法严惩强盗的刑法已变成一纸空文。“善士”二字，妙不可言，诸如此类的讽刺性法理法意，尽在这两个字的囊括之中。

后来，案发当地的政府衙门，终于破获了这一重大案件。该强盗团伙中的当地成员，一个不少地全部捉拿归案了。唯独这个外地去作案的某乙，因为不知其姓名和籍贯，无从追查，逃脱了法网。他当初的谎报姓名和住址，果真得逞。骗局也有未能揭穿的时候。如今办各种假证件的非法公司之所以遍布全国大中小城市，就是因有人靠制造、出卖假证件赚了钱，而又有人靠买进假证件得了利，这买卖双方都在骗人。虽有的被查出弄虚作假的真相，但以假当真的大有人在。某乙堪称现实生活中造假身份证之类的人们的祖先。无论在心甘情愿当小人，干犯罪营生方面，还是在得逞于一时，越骗越大胆方面，二者之间都有明显的传承关系，甚至还有所恶性发展。当年的某乙，只是口说假身份，如今是制造、持有假身份证，更有欺骗性，使善良的人们防不胜防。这就表明，某乙的反面教员无形中成了当今骗子们的正面导师，可怕也可悲。

我在想，假如文学研究者早在几十年前就注意解读某乙的骗术在犯罪上的巨大危害性，使这反面教员的作用充分发挥出来，如今的诈骗犯罪现象就很可能早有遏制，不至于猖獗到眼下这种地步。

笔者愿以此文做亡羊补牢的工作，为时不算太晚。

《某乙》篇后附有一则短文，有的版本将其处理为某乙醉酒后的自述，中华书局的版本则处理为另一独立篇章，我以为后者妥当，理由是后一篇另有主旨，跟《某乙》相去甚远。

说来，这微型小说所写大罪犯改行当快捕手这一点上，跟巴尔扎克笔下的苦役犯当了巴黎的秘密警察，有着强烈的可比性，不妨推荐给比较文学家作研究的实例。在《交际花荣辱记》中，苦役犯高冷经过牢狱之苦的磨炼，跟狱方达成共识，日后当了一个秘密警察，贡献不小。外国文学研究者论及其人其事，不免表示震惊。殊不知，比这早了两百多年的中国作家蒲松龄率先创造了同一法律性质的人物。其故事说，某个大寇，发了一大笔横财回家，高枕无忧地过日子。有两三个小盗进门索要钱财，他不给，于是这伙人就施毒刑，抢光了钱财后溜之大吉。此人事后大发慨叹说："我不知道炮烙之刑竟如此痛苦难熬!"就这样，怀着对众强盗的仇恨，他投身到快捕手队伍之中，从事专门追捕盗寇的法律工作，使当地平安无事。当他抓到曾用酷刑折磨自己的那伙强盗后，也用他们的老办法来施用于他们自身。

时隔两百多年的中法两国的两个大作家，不约而同都看到了笔下人物法律立场的根本性转变，即由法律惩治对象的罪犯，转变为执行法律的专业人员。一般说，这种转变是好事，值得肯定。但不可绝对化地全盘肯定。例如，我国当今的检察官法明文规定，有过犯罪前科的人，不得当检察官。检察官的职责也是执行法律，打击犯罪，但对有过犯罪记录的人来干这一工作持反对态度。解读中法两国文学中的同一性质的两个文学人物之时，应有分寸，不得妄加无任何限制的发挥，否则就要弄巧成拙。

十七　杀害前后两位妻子的恶丈夫

——说《姚安》

在不长的时日里，姚安故意杀害了前后两位妻子。依照杀人偿命的刑法规定，姚安是一个不杀不足以平民愤的死刑犯。然而，若按这种理解来阅读《姚安》这一作品，那只是仅得皮毛的肤浅见识，因为其中另有深层法律思想意识，且将法律与美学、心理、经济等人文现象交融，故此篇的法律解读实质是对小说文本做内容上的多学科综合研究。没有找到方法论上这种立足点，是无论如何也读不懂这篇作品的。

姚安杀害第一位妻子的目的，是为了占有第二位妻子的美。其邻居姓宫，有一个美丽的女儿，名叫绿娥。这宫小姐仰仗貌美，提升择偶标准，扬言没有意中人不嫁。她母亲更是把话说得直截了当："一定要像姚安那样漂亮的小伙子，我女儿才愿意。"姚安听到这话，以为正中下怀，于是故意骗妻子来看井，乘势把她挤入井中淹死了。宫绿娥就这样成了姚安的第二位妻子。

小说无意于表现姚安杀妻的罪责，而是深入挖掘他得到美貌妻子之后的病态心理，一路跟踪刨根问底的结果是使我们发现姚安第二次行凶杀妻，这正导源于人物身上特有的病态美感心理。就这样，刑法、美学、心理等人文现象的互相渗透，难分难解态势，在姚安作案杀人过程中逐渐呈现出来。

首先，由于绿娥美，姚安对她不放心，总怀疑她会红杏出墙，就采用步步为营的对策，她走到哪里，他亦步亦趋地跟到哪里，绿娥想回娘家看看，他竟想出了这样的歪点子：让妻子用两只胳膊支起袍子，像盖着一对翅膀，把脸严严实实遮住，上车后再把车门贴上封条，自己则骑马紧随其后。这样做，简直是押送犯人进监狱，完全不是什么夫送妻回娘家。到家第二天，就催促绿娥跟自己一同返家。

如此对待妻子，似乎在极力呵护美，实际上严重侵犯了妻子的人格尊严和人身自由。若在当今，可提出民事诉讼，控告这严重的侵权行为，而古代中国极端缺乏把人当作人对待的民法精神，谁也不认为这里存在什么法律问题。

而作为被侵害的绿娥，从委屈至极的亲身经历和体会中却清楚认识到，这种屈辱不能忍受。换一句话讲，绿娥有着呼唤保护人身权的民法的朴素意识。她对丈夫说："如果我跟别人有约会，哪里是你这一套琐碎的办法能够对付的呢?"

其次，在遭到妻子的上述反唇相讥之后，姚安理屈词穷，只得另找一个理由，把绿娥软禁在家里，不能出门。这实际上是把美妻当作了一件物品，陈放在只有自己可随便观赏的地方。也就是侵犯人权的非法行为进一步升级。

事情发展到这个阶段，姚安对于妻子的美，在做法上属于违犯了民法，侵犯了人身权（人格尊严权、人身自由权）。下面进一步恶化，就导致了触犯刑法，酿出新的杀妻案。绿娥越来越厌恶姚安，就故意闹事气他：等他出门后，有意把不相干的钥匙放在门外，让他怀疑自己，看他怎么表演。果然，姚安一见，极为恼怒，忙问钥匙是哪里来的。回答是"不知道"，姚安疑心更重了，防范也更加严格了。夫妻矛盾如此激化，应是一种危险的信号，可当局者迷，他们也许都没有意识到可怕的后果即将产生。尤其是姚安，本应负主要民事法律责任，却一无所知，当事情的性质又进一步朝更严重的触犯刑法的方向下滑的时候，他还是随心所欲，对自己不加约束。

可怕的事情终于到来。有一天，姚安从外面回家，疑神疑鬼，偷听许久，不见动静。悄悄进屋后，只见一个男人的貂皮帽子躺在床上，他一怒之下，拿起刀就跑进房，用力砍下去。走近一看，这才发现是绿娥白天睡觉，怕冷，用貂皮盖在身上御寒。这时，他恐惧万分，非常后悔。

姚安先后两次犯杀人大罪，判处死刑是毫无疑问的。但小说没有在解释死罪难逃的层面上下功夫，而是致力于挖掘他之所以犯杀人死罪的独特心理原因。只要我们回顾一下笔者在《法说西游记》中曾谈过的唐僧师徒四人对异性美貌的三种不同心理距离，这姚安的心病就可看准了。唐僧和沙僧，见美女就胆战心惊，面红耳赤，瞅也不敢瞅一眼，属于心理距离太远，不能欣赏女性之美。猪八戒完全相反，一见美女就浑身发软，迈不动步，恨不能立即上前占有她，属于心理距离太近，甚至是零距离。唯有孙悟空恰到好处，既能把美女之美尽收眼底，又对美女毫无伤害，自身更安然无恙。老孙对美女的心理距离不失为好经验。

较之唐僧师徒三人的心态，这姚安的心理距离是什么样子呢？应当指出，他比猪八戒更糟糕。老猪固然一见美女就想据为己有，但他从来没有在占有美女后再杀死她。他把老美女叫“妈妈”，把小美女叫“姐姐、妹妹”，大有怜香惜玉之情。姚安呢，为占有美绿娥，就杀了妻子，占有绿娥后又怕她被别人占有，于是防范她、猜疑她、禁锢她、杀害她，这就是毁灭美。因此，姚安应当是美的杀手，美的死敌。女性之美在姚安之流心目中无异于一只大醋瓶，能醋得他们六神无主，身心不安，只得打破醋瓶，美丑同归于尽。

爱美之心，人皆有之。我们对姚安的心病的诊断，并不反对他具有爱美之心，只是反对他在得到美的手段上触犯了刑法，构成了犯罪，还在得到美之后又过于自私自利，连看都不让外人看一眼。要知道，女性之美，有目共睹，这是事实，任何人也改变不了。企图去改变，硬是不让外人看，这是不切合实际的妄狂想法，属于病态心理。姚安的第二次杀人罪，就导源于美感病态心理。

女演员、女模特、女主持人，通常都是美女，拥有千千万万观赏者，铁杆粉丝无计其数。按照姚安的心理逻辑，这些美女都性命难保，该叫多少人伤心、失望！

姚安第二次杀人后，照例引发了告状、判决、收买官员逃过了死罪等一系列法律诉讼活动，小说都一笔带过，我们也无话可说。

发人深省的是，在姚安又一次犯死罪之后，虽买回了肉体生命，但从此丧失了精神生命。具体说，就是产生了挥之不去的幻觉，时时、处处纠缠他，折磨他，使他不得安宁。小说在描述这幻觉心理现象上，具有犯罪心理学的宝贵认识价值，抄录如下供研究：

由此精神迷惘，若有所失。适独坐，见女与髯丈夫，狎亵榻上，恶之，操刃而往，则没矣；反坐，又见之。怒甚，以刀击榻，席褥断裂。愤然执刃，近榻以伺之，见女面立，视之而笑。遽砍之，立断其首；既坐，女不移处，而笑如故。夜间灭烛，则闻淫溺之声，亵不可言。日日如是，不复可忍，于是鬻其田宅，将卜居他所。

这里所写，主要是幻觉中的幻视画面，其次还有幻声伴随。二者夹攻，使姚安不能忍受。变卖田宅，移居他所，都是企图从幻觉折磨中解脱出来的无奈选择。

在《法说三国演义》中，曾谈到孙策杀于吉之后被幻觉心理折磨得丢了性命。在描述杀人犯作案后由恐惧而生幻觉，写幻觉又如历其境这方面，从《三国演义》以及它有所本的《搜神记》，再到这篇《姚安》，一脉承传的迹象明显，表明我国古代小说作家很早就注意到杀人犯的幻觉心理的特殊性与具体性，为现代犯罪心理学研究提供了很典型的个案实例。可惜的是，在笔者所读到的犯罪心理学一类的著作中，基本上都取材于现实案例，对于上述文学案例几乎一概未曾采用，真是可惜之至！

早在十五年前的《法律与文学的交叉地》中，我就说过，广泛研究文学作品，可写出《文学犯罪学》这种著作，其中自然应有“文学犯罪心理学”的篇章，甚至可以建构专门理论。本篇所谈，算是又一次呼吁和尝试。

十八　仗义行侠而屡犯罪的勇士

——说《崔猛》

中国是世界上唯一盛行武侠小说的国家。形形色色的江湖大侠在读者心目中大约都是了不起的英雄。奇怪的是蒲氏的《崔猛》本是地地道道的武侠小说，所刻画的崔猛，本是一个仗义行侠的大英雄，却不见有人谈论。这原因，大约在于论者每每注意到谈狐说鬼的篇目，故写凡人凡事的不免被忽视。

不谈，总比谈错要好得多。若有人像一概肯定武侠们的英雄壮举那样来谈论《崔猛》这一篇，将会大大误读误解主人公。为什么？崔猛的所作所为尽管大快人心，但毕竟都触犯了刑法，构成了犯罪，盲目歌颂，在法理上绝对不能成立。

崔猛还是十七岁左右的少年之时，就因喜欢打抱不平而广受乡人佩服，实际上大家佩服的就是犯罪行为。那些敢于违背崔猛意志的人，他就“石杖交加”，使对方“支体为残”。把人家打成了残废，这是法律绝对不允许的。

崔猛是个孝子，凡是闹事，只要他母亲一到场，他二话不说，就洗手不干。这母亲之所以严厉管教勇猛过分的孩子，就是因为他碰到不平之事就动武，没有例外地都触犯刑法而犯罪，不管教就失去了当母亲的职责。

我们来具体分析一下崔猛的四大勇士行为的犯罪性质。

第一大勇士行为是惩治邻居的悍妇。这悍妇天天虐待公婆，竟然不给饭吃，丈夫可怜母亲偷偷送饭去，这恶媳妇破口大骂，骂声响彻了四院近邻。崔猛大为恼怒，翻墙而过，把恶媳妇的鼻子、耳朵、嘴唇、舌头都割掉了，立即就死了。这是人命关天的官司，一旦告到官府，崔猛的小命就保不住。崔母采取了私了的方式，求邻居去死者家里做安慰工作，又把一个小婢女送给那丧妻的丈夫当老婆。这才把人命案件平息。私了命案也是犯罪行为，民间就习惯于这样用一个犯罪行为去处理另一个犯罪行为。在这里，泼妇骂公婆犯罪，崔猛把骂人者杀了又是犯罪，崔母私了杀人案还是犯罪。三件事都属于用后一种犯罪行为去对付前一种犯罪行为，从而乱成一锅粥。

第二大勇士行为是惩治巨绅之子某甲。此人一贯横行乡里，见李申妻子漂亮，就想夺过来据为己有，但找不到借口。于是叫家人引诱李申赌博，并放高利贷给他作赌资，使他签约用妻子来作抵押。一夜下来，李申负债数千，过了半年，连本带利共欠三万多。以不能还债为由，某甲把李申捆在树上毒打，逼着写出“无悔状”，就这样霸占了李申的妻子。崔猛经过反复思想斗争，在听到上述事件的当夜，就杀了某甲，还杀了李申的妻子。

官方怀疑是李申作案，抓来严刑拷打，皮破肉绽露出骨头仍不招供。一年多后，由于忍受不了酷刑的折磨，只好诬服，被判了死刑。其时崔猛的母亲已去世，他就对妻子说：“某甲是我杀的，因老母在世，不敢泄露消息，如今母亲不在了，我为什么还要因为自己犯罪而害了别人呢！我将去官府接受死刑判决！”崔猛自首后，释放了李申，李申却坚决要承担杀人罪责，两个人如此扯来扯去，让官府很为难。后来终于定夺，判了崔猛死刑。后因与崔猛相识的赵僧哥当了刑部官员，将其减刑，充军到云南，不到一年遇赦而归。

在此案中，崔猛为惩治歹徒，解救弱者于水深火热之中，不惜杀人而犯死罪。当官方不能破案，被解救者吃冤枉官司时，他又向官府自首。这些都是无私的侠义行为。问题在于，法律不允许这种有正义感的犯罪行为存在。再说，李申之妻本是无辜受害者，为什么行凶杀人之际，也把她杀死呢？可见，侠士毕竟缺乏足够的法理支撑。

第三大勇士行为和第四大勇士行为，行为人均不是崔猛本人，而是上述被崔猛以犯罪方式极力相助过的李申。崔猛充其量只是知情人和见证人。如此写来，意在表明崔猛式的仗义行侠的勇士大有人在，不失为一种常见的社会风气，故都算在崔猛的账上，有深化主题，丰富崔猛形象的意义。若老是崔猛一个人包打天下，此篇小说就大为缺乏波澜了。

且说第三件勇士行为，李申的主角当得比崔猛更显得有谋略。有一个王监生，充当了四面八方的无赖之徒的总后台，乡间凡大户人家，几乎都受到这一伙歹徒的劫掠。稍有不满之人，就被他们杀害于路途。其子也是一个暴虐之徒。王氏家族有一个寡婶，父子俩都与之通奸。其妻仇氏反对他的这种奸淫行径，王监生就把她吊死了。仇氏兄弟状告王的杀人重罪，由于王贿赂官府，竟以诬告罪名，使原告人吃了官司。兄弟俩无奈之际，只好求助于崔猛，李申出于保护恩人而加以拒绝。随后，发生了李申告崔猛借钱不还的案子，两人对簿公堂，崔猛很奇怪，老朋友为何如今这样翻脸不认人呢？这之后，就出现了王监生父子、婶娘与媳妇一并被杀的大血案。王氏家中怀疑是崔猛指使人行凶作案，官府根本不相信。这时，崔猛才明白，杀人者李申敢于在杀人后自写姓名于墙上，当初有意告自己欠债不还，原来是保护他，免得官方怀疑崔猛。

这次杀人大血案的制造者李申，较之崔猛的上述两次仗义行侠，在惩治邪恶，伸张正义这一点上，勇力不差上下，但在谋略上李申更胜一筹，多了一些思考、策略的东西。然而，在以犯罪手段对付王监生父子的犯罪行为这一基本问题上，两个人则谁也不比谁高明。只是因为李自成造反，冲击了官府，这一起人命血案才自然平息。

第四大勇士行为，是李申在对付王监生的从子得仁的复仇活动中，有着军事家的指挥若定、料事如神的突出表现，从而有大侠的风范。这得仁把王氏从前的无赖班底招集在一起，据山为盗。有一天，他们找崔猛报仇，适逢崔外出，就捉走了崔之妻，并将家中洗劫一空。李申看到这一切，就组织人马，与之决战。第二天，崔猛回家知情后，要单枪匹马去跟歹徒交锋，李申极力劝阻。后依李申的调兵遣将，有计划、有步骤地行动，彻底打垮了得仁的乌合之众。在抗暴斗争中，李申与崔猛得勇士三百余人，从而保护了一方平安。

这样一支武装力量，既不是合法的国家军队，又不是为害一方的反动武装，属于武侠一流的民间社团。但手持武器，像作战一样打斗，以及打斗中的伤人、杀人现象，等等，都明显地属于犯罪行为。

古人云："儒以文犯禁，侠以武坏法。"以上所说崔猛本人和他的朋友李申的四大侠义行为，的确一再有力证明，诉诸武力，动辄杀人，不管你有怎样正义的理由，归根结底都是法律严禁的犯罪行为。事实上，每当杀人血案发生，几乎都有告状、审判、处罚一类的法律诉讼活动展开。可见，"侠以武坏法"是历史性的总结，对于我们解读中国古代武侠小说中的所有大侠小侠们的所谓仗义行侠的法律性质，有指导大方向的重要意义。而侠们的作案杀人的行为之中，道德的正义性与法律上犯罪的严重性，构成了尖锐矛盾，可在法律与道德的专题中进行系统研究。《崔猛》虽无人认定它是武侠小说，但它所提供的法与德的矛盾斗争情形，却是很典型的，比武侠小说更有侠义精神。

十九　在坎坷的法律遭遇中挺立的大好人

——说《陈锡九》

自从《论语》有“无讼”观念问世之后，世世代代的中国人都厌恶打官司，或者莫名其妙地害怕打官司。《陈锡九》这一作品，似乎在故意跟孔子唱对台戏，让主人公接连不断地卷入法律纠纷与法律诉讼之中，有时又同强盗犯罪案件不期而遇，而所有这些坎坎坷坷的法律遭遇都造就了主人公陈锡九的大好人挺立于世的动人形象。因此，可以认为，这篇小说足以宣告“无讼”观念消极、无用。

陈锡九所有的一切坎坷法律遭遇都同他的岳父周某密切相关，故充满了个人恩怨色彩。惟其如此，他的大好人的良心才能得到彰显。首先，周某有悔婚约的动念与行为。陈锡九的父亲陈子言，是乡间名人。有钱的周某因仰其名声，使女儿跟陈锡九订下婚约，依法是不能反悔的。在陈锡九几年考试落榜的情况下，周某嫌陈没有出息，就想把女儿许配给王孝廉作继室夫人，遭到女儿反对，由此更憎恶陈锡九穷困。

把女儿草草嫁给陈锡九之后，鉴于穷得没有饭吃，周某又连续派几队人马来强行接女儿回娘家，那架式跟两兵交战一样，女儿只得回了娘家。不料，周某又派人来逼要离婚书。母亲强迫儿子写了，于是夫妻被迫离婚。

在接连而来的婚姻纠纷中，陈锡九都处在被迫、受害的地位，但他谁也不责怪，只是自己一个人默默忍受一切。

不久，听说在西安的父亲陈子言去世，陈锡九又怀着悲痛去安葬尸骨。接着，他又按照父亲鬼魂的嘱咐，去岳丈家讨还妻子。谁知自被休之后，妻子就遭到禁闭，后又许婚给杜氏，于是在迎亲之日绝食，饿得气息奄奄。周某一方面将快要死去的女儿送到陈锡九家中，另一方面又状告陈锡九害死了自己的女儿。告状前，还派了一伙人到陈锡九家里砸门毁窗，引起陈氏家族的不满，把这伙人打伤了不少。当了被告的陈锡九在受审前救活了妻子，于是进法庭后反诉岳父周某诬告，这样官府一怒之下，就要治周某的诬告罪。周某很害怕，以重金贿赂县官，这才摆脱法律处罚。

现在要问，女婿反诉岳父，算得上好人的作为吗？可以认为，这是陈锡九作为好人的一个重要表现。要知道周某始终处在恶人的地位。当初的许婚、悔婚，后来的强迫陈锡九休妻，接着逼女儿改嫁，还把绝食招致死亡危险的女儿强行送到陈家，进而又诬告女婿害死了女儿，这一切无不是世上最恶劣的极端自私的势利之徒的行径，陈锡九都一忍再忍。如今既然上了公堂这该讲理的地方，就得依法澄清事实真相。若一味再忍耐下去，那么受委屈的就不再是陈锡九个人的事情，而是会使法律的公平、公正受到玷污，社会公德遭到扭曲，恶人的卑劣继续在是非混淆的黑幕之下作恶害人，社会良风美俗也就无从发展。应当为这正义的反诉大声叫好。

出乎人们意料的是，这个诬告女婿不成的岳父周某，又生出一个毒计：他再一次到郡太守那里去告状，扬言陈锡九犯了强盗罪。当衙役来捉拿陈锡九的时候，村里的乡亲都很吃惊，认为太冤枉，就纷纷出钱给公差，因此一路上陈锡九没有吃什么苦头。到郡府之后，陈锡九讲了自己的家世，太守惊叹是："这名人的儿子，温和文雅，怎么可能去当强盗呢！"说着，就把陈锡九从这起案件中完全解脱出来。接着就把声称陈锡九是强盗的一伙人抓来进行拷问，这才供出真相：原来周某买通了他们，故意编造了这起假案子。陈锡九进一步说明了岳父与女婿结怨由来已久的情况，太守更为恼怒，就要提审周某。在陈锡九回家后，周某就因制造假案件而被送进监狱。

周某由发泄个人对女婿的不满，一直发展到拿国家法律和执法衙门来开玩笑，追究他的法律罪责，纯属引火烧身，怪不得别人。陈锡九无可指责。可贵的是，当妻子哀怜父亲，痛不欲生之际，陈锡九又不得不去郡府求情，希望从轻发落周某。太守于是把刑事处罚改判为民事赔偿，责令罚谷一百石，赏赐给孝子陈锡九。

当今之世，人们对于民事赔偿的法律，在理解上有极大片面性，总是一味强调保护自己的合法权益，一旦有赔偿诉求，就狮子大开口，动辄索赔几百万，至少也要几十万。殊不知，在如此漫天要价之际，就往往包含损害对方合法权益的因素。民事法律崇尚互谅互让精神，你分文不取，民法决不会责怪你。在这一点上，陈锡九的可贵之处，正是今天人们所缺少的东西。请看，在官府已下令罚岳父一百担谷之后，那大批粮食已出仓运往陈家。然而，陈锡九对妻子说："你父亲以小人之心，度君子之腹，居然在谷子中间掺杂粮，这是干什么？"于是，完全拒绝接受这一百担谷。也就是说，对于这笔由官府批准的应得财富，陈锡九大度地分文不取。这是在法律实务中的美德，对今天的索赔的人们，有很大启发意义。那些狮子大开口习以为常的法律诉求，在陈锡九的大度风范之下，显得不伦不类。

陈锡九的家境，只不过有吃有穿罢了，住房很简陋。有一天夜里，一伙强盗进门抢劫，在仆人大声呼叫的情况之下，仅偷去两匹骡子。陈锡九是这起强盗案的受害者，给他的坎坷法律遭遇史又增添了一笔风险记录。

半年多过去了，曾失盗的陈锡九竟然在另一起大盗抢劫案发生当晚得到了意外的大大补偿。这一奇迹的出现，寓有好人终有好报的观念。其经过是：夜读的陈锡九听到门外有动静，开门一看，半年前失盗的两匹骡子回来了，它们直奔骡槽，身上各负有装满白银的皮包。后来才知道，就在这天夜里，岳丈周某家被大盗洗劫。因城防军队追捕，强盗们丢下赃物就逃命去了。这两匹骡子因为认识旧路，就载物回到主人陈锡九家里来了。这一有趣的故事情节，有一举两得之效：既抨击了周某一贯作恶势必得恶报，又表彰了陈锡九一贯受欺负还不断做好事终于有善报。一小一大两起强盗案经过惩恶扬善的道德盛装的打扮，犯罪的法律意味淡化了，受害人在案发后的不同处境的道德成因强化了，故阅读之际有法理启迪和道德感染的双重收获。

沿着这双重收获的阅读心理效应的线路，接下来又有女婿与岳丈之间的后续故事展开。以岳丈而论，周某从狱中归家后，刑创加剧，又遭盗劫，于是大病而死。一句话，盖棺论定，一贯作恶，胆敢制造假案子害人者，没有好下场。以女婿而论，陈锡九应妻子的请求，出远门去超度岳父的亡灵，以安慰生者，同时还接济生活困难的岳母和内弟，把平生的好事做到底。以法律层面论之，陈锡九的这种善举，有解救、帮助刑事案件的受害人的意义。在当今中国社会，这种法律意义上的扶危济困，通常是由政府有关部门和慈善机构来实施的。

陈锡九与周某，一正一反，相得益彰。传主陈锡九坎坷的法律遭遇的制造者，除社会上的歹徒之外，就是他的岳父周某。给我们留下深刻印象的是，陈锡九越是碰到坎坷越坚强，越是坚决越善良，从而挺立起一个在法律实践中的大好人的形象。

二十　功罪难以评说的当事人

——说《张鸿渐》

《聊斋志异》的两百多篇涉法作品中，《张鸿渐》这一篇是比较难懂的，难就难在张鸿渐和他的合法妻子方氏、婚外情人舜华的一系列法律行为，是功是罪，在法理评判上，不容易准确把握。

第一个法律行为，是张鸿渐当了一回义务律师，替人写了一份起诉书，不仅败诉，而且弄得自己成了逃犯。这里的法理，就有难点。县令赵某，又贪婪，又残暴，有个姓范的书生竟被他用杖刑活活打死。同学们一致想替死者鸣冤叫屈，就请十八岁的张鸿渐起草了一份控诉书，到上级衙门告状。从这一点看，张鸿渐甘当义务律师，跟大家一起去控告赵县令致死人命的不法行为，光明正大，合法合理。

然而，案情发生了逆转。赵某用巨额金钱贿赂上级官员，结果用"结党"的罪名把众书生关进监狱，同时又追捕代写诉状的张鸿渐，就这样张一下成了同案犯，只得逃亡异乡。依当权者的逻辑，张鸿渐此时成了逃犯，而依正义的法理，该是正义的律师受到了犯罪官员的迫害，致使背井离乡。是谁造成这种法律上的大颠倒现象的呢？就是县令赵某和他的受贿的上司。他们以权压法，保护罪上加罪的赵某，惩治无辜的原告和诉状起草人，完全破坏了正常的法律秩序。

第二个法律行为，是逃亡途中的张鸿渐与美女施舜华相识，并发生了婚外性关系达三年之久。虽然女方有与之结婚的表示，也不嫌弃张氏家中已有妻儿，但毕竟是私下同床共枕，没有举行任何婚礼仪式。依清代法律，这属于通奸，男女都有罪。依当今的法律实践，这属于所谓的事实婚姻，当补办结婚的法律手续。

尤其值得一提的是，施舜华对张鸿渐的爱情真挚而纯洁，不带任何索取好处的条件。当张问到当年的告状之案的后来情况时，施回答说：那些书生有的病死在狱中，有的流放到边远地区。这些都是事实。这就证明，她虽是狐女，对人世间法律的不公平、大颠倒很关心，颇有正义感。因此，对这种好女子若追究什么通奸罪，在读者心目中很难通过。认为这又是一个难以评论的法律行为，就有这些理由。

第三个法律行为，是张鸿渐亲手杀死了乡里的恶少甲。单看这故意杀人事实，张氏死罪难逃，但考察恶少甲的恶劣行径之后，就该另当别论了。这恶少甲看到方氏美丽，早就有图谋不轨之心。张鸿渐悄悄回到家里的这天晚上，恶少甲跟踪而来，怀有捉奸的企图。甲不认识张，就偷听方氏跟张的谈话，终于忍不住将捉奸的话讲了出来。方氏只好承认是丈夫归家了。这时，甲理直气壮地说："张鸿渐的大案未消，即使是他回来了，也该捆起来送官府法办。"很清楚，在这歹徒面前，夫妻二人处在进退两难之中。若说是陌生男人与方氏幽会，那么就犯有通奸罪，该受法律追究；若承认是张鸿渐本人回家，那么他是受追捕的逃犯，还是要抓起来受法律处罚。特别可恨的，还在于这甲对张鸿渐写诉状的这件案子所持立场与态度，是倒向贪官污吏一边的，这正是他作为恶少的一个突出表现。就这样，张鸿渐在两难中怒火中烧，忍无可忍，将甲刺伤之后又杀死，从而犯了故意杀人罪。纯文学家见到这类好人杀坏人的命案，总爱说坏人罪有应得。这话不对。坏人再坏，也得由法律来论处，任何个人都无权杀人。

当时，夫妻二人的法律意识远比今天的纯文学家高明。方氏立即意识到，丈夫已犯下大罪，主张尽快逃走。这主张对不对？应当承认，有其正确的成分。因为，张已被当局视为逃犯，再加上故意杀人罪，若不逃命就只有死路一条了。这样，逃走就不失为一种反抗邪恶当局的手段。

张鸿渐则认为，人既是我杀死的，大丈夫要敢作敢为，怎能自己逃走，让妻子去顶罪呢！于是，他选择了到官府去投案自首。以法理论之，张自首不是对当局的妥协，而是对法律的尊重，同时也是保护妻子的方式。一旦他逃走，当局抓妻子顶罪的野蛮做法，是很难避免的。赵县令这个罪上加罪的漏网犯官，此时俨然以执法者自居，把张鸿渐视为钦犯，用刑过后，就解送到郡治，再解送到京都去，一路上械禁严苦。

第四个法律行为的主体不是张鸿渐，而是施舜华，是她的主动作为，一举把张变成了该法律行为的接受者。在解送途中，施女用酒把两个公差灌醉了，然后解除了桎梏，两人乘坐一匹快马，飞奔而去。他们在太原过了十年的流亡生活。简言之，这是张鸿渐第二次当逃犯。如果说第一次当逃犯，名不副实，应当读作逃避冤案加身，那么这次因杀人而逃亡，则是名副其实的逃犯。问题只在于张鸿渐并非自己主动逃亡，而是被迫的无奈之举。

清代法律中有劫囚的罪名，指的是在解送途中或监狱之中把人犯解救出来，逃避法律惩处的行为。显然，施舜华解救了张鸿渐，把他带到太原隐姓埋名达十年之久，是典型的劫囚之罪，其后果是使杀人凶手逃脱了死刑处罚。抓住这后果，认定她罪行严重，危害性极大，是合乎法理的。不过，若联系张所杀的甲可恶可恨，再联系赵县令罪上加罪却依然以治他人之罪的姿态出现，这劫囚又有其抗恶扬善的意义。我相信，广大读者不仅不会谴责施舜华的劫囚行为，反倒会为之叫好。这人心所向，正表明在特定条件之下，法律作为评论人与事的价值尺度，有其不完善的地方，甚至显得有失偏颇。

第五个法律行为，是出于张鸿渐个人主观的心理感觉，第三次当了逃犯，又流离失所。我们评论起来，也得费一些周折。在太原流亡十年后，探听到当局对十年前的杀人凶手的追捕已经松弛下来，于是张鸿渐悄悄回到阔别了十年的妻子身边。不料，有一天夜里人声鼎沸，紧接着有急促的敲门声。有过两次逃亡经验的张鸿渐，似乎形成了一种条件反射，立刻意识到是官方连夜来抓捕自己，故不得不第三次逃亡异乡。事后，才知道这是虚惊一场。原来，在流亡于外的年头，张的儿子已长大成人，近日考取功名，衙门派专人登门报喜来了。张鸿渐把喜事临门误解为祸从天降，说穿了，不就是因为当权者胡作非为，弄得他心有余悸吗？假如国泰民安，杀了一个歹徒，作为凶手本有从轻论处的可能性，至于像惊弓之鸟一样逃窜吗？所以说，这虚惊一场的第三次逃亡，自有其法理可议。

张鸿渐最后的结局，若按纯文学家的理解，是皆大欢喜的大团圆：在第三次逃亡中，分散多年的父子终于相见，此时儿子已是新考取的孝廉，经过儿子的许姓同学叔侄俩又送礼物又写信给上司，疏通了关系，父子俩就一同返回故乡。然而，若作法律的追问，这里存在的弊端就很明显了。应当追问的是：在这种看似大团圆的喜庆结局中，张鸿渐的上述杀人罪行，岂不是一风吹了吗？再说，如此勾销杀人罪责的社会力量是什么？不就是权力吗！他自己的儿子是新任孝廉，即使无权也可接近有权之人而借光。他儿子的同学即许姓孝廉和他的叔父，向上司为张鸿渐疏通关系的实质，就是用人情、权力的力量来对抗以至抵消法律的威慑力。可见，张氏父子的荣归故里，在法律实质上可窥见一个杀人犯最终逍遥法外的症结之所在：古代中国乃至当代中国法律，而对人情泛滥和权力滥用交汇的大潮，总是被冲击得沉浮不定，难以发挥应有的作用。

这种解读，应是小说自身的昭示，只不过纯文学家很难识别罢了。这里，还可从死者某甲的父亲对张氏父子的态度，为张鸿渐逃脱法网的结局及其上述重要寓意的解读找到一个有力佐证。该父作为张氏杀人案受害人的家属，通常是心怀不满的，那对策要么是个人复仇，要么是告状，二者必居其一。而这位父亲呢，看到张氏儿子富贵了，不敢再有祸心，张氏也友好相待，于是双方和谐相处了。法律的控告、追究、处罚也就不复存在了。

正因为此篇法律寓意格外丰富，又难以评说，故成了纯文学家迈不过去的一道陡坎。聊斋研究的资深专家也不例外地滞留在这陡坎之下不能前进。请看下面为其专题文章作结论的一段话：

> 《聊斋志异》的内容，无非四方面：官场黑暗；知识分子落魄；神鬼狐妖；爱情婚姻。《张鸿渐》竟然能把这四方面内容“一锅端”，实在难得。（马瑞芳《谈狐说鬼第一书》）

这种说法，既将聊斋中的两百多篇涉法作品一笔勾销，更没有究明《张鸿渐》到底写的是什么，是纯文学家读不懂涉法文学作品的最典型、最突出的表现。

二十一　荒唐判案的两个糊涂法官

——说《郭安》

标题为《郭安》的这篇小说，实际上并列着同一主题的两篇作品，两个荒唐判案的糊涂法官的生动形象，在极简略的叙述中跃然纸上。这样短小精悍的佳作，不可不全文抄录如下，供大家细细品味：

孙五粒，有僮仆独宿一室，恍惚被人摄去。至一宫殿，见阎罗在上，视之曰："误矣，此非是。"因遣送还。既归，大惧，移宿他所；遂有僚仆郭安者，见榻空闲，因就寝焉。又一仆李禄，与僮有夙怨，久将甘心，是夜操刀入，扪之，以为僮也，竟杀之。郭父鸣于官。时陈其善为邑宰，殊不苦之。郭哀号，言："半生止此子，今将何以聊生！"陈即以李禄为之子。郭含冤而退。此不奇于僮之见鬼，奇于陈之折狱也。

济之西邑有杀人者，其妇讼之。令怒，立拘凶犯至，拍案骂曰："人家好好夫妇，直令寡耶！即以汝配之，亦令汝妻寡守。"遂判合之。此等明决，皆是甲榜所为，他途不能也，而陈亦尔尔，何途无才！

先看第一篇。这篇百余字的微型小说，叙述的是一起杀人案的始末，而重点在写案发的背景、原因、经过与结果，似乎与讽刺法官的荒唐、糊涂毫无瓜葛。不懂法律的人们，大约都会这样理解。其实，这是作为审案法官必须掌握的客观法律事实。今天法律界有一句尽人皆知的行话：以事实为依据，以法律为准绳。没有认准这依据和准绳就根本不可能审判案件，硬要审判，就只能胡审乱审。县令陈其善恰恰是闭眼不看事实的法官。

本案的基本事实是，杀人案发生在孙姓官员家中，当事人是三个仆人；仆人李禄与另一仆人有个人恩怨，于夜里报复杀他，却把不相干的仆人郭安杀死了。很清楚，审判此案，首先就必须审出李禄故意杀人的动机与把人杀死了的结果。陈其善在受理了郭父的控告之后，毫无作为。"殊不苦之"，指的是对被告不进行拷讯的程序。古代中国法律上极重视口供，之所以一上公堂，就要对被告严刑拷打，就是为了逼出口供，作为判决依据。陈其善对李禄竟然大发慈悲，额外关照，不让他吃一点皮肉之苦。这样做，已有荒唐意味萌芽。究其原因，很可能是李禄的主人孙五粒是大官。爱屋及乌，自然就手下留情了。

以法律论之，故意杀人当判死刑。陈其善把这条法律根本不放在眼里。既然事实的依据和法律的准绳都弃之不用，那么怎样判决呢？陈法官凭借的仅仅只是死者父亲的一句话。郭父说："我半生就只郭安这一个儿子，今后依靠谁过日子呢?"

这本是悲痛、绝望之词，不是什么法律诉求。陈法官就凭这一句话，把凶手李禄判给郭父做儿子。这是多么荒唐的判决！荒唐就荒唐在既无事实依据，又无法律准绳，完全是随心所欲。

若是判决民事案件，陈法官的判决还有一点道理可讲。民事侵权案中，侵权者对被侵权者负有道歉、恢复所损害东西的原样、赔偿等责任。例如，打破了别人桌子，赔偿同样一张桌子。然而，刑事案就不同了，得依法追究犯罪者的刑事责任。把凶手赔偿给死者的父亲当儿子，没有这种法律，在法理上也讲不通。小说用一个"奇"字来讽刺陈其善的审判，说的就是这判决太离奇，太怪异。

这里有由案情提出的一个问题需要讨论。李禄既定的杀人对象，本来是另外的一个仆人，由于他从原来住的房间搬出来，住到别的地方去了。郭安见房间无人，自己就住进去了。李禄不知有此变化，误以为入住者郭安就是预定的对象，故杀了他。由此提出的问题是：对象的误认，是否能影响到杀人的罪行的判决？回答是不影响。也就是说，故意报复杀人的严重罪行，并不因为对象的误认而减轻。把郭安杀死和把复仇对象杀死，在法律后果上完全一样。对凶手的死刑判决是毫无疑问的。堂堂县令陈其善，对这杀人偿命的法理居然一窍不通！

再看第二篇。此篇也是讲的县令判决杀人案的荒唐可笑。这回审案者是济州西边某县的县令。告状人是妻子，控告对象是杀害自己丈夫的凶手。县令一怒之下，就将凶手抓到了公堂之上。办案效率在逮捕人犯这一点上，很高。接下来的审判，就太离谱了。一不问之所以杀人的原因，二不问作案手段，三不问行凶杀人的结果——是否杀死了，有没有碎尸情节，把惊堂木一拍，就叫骂开来，跟泼妇骂街一样，想怎么骂就怎么骂，什么章程都不要。

这个县令的判决，更为荒谬，竟让凶手去为死者之妻当丈夫。如果说陈县令判凶手去当儿子，多少带一点惩罚的意味（中国人总喜欢充当别人的父亲，当儿子则是奇耻大辱），那么判凶手去当丈夫，则不见丝毫惩罚意味。可这县令会极力反对这种看法，因为他有自己思考问题的逻辑。别人夫妻好合，你却要杀人丈夫，让妻子守寡，现在我叫你去当丈夫，让你的妻子也当寡妇，这不是惩罚是什么？是的，在审判法官的县令心目中，一个妻子转眼间成了寡妇是人生的大不幸，确有惩罚性质，但局外人不禁要问：丈夫行凶杀人，你却惩罚妻子，这是哪家的法律？这还叫作审判案子吗？

中国古代这类荒唐的法律判决，在文学作品中真是层出不穷。我们曾谈过，在《世说新语》中有县令罚犯人喝酒。唐代有一则笑话，某官员自己不吃肥肉，就罚有罪过的人吃肥肉。加上这两篇微型小说所写，这糊涂法官胡乱判案的文学景观，实在堪称源远流长，叫人大长见识。蒲松龄一路写来，压抑不住冷嘲热讽的情绪，在两篇作品的末尾都有所发泄。前一篇揭示出陈其善判案之“奇”，后一篇则笔锋一转，进而点明这离奇之判，“皆是甲榜所为”，即都是有学问的人干的好事。若是没有学问的官员呢，岂不是等而下之，在那里装模作样尽干糊涂官打糊涂百姓的勾当！

上海古籍出版社出版的另一版本中，此篇还有一则可供一并研读的材料：

> 王阮亭曰：“新城令陈端庵凝，性仁柔无断。王生与哲典居宅于人，久不给直，讼之官。陈不能决，但曰：‘诗云：维鹊有巢，维鸠居之。生为鹊可也。’”

上两篇讲的是杀人刑事案胡乱审判的荒唐，这则材料讲的是租赁民事案件照样胡乱审判的可笑。这新城县令连叫租房人如数给房主交租金的常识都不懂，又装作极有学问的样子，引用《诗经》中的话来让房主当“鹊”，书呆子一个，头脑僵化到像木头疙瘩，死搬硬套书本则如同留声机。

二十二　敢于告状和善于告状的伟大公民

——说《席方平》

《席方平》是《聊斋志异》中的名篇之一。这是因为，它一度选入中学语文教材，新中国的几代人都知道小说主人公席方平坚持告状的故事。

敢于告状和善于告状，在坚持告状中成为一个伟大公民的形象，这就是我对此篇主人公席方平的总体评价。有一位青年学者说，席方平是最牛的上访户。这种说法是完全不沾边的。上访，是当今社会的政治生活现象，并非法律诉讼活动。而小说所写，是席方平先后四次告状的典型法律诉讼活动，并有着程序法实施上的认识意义。

席方平敢于告状，表现在一不怕钱，二不怕权，三不怕被整得死去活来。他的邻居姓羊，很有钱，就凭着钱多，这家伙就大肆欺负席方平的父亲。活着的时候，总是借故找岔子，死了之后又买通小鬼，每天来拷打席父，一直把他折磨得丢了性命。席方平就灵魂出壳，到阴曹地府替不会讲话的父亲申冤出气。这种怪异的故事，揭穿了，说白了，就是指席方平为了行使公民告状的权利，敢于付出生命的代价，也就是不怕牺牲。这种精神自然是伟大的。

告状活动开始之后，席方平面对的是手中有权的各级衙门的鬼官，城隍、郡司、冥王等都是大权在握的官员。他们对席方平这个小小的平头百姓，使尽了花招，用完了酷刑，甚至把他锯成两半，为的是剥夺他的告状权利。冥王是剥夺这告状权利的官方邪恶势力的总代表。一升堂，还没讲一句话，他就下令把告状者席方平打了二十鞭。席方平不服喊冤，冥王就下令脱光了他的衣服，放到火床上去烤，骨肉都烤得焦黑。一边用这类酷刑，一边问：还敢告状吗？这样边整边问的下流手段反复施用了三次。为了达到防止告状的目的，官方还用了拷打之外的防范措施，如派官吏押送席方平回家、让席方平投胎变为新生婴儿之类。席方平呢，针锋相对地斗争：你送我回家，我回家之后再来；你叫我变婴儿，我就不吃奶饿死，又回到席方平的老样子，继续告状。

不少学者说，文学作品中的人物坚持告状，坚持打官司是对封建法律抱有幻想。这个看法很片面。要知道，不平则鸣，是人们的心理习惯和规律。在公堂上当着众官吏、衙役诉说人间的苦难和委屈，即使当权者一点也不能替当事人讨回公道，解决任何问题，起码满足了宣泄的心理需求。席方平敢于告状的伟大之处的一个突出点，正在他代表了所有作不平之鸣的人们的倔强灵魂。在席方平身上，没有一丝一毫的忍气吞声、妥协退让的软骨头毛病。在掌大权的冥王一再逼问“还敢告状吗”的时候，席方平都回答得干脆、利落，掷地有声：“一定要告！”

说实在的，在古今中外的文学名著中，像席方平这样毫无畏惧，坚持告状到底的钢铁硬汉，还不曾出现。这是席方平作为伟大公民形象的宝贵性格特征。不通法律，不明法理，这种性格特征的可贵之处，就无从认识和理解。

尤其在席方平善于告状的性格特征的认知上，更需要有封建时代的程序法的专门知识基础。为什么席方平善于告状的伟大之处从来无人谈论？就是因为纯文学家不具备谈论的内在法律修养功底。查《大清律例》，关于法律诉讼程序，有这样的明文规定：

> 凡军民词讼，皆须自下而上陈告，若越本管官司，辄赴上司称诉者，笞五十。

在该法律条文之后，还有这样的立法解释：

> 须本管官司不受理，或受理而亏枉者，方赴上司陈告。

综观席方平四次告状的全过程，做一番法律考证后，我吃惊地感觉到，当年创作此篇时，蒲松龄一定熟读过这一法条及其解释，于是才让席方平的所作所为都形象化地诠释着这里的所有立法精神，从而成就了人物作为伟大公民的另一侧面的伟大之处。

请注意，席方平四次告状的历程，完完全全是“自下而上陈告”，恰如登山一样，从山脚起步，一步一步登上山顶，而之所以要登上最高的山顶，那是因为每一级衙门虽“受理而亏枉”，故不登上山顶就会半途而废。在这里，历来的纯文学家犯了一个致命的法理错误，就是没有看到席方平四次告状的控告对象发生了相应的变化，使每一次告状都不是简单重复上一次的法律诉求。这一点，恰恰是善于告状的要义、精髓之所在。

第一次，所告的仅仅只是为富不仁的坏邻居羊某。原、被告都是普通百姓，是一次纯粹的民事纠纷案的诉讼。席方平所投诉的“本管官司”是城隍。城隍，就是俗称的土地庙，是阴间的基层衙门。席方平从这一级开始陈告，百分之百合法。仅此一点，就该赢得喝彩。

第二次，到郡司告状，被告名单上就增添了城隍老爷，因为他暗中接受羊某的贿赂，干出了两种不法勾当：一是命小鬼继续坑害席方平的父亲，日夜拷打不止；二是在公堂上借口没有证据，使席方平白告状一回。也就是说，城隍老爷在这一回告状中充当了法律贬责的“或受理而亏枉者”的执法而犯法的角色，因此，就成了被告名单中的新成员。

第三次，就告到了阴间的最高长官冥王那里去了。这一回，被告人又增加了郡司长官。理由不仅仅在于他拖延半月之久才开始审判活动，而且把案卷材料像踢球一样，又踢到城隍老爷门下。倘城隍老爷在上司压力之下改弦更张，秉公执法一回，那还有补救的希望。然而，这城隍大搞报复，用酷刑把席方平狠狠整治了一番，还强制性押送原告回家，把法律明文规定的诉讼权利剥夺了。

不料冥王治下更乌烟瘴气。席方平明明“诉郡邑之酷贪”，冥王唯有依法惩处两级下属的罪行才是正确的，然而他却在幕后与他们拉关系，充当他们的保护伞。这种官官相卫的黑幕，连旅馆老板都有所耳闻，可见腐败衙门弄得众所周知了。就这样，冥王的公堂，不再是审理案件、审判罪犯、决断民事的官府，而是滥用刑罚、惩治告状人、剥夺公民诉讼权利的黑窝点。席方平被整得死去活来的场景大曝光，实质就是冥王执法而犯法，从阴间最高长官沦为头号罪魁祸首。席方平吃尽了酷刑的苦头，因而就是冥王犯罪本质的彻头彻尾的大暴露。

既然冥界由基层一直到顶层都腐败变质了，那第四次告状，何人何处才能受理呢？这一回的被告名单中，是不是要增加冥王呢？这都是悬念。小说没有沿着这情理中的应有悬念线索行文，大写席方平如何加进冥王这个新被告成员，再次告状的经过，而是直接描述二郎神秉公执法，把席方平所告过的羊姓邻居、城隍、郡司以及这次想要告的冥王等一大帮被告，一个不差地全部押送到衙门接受审判。紧接着，就是二郎神当堂执笔写出的判决书。可以说，这判决书解决问题的彻底程度，超出了席方平的预想。他告去告来，从没有想到把那些听命于长官、直接下手加害自己的所有衙役也告上法庭。这是他善良、大度、明事理的表现。但二郎神对冥间世界要求严格，故连“隶役者”也不放过，对他们也有严厉惩罚的判决。对羊某的判决，重在民事赔偿，而不是刑事处罚。

对于席方平敢于告状、善于告状的法律诉讼行为来讲，这一纸判决书的出现，不啻是一张胜利的捷报，又如同是席方平这位伟大公民诞生的宣言书。

法学界研究法律文书写作的学者，若把小说中二郎神的判决书用作个案实例，也是极有学术意义的事情。

一位文学博士生导师引用郭沫若的话，把《席方平》作为“刺贪刺虐”主题的代表作之一，这种抽象的政治话语，与小说涉及到的固有法律范畴“勇于告状”和“善于告状”不搭界，故无从解读上述所说全部法理，自然也无从认识席方平作为伟大公民的伟大之处。

二十三　受法律歧视而依然守法、护法的女子

——说《鸦头》

在《大清律例》中，有不少法律条文充满了对妓女的歧视。例如，官吏宿娼、官员之子挟妓饮酒、官吏娶妓女为妻妾等行为，都视为犯罪。既然这样，那么跟这类罪犯在一个床上、一个酒桌上厮混的妓女还能受到崇敬吗？鸦头，就是这样受法律歧视的一个十四岁的小妓女。她的品行，若依纯文学家的习惯性的道德鉴定，叫作出污泥而不染。而在法律视角之下，却是置法律对自己的歧视于不顾，依然严肃认真地守法、护法，并持之以恒，从无懈怠之处。这是一种以德报怨的圣洁法律情操，十分罕见，值得肯定和弘扬。

难能可贵的首要一点，是鸦头看中贫穷且诚实的王文的当天，就向他表示了误入风尘的悔悟，动员他带着自己连夜逃离鸨母及其从业已久的姐姐妮子。果然，他们逃到汉江口，在那里做小生意，过上了自食其力的普通百姓的正常生活。封建社会的古代中国，尽管法律歧视妓女，但对妓院行业并不曾取缔，也就是将其视为正当社会行业之一。十四岁的鸦头从接受第一个男人的当天夜晚就与之彻底决裂，可谓有胆有识。她这样做，带有积极主动走出法律歧视阴影的意义。

当鸨母、妮子打听到鸦头和王生的下落之后，逼迫她回头，她愤怒反击道："从一者得何罪?"这句话里面大有学问。从一而终，是旧中国妇女的德行之一，也是礼法的一种要求。若从刑法来看，从一而终也是法律规范。有一条法律，把寡妇不再结婚称之为"守志"，若有人强行干涉守志者，就视为犯罪，加以惩罚。这就是用刑法保护从一而终的德行。鸦头认为"从一者"无罪，就合乎这条法律。也就是说，这句话的精神实质，是守法护法。

鸨母强行拆散鸦头与王生的同居关系之后，鸦头生了儿子王孜，寄养在育婴堂，自己过了十八年暗无天日的岁月，一直守候着同王生团聚。这是守活寡，即法定的"守志"。她的守法与护法，就这样坚持了十八年之久。跟她相反的姐姐妮子，却是把赵的钱榨干了之后，又跟别的有钱人去了，一连几天几夜不回家。

鸦头守法、护法最突出的表现，是严厉管教犯有杀人罪的儿子王孜。案子发生在王孜读到母亲鸦头的来信之后，决心把她救出妓院的时刻。首先杀了妮子，接着杀了鸨母，当鸦头知其暴行时，怒骂他是"忤逆儿"，当即气得半死。这种"忤逆儿"的骂语，带有法律意味，一语中的道出了王孜杀人罪非同寻常，属于十恶不赦大罪的第四条，《大清律例》称之为"恶逆"，指的是杀害祖父母、父母等人以及外祖父母等人的行为，依法要"凌迟处死"。鸦头大骂儿子"忤逆"之时气得要死，正是她懂得这法理，知道事情的严重性的有力证明。

读者会说，若鸦头果真懂法、守法、护法，那么她就应当去官方控告儿子。这种说法，用今天的法律来看，完全正确，但在清朝，却是外行话。要知道，清代法律实行一种"容隐"原则，明文规定一家人应当袒护家中犯罪的成员，官府不追究这种包庇行为。因此，鸦头没有去状告儿子，又是她知法、守法、护法的具体表现之一。

清代法律对于家长赋予了管教子女、奴婢的重要职责，若有不尽职责而发生家人犯罪的，有时要把家长当作罪犯追究。懂得这个法理，回头来读鸦头给儿子治“拗筋”的细节，就会立即意识到这个文学细节，因有特别法理蕴藏其中，也就同时成为法律细节。请看：

> 女谓玉曰：“儿有拗筋，不刺去之，终当杀人倾产。”夜伺孜睡，潜絷其手足。孜醒曰：“我无罪。”母曰：“将医尔虐，其勿苦。”孜大叫，转侧不可开。女以巨针刺踝骨侧，三四分许，用力掘断，崩然有声；又于肘间脑际并如之。已，乃释缚，拍令安卧。天明，奔候父母，涕泣曰：“儿早夜忆昔所行，都非人类！”父母大喜，从此温和如处女，乡里贤之。

鸦头的“拗筋”说与针刺术，不应作拘泥于字面的解释。其法理实质，在于她意识到儿子十八年来因为缺乏家庭教育，养成了“乐斗好杀”的习性，将引起家破人亡的后果，必须立即根治。

治疗尚未进行，儿子杀了人还不知有罪，恰好证明他母亲的判断与举措非常准确。

治疗效果好极了。王孜很快就悔悟了，哭着对父母说：“我回忆到自己从前的所作所为，都不是人该干的事！”这效果，就是洗心革面，痛改前非。用小说的原话，叫作“从此温和如处女，乡里贤之”。一个大男子汉，温和得像处女，自然会大有人气了。就这样，鸦头对犯有杀人大罪的儿子，既依法“容隐”，又依法“管教”，这不是她最为突出的守法、护法表现是什么呢！

马瑞芳教授把鸦头其人其事硬要塞进对丈夫的“忠贞不贰”的道德容器，于是凡装不进的一切，全被弃之不顾。尤其可惜的是，上述从严管教儿子的全部细节，遭到了彻底的冷落。她仅用这样一句话捎带过去：

> 结局不言而喻；鸦头的儿子救了她，杀死了可恶的“母姊”。（马瑞芳《马瑞芳趣话聊斋爱情》）

这样一捎带，就把王孜的十恶不赦大罪、其母亲鸦头的全部难能可贵的法律意识以及严格管教儿子的法律指导思想、良好效果一概捎带不见了。以偏概全的缺点，在此篇解读上表现得十分突出，不知马教授以为然否。

二十四　同违法犯罪者反复搏斗的女中豪杰（上）

——说《仇大娘》

《仇大娘》是蒲松龄笔下涉法小说的经典作品，主人公仇大娘较之我们已谈过和下面将要谈到的所有法律人物形象，都无与伦比得丰满而鲜活，有详加解析的价值。

第一，要说的是仇大娘出场之前的环境铺垫，营造了浓郁的法律氛围。透彻分析其中的法理法意，我们对于文学理论的行话“典型环境中的典型性格”，可以做出新的论证，使之不再是抽象，不可确认的空话、套话，而是变成放之四海而皆准的真理。

这浓郁的法律氛围由仇氏家庭的坏邻居魏某的一系列破坏活动为经线，以仇氏家中颓败为纬线，互相交织而形成。依次寻视其来龙去脉，大约有以下七个相对独立的组成部分，如同一条曲径通幽的林荫道，曲折过后，我们可敬可爱的主人公仇大娘就如赴沙场的一员猛将，高高挺立在读者眼前。我以为，仅就《仇大娘》这一篇力作以及它极其成功的法律意义上的典型环境的营造艺术，蒲松龄就堪称中国古代的短篇小说之王。

第一，反政府的武装力量造成天下大乱，仇氏一家之长仇仲成了乱军的俘虏，留下年幼的两儿子仇福、仇禄和继室夫人邵氏，孤儿寡母过日子，家道迅速下滑到衣食不保的困境。

第二，仇仲的叔父仇尚廉是一个势利小人，在仇仲下落不明、生死未知的情况之下，竟然屡屡劝邵氏改嫁，以从中谋利。为达此目的，连强迫改嫁的图谋都出笼了，只不过局外人一无所知罢了。仇尚廉的这卑劣做法，已触犯法律，构成犯罪。为什么？清代有法律规定，若有家长逼迫自愿守寡的真寡妇改嫁，就视为有罪，何况邵氏不是寡妇呢？

第三，坏邻居魏某，一向对仇家不满，如今就乘仇家遭难之机，造谣生事，使邵氏难以承受流言蜚语的袭击，身心交瘁，终于病卧在床，至少可以追究魏某的严重民事侵权责任，可惜的是当年缺少这种保护公民的民事法律。作品所写，可启发今天的读者反思当年立法的空缺之憾事。

第四，魏某把邵氏逼得卧床不起还不罢休，又引诱仇福喝酒，继而诱惑他赌博。没有赌资，仇福就偷卖粮食，把粮仓都输完了，后来竟发展到变卖田产。仇福已经成为犯赌博罪的罪犯，在家里就是败家子。魏某在仇福的堕落上充当的是教唆犯的角色。

第五，乡间有一个漏网的巨盗，横行一方，乘机向仇福放高利贷，这本是"违禁取利"的罪行，可他恶狠狠地讨债之时，仇福竟想骗妻子姜氏去抵债，引出姜氏打官司的案子。姜氏到这巨盗赵某家之后，才知道是丈夫害了自己。赵某对她又骂又打，逼得她自杀。官府派人把赵某捉进公堂，衙役竟都不敢对他动刑。这时，主审官员才懂得赵某一惯横行一方，众人都怕他是真事实。于是一怒之下，把家人叫出来，将赵某打死了。姜氏这才得以回家。仇福却早已因惧罪而离家出走。

第六，直到姜氏打官司，邵氏才知道儿子仇福的种种违法、犯罪、败家的行为。这意味着，她作为母亲，在管教儿子方面大有过失。依法律规定，家庭成员犯某些罪，当追究家长的责任。可见，邵氏一方面是别人违法犯罪的受害者，同时在儿子犯罪问题上，她因有失家长职责也不知不觉成了罪责难逃者。

第七，坏邻居魏某，无孔不入，在眼见仇家乱成一锅粥的情况下，又生出一个毒主意：把远嫁外地，性情刚烈，跟仇父一向不和的女儿仇大娘叫回来，企图挑拨她回娘家后跟继母邵氏、两个同父异母的兄弟以及那个爷爷辈的仇尚廉大闹一场。魏某企图这样做的时机，恰在邵氏垂危之际。

以上七种邪恶势力，或者说七大法律现象，对于主人公仇大娘的登场亮相而言，如同经久不息的开场锣鼓，叫性急的戏迷实在坐不住，简直想大声叫喊：主角该出来了！而她偏偏不管你急也好，叫也好，就是不理你。蒲松龄在三百多年前似乎预想到后人将有"典型环境中的典型性格"的理论制造出来，或者说他就要这样迟迟不让主人公出来跟读者见面，从而留给后世理论家一个赖以建构理论的个案实例。综合这七点，我们对纯文学家的这理论的缺憾，就有这样的认识：所谓典型环境，只是论者的主观感觉与认定，他们不能拿出具体的标准加以确认与论证。于是乎，理论倡导上含糊其词，作品赏析中的以意为之，就不可避免了。笔者近二十年来很不满意这种情况。最近几年，细读四大文学名著以及赏析《仇大娘》之际，从切实体验中深刻认识到，典型环境在涉法文学中就具体表现为足以规定人物性格特征与走向的法律现象的总和。在此篇中，就是以上七大邪恶势力联合起来对于仇家造成破坏。舍此，还有什么典型环境可言呢？

在这种法律现象的总和之中，即将出场的人物可能有的选择，大约只有三种：其一，向邪恶势力妥协，甚至是与之同流合污，这是法律必将严惩的反面人物的选择；其二，作针锋相对的斗争，不成功就成仁，丢掉性命也在所不辞，这是同罪犯作斗争的战士、勇士的选择；其三，不偏不倚，走中间道路，这是和事佬、胆小鬼的选择。对这三种人，上述法律现象总和的典型环境，都是成立的。仇大娘其人，做出的是这第二种选择。概括出来的普遍结论就是：作品致力于营造混乱的法律秩序这种典型环境，若意在塑造正面人物，其性格的典型性，无疑就将定位于打击犯罪的英雄、豪杰。反之，就会定位于沦为罪犯。第三种定位，可能性较小。因为，久而久之，第三种选择势必两极分化。这样，中间状态的法制人物在作品中要么不显眼，要么短命，活灵活现的永恒中间状态的法律人物形象基本不存在。试看《聊斋志异》中我们谈到的三十多个人物，没有一个中间派。若要追问为什么典型的法律环境之中作第三种人的选择可能性小，人数少，这道理容易明白。违法，尤其是犯罪，往往充满了大是大非，大是大非又采取对立、拼搏、分化、转化之类的变化态势，故中流砥柱一般的中间派因难承受两大敌对社会势力的左右冲击，来回折腾而万分罕见。这，可以认为是古今中外的法制人物出现、生存、发展的一大规律。

因这规律的作用，在我读过的古今中外的小说、戏剧作品中，至今没有见到中间状态的典型人物出现。

仇大娘迟迟不露面，使我们的阅读心绪腾飞到典型环境与典型性格的相互关系的理性世界，并非一般文学爱好者和所有纯文学家能够做到。这里有复杂的阅读心理原因，并且这两大人群之所以难以想到典型环境与典型环境跟法律的相互关系，在心态上有同有异，不能相提并论。于是乎，本文提出的理论问题，置于阅读心理层面来讨论，将更深入、更细致、更隐蔽。惟其如此，这方面的个案材料极罕见。笔者为此很遗憾，曾企图做专门调查，因种种条件限制而不能如愿。

既然千呼万唤始出来的仇大娘选择的是当英雄豪杰的道路，那么我们所产生的阅读期待，就是她面对七大邪恶势力如何做坚决斗争的具体的规定性。这就需要从作品的字里行间的实际出发，来一一寻觅法律的和法理的蛛丝马迹。任何无视法律的分析与评论，都将无济于事。

二十五　同违法犯罪者反复搏斗的女中豪杰（下）

——说《仇大娘》

法律视角下的仇大娘，光辉灿烂，格外迷人。取决于上述法律典型环境，她的典型性格假如依然用纯文学家的道德鉴定话语来概括，诸如英勇、顽强、巾帼不让须眉、女强人之类，等于什么也没有说。唯有将其固有的法律的质的规定性抓准了，使这些应有尽有的道德话语的法理内涵彰显出来，才算把仇大娘的形象寓意解读清楚了。我们的解读发现，仇大娘应运而生的全部业绩，尽在同违法犯罪者反复搏斗这个大舞台、大战场上闪光。

若一一列举，至少有七个要点必须阐明。

第一点，针对歹徒们引诱、教唆年幼无知的仇福犯赌博罪的行径，诉讼法律。赌徒们害怕了，用金钱收买她，企图让她撤诉，即不告状。有意思的是，她收了这不义的钱财，并不为所动，继续告状。有教授谈到这一点，说成是用无赖的方式来治无赖。我以为，这是一种幽默的战斗艺术，更是一种法律上的取证工作。被告尚未走上法庭，就收买原告，恰好证明他们有罪过，其行贿金钱就是物证。本应如此肯定的法律宝贝，竟被视之为生活垃圾，不可苟同该教授的说法。

县令受理此案后，把赌徒们逮捕归案，一一予以杖责，但对仇家的田产不加追查。取得初步胜利的仇大娘于是上诉到郡府。这郡守最痛恨赌博之人，给了仇大娘大力支持，她就详细指控了赌徒们的各种具体罪行，郡守深受感动，判令县府追回田产，还给主人仇家，同时还判决要惩处仇福的赌博罪。等她告状归来，仇家的全部田产都如数追回。

打击赌博罪的第一仗，以仇大娘的胜诉告结。

第二点，仇大娘住在娘家不走了，并打发跟随她一起来的儿子回家跟他哥一道干活，她本人则留下来重整仇氏颓败的门风，养母亲，教弟弟，很快就把一个业已破败的家庭治理得内外井然有序。这一点是人们都熟悉的治家之事。若熟悉封建法律，就会进一步知道，仇大娘的治家，是出嫁已久回娘家的女儿代行家长职责，具有法律意义。再说，取决于法律典型环境的治家工作本身，就是医治各种刑事犯罪危害的创伤，使家庭跟社会一样从乱走向治，即法律秩序的正常化。

第三点，乡里的豪强之人、凶悍之徒，只要在仇大娘面前横行霸道，她就不依不饶，拿起一把刀就登门与之论理，侃侃而谈，乡人没有哪一个不甘拜下风的。这威风，这气势，相当于今日城市中的管片警察，使治下的小混混们谁都害怕，不敢招惹。

就凭这三招，仇大娘在娘家主持家务一年多，家庭经济收入与日俱增。而坏邻居的捣乱、破坏活动，也从未停止，仇大娘的打击犯罪的英雄气概和作为，因而也持续发展，又出现了下面的新的斗争业绩。依次说来，第四点中，就是当魏某继坑害仇福之后，再回过头来坑害仇禄的过程中，仇大娘巧妙与之周旋，因势利导，不仅挫败了魏某的阴险图谋，而且使仇禄娶得了一个漂亮妻子范蕙娘。其中经过颇为曲折，大致说来，就是魏某故意把仇禄引入曾行凶打人几乎致死的范公子家中，果然出来几个仆人，把仇禄逼得自投溪水泡成了落汤鸡。这且不算完，范公子还要出一个上联，让仇禄对出下联，若对不出来，就不许回家。结果是：对出了下联，赢得了拟上联的范小姐的芳心，两人结为夫妇，仇禄当了上门女婿。

第五点，魏某一计不成，又生一计，诬告仇禄有经济犯罪行为，依法得搬迁到边远地区。范家不得不花钱上下打点，换来的只是留住了范蕙娘，仇禄的远迁依然不可更改，并且要将田产没收为官家所有。这种用法律的名义降临的大变故或大灾难，还是没有难倒仇大娘。她手持田产证书，到官府告状、讲理，反而增加了良田千顷，并全登记在仇福名义之下，从而使仇家在仇禄受法律不公正的处罚条件下，依然过上了安居乐业的日子。这以法律手段化险为夷的功劳，实在大得很。

第六点，仇福畏罪潜逃外地终于回家，作为姐姐的仇大娘对他一点也不姑息迁就，而是用法律允许的家法私刑来严厉管教他。其管教方式，很类似训练有素的警方专业管教干部：晓之以理，动之以情，软硬兼施。当仇福表示甘愿受罚之时，仇大娘又放下责打工具，更严厉地来了一番法制教育。她说："对曾经出卖过自己媳妇的人，就是打几木杖，也没有多大用处。你的旧案子还没了结，若再次犯案子，你去官府自首好了。"

请听一听，请评一评，这样的话，哪像姐姐对弟弟所讲，分别是一位职业法律人对罪犯在服刑地进行训话的口吻。法律意识自觉到这种程度，法律内行话讲得如此到位，非同寻常。这是仇大娘作为同家中和社会上的违法犯罪者做斗争的女中豪杰的大勇的又一面：大智。我们如果看不到这大智的东西，就算把大勇的东西讲透了，也还是很片面的。

说到仇大娘的大智的一面，还有一个重要表现不可遗忘。被仇福卖过的妻子姜氏，对丈夫很生气。仇大娘为了使戴罪立功于家中的仇福改邪归正，在观察弟弟仇福是否真正悔改了，什么时候让他们团圆这个问题，同样极类似今天的警方管教干部：苦口婆心，问寒问暖，无微不至地照顾他们的日常生活。就这样，半年之后，仇福夫妻和好如初了。

第七点，魏某总是不死心，又找到一个害仇家的机会：邻居失火，他装作去救火的样子，却暗中把仇家房屋点上了火。那火势顺风延伸，烧得仇家只剩下仇福住的两三间房子。全家只好挤在一起住。依法，魏某犯有故意放火之罪，但无目击证人，无可告状，故他逃脱了法律处罚。面对这种受刑事犯罪危害，又不知何人捣乱的情况，仇大娘唯一的对策只能是抗灾自救。这种自我救赎，并非单纯的经济工作，同样有着打击犯罪的法律意义。仇大娘靠什么方式渡过难关的呢？原来，她平日就有未雨绸缪的应对举措，积攒了一笔资金，迅速用以整修好被烧毁的房屋。

在论述典型环境时，曾罗列了七个要点。在讲仇大娘的典型性格时，又恰好罗列了七个要点。纯文学家都崇尚抽象，以为不抽象就难深刻。如此一来，我们的仇大娘论，近乎材料堆积，犯了纯文学家的大忌。然而，我们要强调的重要法理之一，恰恰在这里。要知道，无论现实生活中的法律人办案子，作法制宣传，还是谈论文学的法律内容，都得重具体事实，用事实说话。法理的抽象，是以法律事实为母体的。就拿仇大娘身处的典型环境和她的典型性格的表现而言，若抛弃了我们两个方面的十四大要点，能够说清哪一点法理呢？

纯文学家不能坚持从作品的实际出发，尤其不善于或不屑于用具体的摆事实的方法的事例太多了。谈《三国演义》的战争，从来不看到底交战双方是谁打谁，而只抽象评战争描写如何生动。谈《水浒传》中的招安，不看小说所写宋江们受招安三起三落的过程，只是引经据典大讲招安的抽象道理。谈《红楼梦》不过问贾宝玉靠奴婢养活的寄生虫生活，抽象大讲什么叛逆性格。这样抽象的结果，是把四大名著弄成了与法律不相干的纯文学文本。实际上，它们是涉法文学的经典。

同样，短篇小说《仇大娘》，也是涉法文学的经典。其经典性，就具体表现在刻画了仇大娘这样一个具有丰富法律认识价值的典型人物形象。一旦把上述两大层面的十四大要点的事实完全掌握了，无论是人物自身的法律寓意，还是纯文学的行话“典型环境中的典型性格”，便都有了言之有理、持之有故的具体事实依据。

二十六　智斗众强盗的英雄姐妹

——说《葛巾》

葛巾、玉版是牡丹花的两个品种。此篇作品将其人格化，描绘出两姐妹智斗五十八名骑马而来的强盗的画面，这无疑是全篇的高潮之所在。现将这一段文字抄录如下：

一日，有大寇数十骑，突入第。生知有变，举家登楼。寇入，围楼。生俯问："有仇否?"答云："无仇。但有两事相求：一则闻两夫人世间所无，请赐一见；一则五十八人，各乞金五百。"聚薪楼下，为纵火计以胁之。生允其索金之请；寇不满志，欲焚楼，家人大恐。女欲与玉版下楼，止之不听。炫妆而下，阶未尽者三级，谓寇曰："我姊妹皆仙媛，暂时一履尘世，何畏寇盗！欲赐汝万金，恐汝不敢受也。"寇人一齐仰拜，喏声"不敢"。姊妹欲退，一寇曰："此诈也！"女闻之，反身伫立，曰："意欲何作，便早图之，尚未晚也。"诸寇相顾，默无一言。姊妹从容上楼而去。寇仰望无迹，哄然始散。

大凡武侠小说、警匪片以及武打戏，只要尽显英雄本色，莫不在武打动作上绞尽脑汁，大打出手。似乎不这样打得热火朝天，英雄就无从产生。可这段文字中，二姐妹没有一个动武，那五十八个强盗就作鸟兽散。你能说她们不是大获全胜的英雄吗？若承认是英雄，就得把她们不用武斗而取智斗的妙处弄明白。

两个手无寸铁的弱女子，面对的是五十八个凶悍的骑马强盗。一比二十九的敌强我弱形势，决定了这场打击犯罪的斗争只能是斗智，拼武是不可思议的。再说那犯罪团伙的手段，堪称毒辣、凶狠。他们包围了两姐妹、常大用两兄弟等人所住的楼房；又把柴禾堆放在楼下，扬言要放火；所提出的抢劫钱财数额，是每人五百金，算一下可知达到了两万九千金；此外还要围观两姐妹的美貌，这其实是性侵犯的委婉表达。形势严峻异常。两姐妹未曾商量对策，就下楼来还战群盗，又不约而同采用智斗策略，证明她们的智能训练有素。

其智斗经验是什么？观其全部对阵言行，可看出五个方面。

一是自提身价，压倒群盗嚣张气焰。在常大用后来的意识中，两姐妹都是"花妖"，而她们自己一开口就宣称是"仙媛"。凡人的强盗，能斗过两个仙女吗？在有神论统治的封建时代，谁都会不假思索地做出结论。

二是变被动为主动，让对手自感处于劣势。本来是强盗主动提出索要金额为每人五百金，两姐妹却把自己即将被劫掠的两三万巨款一变而为自己主动“赐”给对方，这不仅进一步稳定了“仙媛”虚张声势的阵脚，而且可暗示对手自行承认这回真正碰到仙女下凡。不战而胜的契机，在一个“赐”字已经萌芽。

三是扬言对手不“敢”接受“万金”的赏“赐”，挫败他们人多势众的炽盛气焰。这伙人胆大妄为，什么事都能干出来，是凡人的思维。两姐妹既然自许为仙女，就得继续用仙女无所不能的思维方式，于是群盗就成了无能无用之辈，即将到手的巨金也就不敢要了。

这三个方面，在瞬间立显奇效，使众盗自惭形秽，一齐仰视两仙女，甘拜下风，连声表示“不敢”。智斗歹徒团伙，至此取得了初步胜利。若到此为止，读者会不满足，以为写得无波澜，太简单。故智斗还得深入发展。

有一个聪明强盗，看出并说出了两姐妹用的是“兵不厌诈”之计。这是新一轮的挑衅，很有可能引发群盗猛醒而反扑过来的结果。两姐妹又一回不约而同采取了有效智斗方式。简单说，就是用了一个人体动作和一句话的反驳就大功告成。一个人体动作，就是“女闻之，反身伫立”。一听有个歹徒声称有“诈”，两姐妹“反身伫立”，告诉读者的无声话语是：她们对五十八个败下阵的强盗不管不顾，自己若无其事上楼去了，新的挑衅出现之后，她们毫不在乎，只是回转身来，久久站立，不发一言，不做一事。这给对手的感觉，一定是：两个仙女，胸有成竹，什么都不在乎。

一句话的反驳，字面意思很清楚：“你们到底想干什么，就早点说出来，还不算晚。”可群盗听完这句话之后，你看着我，我看着你，谁也说不出任何一句话。这是为什么呢？因为，他们明白了这话背后有着不曾说出来的意思，行家称之为潜台词、言外意、弦外音。将其说出来，就是：你们要干啥，咱们一清二楚，若不赶快滚蛋，到时后悔就来不及了。这依然是按照凡人斗不过神仙的思维方式在说话，并带有威胁性和威慑力，使对手感到这是最后一次警告，否则仙女就要下手动武了。

智斗至此已进行了两回合。胜利是属于两姐妹的，但此时此刻的胜利，如同花朵绽放，并未结出果实。怎么办？斗争还得深入。

接下来写出的是第三回合的智斗场面。英雄一方的出击手段，是又一次对群盗不屑一顾，自己从容上楼去了。这是无声的肢体语言，意思是我们两个仙女，不屑于跟你们这一伙强盗动手，赶快滚蛋，否则就将自讨苦吃。其效果，是众强盗仰望她们上楼的背影，半天缓不过神来，最后终于一哄而散。第三个回合的智斗，尽在不言中。两姐妹取得了退敌的彻底胜利。

把这一场智斗放到全篇中再做思前想后的推敲，可知两姐妹在遭遇半个连的骑兵式的刑事罪犯之时能够以智斗取胜，绝非偶然。小说一开头，常大用所碰到的老太婆，虽身为老仆妇，但智商不低。他夸奖两姐妹美若仙女，老太婆不以为然，反驳说："你这样说没有根据的话，应当捆起来送到县令那里去审判。"这就表明，她法律意识自觉，对违法犯罪现象具有警惕性。常大用在同葛巾、玉版交往中还发现，两姐妹会下围棋，老太婆也有在场观战的雅兴，连在旁侍候的婢女都不失观战的兴致与能力。这一点不可小瞧。中国古代上流社会和文人墨客，通常都推崇琴棋书画，把这四样东西当作高雅的标志。两姐妹的不同寻常，在棋盘上拼比的场面里得到的暗示。常大用把玉版遗留在床上的水晶如意悄悄藏入怀中，葛巾以此讽刺他是强盗，如此等等，都是表现姐妹俩具有非凡才智和高雅品质的笔墨。智斗群盗的高潮，正出现在这一系列的铺垫之后，因此显得合乎人物性格的逻辑，非常真实可信。

同形形色色的刑事犯罪者作面对面的斗争，固然需要勇气、武力和武功，但不能把这些硬件绝对化。作为一种社会现象，犯罪是很复杂的，罪犯是狡猾的，故打击犯罪的社会活动、法律行为，还需要智力、策略这一类软件。尤其在同当今之世的利用高科技手段犯罪的罪犯们做斗争之时，仅有一般性的智能还远远不够，唯有进行相应的科技专业训练，才能稳操胜券。两姐妹赤手空拳以斗智方式打败半个连的凶悍强盗的英雄事迹，对于今天人们文武双全地同罪犯做斗争，是有重要启示意义的。

小说开头交代常大用喜欢牡丹花，结尾点明常大用和弟弟常大器分别娶为妻子的葛巾、玉版不是凡人，而是花妖，有前后呼应、揭开谜底的作用，在结构艺术上是成功的，但对于我们解读智斗歹徒的法律主题，没有什么意义。也就是说，若讨论此篇的法律描写艺术，当抛弃谈结构艺术、前后呼应的俗套，另辟蹊径。要言之，法律细节的反复铺垫与智斗歹徒的高潮的安排有机结合，是此篇作品法律描写艺术的突出表现。

二十七　杀死三个淫兵的女人

——说《张氏妇》

小说的主人公是一个有姓无名的女人，称之为张氏妇。她接连杀死了三个企图强暴自己的士兵，从而提出了一个尖锐的法律问题：杀这么多人，有罪吗？蒲松龄在小说中用形象的描述告诉读者，被杀者有罪，杀人者无罪。为了强调这一主题思想，在“异史氏曰”中对张氏妇给予了热情赞颂：

贤哉妇乎，慧而能贞！

“贤慧”，是旧中国社会对女性的普遍使用的褒奖之词，指的是道德修养好（贤），头脑很聪明（慧），能得此殊荣的女人是大受欢迎和敬仰的。现在要讨论的问题是，杀死三个大兵的女人，不以法律论处，反倒以“贤慧”二字加以美化，这在法理上讲得通吗？法律人甚至有可能指责作者犯有不通法律的错误。大是大非很突出，不讨论清楚，就读不懂这篇微型小说。

以小说所写而论，一开头就点明了清朝军队形同乌合之众，是一个犯罪群体，对人民群众犯下了滔天罪行，社会危害性极大。其时在康熙十三年（公元1674年），明降将耿仲明、尚可喜、吴三桂割据一方，率兵造反。奉命南征平叛的军队，乘机抢劫民宅，奸污妇女，事实上已沦为武装犯罪团伙。对此，小说开门见山做了精彩的法理议论：

凡大兵所至，其害甚于盗贼：盖盗贼人犹得而仇之，兵则人所不敢仇也。其少异于盗者，特不敢轻于杀人耳。

精彩在哪里？就在把国家军队同武装盗贼做了对比，从而讲出了一般人意料不到的独特法律见解。这里有三层意思：一是说大兵每到一处，对社会的危害，超过了犯强盗罪的人们；二是说百姓受强盗加害于身还可以记仇报仇，而对于大兵谁也不敢记仇报仇，没有讲出的原因在于他们人多势众，又有合法招牌，谁也惹不起；三是说大兵区别于强盗的地方，只是不敢随便杀人，这里又有没有讲出的意思，即一杀人犯罪性质就大暴露了，故有所收敛。唯有对清军的劣迹有深切了解，才可作如此精辟而简明的法理议论。

究明了这样的法理，对张氏妇杀死三个大兵的行为，就至少可初步认定，实属以犯罪手段对付大兵的犯罪行径，并非一般性的故意杀人。

张氏妇未曾出场，还有一个背景烘托：时值洪涝，田地一片汪洋，全村人们纷纷坐小筏子逃进田中逃避侵犯的大兵，唯有张氏妇留在家中，哪里也不去。她要干什么？原来，她跟丈夫一道在家里制造陷阱，用上了巧妙的伪装，随时准备迎战来犯的大兵。明眼人一看就知道，这种行为是合法的正当防卫，无可挑剔。较之无计可施的人群，张氏妇确实有智慧，同时还有勇气。

果然，两个士兵登门来企图强奸张氏。她不慌不忙，笑着诱敌深入，使一个大兵落入陷阱之中。接着另一个又来了，同样落入陷阱。依照法理，把两个企图强奸而未遂的大兵骗入陷阱，不能出来，就已达到了正当防卫的效果。若进而采取打击措施，就越界而造成防卫过当了。张氏不管这一套，搬来柴禾，点燃火，把两个大兵活活烧死了。事后，有人问是怎么一回事，张氏回答说：家里有两头猪，担心大兵来抢走，就把它们装进了地窖里。就这样，对邻居把杀死两个大兵的案件遮掩过去了。

为逃避罪责，张氏离家到村外几里的地方，在太阳底下做针线活。这时，又来了一个大兵，同样企图干强奸的勾当。这是一个骑兵。他把自己的大腿捆在缰绳上，再把张氏抱到马上来，没等他实施下流手段，张氏就主动展开了反抗斗争：用针刺马，使它疼痛难忍，就一阵狂奔乱跑，飞驰几十里之后，张氏不知何时逃得无踪无影，而那骑兵则丢了脑袋，失了身躯，只有一双大腿还留在缰绳的捆绑之中。

小说就这样生动、具体描述了张氏杀死三个大兵的过程和结果。以杀人刑事案件而论，这是无人告状，官府不知情，没有进入法律程序的杀人案，作案人张氏因而得以逍遥法外。这种浅层的法理解读，是合乎小说全篇故事情节的寓意本身实际的。若停留在这个层面，就会失之于浅尝辄止，故还应继续加以探讨。

使讨论深入的前提条件，在于弄清楚清代法律对于以犯罪方式来反对犯罪所采取的态度与做法。通读《大清律例》，可以看出，在许多场合下，当事人的所作所为若是为了反抗犯罪者的加害，即使触犯了法律，构成了犯罪，也不以犯罪论处。就拿性犯罪来说，有这样一条规定：如果丈夫发现自己的妻子与别人通奸，一气之下杀死了奸夫，不追究这样的杀人罪责。也就是说，这样的杀人行为虽然是犯罪，但不负法律责任，即既不让你坐牢，更不会判处死刑。

用这种法律来类推张氏的杀人行为，同样可得到这样的结论：杀死三个大兵，属于犯罪行为，但既然大兵犯强奸罪在先，那么受害人采用犯罪手段杀人，也就不能以犯罪论处了。换言之，张氏的杀人案即使告到了官府，也不会受到法律追究和处罚。

假如在当今之世，张氏同样杀死三个士兵或其他什么人，法律是不会饶恕的。理由是，对方的侵害属于强奸未遂，罪行很轻。因此，接连杀死三人，今天的法律是绝对不允许的，一定会从重判处。

"异史氏曰"用"贤"且"慧"来赞美张氏妇，该如何理解？在作者心目中，胡作非为的大兵有罪，百姓全是受害者，无罪可言。至于张氏妇，不同寻常，不跟随大家逃难，而是主动迎战，杀死来犯的有罪大兵，也不是什么犯罪行为，而是她的"贤"与"慧"的具体表现，这就等于把罪行当作功劳了。这样论人论事，对不对呢？或者说合乎法理吗？我以为，很对，在法理上完全讲得通。

贤，对于女性来讲，不是一般的德行好，往往包含有对于丈夫的忠贞，不失身于丈夫以外的第二个男人。封建时代的女性之"贤"，是有特指意义的。这从小说中就得到了有力证明。张氏跟丈夫一同挖陷阱，没有表现出任何对于丈夫本人和其他家庭成员的良好道德情操，后来又只有杀大兵的行为，所以说作者以"贤"夸奖她，最后落脚点其实就在于严守贞操，忠于丈夫一人这一点上。而要做到这一点，除了杀死企图占有自己的三个大兵，别无选择。可见，蒲松龄直接赞美的是张氏的贤德，骨子里却包含有同破坏这贤德的异己罪恶力量做斗争的内容。再说，清代法律允许以犯罪方式对付某些犯罪行为，已如上述，蒲松龄的议论不谈张氏罪行，而只是张扬其贤德，也就无可指责了。

此外，这里的"慧"，也不是一般智慧，同样指的是杀死犯罪大兵时候的智慧。既然张氏的杀人是贤德，那么贤德之人同犯罪大兵斗争，糊里糊涂是绝不能取胜的。张氏三战三捷，把人高马大的士兵一一置于死地，凭借的全是智力。以"贤慧"二字来歌颂或美化杀人行为，就这样合乎清代法律，更符合小说描写的事实。

二十八　聊斋世界最丰满的男性法律人物形象

——说《曾友于》

以上所谈一系列法律人物形象，基本上都属于有某种性格特征的类型化人物，谈不上丰满，没有立体感。这里要谈的曾友于和下面将要谈到的红玉，则是聊斋世界最丰满的一男一女两个法律人物形象。唯其丰满，有立体感，就难用一句话概括他们的性格特征。

曾友于作为法制人物的佼佼者，主要法律事迹是在处理民事法律关系时，严于律己，宽以待人，先后两次搬家到外地，以避免家庭内部矛盾激化，而在四起刑事案件发生之后，他都能因势利导，使法律争讼得到妥善审判。一个平头百姓的所作所为，竟表现出法律人一般的良好法律修养，真叫人敬佩得五体投地。

这曾家人际关系异常复杂，矛盾尖锐，若不是曾友于一次次力挽狂澜，早就家破人亡，万事皆休。他有同父异母的兄弟共七人，排行老二。曾父的嫡妻生有长子曾成，到七八岁时，强盗把母子二人都掠夺而去，后携妇归来。继室夫人生有三个儿子，名叫曾孝、曾忠、曾信。妾也生了三个儿子，名叫曾悌、曾仁、曾义。曾友于就是曾悌的字。他在这同父异母的七兄弟中长期周旋，协调各种民事、刑事关系，化解各种内外矛盾，终于使一个乱哄哄的大家庭逐渐走向了和谐相处。

曾孝兄弟三人歧视曾友于兄弟三人，理由是妾生孩子低贱，于是六兄弟无形间形成了两派。曾仁和曾义两个都不服气，劝哥哥曾友于同曾孝等三人结仇为敌，曾友于百般解劝，两个兄弟也就作罢了。不久，出现了第一场刑事官司：曾孝的女儿嫁到周家病死，就企图纠集曾友于等人前往周家闹事，曾友于不同意。曾孝一气之下，就叫曾忠、曾信和家族中的一些无赖子弟跑到周家一顿打、砸、抢。周氏到官府告状，曾孝等人被关进了监狱。曾友于不计前嫌，也不旁观，而是主动到官府投案自首，承担责任。县令一向尊重曾友于，被眼前的大义凛然所感动，所以曾孝等人在狱中没吃苦头。接着，曾友于又到周家负荆请罪，周家也备受感动。就这样，原告、被告和官方三方面达成妥协，化解了这一场官司。

出狱后的曾孝，还是不买曾友于的账。于是，又引出第二场官司。事情的起因是：曾友于的母亲张夫人去世，曾孝等人本应对庶母服孝，可他们照样饮酒作乐，引起曾仁和曾义的不满。不久，曾孝的妻子死了，曾友于叫曾仁、曾义一同去奔丧，两兄弟表示反对，并且在隔壁敲鼓、吹号。这样做，就是报复曾孝。曾孝生气了，纠集他的两个弟弟去打曾仁、曾义。有意思的是，曾友于也主动拿起木杖跟随而去。但是，当曾孝一伙要把曾仁、曾义往死里打的时候，曾友于认为太过分了，讲了一番道理，曾孝不听，反过来就打曾友于。曾仁忍无可忍，就到官府告状，控诉曾孝等三人不为庶母服孝。这状告得有理，官方下令逮捕曾孝、曾忠和曾义，同时让曾友于到官府陈词控诉，但他请求饶恕曾孝等人，于是案子就消解了。

曾友于对曾孝等人的宽容是合理的。不服孝，虽是犯罪行为，但在很大程度上是家庭内部纠纷，属于民事案件，双方的谅解、忍让是必要的。再说，封建法律有“容隐”原则，一家人若有犯罪者出现，互相包庇，是法律允许的。曾友于的息讼要求，合乎这一原则。

就是此次息讼之后，曾友于搬家到五十余里以外的地方居住下来。为什么？因为他的两个弟弟曾仁、曾义经常遭到曾孝等三人的殴打，可曾友于并不替他们做主，于是就埋怨说：别人都有哥哥，就是我们没有。曾友于苦劝他们不听，只得自己搬家，离开这是非之地。

不料又惹出了第三起官司。起因是被强盗掠去的老大哥曾成突然回来了，因家产分开已经很久，老大一回，就有财产再分配的问题。这就出了新矛盾。曾孝兄弟三个商量了三天，拿不出好办法。曾仁和曾义暗中高兴，共同养活曾成。曾友于得知消息，也高兴地拿出田地、房屋给曾成。可曾孝等三人认为这是在买好，竟上门加以羞辱。曾成吃不消，就用石头砸曾孝，曾仁和曾义也捉住曾忠、曾信一顿狠打。之后曾成到县令那里告状，意在请求官府主持公道，判决自己应得的财产。

这起官司，既是民事的，也是刑事的。分割家财，是民事性质的纠纷，而互相殴打，则是犯罪行为。两种性质不同的事件构成的案件，审理起来就有一些麻烦。故受理案件的县令派专人来向曾友于请教。这样做，就等于把同当事人有亲属关系的曾友于当作了官方的法律顾问。曾友于在这起官司中，一改以前息讼的态度，诚恳要求官府秉公判决。于是，官府的判决是：使曾家七兄弟所得财产彼此相等，谁也不吃亏，谁也不占便宜。如此一来，曾成以及曾仁、曾义对曾友于加倍敬爱起来。

正当大家高兴之际，曾友于不得不第二次搬家到外地去了。为什么？曾孝的所作所为，曾友于总是看不惯，总是加以批评和劝告。曾孝呢，自己不反省，不改过，却天天登门找麻烦，以为是曾友于故意刁难自己。没有办法，曾友于只好自己远远搬到云南的一个地方去了。

三年后，曾家又闹出了第四起官司。曾孝四十六岁的时候，有五个成人的儿子：长子曾继业，三儿子曾继德，是嫡妻所生，次子曾继功，四儿子曾继绩，为妾所生，婢女所生的儿子叫曾继祖。由于这五个儿子像其父曾孝，也大搞拉帮结派活动，彼此不和，曾孝不能制止。终于酿出大祸——曾继业辱骂庶母，曾继功恼怒之下刺杀了曾继业。官方逮捕了曾继功，给他戴上了重刑具，几天后死于狱中。曾继业的妻子冯氏，以骂代哭，曾继功的妻子刘氏就一边骂人，一边拿刀杀了冯氏，自己则投井自杀。冯氏的父亲冯大立带一伙人到曾家为女儿报仇，被曾家打败。曾成把冯大立的两只耳朵割了，他儿子来救父亲，被曾继绩打断了两条腿。闯出大祸后，曾继绩到官府自首，与此同时冯家也告到了官府。就这样，曾家一门行凶之人都关进了监狱。畏罪潜逃的，只有曾忠一人。他这时逃到云南，找到曾友于，得到安慰与帮助。曾友于托关系，对冯家给予了经济赔偿，又好言相劝，使官司平息下来。

看到曾友于的上述一系列法律行为，读者不能不一再深受感动。

首先在曾氏大家庭极负责任，有主事当家的家长风范。他既不是长辈，又不是长子，在无人充当一家之长，家风日益颓败，家境逐渐衰落的危急关头，他内心深处仿佛警钟长鸣似的，总是以家庭的全局为重，自己在同父异母几兄弟纷争不断的情况下总是力争使大家和谐相处，自己尽可能妥协退让，乃至搬家到外地去。以法律视之，民事法律利害冲突中，提倡当事人大度、宽容。为什么民事判决总是进行调解，不强行判决，道理就在于当事人的互谅互让，比法庭强行判决效果好得多。

其次，在刑事案件审判中，曾友于的感人之处是主张公平、公正，依法解决问题，绝不借法律诉讼之机谋求个人的任何利益。在曾成从强盗手中逃回所引发的家财再分配、兄弟之间互相殴打的民事案与刑事案交织的案件中，曾友于的这一感人之处最为突出。因为“容隐”原则的存在，他对犯打人罪的兄弟们不可能提出依法惩处的要求，故他在县令那里闭口不谈这一点。曾成是长子，久陷寇营已是人生大不幸，如今归来理应得到一份家产，故曾友于把法律诉求放在这个当务之急的关键之处，官方如此判决之后的皆大欢喜，证明了曾友于的法律诉求深得人心。

最后，封建社会中百姓与官府之间的关系，通常是对立的，难以平等、和谐相处。曾友于非同寻常的是既不巴结官府，也不仇视官府，而是友好对待，结果是赢得了官府的尊重与信任。在曾成归来后出现的案件审理中，官府甚至派专人来请教曾友于如何审理的对策。官民关系能处理得如此纯正、友好，太难得了，在当今之世仍不失为美谈佳话。这里的一个重要经验，是曾友于尊重法律。无论在家庭里还是在社会上，无论是对兄弟还是对官员，他都依法办事，不意气用事。正如他对县令所说的那样：“唯求公断。”别的话都不要多说，秉公执法办事就行了。这就是曾友于的信念。

二十九　聊斋世界最丰满的女性法律人物形象

——说《红玉》

跟上述曾友于平分秋色的另一丰满的法律人物形象，是一位女性，名叫红玉。她自言出身于狐，只不过是聊斋世界惯有的标签之一，丝毫无损于她作为丰满的法律人物形象的任何一点宝贵之处。

较之曾友于，红玉没有那么单纯，或者可以说她有着曾友于身上绝对不可能有的很不光彩的东西——杀死一家五口人的极恶大罪。然而，你要依当今的法律人的习惯用语“不杀不足以平民愤”来评价她，认为她罪大恶极，又会从根本上歪曲她。她的丰满形象，就在于具有法律上的多方面认识意义。

首先，应当严肃指出，红玉同冯相如秘密通奸达半年之久，依清代法律，男女双方均有罪。正因为如此，冯父偶然窥见儿子的罪行之后，便加以痛骂，说他做了畜牲般的事情。当儿子下跪求饶，表示悔改后，老汉又大骂红玉“不守闺戒”，换言之就是无法无天。显然，冯老汉对儿子与红玉进行的是法制教育。难能可贵的是，红玉知错就改，并能发表合乎礼法与刑法的意见。她对冯相如说：“我和你既无媒妁之言，又无父母之命，私下苟合，难以白头到老。”

就这样，她不仅下决心断绝了同冯相如的非法性关系，而且赠银四十两，建议他去娶卫氏女为妻。也就是说红玉由非法性伙伴，一变而为合法婚姻的媒人。这种角色转换之迅速，幅度之大，可见红玉作为法律人物具有很强的可塑性。这对于有过刑事犯罪记录的人们，启示意义很突出。犯了罪，不可怕，可怕的是坚持犯罪，屡教不改。

小说的叙事，很耐人寻味。在冯相如娶卫氏后，红玉似乎消失了，不再是主人公，许多事已与她无关似的。实际上，红玉又以别的姿态出现，继续充当着法律人物形象。且说冯生娶卫氏生了儿子福儿的两年之后，发生了刑事案件：乡间有一个曾犯罪被罢官的宋某，见卫氏漂亮，就想据为己有，先是企图重金收买，被冯父臭骂了一顿，接着就派几个人动武，把卫氏抢夺到家里去了。冯生父子被打伤在地。后冯父活活气死。宋某抢夺人妻，打人，打人致死，犯有多种罪行。于是冯生到官府告状，可是官司打来打去，一直没有结果。后来，卫氏决不屈服而死亡。在法律路径走不通之后，冯生就想到了刺杀宋，但一想到宋某随从人员多，不好下手，再说又有儿子无人看管的牵挂，急得睡不着觉。这时出现了一个神秘的男人，在向冯生声明要替他报仇雪恨后，就连夜到宋某家里翻墙而入，把宋某父子三人和一个媳妇、一个婢女共五人杀死。宋家告状，官府大吃一惊。宋家一口咬定是冯生作案，待去逮捕时发现他已逃跑，不知去向。

那个要替冯生报仇的大丈夫是谁？杀宋氏一家五口人的凶手是不是这个大丈夫？小说没有明确交代。实际上，这是红玉变作大丈夫所为。依法，她犯有死罪。

过了些时候，宋家仆人同官府衙役一道秘密搜山，听见有小孩啼哭声，终于循声觅迹找到了冯生。他们把孩子抛弃在山中，将冯生抓进官府审问，认定他就是杀人犯，冯生不能证明自己无罪，就被送进了大牢。这是继杀人案后的一起冤案，冤案的形成原因有二：一是宋家诬告，二是官府判断有误。这时候，出现了一件蹊跷事：县令所睡的大床上，不知谁人插上一把短刀，拔不出来。慑于这神秘力量，县令连忙向上司打报告，替冯生辩白冤情，不久就把冯生释放了。这神秘力量来自何方，是不是红玉所为？小说没有明确交代。其实，还是红玉干的这件事。

平反冤案，是法律界执行法律的日常工作之一，任务是澄清案情，纠正错捕错判，保证无罪之人不受法律追究与处罚。在封建时代，地方政府的廉访史是专司其职的官员。红玉以怪诞的威慑、恐吓手段迫使县令纠正自己制造的冤案，应视为她不相信廉访史这种专职官员。无论如何，她的这一行动的法律意义都在纠正加于冯生头上的冤案。

在这里，可以提出又一个相关联的法律问题，这就是：既然红玉不愿意把自己杀死五个人的罪责由官府强加到冯生的头上，那么她自己为什么不到官府去投案自首呢？这样一追问，就能够问出红玉的另一种法律观念。早在她变作大丈夫，到冯生那里去表示要为他报“杀父之仇，夺妻之恨”

的时刻，我们就已经知道，她要去作案杀人，不是要达到个人的某种不可告人的目的，而是要替被欺负、受迫害的冯生一家人讨回公道，发泄怨气，同时给作恶害人的宋某应有的惩罚。这就表明，她的犯杀人罪，在犯罪原因上，属于正义的道德力量的促使与支撑，因而同出于邪恶目的犯罪有着重要区别。当行为人处于这种正义感冲动而作案犯罪时，他们主观上很有可能不认为是在犯罪，而是在仗义行侠，造福于民。在中国社会，尤其在武侠小说世界里，这种正义犯罪光荣论、自豪感，很普遍，很强烈。红玉之所以压根儿没有想去官府自首杀人罪行，就取决于这种中国特有的法律上的集体无意识心理结构。

惟其如此，当冯生释放回家，红玉把从山中救回的福儿送到冯生身边，使其父子团聚的时候，她才豪迈地对他说："大冤昭雪，幸得无恙!"在这里，她流露出她无所不知、无所不能、专为弱者鸣不平的侠义心情。犯罪，在她心目中不存在这么一回事。

对这种正义犯罪的侠意识，不可做全盘肯定。仅以此连杀五人的大血案来说，有罪的只是宋某一人，即使罪该万死，也只能由官府来判处，旁人无权杀死他。再说宋某的兄弟、妇、婢等人，根本无罪可言，杀死他们纯属杀害无辜，死罪难逃，不可原谅。红玉对冯生自豪地暗示杀人功绩时，自然连对自己一举杀害四个无辜之人的大罪行也是欣赏的，这就大错特错了。

我在设想，如果红玉去宋家杀人之时，只专杀宋某一个，并在黑夜里为寻找、辨认这一大歹徒费了大周折，下了大功夫，那么她的形象就高大得多，感人得多。她这么不分青红皂白乱杀一通，应是不明法理的鲁莽的表现。这一点，不应苛求于红玉，但作为文学评论者，对此作正确理解与阐释，是万不可少的。

红玉还有一点是应当肯定的。在使冯生、福儿父子团聚之后，应冯生的请求，她与冯生重修旧好，积极承担了家庭主妇的职责。还帮助丈夫在科举考试上建立了功名。一家三口的小康日子过得红红火火。这在婚姻家庭的法律关系上，有着婚姻的感情基础良好、男女平等、儿子与继母关系和谐等意义。

红玉在同上文所谈曾友于的比较上，还可做一种对照强烈的总体评价。

二者虽都是聊斋世界的最丰满的法律人物形象，但我们的褒贬态度大不相同。对曾友于，只有褒奖，无可贬责，因为他就是在当今社会也可作法律上的榜样。而对于红玉，在痛改前非上，在不满于官府制造冤案而寻求纠正途径的努力精神上，以及对继子福儿如出已怀的慈爱上，等等，都感人至深，但大肆杀人且自我感觉良好和鼓吹个人复仇的观念这两点，实在叫人失望，绝不可恭维。

马瑞芳教授在评论《红玉》时，所谈全是家庭伦理道德的东西。她说：

> 红玉就是这样一个“狐亦侠”的奇绝人物。（马瑞芳《马瑞芳揭秘聊斋志异》）

什么狐？什么侠？红玉在法律视角之下是一个活生生的人——唯有看清了这一点才可读懂这一人物身上的全部法理。

三十　上任第一天就被革职的官员

——说《公孙夏》

剥去此篇小说采用的阳间、阴间合一，人鬼一体的艺术想象的包装物，我们读到的是一个买官之人上任第一天就被革职的故事。这买官之人是国立大学的学生，本来买得一个县官，尚在收拾行装之际，就一病不起。这时，一个自称是皇太子的座上客的买官中介人公孙夏，登门做生意，极力鼓吹说：只要你肯出钱，半价就能买到真定太守的冥官职位。这国立大学生一听，精神抖擞，大操大办，三天之内就拿到了官职证书。

上任前的这种买官卖官的现金交易，是对清代法定的捐官制度的讽刺。清朝政府为了弥补财政亏空，公开制定了捐官制度，只要捐纳一定的款项，就可买到相应的官职，该款一律为国库所有。在实施这一制度过程中，弊端百出，主要有两个方面：一是无才无德而有钱之人可轻轻松松当大官，二是买卖官职的钱财没有进国库，而是进了掌权者私人的腰包。这样，国家财政没有得到多少收入，反倒造成了吏治的黑暗和腐败。真定太守花钱像流水一样的买官经过与场面，极为形象、生动地揭露了这两大弊端。请注意，既然是按制度办事，为什么出了公孙夏这样的中介人呢？若是合法的中介人，又为何打出第十一个皇太子的旗号呢？说穿了，就是不法之徒钻了法律制度的空子，把捐官当作了牟取暴利的生意来做了。

小说淡化国立大学生捐县官，强化他捐冥官真定太守，是为了加大揭露、讽刺的力度，增加阅读的趣味性，同时也有避免文字狱的功用。

既然是买官做，那么那些有钱而缺德少才的人们就难免潮水般涌来。于是乎幕后的现金交易过程完结之后，紧接着就是买官到手之人上任的丑闻纷纷出笼。依照这种思路，小说紧接着就让真定太守在上任第一天自我暴露丑恶本质。在上任途中，他想的是：自己出身于学生，无地位，也无钱财，若不借服饰、车马的华丽来炫耀一番，就不能使部下受到震动与威慑，于是乎，又买车，又买马，还派鬼府的衙役用华美的车子去专门迎接漂亮的小老婆。待这些都安排完毕之后，真定府的仪仗队也浩浩荡荡地到来了。行走了一里多路，前呼后拥的人马一个接着一个，这真定太守得意非常。

在这里，小说寄贬斥于客观叙事之中，读者不难发现作者的用意。为官一方，本应多想为百姓办事。一心想在部属面前显示威风，兴师动众在上任路上摆阔气，讲排场，耗尽人力物力，岂不是拿官职作资本，使个人扬名天下吗？这种极端自私自利的人走马上任第一天，一出家门就尽为自己的出人头地着想，压根儿不过问应尽的本职工作的责任，一旦进官府就任，那胡作非为的荒唐，是可想而知的。

这种为个人名利买官、为个人名利当官的人，理应罢官。令人没有想到的是，真定太守的罢官来得太早太早：尚在上任途中，远远没有进官府衙门，就被革去了职务，一下就回到了当百姓的老地方。这种戏剧性的变故，一般人都不曾见闻，会产生强烈的好奇心理。出于满足这阅读期待心理的需要，罢官的始末写得颇为细致。

首先是行进路上出现了变故。在前面开道的仪仗队的锣鼓忽然停止了敲打，旗帜也倒下来了。太守正在吃惊于事态变化，又看到骑马人纷纷下马，都伏在路边，一下使人感到人们的形体变得不过一尺长，马也只有狐狸大。车前有人吃惊地叫咕起来："关帝来了!"这关帝，就是罢免真定太守官职的正义力量的代表。无论你把关帝其人理解为鬼、神、官都无关紧要，具有决定意义的东西，就是关帝对真定太守上任途中的自显威风极为反感，这就是他罢真定太守官职的基本理由。

其次，通过真定太守自己的观察所得，把关帝同自己做了对比：关帝位高权重，随从人员不过四五人，而自己一个小小太守，随从人员足足摆了一里多路，该有多少人马!

再次，关帝与太守之间一问一答，使关帝立即看出了眼前这个走马上任者的致命毛病在于不知天高地厚，妄自尊大。关帝说："一个小小的郡府，就值得这样招摇过市吗?"这句话，力度非常。真定太守一听，吓出一身冷汗，毫毛都颤抖起来，身躯猛然缩小，自己看自己，感到如同一个六七岁的孩子。自惭形秽的成语，用在此时此刻的真定太守身上，再恰当不过了。接下来的活动，是关帝对真定太守来了一个突然袭击：考试。试题很简单，让他亲笔写下自己的籍贯、姓名。这种笔试题目，本身就是莫大的嘲讽。料你没有什么文化，能通过这简单考试就算你有本事。关帝出题时的所思所想，大约就是如此。果然不出所料，考试结果糟糕透顶。关帝作为主考人，不得不这样下结论："字写得大错特错，完全不像字的样子！这种市侩，怎么充当一方父母官?"

最后，罢官过程进行到法律处罚的实质性阶段。革职，当今之世习惯于称之为罢官，更有流行的时髦说法叫作开除公职、免去职务。不过，二者之间有法律性质的不同。古代的革职，是一种刑事处罚，即对犯罪官员剥夺官职。现在的罢官，是一种行政手段，使当事人不再担任原职。关帝给予真定太守的处罚，既有革职，又有笞刑。笞刑是五刑中最轻的一类，对轻罪者施用笞刑。真定太守在剥去其官服的同时，受到了"笞五十"的刑罚。其受笞刑的罪名是"卖爵"。

查小说所写，没有所谓"卖爵"活动出现。古代中国的爵位，有公、侯、伯、子、男五等。真定太守买官前后，未曾跟任何人有买卖爵位之事发生。可见，关帝口出"卖爵罪重"之说，没有事实依据。这样看来，应是关帝在处罚真定太守时随口说出的或强加的罪名。于是，关帝其人的形象，在这一点上受到了损害。

回家当百姓后的国立大学生，对于受冥刑的情形，记忆犹新，经常说：冥刑还可以忍受，不可忍受的是爱妾失踪后的长夜寂寞。

清代官员的任用途径，共有三种：一是科举考试选拔地方人才为官，二是由皇帝任命各级官员，三是捐官。《公孙夏》的法律认识意义，在于对捐官制度以及捐官者个人的素质低劣都有所非议。官员任用，属于官吏管理法的范畴。早在汉代，中国的官吏管理法就很完备，受到法制史家的高度称赞。到清代，出现了捐官制度，这应是消极意义上的发展，不值得恭维。蒲松龄的“孤愤”，在看不惯捐官制度上表现强烈。

本篇的“异史氏曰”，有说明《公孙夏》的创作素材来源的作用。作者家乡有一位郭华野先生，曾讲过自己赴任途中的类似见闻：他被皇上起用为湖广总督，行李简单，随从四五人，一路上人们都看不出他身为贵官。而他所见到的一个新县令上任，运行李的车辆有二十多辆，在前面开道的有几十个骑马之人，跟随马队的走卒数以百计。郭先生不知此人为什么样的官，后来才打听到是一个新上任的县令。于是，他当即指责此人一旦上任为官，将祸害一方百姓，与此同时收缴了他的任命证书，让他回家当百姓去了。蒲松龄有感于这一现实故事，创作了《公孙夏》。

蒲氏称郭先生为“奇人”，认他罢县令之职这件事为“快事”，就是这奇人与快事给他带来了创作素材与灵感。

把这“异史氏曰”同小说《公孙夏》对照一番，还可进一步窥见蒲松龄法律描写的奥秘。素材中的“捐官”，仅以“加纳赴任湖南”一笔带过，并无违法犯罪的痕迹，而小说则详尽暴露了合法捐官中产生的犯罪行为，如有中介人参与、讨价还价、收入未上缴国库之类，都是法律不允许的。素材中郭先生罢县令官职，留有情面，不曾动用刑罚治罪，而小说中的用刑、问罪、治罪一样不少。这些差异，正是蒲松龄自觉描写法律，刻画法律人物形象，表现法律主题思想的有力证明。

三十一　聊斋世界的罪魁祸首

——说《韦公子》

马瑞芳教授在评述了《韦公子》的基本故事情节后，强调指出了她的“三方面思考”：“第一，蒲松龄对花花公子持特别严厉的批判态度”，“第二，写道德沦丧的父亲，是世界性话题”，“第三，《韦公子》今天仍然有现实意义”（马瑞芳《马瑞芳说聊斋》）。我们以为，这是没有看清韦公子法律上的真面目而硬贴上去的三个标签。实际上，韦公子其人其事，充分显示出他是聊斋世界的罪魁祸首之一，罪行多而重，有的属于十恶不赦的大罪。不做法律上的定性与定量的分析，仅以“花花公子”“道德沦丧”一类的道德谴责立论，是不能解决问题的，也是不可能谈清现实意义的。

韦公子总共犯有八种罪行。

第一种罪，是“和奸”，即民间所谓的“通奸”。“婢妇有色，无不私者”，指的就是大量犯“和奸”之罪，依法每一次犯此罪都该“杖八十”。若认真执法，早就把他打成肉酱了。

第二种罪，是作为官员世家的子弟的嫖娼罪。韦公子犯此罪有职业化倾向，每以金数千用于嫖天下名妓。《大清律例》中有“官吏宿娼”的罪名，其中有一款规定指出，官员子孙宿娼跟官吏宿娼罪行相同，应“杖六十”。韦公子碰到“当意”妓女，就“作百日留”，该要“杖”多少！

第三种罪，是诈骗。为了掩盖宿娼罪，韦公子出入妓院时总是假称姓魏。这样假冒姓氏，属于诈骗罪。到西安时，他还有“伪托他适”的行径，就是说假话，声称自己要到别的地方去，这也是诈骗。

第四种罪，是过西安时，先同儿子惠卿犯法定的“鸡奸”罪，继而又跟儿媳犯通奸罪。清代法律把亲属之间的犯奸视为十恶不赦的大罪，排在第十位，罪名为“内乱”。凡犯十恶大罪之人，一律处以死刑，没有任何赦免的可能性。韦公子的这一罪行最为严重，死罪难逃。只是法律被架空了，他才活了下来。

至于他在犯此罪时，跟儿子、儿媳“三人共一榻”属于情节恶劣，是予以严惩的理由。

第五种罪，是韦公子当了苏州的县令后，继续嫖娼，又触犯了上述“官吏宿娼”的法条。乐妓沈韦娘是他的女儿，这种嫖娼罪行同时也是上述“内乱”之罪。韦公子就这样第二次犯十恶大罪。

第六种罪，是毒杀女儿沈韦娘。当韦公子得知沈韦娘是自己同苏州名妓所生的女儿的身世之后，无地自容，为掩盖罪责，就毒死了她。这种杀害亲生儿女的罪行，比一般杀人罪重，也列入了十恶大罪，排在第八位，罪名是“不睦”。其立法解释是“谓谋杀及卖缌麻以上亲”。按照《大清律例》的“服制”的规定，父母同子女之间，属于“齐衰不杖期”的亲属关系，大大超过了“缌麻”之亲。故韦公子的“不睦”大罪是突出的。

这样一来，韦公子已第三次犯十恶大罪，每一次都当被判处死刑。换言之，他死有余辜。

第七种罪，是沈韦娘的人命案子发生后，韦公子对众戏剧演员行贿，企图让他们封锁消息，逃避法律的追究。《大清律例》在“有事以财请求”条中规定，对行贿与受贿双方应“计所与财，坐赃论”。演员们当时多为自由职业者，不拿国家工资，法律称之为“无禄人”，可以比官吏即“有禄人”处罚轻一等。

第八种罪，是与沈韦娘生前交好的人们到官府告状，控诉韦公子的杀人罪行。他再次行贿，用尽全部钱财来收买官方。贪赃枉法的官员竟以“浮躁”为由，罢其官职，便草草结案。

就这样，韦公子持续犯罪到三十八岁，共有八种罪行，其中十恶之罪三种，始终没有受到刑法的审判与处罚。以“浮躁”免官，仅仅只是行政处罚，相当于今天的开除公职。所谓“浮躁”，不是罪名，只是缺点，以优缺点论人，是我们今天所有工薪人员都熟悉的政治鉴定。小说写到韦公子官场生涯终止于“浮躁”，具有莫大的讽刺意味。对其罪行之多之重之大越认识清楚，就越能体察到这讽刺意味的尖锐与深长。

《韦公子》全文，依次记录了聊斋世界罪魁祸首韦公子的全部罪行，用人物自身的言行刻画了一个惯犯、累犯、死刑犯的丑恶形象。其认识意义，主要有两点。

第一，以人物个人的犯罪原因而论，道德的沦丧是其犯罪的主观原因。他出身于官员世家，有钱有势，生活优裕，没有别的人生追求，就只能吃喝玩乐，终于在官能刺激上找到了人心寄托。其八种罪行以性犯罪为根基大肆泛滥开来，把习俗、道德不允许的禁地冲毁尽净，势必到刑法的禁地上自由放任。韦公子是道德沦丧者走向犯极恶大罪的黑标本。

第二，以社会上的刑法实施而论，像韦公子这种长期犯罪而始终逍遥法外的罪犯的存在，表明各种法律条文只是法典上的白纸黑字，没有落实到社会生活中来。仅有的一次法律诉讼，本来有机会给予罪犯应有的严厉惩处，可当事人用金钱收买官方，终于导致法律天平倾斜失效。这里暴露出的法律弊端，既有无人告状就难以进入执法过程的法律制度的原因，又有执法官员容易被收买的执法队伍建设上的原因。

要谈《韦公子》的现实意义，就是以上两点对于今天打击犯罪、落实刑法，仍有针对性，仍有借鉴作用。

笔者之所以认为马瑞芳教授的评论文章令人大为失望，是因为她对韦公子的八种罪行一种也不能确认。凡是涉及人物罪行的文字描述，若评论者没有相应的法律知识基础，便只能是依据个人生活经验做主观随意性的议论，而不可能定罪议理。因此，我们从该评论文章中依次读到了下面非法律的道德鉴定线索：

> 靠几个臭钱作孽的流氓；
> 道德持续堕落；
> 丑恶到令人作呕的场面；
> 在同性与异性间猎艳的下流坯；
> 进士、优童……都鲜廉寡耻；
> 乱伦和扒灰，他竟然无意中同时犯下；
> 多么自私、残忍、毒辣、没人性！

此外，还有两种莫名其妙的提法。韦公子在苏州宿妓，跟亲生女儿沈韦娘睡到了一个床上，这本是内乱的死罪，已如上述，马教授却说成是“不寻常的惨案发生了”。

行文告一段落，当论者再次提到上述“惨案”时，又换了一个提法：“这又是多么惊心动魄的悲剧！”法律上的十恶不赦的“内乱”大罪，是怎样变成马瑞芳教授笔下的“悲剧”的呢？我们不明白。

顺便要告诉读者的是，马瑞芳教授对自己的这篇文章很喜爱。证据是该文于2006年收进了中华书局出版的《谈狐说鬼第一书——跟马教授读聊斋》，一年多后，除了收进了作家出版社出版的上述专著，还收入了当代中国出版社出版的《狐鬼与人间》一书。我在这里提这件事，是想说明解读涉法文学作品的一种学术心理现象，这就是：面对典型的、经典的涉法文学作品，纯文学家不通法律的症结都在于用政治的、道德的话语取代应有的法律话语，于是所谈离作品固有的法律内容往往相去甚远，连论者本人喜爱的评论文章也不例外。

第二辑
法律诉讼案件赏析

《聊斋志异》中两百多篇涉法作品给我们的又一深刻印象，是提供了一系列法律诉讼案件。赏析其法理法意，成为解读这些作品的重要任务。跟第一辑中谈到的三十多个法律人物形象不曾被历代纯文学家所注意一样，这一辑将要谈到的二十多起法律诉讼案件也是历代纯文学家从来不曾专门关注的。

凡出现在上一辑中谈过的作品中的案件，本辑一律不再提及，以免重复。这样看来，《聊斋志异》中较为完整的法律诉讼案件的数量很多，故以案说法的任务艰巨，该做的学术工作意义重大，不容忽视。

三十二　奇异的性犯罪引出的人命案

——说《犬奸》

《犬奸》篇幅短小，可议法理却很丰富。纯文学家无从在这里打开话匣子，故从不见有谁提到它。先请阅读其全文：

> 青州贾某，客于外，恒经岁不归。家畜一白犬，妻引与交，习为常。一日夫归，与妻共卧。犬突入，登榻，啮贾人竟死。后里舍稍闻之，共为不平，鸣于官。官械妇，妇不肯伏，收之。命缚犬来，始取妇出。犬忽见妇，直前碎衣作交状。妇始无词。使两役解部院，一解人而一解犬。有欲观其合者，共敛钱赂役，役乃牵聚令交。所止处，观者常百人，役以此网利焉。后人犬俱寸磔以死。呜呼！天地之大，真无所不有矣。然人面而兽交者，独一妇也乎哉？

这是奸情案与人命案合一的案件。它的奇异之处，在于犯奸的一方与杀人凶手不是人，而是狗。首先要弄清楚的是，在清代，狗作为动物，法律上能否充当犯罪主体。以犯奸而论，所有相关法律条文均指认犯奸者为男人和女人，没有女人或男人同动物构成的性犯罪行为。这种立法事实，证明在刑法理论上，清代刑法不承认动物作为性犯罪的主体。以此来看《犬奸》，贾氏妇同其家中白狗之间的性行为，只是一种奇闻逸事，法律并不认为是犯罪。

贾某被狗咬死，法律又是如何认定的呢？《大清律例》在“畜产咬踢人”条中有这样的规定：

> 凡马、牛及犬有触抵踢咬人，而记号拴系不如法，若有狂犬不杀者，笞四十。因而杀伤人者，以过失论。

由此可见，贾氏妇所养的狗咬死了她的丈夫，她作为畜主，应以过失杀人罪论处，而狗则无罪行、无责任可言。

既然人以外的任何动物都不能作为犯罪主体存在，那么贾氏妇的罪行就只有一样：让失控的狗咬死了丈夫，犯有过失杀人罪。因此，乡亲们到官府控告贾氏妇有罪，是合法的，正确的。

官府立案之后，采取的审判方法也是合乎法律规定的。“官械妇，妇不肯伏，收之。”官府只逮捕了贾氏妇，根本不过问狗，可她不认罪，只得关进监狱。紧接着，是进一步取证定罪的过程：把那只白狗捆进官府，再从狱中放出贾妇，结果人们看到了狗奸妇的习惯动作。在活生生的证据面前，她不得不承认自己有罪。

人命案件，基层法庭无权判决。“使两役解部院，一解人而一解犬。”指的是按刑事诉讼的程序法，向上级衙门递解人犯，以便进入二审、三审判决程序。

递解人犯途中发生的事情，如何评价，这里也有法理可议。沿途百姓，有好奇心理，希望能够亲眼见到人与狗的交合现象。对此，法律没有明文规定，到底怎样对待百姓的这种好奇心理与愿望，找不到法律上的依据。

两个衙役接受贿赂，每到一处都以人狗交合作为捞钱的资本，则是法律所禁止的。再说，每次围观这种有伤风雅的丑恶场面的人都以百计，其社会影响之恶劣，可想而知。据此，两个衙役应以“受赃”罪加以惩处。“官吏受财”出于“受赃”罪的一条法律规定：

> 凡官吏受财者，计赃科断……官追夺除名，吏罢役，俱不叙用。（《大清律例》）

两个衙役借递解人犯的机会，一路上以性行为丑恶表演大发横财，触犯了这一法条。

“人犬俱寸磔以死”，叙述的是最后判处结果。这里有法制史的专门知识需要说明，还有法理可议。磔，是古代中国对犯人处以死刑的方式之一，指的是用分裂犯人肢体的残酷手段，活活把人整死，并将残破尸体悬挂起来示众。“寸磔”，则是在分解肢体尸的程度，达到了以寸计尸块的极限，发泄了主审官员的深仇大恨。磔刑，早在先秦时代就已出现，隋唐后法典正条中不再出现，但各地执法衙门在法外用此刑的现象依然存在。《犬奸》所述，就是一个实例。

可议的法理，有两点。其一，狗既不是犯罪主体，而只是物证，充其量打死了事，正儿八经对其用“寸磔”之刑，显得荒唐。其二，贾氏妇的过失杀人罪已如上述，那么依法论处时，是否罪该处死呢？以“寸磔”的死刑方式是不是合法呢？查《大清律例》，关于过失伤人、杀人的规定是：

> 若过失杀伤人者，各准斗杀伤罪，依律收赎，给付其家。

律文之后，还有详细立法解释。严格执行这样的法律，贾氏妇并无死刑判决、处罚的可能性。换言之，这种判处过于严厉，有失公平。

此外，即使要处以死刑，《大清律例》明文规定的死刑方式是绞、斩。绞，保留全尸，而斩则身首异处，故斩刑较重。“寸磔”的死法，很清楚，是法外用刑，亦即是把早已废除了的死刑方式重新加以运用。

此篇的“异史氏曰”的篇幅，超过了小说正文，看来蒲松龄的未尽之意实在太多太多，忍不住自己站出来再发表更直接的见解。整段评论的精彩之处，在于指出这件怪异案件的审判上存在着法律适用上的困惑。作者反复指出，人狗相奸又引发“凶杀”案，“律难治以萧曹”，亦即是法官难以找到合适的法律条文加以适用；“狗奸杀”，在“阳世遂无其刑”，即人世间没有相应的刑罚用于狗身；“犬不良”，到“阴曹应穷于法”，坏狗到阴曹地府同样没有法律可以惩治它。这些话的共同点，都在于强调、阐明一个刑法理念：狗不能作为刑事犯罪的主体，尽管它危害人类，甚至剥夺人的生命，但人间法律不可拿来使用到狗身上去。否则，不仅讲不通法理，甚至会极大亵渎人类自身以及人类制定的法律。有鉴于此，小说中执法者把那只白狗连同它的主人一同用“寸磔以死”的行刑方式，在蒲松龄看来是荒谬的。不研读“异史氏曰”，就看不出作家对此所持的反对态度。

有学者在全文抄录了《犬奸》后，笔锋一转，大谈“中国古代的性变态”知识，这种文本之外的学问之道，对解读任何涉法文学作品都无济于事，笔者的“法说”系列书稿一概不取用。

三十三　民事纠纷引发刑事连环案

——说《成仙》

成生和周生是同学，两人亲如兄弟。小说《成仙》以成生为见证人，叙述了周生与黄吏部之间的民事纠纷引发的四起刑事案件，同时还后续有周生杀续弦夫人王氏的人命案。不足三千字的短篇小说，总共囊括了六起案件，这里的法律描写艺术可称之为案中有案的叙事技巧，拟在第五辑中专门研讨。

本文意在解读六起案件的法理。先看民事纠纷。黄吏部家所雇牧童不慎，让牛把周家田禾践踏了，于是引发两家互骂对方。就在事态如此出现和发展的初始阶段，已经出现了民事案和由它引发的刑事案的交织现象。

以民事纠纷案而论，黄家牛毁坏了周家田禾，应依下列法律规定进行判处：

> 若官私畜产毁食官、私之物，……畜主赔偿所毁食之物。（《大清律例》）

黄家却仗势欺人，把周家的仆人捉来送到官府，受到县令的“重笞”。重笞，即把周家仆人当作罪犯进行处罚。黄家之牛毁损周家庄稼，不仅不依法赔偿，反倒将周家仆人治罪，这就太无法无天了。而无法无天的不仅是黄家，还有县令，他们共同地、公开地践踏法律。

两家仆人之间的互相辱骂，是民事案引出的刑事案，真正依法办事，“互相骂者，各笞一十”（《大清律例》），这才公平、公正，县令只“重笞”周家仆人，由这一点看，偏袒黄家是不言自明的。

紧接着，又酿出第二件刑事案。周生受欺后不服气，想找黄吏部论理，成生极力劝说，周生还是想不通，对家人讲出了一个重要的法律见解：“纵有互争，亦须两造，何至如狗之随嗾者？”意思是，法律上的争执，得形成原告与被告的关系，才能分清是非，怎么能像狗一样乱叫乱咬呢？依这正确法理认识的支撑，周生写了起诉书，到县令那里告状，不料那县令撕碎诉状，扔到地上。周生一怒之下恶语出口，侵犯了县令，县令恼怒不已，就把周生关进了监狱。

应当究明的是，部民骂县令，该当何罪？有关法条指出："部民骂本属知府、知州、知县，军士骂本管官，若吏卒骂本部五品以上长官，杖一百。"（《大清律例》）县令囚禁周生，等于是把杖刑升格为徒刑，处罚过重。县令的执法犯法过错，再次暴露出来。这种错案，理应纠正，而这胆大妄为的县令丝毫不知悔改，于是他由办了错案升级而制造了强加于周生的冤案。这一下就陷进了犯罪深渊，县令就成了这第三件刑事案件的当事人，亦即是刑事被告，只不过暂时还没有露马脚罢了。

这冤案是如何出笼的呢？当时，县衙门捕获了三个海盗，黄吏部向县令行贿，两人私下串通，捏造事实，扬言周生是海盗们的同案犯。根据这捏造的言词，就对周生进行残酷的拷讯。成生到牢房里看望周生，周生很绝望地说："已身陷重罪牢房，如同鸟关进了笼子，虽有一个弟弟，只配送牢饭罢了。"成生感到自己责任重大，告别周生后就忙于告御状，力求纠正这冤案。在他奔忙的十个月里，周生受不了折磨，已经诬服，被判了死罪。

接下来的第四起刑事案，是黄吏部企图谋杀周生未遂的案子。成生告御状得到受理，在复审周生案子的过程中，黄吏部很害怕，就企图杀周灭口。他收买狱中看守人员，断绝了周生的饮食，周生的弟弟来过问，被拒之门外。成生闻讯，再一次向上级衙门申诉，待提审时，周生已饿得站立不起来了。上司一怒之下，打死了看守人员。黄吏部吓得要死，只得行贿数千金，终于从杀人未遂罪案中脱逃。县令受贿后在有关审判意见中又枉法提出了流放的处罚方案。周生终于释放回家。

在紧锣密鼓地演奏完上述一起民事案和四起刑事案的交响曲之后，小说行文以舒缓的笔调叙述了成生看破红尘，学道修仙的故事，历时不下十年。其修仙的认识原因，同官府衙门的执法不公关系极大。小说写道："成自经讼系，世情尽灰，招周偕隐。"由于周生迷恋人世，这兄弟般的两个好同学只得各奔前程。成生的消极遁世思想与路径，具有法律批判意义。

尤其是成仙得了仙道，以神秘方式破获周生的妻子王氏与仆人通奸的案件，更是把矛头对准了官府的执法不公和执法无能。其显示的法律意向是：既然你们官方不能解决如此重大的奸情案，那么我们百姓就只好自行解决问题。

对这连环案组合的最后一起案件的分析，也得在究明案情的基础上进行。由成生变成神仙的神秘力量的作用，发现周生的妻子与仆人通奸罪行的人本来是周生，把犯奸罪的妻当场杀死的凶手也是周生，然而外界完全看不出真相。事后，周生的弟弟这样向他报告家里发生的杀人惨案："哥哥外出后，强盗夜间入门杀了嫂子，把她的肠子挖走了，那惨景叫人痛心。到今天，官府也没有捕获凶手。"

实际上，作案杀人的是周生本人。小说是这样描述其作案过程的：

> 成坐候路侧，俾自归。周强之不得，因踽踽至家门。叩不能应，思欲越墙，觉身飘似叶，一跃已过。凡逾数重垣，始抵卧室，灯烛荧然，内人未寝，哝哝与人语。舐窗以窥，则妻与一厮仆同杯饮，状甚狎亵。于是怒火如焚，计将掩执，又恐孤力难胜，遂潜身脱扃而出，奔告成，且乞为助。成慨然从之，直抵内寝。周举石挝门，内张皇甚；擂愈急，内闭益坚。成拨以剑，划然顿辟。周奔入，仆冲户而走。成在门外，以剑击之，断其肩臂。周执妻拷讯，乃知被收时即与仆私。周借剑决其首，罥肠庭树间，乃从成出，寻途而返。

成生是周生杀人的知情者，在一定程度上也是策划者。因为，已成仙人的成生以其未卜先知的超人本领，得知周生之妻王氏与仆人私通由来已久，于是让他本人去寻机亲眼目睹奸夫淫妇幽会的场景。在决心杀掉这对犯奸男女之时，成生又是周生的同案犯。结果是成生杀伤了奸夫，周生杀死了淫妇。

要注意的是，仆人奸周生之妻，不是一般的奸情，属于法定的"奴及雇工人奸家长妻"，应判处"斩"刑。因为成生早就丧失了对官府与法律的信任，故他要用私刑手段惩治犯有死罪的这对男女。当然，他们的行为是法律不允许的。惟其如此，成生和周生的杀人，才构成了本篇小说所写六连环案的最后一个环节的刑事案件。

若加上周生之妻王氏与仆人长期通奸的案件，这一组案子就构成了七连环案件组合。我们只是将其作为成、周杀人的诱因来对待，没有将它作为独立的案件对待。假如官府能早日破获这起由来已久的奴仆奸家长之妻的死刑案件，成、周的杀人案也就无从出现。由此看来，官府执法无能为力，听任刑事案件自生自灭，社会危害性极大，足以在既有的刑事案件里诱发新的刑事案件。

一件简单的民事纠纷案，由于官府糊涂，无能力，又贪赃，又枉法，跟有钱有势的邪恶之徒勾结在一起，欺负正直、善良的人们，使他们吃冤枉官司，于是引发出五连环的刑事案件，从而把百姓与官员都卷入了刑事犯罪的泥坑，造成社会的不得安宁。这就是《成仙》的法律主题思想。综合这六连环的案件组合的法理法意，这一主题思想很容易浮现在我们的意识之中。

三十四　被正确审理的婚姻纠纷案

——说《新郎》

在《聊斋志异》中，《成仙》之后紧接着编排的就是《新郎》。作者如此编书，我以为并非偶然，应有法理上的自觉追求。二者都写到民事纠纷案件，由于官员审理上的一败一成，所带来的后续故事就大相径庭。于是，两篇作品的法理有着强烈的可比性。如果说，《成仙》立足于法律批判，有总结司法执法教训的效果，那么《新郎》则有总结司法执法经验的积极意义。

婚姻纠纷案，是由新郎神秘失踪引发的。在现实生活中，当事人一旦失踪，局外人都不可能知道其去向。文学作家都处于全知全能的地位，故可跟踪描述任何失踪者的来龙去脉。《新郎》即是如此。新郎在新娘进门不久、人们于夜间喝喜酒之际，就不知去向。作品把笔触指向了新郎的失踪之途。原来，新郎出门来，看到新娘穿着耀眼的衣服来到屋后，就疑心重重地跟在后面。新娘过桥而去，新郎叫喊她而不答应，远远招手叫新郎紧跟着她走。结果，到了新娘的娘家，见到了堂上的岳父岳母，他们对女婿说：“我们从小就娇惯女儿，她从来没有离开过家门，如今嫁到你们村，不免心中不乐。现在你们就住在这里，过几天再送你们回家去。”于是，新郎就住下来了。

新郎家中久久不见新郎人影，就到处寻找而没有结果。真正的新娘家中闻讯很着急，就到县宰孙公那里去告状。孙公又奇怪，又疑惑，感到无从下手判决，于是就下令说：等待三年，到时再作定论。

笔者认为，在案情一时弄不清楚的情况之下，暂时存案不判，等时机成熟再说，这种做法非常正确，不失为成功经验之一。要知道，直到今天科学非常发达，人类对于许多事物的认识，还存在着不能完全解释、完全不能解释的遗憾和空白。例如，人为什么要睡觉？这是人人可以感知的问题，但谁也说不清楚。科学家承认这是一个没有解开的谜。假如某案件同这难题密切相关，法官不明真相就胡乱判决，肯定要出差错。

最难以解释的，应是许许多多虚幻现象。海市蜃楼现象时常见于大海之上或海岸之边。科学家的解释是空气在阳光照射之下，形成折射镜面，把某地景物折射而来，而形成幻景。在原理上，这解释很正确，但疑问是：这折射过来的原景原物到底在哪里呢？能不能证实其真实存在的地址呢？这就是难题了。

魔术师表演的大型魔术、幻术，因从来无人揭开谜底，永远是局外人不解的谜团。《聊斋志异》中的《偷桃》，就是在魔术表演中反映现实生活中的罪与罚的法律现象。那偷桃者被处死，身首异处，后来又死而复活，就是不能解释的。

作为幻听、幻视的心理现象，尽管心理学家解释得头头是道，但有这类心理经验的人们并不以为然。笔者就有过自己无论如何也说不清楚的一次奇怪见闻。那是在童年时代的事情，六十多年过去了，至今仍记忆犹新。故乡住屋，呈三个大门一线排开阵式，同如今宿舍楼的三个单元差不多。然而里面却是互相连通的。一天黄昏时分，我从住处往中间屋子走去，照例要穿过一个小天井，天井一边是祖父的住房。就在我走到小天井边之时，看见一个穿灰色长袍、戴礼帽的人从中间屋子走过来，快步进了祖父的住房，接着就听见挪动椅子样的响声。当时，我以为是有客人来看祖父。可等我走进房门时，却不见里面有任何人。这到底是怎么一回事？我到现在也无从回答。要说是鬼，我绝对不相信。要说是我当时的幻视、幻听，我也不相信。总之，始终解释不了这次见闻的奇异之点。

显然，孙公所审理的新郎失踪案，面临的困惑，就在于人们都说不清新郎的去向。小说虽然记叙了新郎的行踪，但读者仍然无从得知他所碰到的那个新娘是谁，她的一家人、家庭设施又是怎么一回事，尤其是当新郎离开她家后，回头再看过去竟然一切都立刻从眼前消失了，更是像魔术似的不可思议。新郎于是大吃一惊，不明白自己这半年来住在新娘家是怎么一回事。等他急忙回到自己家中，才一一讲了半年来的蹊跷经过，于是到官府陈述了一切。

孙公这时把新娘的父亲传唤而来，对他讲明新郎的奇遇，这对新婚夫妇就举行了正式的婚礼。案件的审理，至此圆满结束，但其中新郎失踪半年的现象，却依然是不解之谜。小说文本称此案为“奇案”，名副其实，一点也没有夸张。

历来研究《聊斋志异》的学者，总习惯于张扬它的谈狐说鬼，以证明其“异”之所在。实际上，这一“奇案”的原告、被官、审判官员、知情人等，没有一个狐、鬼、怪，他们都是凡人。就连新郎奇遇并共同生活了半年之久的那一家人，小说也没有照例的说明文字——吾为狐、吾为鬼之类。也就是说，这一家人也都是凡人。因此，这里的“奇案”之“奇”，不在于案中出现了狐、鬼、神、怪，而在于凡人凡事中有无从说清楚的因素。作为司法执法者，面对这种凡人凡事之中的“奇”，就必须头脑冷静，宁可待以时日，多费周折，也不要草草下结论，把案子办糟了。孙公的可贵之处，就在这里。

三十五　人、鬼、狐、神大联合的案件

——说《王兰》

在《聊斋志异》所写一系列法律诉讼案件中，《王兰》这一篇里的案件是最有趣味性的一个突出代表，同时可议的法理也格外新颖。其趣味性，来自登场的人物，人、鬼、狐、神俱全，并在官方先后两次办案过程中终于走

向了大联合，但在法律判决上，由于主审一方对于这大联合的形势估计不足，而产生了重大偏颇。

因此，解读此案法理的关键，在于小说自身用百分之八十以上篇幅所描述的人、鬼、狐、神大联合的态势。它是执法者赖以正确判处的基本事实，必须加以完整地把握。

首先登场的是人与鬼。王兰作为凡人，暴病而死。鬼世界的最高长官阎王复核案卷材料，发现此人还不到死亡的年限，属于鬼卒执行公差时误勾魂魄所致，就责令送王兰还生，可尸体已腐烂，还生不成。鬼卒不敢如实向上司汇报，就私下解决问题，对王兰说："鬼变成人，苦得很。鬼变成仙，则快乐无比。如果你想快乐，何必再还生作人呢?"王兰认为讲得有道理。鬼卒就唆使王兰吃了他们从狐手上偷来的金丹，于是王兰变成了仙人。受害的狐眼见自己敌不过两个鬼卒，就忍气吞声地走掉了。这样，人、鬼、狐就走到同一件盗吃金丹的法律事件中来了。

成仙后的王兰，对好朋友张某说："我和你两家一向贫穷，现在有办法致富了。你能跟去一同游览天下吗?"于是，王兰的灵魂便依附到张某的身上，外出闯荡了。这种怪异人际关系读作两人形影不离，如同一人，就抓住了实质。

到山西某地，他们把一个暴病、濒临死亡的少女救活了，一举得到千金的巨额报酬。

过了几天，张某在郊外碰到同乡人贺才。贺才游手好闲，每天除了喝酒，就是赌博，从不务正业。得知张某有异术，能捞钱无数，就到处找张索讨钱财。给了钱，花完了，又来要。苦劝他改邪归正，毫无效果。有一次，张某对贺才说："只要你痛改前非，我愿以百金相送。"贺才答应了，可他竟挥金如土，于是县里的快捕手怀疑他金钱来路不明，就这样引出了一场官司。

这场官司的告状人是衙门的快捕手，罪名是金钱来路不明，跟今天的"巨额财产来路不明"罪相当。衙门对贺才严加拷讯，他就供出了张某。张某被捕了，由于几天拷打的伤口加剧而死在路途。后来，张死而复活，又跟王兰走到了一起。就这样，这场官司半途而废了。

有一天，贺才在聚饮时大醉，狂喊乱叫，王兰制止他，他听不进去。于是引发了第二场官司。恰巧巡逻四方的御史，听到贺才呼叫的声音，怀疑其中有问题，就命人搜查，结果把张某抓获。张某害怕，就供认了一切。这御史是一个乞灵于神仙的官员，他一面拷打张某，一面又向神仙请求判决方案。

这里又有法理可议。首要一点，是我们第一次从中国文学中看到官方主动介入刑事案件，而没有告状人陈告的法律程序，就直截了当办案。这，在强调一切案件都得自下而上陈告的古代中国，实属仅见的一例。其主动追诉犯罪、打击犯罪的精神，极其类似现代的检察院。唯有检察院以及检察制度诞生后的现代，才由国家司法机关积极主动追诉刑事罪犯。没有想到，蒲松龄笔下的这位巡方御史大有得风气之先的势头，如同检察官一样闻风而动，把地方上办流产了的案件主动地纳入了重新审判的议事日程。这一点，真叫人眼前一亮，得到了一种前所未有的收获。可以把这位御史的积极作为称之为突破封建法律制度的局限性的法律创造，有呼吁现代化检察制度诞生的划时代意义。

不过，这御史仰仗梦中的神仙发话来作最后判决此案的依据，又实在太落后了，太不可恭维了。梦中所谓金甲人，就是他白天乞求的“神”。这金甲人的训示是：

> “查王兰无辜而死，今为鬼仙。医亦仁术，不可律以妖魅。今奉帝命，授为清道使。贺才邪荡，已罚窜铁围山。张某无罪，当宥之。”

金甲人的判决公平吗？不公平。狐好不容易炼成的金丹，价值昂贵，被两个鬼卒抢夺过来，让王兰吞下，这就侵犯了狐的财产所有权，应当追究鬼卒的罪责，而金甲人视而不见，只字未提，这就等于纵容鬼卒犯罪。

此外，御史梦中醒来之后，果然依金甲人之言，把张某释放了。是的，张某的确无罪，应当释放，但问题在于，堂堂御史自己判决的能力何在呢？为什么对梦中金甲人的意见言听计从呢？

中外法制史上，都有神明裁决的事实。那是在科学不发达的年代里，法官们缺乏科学知识，在难以断定刑事被告是否有罪的场合，就实行神明裁决，其方式是让人犯去接受水、火的考验，投入水中淹不死、丢进火中烧不死的就视为无罪，反之就是有罪。在古代中国，法官以算命、测字、占卜、做梦等方式来破案、审案的现象，每每出现在文学作品之中，实质上这些都是中国古代的神明裁决现象，简称为神判。这位御史依梦中金甲人的“无罪”判决，释放张某，就属于货真价实的神判，反映的是他的法律判决水平低下。

还有一个疑问。金甲人梦中对御史所说关于贺的判决，是：“贺才邪荡，已罚窜铁围山。”我的疑问就是，这梦中所说，到底是不是现实中的事实，御史必须做调查研究，这才能够予以确认。而他呢，仅仅只是梦醒后释放了张某，根本不过问贺才的真实下落。梦境不等于现实，这是尽人皆知的常识。御史对贺才完全不过问，就是犯了将梦境等同于现实的常识性错误。

面对人、狐、鬼、神大联合而形成的法律事实，地方和中央两级官员审理案件时，先是失之于半途而废，后是失之于判决不公平、有漏洞、有疑问，都不能令人满意。较之《新郎》意在总结司法执法经验，《王兰》主要意向是反思司法执法教训。至于御史主动介入刑事执法活动这一闪光点，偶然性很大，很难当作成功经验加以肯定。

三十六　两个神判案例

——说《鹰虎神》与《白莲教》

《王兰》中御史所信奉的神判，在整篇小说中只不过属于执法官员意识中的对象物，未曾构成主题思想，而《鹰虎神》和《白莲教》这两篇作品所写神判，则构成了两个典型案例，二者的主题思想完全一样，都是肯定神判对于打击犯罪的积极作用。

鹰虎神是东岳庙大门左右的门神图像的俗名。在对付一起盗窃案的罪犯时，门神之一化为巨型大汉，拦住偷窃庙中道士钱三百的小偷的去路，命令他赶快把钱还给道士。他只好对道士招供了偷钱经过，并退还了全部赃款。

在这一神判案例中，门神的破案、审案与处罚，都是在被盗人以及官府不知情的条件下进行的，也就是说神取代了执法衙门，直接介入了打击犯罪的法律工作。作品肯定神判的思想倾向相当鲜明。读者除了惊叹门神之灵验、威风，也说不出别的感受。在无神论者看来，神本身就是子虚乌有的东西，神出面打击犯罪自然是无稽之谈。若拘泥于这种僵化的无神论观念，将沦为历史的唯心主义论。因为，中外法制上广泛存在有神判事实，更有信奉神判的人们。由此看来，本篇的肯定神判，应当理解为在中国古代的确存在有神判的传闻，也存在有信以为真的人们，故自有其法制史上的认识意义，可为法制史学家提供形象、有趣的研究个案实例。

依照这种理解，再来欣赏《白莲教》中的神判，又有别样的收获。在这里，充当神的角色的不知是何方神圣，因为它以太行山中的一个巨人的姿态出现，没有神的谱系中的定位，因其神秘莫测、本领非凡，泛泛地称之为神，是符合小说实际的。

这起神判案例，说的是山中巨人大显神威，把官方兴师动众操办的白莲教徒杀人的血案一举化为乌有的稀奇故事，读来饶有趣味。小说后半部分，就是神判案例的完整叙述：

> 后有爱妾与门人通。觉之，隐而不言。遣门人饲豕；门人入圈，立地化为豕。某即呼屠人杀之，货其肉。人无知者。门人父以子不归，过问之，辞以久弗至。门人家诸处探访，绝无消息。有同师者，隐知其事，泄诸门人之父。父告之邑宰。宰恐其遁，不敢捕治；达于上官，请甲士千人，围其第，妻子皆就执。闭置樊笼，将以解都。途经太行山，山中出一巨人，高与树等，目如盏，口如盆，牙长尺许。兵士愕立不敢行。某曰："此妖也，吾妻可以却之。"乃如其言，脱妻缚。妻荷戈往。巨人怒，吸吞之。众愈骇。某曰："既杀吾妻，是须吾子。"乃复出其子，又被吞，如前状。众各对觑，莫知所为。某泣且怒曰："既杀我妻，又杀吾子，情何以甘！然非某自往不可也。"众果出诸笼，授之刃而遣之。巨人盛气而迎。格斗移时，巨人抓攫入口，伸颈咽下，从容竟去。

这白莲教徒的妾与门人私通，犯有奸罪，可依法论处，但他采取的是以犯罪手段对付犯罪的办法：先把奸夫变成猪，这种报复已经够严厉的了，还要将猪杀死卖肉。质言之，教徒犯的是杀人且碎尸的极恶大罪，应当绳之以法。

那么接受告状的官府是如何办案的呢？说来好笑，对付一个杀人犯，竟动用了上千人的兵力，相当于一个团的编制，这岂不是嘲笑官方执法办案太腐朽无能吗？是的，的确无能透顶。阿 Q 被捕的时候，官方也是兴师动众，蜂拥而至的。较之一无所能的阿 Q，这白莲教徒行凶杀人，让官员们害怕，多少可找到若干借口。

还有可笑的地方是，门人是教徒一人所杀，跟他的妻儿不相干，凭哪一条法律逮捕他的妻儿呢？官府的昧于法律，胡乱作为，是显而易见的。如此把无辜的妻儿当作罪犯加以逮捕，可按“出入人罪”的罪名，惩处那个糊涂县令。

县级衙门无权判决杀人重罪案件，故“解都”的做法正确，但递解人犯用的是“闭置樊笼”举措，这就属于法外用刑了。古代递解待审者，通常是戴上枷锁，公差与人犯一同步行到目的地。把人犯关在笼子里，这等于是用对付野兽的办法来对待人，太不人道了。

神判发生在解送队伍途经太行山的时候。突然出现的山中巨人，尽管白莲教徒称之为“妖”，但实质上代表的是神。再说，法制史所说的“神判”，并非一律是神的判决，水、火的考验也在神判范畴之内。所以说，这山中巨人，无论为神为妖为怪，它的参与其事，就决定了本案的神判性质。

现在要讨论的是，如何评价此案中的神判的得失。眼见巨人出，“兵士愕立不敢行”，一语道破天机，执法者已完全不中用了。既然如此，惩治杀人犯的法律任务，就落到了外来介入的神秘者的身上。从这一点看，山中巨人当仁不让，承担了法律人所未能完成的职责，应当肯定。

可笑的是，无能为力的执法士兵此时此刻竟完全听从被押解的人犯的指挥，叫他们干啥就干啥，于是无罪的妻和儿，先后被巨人吃掉了。

以神判的主持者的巨人而论，比不通法理的县令一点也不高明，它区分不了有罪与无罪的界限，一视同仁地吃了教徒全家三口人。也就是说，县令所犯法律错误，巨人照犯不走样。假如巨人先放过妻与儿，专吃杀人教徒，那么这次神判就可令人拍案叫绝。

神判，或神明裁决，并不意味着法律判决的高明，恰恰相反，它是法律人受科技不发达的时代限制而曾经有过的愚昧执法的黑暗与羞耻的历史印痕。

这类印痕也许在中国古代的法制史中最为繁多，故中国古代文学中很常见。十多年前，笔者在《检察日报》开专栏“法律与文学漫话”时，曾就《搜神记》中的有关作品谈过“兽判与虫判”，这是较早的神判案例。近年完稿的《法说三国演义》，也谈到神判案例。加上这回谈到的三篇作品，该话题的素材实在不少。

我在想，若做中国文学中的神判专题研究，一定会大有作为。因为，在这个大题目之下，有许多法理可讲，而在这一方面，法学家所谈文学案例几乎是一片空白。现在笔者所做的工作，不过是刚刚起步，挂一漏万之弊客观存在。即以本文所谈，就只是提出了问题，并非尽善尽美地解决了问题。比如，这两个神判案例若做一番比较，还可有新发现。前一神判，为官方缺席，神判者完全取代了官方，而后一神判，则是官判与神判呈前赴后继态势，在官方无能为力之际，神判者接手完成了结案任务。于是，二者以不同侧面反映出官方司法的疲软、消极与被动。

三十七　老太婆控告野兽的案件

——说《赵城虎》

不完整地把握《赵城虎》中老太婆控告野兽的案件的发生、审判经过与结果，究明其中应有尽有的法理，是读不懂这一趣味盎然的作品的。有一位文学博士，在自己的专著中谈到“孝子”问题时，这样评论《赵城虎》：

> 《赵城虎》中的孝子，索性变成了凶猛的异类。
>
> 赵城虎的尽孝，则完全是天性使然。在误食赵城妪的独子后，赵城虎主动承担起了赡养老人的责任。它……对老妪的奉养，甚至过于其子。……赵城虎的孝心，深澈如水。它带给我们的，是绝假纯真的感动。（辛晓玲《中国古典小说意境三部曲》）

这些说法，全不可思议。小说中根本没有所谓“孝子”，因之“赡养老人”、“奉养”、“尽孝”、“孝心”之类都不能成立，为之“感动”也就太盲目了。

实际上，赵城虎自始至终是野兽，从来没有变成别的什么东西，更没有变成人。

读懂《赵城虎》除了以案说法，剖析老妪控告老虎的案件的法律意蕴，别无他途。

赵城老妪七十多岁，只有一个儿子，上山被老虎吃掉了。悲恸欲绝的老人家到县宰那里去控告老虎，可以理解，也令人同情，但毕竟不合法理。人类制定的法律对野兽是无效的，县宰就笑着对她讲这个基本法理，说：“老虎，怎样能用官方的法律来制裁它呢?”极度悲伤的老人听不进这话，大哭不止，县宰训斥她，她也不害怕。然而，县宰又有怜悯之心，不忍心再发火，就答应为她去捉那只吃人的老虎。这本是安慰言词，大可不必较真。可老人家信以为真，一定要等待有关公文出现，才肯回家。这就是老太太控告野兽案件的起因。一起在法理上完全不成立的案子，就这样在人情与事理的催化剂的作用之下，仿佛产生了化学反应一样，变得顺理成章，极为自然可信。

接下来的事态发展，也充满了法律实务中的人情味。县宰无奈之下，找一个衙役商量对策。没有想到，这衙役李能恰巧喝酒醉了，就满口答应这事能办到。待他酒醒之后，就后悔起来，但还是承认自己说了酒话，姑且为了安慰老人家，没有多想别的什么，现在想退回捉虎的公文。到这一步，进而证明此案在法理上站不住脚。

但后来为什么还是弄假成真了呢?说起来，就有官场的行政法规的作用了。堂堂县级衙门的长官跟下属相处，不按一定规矩办事，想说什么就说什么，想干什么就干什么，不想干什么也随便，那成何体统呢?故县令对李能发火了，说：“你表态能办这事，为什么又反悔?”李能没有办法，就灵机一动，建议拿着公文去找猎户上山捉虎，县宰同意这样做。就这样，假案真办又迈开了关键的一步。

这时的上山捉虎，由于有公文在手，又有公差带队，众猎人紧跟而上，就跟杀人案发去抓凶手差不多了。一个多月，没有抓到老虎，县宰用杖刑数百加以处罚，一个个失声痛哭，不得不进庙里乞求神仙相助。假案于是就越办越真。什么东西使假案像变魔术一样越变越像那么一回事呢？说穿了，还是法律与权力的双重作用。县令既然同意假案真办，公文一下，部属都行动起来了，想半途而废也收不住前行的步履。追究捉虎不力的责任，就是权力的作用。“受杖数百”，则具体表现为动用刑法与刑罚了，也就是法律在发挥作用。

在权力与法律双重威慑之下的李能们，只得努力捕虎。不料一只外来的老虎如同投案自首一样，老老实实站立在庙门中，既不伤人，又不他顾，按照李能的乞求，甘愿被捆住送到县衙里。

接下来，就轮到县宰本人上场假戏真演了。他煞有介事地审问老虎说：“赵妪的儿子，是你吃掉的吗？”老实说，这种审讯对象与话语，都是无奈的选择，不然县令就下不了台。万万没料到的是，这老虎如同听得懂人话，只不过不会讲人话罢了，于是就点头承认确有此事。这一下，县令立刻精神振奋起来，就发表了兼具用法、说理、规劝、判决等内容的谈话：“杀人者处以死刑，这是自古以来的法律。再说，老太太只有一个儿子，你杀害了他，她已风烛残年，谁来养活呢？你如果能像她的儿子一样尽责任，我就免你的死罪。”

不料，老虎又一次点头表示认同。

至此，老太太状告老虎的案子，如同演戏一样，把全部审判过程的始末都表演完了。

以下的故事，在案件审理中处于执行法庭判决的阶段。小说依次所写，看似荒诞之中的荒诞，但仍然都真实可信。以老妪来说，她的控告本意，不过是让官方捉到吃儿子的老虎，把它杀了，用以赔偿儿子的性命，并无别的什么奢望。这样，对县宰的判决她很不满意。其理由，无非是老虎不是人，不可能像儿子一样养活自己。头脑里出现这一理由，说明老人并不糊涂，她的控告老虎也不是无理取闹。一个“怨”字，足以把读者读小说之初可能有的对老妪的误解全部勾销。

小说末段所写，全是老虎按县宰判决行动的情形：经常送来种种野味让老人家享用或卖钱；闲暇时来檐下息卧，人虎相安无事；几年后，老人去世，老虎如同吊孝，到堂中吼叫；安葬老人后，老虎又跑到坟上尽哀，致使吓跑了宾客。这一切，用法律行话讲，就是圆满地执行了法律判决。

以上，是对此案的跟踪描述与议论。若综合思考此案，可有两条法理在尘埃落定后结晶出来。一是全篇的法律幽默耐人寻味。法律幽默的话题我们已谈得很多，此文照例要谈，而且以后还会谈到聊斋中的法律幽默，因为作品自身一再写到，不谈就愧对蒲松龄的卓越贡献。仅以此篇而论，这法律幽默表现在把一起在法理上完全站不住脚的案子，置于想象、理想和戏剧性的情节发展中，居然使之沿着真实案件审理程序一步一步走下去，变得如同合乎法理一般的真案件，令人感到又好笑，又可信。

这幽默的机制，在于内容与形式之间的不相符合。小孩穿大人的皮鞋，如同脚踏两只小船，大有幽默感。小脚穿大鞋，就是内容与形式不合产生了幽默。在《赵城虎》中，控告虎、下公文逮捕虎、把捉来的虎送到公堂上审讯、老虎果然执行法律判决等法律诉讼程序的形式中，装进来的都是与法律无关的野兽的内容，使得每一个环节的人们的所作所为都可笑，有趣味。法律诉讼活动中的这些笑料与机智，便是法律幽默的表现之一。

二是赵城虎的人格化、人性化的一系列类人的行为，在打击犯罪的框架内，可得出人不如虎这样的结论。不少罪犯犯下滔天罪行后不思悔改，甚至还千方百计逃避法律的追究，较之赵城虎，他们实在差得很远。媒体报道过一则发生在英国的杀人惯犯的事件：此人是犯罪心理学的博士，多年来连续杀害了六名妇女，还有过吃人肉的记录，归案后没有丝毫悔罪意识，被称之为杀人魔王。较之赵城虎，这样穷凶极恶不知错的人，认为他不如虎，绝不是侮辱人格，而是事实。《赵城虎》明明白白昭示着这种比较方式及其结论。

三十八　道士的杀人案

——说《长冶女子》

大陆学者几乎都对《长冶女子》保持沉默，好像此篇不值一谈似的。台湾一位学者虽谈及，但他只是谈其所谓“魔法”，把道士的杀人案及其审判经过完全抛开，大有舍本求末之弊。

细读小说，可知道士有几宗罪行，受害人是长冶的陈氏女。

第一宗罪，是诈骗。他对了解陈氏女的一位盲人谎称自己是陈氏女的表亲，想向女郎求婚，于是得到了有关陈氏女的情报。如此诈骗的目的，在于进一步加害这位既聪明又美丽的少女。

道士的第二宗罪，是暗中使用了麻醉药，造成陈氏女身体不适，失去任何反抗能力，也失去正常生活的理智功能。小说对这种如醉似痴的状态描述得很具体，也很详尽。

> 居数日，女绣于房，忽觉足麻痹，渐至股，又渐至腰腹；俄而晕然倾仆。定逾刻，始恍惚能立，将寻告母。及出门，则见茫茫黑波中，一路如线；骇而却退，门舍居庐，已被黑水淹没。又视路上，行人绝少，惟道士缓步于前，遂遥尾之，冀见同乡以相告语。走数里，忽睹里舍，视之，则己家门。大骇曰："奔驰如许，固犹在村中。何向来迷惘若此！"欣然入门，父母尚未归。复仍至己房，所绣业履，犹在榻上。自觉奔波殆极，就榻憩坐。

从其后续故事可知，道士用毒药如此麻醉、迷糊陈氏女，是为他实施杀害、占有她的罪恶目的服务的。而仅就用毒药杀人这一点看，就已经构成了死罪。《大清律例》明确规定："若用毒药杀人者，斩。"此条之后，还有立法解释指出："或药而不死，依谋杀律绞。"仅到此为止，道士已难保性命。

道士紧接着出现在半死不活的陈氏女面前，实施了杀人手段——用快刀剖开了少女之心。也就是说，他犯了第三宗罪：故意杀人，该判斩刑。

第四宗罪，写得很隐晦，稍有粗心，就会视而不见。这就是道士把陈氏女剖心杀死之后，通过她的鬼魂所看见的现象：道士把自己的心血点在一个木人身上，并念了咒语，结果陈氏女感觉到自己与木人合而为一了。道士还叮嘱说："从今以后，你就得听从我的差遣，不能违反、延误！"于是，就把这木人佩戴在她身上。读者会说，这里没有什么罪行出现。是的，我们说这罪行隐晦，指的就是它不容易被确认。这里的关键，要抓住道士与陈氏女鬼魂的关系，属于或类似于人间主人与奴婢。道士用杀人的方式剥夺了陈氏女的生命进而又用妖术把陈氏女的鬼魂变成自己可以随意使唤的奴婢，这就触犯了刑法，构成了犯罪。《大清律例》中，有法条为“收留迷失子女”，其中有一款是：“其自收留为奴婢、妻妾、子孙者。罪亦如之。”还有一款云：“若冒认良人为奴婢者，杖一百，徒三年。”

道士奴役陈氏女的行为，用这两条规定治罪，是适合的。在上述四宗罪中，最严重的是剖心杀陈氏女。陈父根据村子里人们的传言，终于到牛头岭下发现了女儿的尸体，就哭着到县令那里告了状。

县令审案之初，因一时不知谁是凶手，就把牛头岭下的居民都当作嫌疑犯抓来，拷讯几遍，得不到口供，就把他们都关押起来，以便复查。这种盲目逮捕，扩大化的做法，刑及无辜，为法律所不容。

很有意思的是，官衙门系统没有人注意县令违法办案的情况，而道士作为案犯倒对此特别关心。他给陈氏女的第一个任务，就是进县城打听县令审案的动态。临行前，道士对她讲了一番警告的话，意思是不得违令，若把事情办砸了，就将用针刺的方法，使其鬼魂疼痛难忍，甚至使鬼魂完全消失，不复存在。陈氏女果然被迫去执行任务了。

这一番下达任务的情形，正是道士犯第四宗罪的证据。唯其有这一证据，才能证明道士与陈氏女之间的非法主奴关系业已确立。

陈女来到县衙，就看见牛头岭的人们跪在公堂里受审。由于她忘记了道士的告诫，应当躲避官府大印，使她立刻暴露了鬼魂的身份。说来有趣，活人怕官印，因为它是权力的象征，这鬼魂也怕官印。县令就对陈氏女的鬼魂说：“你若是冤鬼，就赶快陈述清楚，一定为你昭雪。”就这样，陈氏女哭诉了自己被道士杀死的经过。这等于是当堂指控道士，是口头的告状形式，跟纸写的诉状功能完全一样。

县令立即派衙役跑去捉拿道士，到柳树下就一举将其逮捕归案了。案子审理得很顺利，一加审问，道士就供认不讳。那些受冤枉的岭下居民被全部释放。

今天蒙受大灾大难而转危为安的人们，时常把有恩于自己的扶危济困者称之为重生的父母、再生的爹娘。小说结尾陈氏女鬼魂到县令家投胎，变作他的夫人刚生下的女婴，表达的正是这种感恩戴德的民情民风。这是法律与人情的一种积极关系的反映，法律与人情的消极关系是人情通常会顽强地阻碍、干扰着法律的落实。

回顾被上述台湾学者所谈的道士的“针刺魔法”，只不过是威胁陈氏女鬼魂的言词，至于是否真有如此神灵的“魔法”还是个未知数。以局部难以兑现的言词立论，解读《长冶女子》，将上述一切置于不顾，可以认为连小说的皮毛都未能触及。

三十九 两次行凶杀死四公差的血案

——说《伍秋月》

蒲松龄笔下的爱情以及狐、鬼、神、怪之类，几乎都是外表的包装物，拆开一看，里面无一不是人间的生活状态，又往往同法律有千丝万缕的牵扯。《伍秋月》就是非常典型的例子。若在包装物上做文章，就会犯古老的买椟还珠故事中那个不识货的买主的错误。不幸的是，纯文学家在解读聊斋的一系列作品时经常犯这种错误。谈论《伍秋月》的学者同样如此。

马瑞芳教授以《旧瓶新酒人鬼恋》为题，写下几千字的文章，在人鬼相爱、鬼到底存在与否、人世与阴间的关系等问题上下了很大功夫，而在王鼎两次行凶杀死四个公差的要害处不仅未能谈出作品固有的法律内容，反倒说了一些有违法理的外行话。例如，她说：

> 连杀四隶，却没有一句开口发难的话！对鱼肉人民者只有利刃相向！
>
> 聊斋先生……甚至异想天开，要制定法律了！（马瑞芳《谈狐说鬼第一书》）

这两段话，前者针对的是王鼎的杀人罪行，后者针对的是“异史氏曰”中的议论，既没有正确解读作品，又没正确领会作家的法律见解。

舍弃包装物，剥开作品内里的精神实质，《伍秋月》所叙述的不过是一起先后两次行凶，共杀死四个公差的血案，作案人都是王鼎。其中的法理法意，尽在案件之中，还包括有“异史氏曰”的法律议论。

综观案件的方方面面，共有五个法律问题摆在读者面前，需要明确解答。

第一，王鼎两次杀人到底有罪无罪，若有罪，该如何定罪量刑？答案是有罪，依清代法律，今天的故意杀人在当时被称为“谋杀人”，该判死刑。

第二，王鼎杀人原因何在，有某种正当理由能够抹杀他的死罪吗？王鼎两次行凶杀人，都不是出于邪恶目的，亦即是都有正当理由。首开杀人记录的一次，是因为王兄被莫名其妙地逮捕，而且两个黑衣公差向无钱的被捕者王鼎索贿，当王鼎向他们寻求宽释、失声痛哭之时，两个黑衣公差断然拒绝，又猛整王兄，于是一怒之下杀了一个公差，另一个在叫喊时也被杀死。简言之，王氏两兄弟都处在无辜而受害的困境中，故这样的行凶杀人有一定的弘扬正义道德的作用。然而，法律对杀人者的定罪量刑固然会考虑杀人原因中的合理因素，但本案中王鼎杀死两个公差的死罪，并不以这合理因素为转移。第二次行凶杀人，也有正当理由。王行凶杀人后逃走，官方就把在场的目击证人伍秋月抓进监狱，这显然是冤案。王闻讯来营救伍出狱，不料发现两个狱卒在调戏伍，甚至对拒绝调戏的伍说：“已经是罪犯了，还守什么贞操呢？”王氏兄弟来不及发话，就一人一刀杀了两个狱卒，拉着伍就逃离了作案现场。这样看来，王第二次杀人有反对冤案、不满于狱卒调戏被囚女性的正当理由。同样，这正当理由不能推翻王的杀人死罪判决。

第三，王两次杀人，都有伍秋月在场，作为目击证人，她发表的意见正确吗？第一次，她大吃一惊，说：“杀官使，罪不宥！”其基本精神是正确的。在十恶不赦大罪的第九条中，确有部民杀长官不可赦免的死罪的立法解释。不过，公差并非长官，只应作一般杀人罪论处。

在第二次杀人逃跑时，伍秋月也意识到问题的严重性，吃惊地问王鼎：“冥府来追拿怎么办？”于是两人商量出逃避追捕的对策。也就是说，伍同样认为王这回杀人有罪。为了逃避法律论处，他们采取了不可较真的迷信手段：贴符避邪。假如她认为平安无事，这岂不是多此一举吗？

第四，伍为什么劝王“积德诵经”，此事与法律有何关联？王、伍结为夫妇后，伍并没有忘记王的杀人重罪。怎么办？她出了一个补救措施，就是一再劝说王悔罪自新。她说：“你罪过太深重，适合于积德念经，进行彻底忏悔。否则，就将折寿活不长。”“积德念经”，就是信教修德，重做新人。这是一种自我改造、自我完善的方式，凭借的是宗教的力量。

无论人们在理论上怎样对待宗教，从社会实践看，法律与宗教关系密切，联系广泛，并且在文学中有着深入探索。因此，二十多年来，笔者以“法律与宗教”为话题，发表了一系列意见。本篇伍秋月的救王措施，就涉及这一老话题，有着可以跟世界文学接轨的意义。在西方小说、戏剧中，只要一接触罪与罚的法律话题，宗教势力就不期而至地参与其事。《复活》《罪与罚》《红与黑》《悲惨世界》《牛虻》……无不有法律与宗教的难分难解关系。蒲松龄通过伍秋月之口，讲出了西方文学中屡见不鲜的话题，在中国文学中弥足珍贵，令人欣喜。个中原因，是中国古代官方长期压抑宗教，法律也歧视宗教与宗教人士，故国家法律事务中宗教一直没有什么积极作为。伍秋月的主意，因而只能认为是民意代表，为填补中国文学法律与宗教关系的一个重侧面的空白做出了不寻常的贡献。

小说写道，王本来不信佛教，经过妻子的屡次规劝，终于成了虔诚的佛教信徒。也就是说，他以信佛的虔诚来洗刷既往的犯法杀人的罪过。从个人修养的角度看，这是可以肯定的。但从法律角度看，实质在于把宗教当作了逃避死罪的保险箱、防空洞、保护伞。事实上，王日后果然“无恙”，也就是终于得以规避了法律的追究。对此，我们不以为然。换言之，王信佛教，属于他个人的宗教信仰自由，而用宗教掩盖杀人罪责，并果真安然无恙，不应理解为神的保佑，而应认为是法律人执法上有大漏洞。

第五，怎样理解本篇的“异史氏曰”？这则“异史氏曰”是典型的法律议论。极为宝贵的见解是其开头几句话：

> 余欲上言定律：“凡杀公役者，罪减平人三等。”盖此辈无有不可杀者也。

这是一条意念中的立法建议，即建议国家制定、颁布这样一条法律：“凡杀公差的人，其罪以减平常百姓三等论处。”因为，这些公差中没有不可杀的例外存在。如何评价它，也有值得讨论的法理。

“欲上言”，只不过一时冲动罢了，事实上是按兵未动，表明蒲松龄既有作家热血沸腾的一面，又有法律思想家冷静理智的一面。

杀公差而罪减平人三等，首先是承认杀公差有罪。减平人三等，意思是从轻论处。如何从轻，轻到什么程度呢？清代五刑，从重到轻，依次是死刑（斩、绞）、流刑（流放、充军）、徒刑（坐牢）、杖刑、笞刑。依“减三等”之言，就是把杀人的死罪处罚，减轻到处以“杖刑”，即打一顿就完事。大约考虑到如此对待杀公差人员的罪行有过轻之嫌，故蒲先生到底没有动真格去“上言”。

再看他主张从轻论处的理由，是公差人员中没有一个不可杀的。这样全盘否定封建社会的工薪人员，打击面未免太宽。实事求是地讲，无论在哪个社会，公职人员犯死罪的，总是极少数。否则，就意味着：要么是该社会的刑法过于苛严，动辄就犯死罪；要么是该社会公职人员过于腐败，一个个都得处死刑，二者必居其一。这怎么可能成为客观事实呢？由此可见，蒲松龄的话，不过讲的是公职人员素质差罢了，不可拘泥于做字面的死扣硬套，更不可用以为王鼎的杀人罪行做无罪辩护。退一万步来讲，就算公职人员个个该杀，也轮不到王鼎来充当杀手，那得由法律人来依法论处。

四十　被误解的六连环案

——说《金生色》

马瑞芳教授谈《金生色》时说：

> 《金生色》“酸腐透顶”；
>
> “《金生色》五毒俱全，酸腐到极点，是整部《聊斋志异》封建性最明显的篇章之一。”
>
> “《金生色》是当之无愧的聊斋罂粟花。”（马瑞芳《马瑞芳趣话聊斋爱情》）

果真如此吗？不！实际上是论者见解有误。究其原因是多方面的，仅以方法论原因而言，在于论者作为纯文学家，对《金生色》全文所叙六连环案没有弄明白，于是就否定了这一优秀的涉法文学文本。

这六连环案相继发生，最后全部进入了法律诉讼程序。依次说来，第一案是关于寡妇木氏再嫁的民事纠纷案。金生色病死前夕，劝妻不要守寡，同时对他的母亲也表示了同一态度。金生色死后，木母来吊丧，乘机劝女儿早日改嫁，金母听此话很生气，就当面声称："儿子本有遗嘱，不让媳妇守寡，如今你们急不可待，就一定要守寡！"两亲家母不欢而散。后来金母找了个中介人，到木家调解纠纷，达成安葬死者后听凭改嫁的协议。因风水先生的意见，暂停柩在家。木氏妇大约改嫁心切，很注意涂脂抹粉，打扮自己，尤其回娘家时，总是新艳无比。说实在的，这里虽有矛盾、纠纷，但并不突出，更谈不上激化、难解。双方都无可指责。理由在于，清代法律并不禁止寡妇改嫁，同时又保护寡妇的自愿不嫁，并称之为"守志"。

第二案，是村中无赖董贵用重金收买金氏邻居老太太，让她牵线搭桥，与木氏通奸，达十多天，弄得全村丑闻四起。案发后，有金生色鬼魂出棺来捉奸的故事情节。有无这一情节，都不影响这一案件的法律性质。木妇在亡夫停柩在家时犯奸罪，比寻常通奸罪重，属于"居丧"犯奸，依《大清律例》该"加凡奸罪二等"论处，与之相奸的董贵则以"凡奸论"。

第三案，是董贵被捉奸后，赤身裸体逃离金家，又到邻家将丈夫外出未归的马氏奸污。马氏以为是丈夫回家来了，问道："你回来了？"董贵回答："是的。"于是一点怀疑也没有，就同他发生了性关系。这一次，董贵该当何罪？马氏有罪无罪？这是应当讨论清楚的。

清代法律中，有"刁奸"概念，但无立法解释，不知"刁奸"所指具体行为。董贵在马氏误以为是丈夫回家的不明真相的情况下，刁滑地答应一声就行奸，把对方一直蒙在鼓里，理解为"刁奸"是不错的。依《大清律例》，"刁奸"比"和奸"罪重，应"杖一百"，同时"刁奸者，男女同罪"。这样看来，马氏犯罪实在冤得很。

第四案，马氏丈夫从北村归家，发现了董贵的行奸，就杀死了奸夫。把母亲叫来，点灯一看，这才认出死者是董贵。他本来还想杀马氏，当听到她误认是丈夫回家的情节后，就放了她。在母亲的"捉奸"云云的提醒之下，他终于连妻子也杀了。这就又提出了杀人者是否有罪的问题。《大清律例》有关于“杀死奸夫”的专门规定：“凡妻妾与人通奸，而（本夫）于奸所亲获奸夫、奸妇，登时杀死者，勿论。”

可见，马氏的丈夫杀了奸夫奸妇，无罪。

第五案，为发生在木家的纵火案。纵火者，大约是犯奸罪之后的木氏女，即金妇。她为什么要放火烧自己娘家的房屋，由于她被乱箭射死，不得而知。据推测，很可能是因为母亲来劝嫁，扰乱了她内心的平静，未能抵御董贵的性犯罪进攻，成了同案犯，故她要报复娘家。这种推理，应当不错。

第六案，为马氏的哥哥马彪到官府告状，要求为妹妹申冤。这马彪在聊斋世界以“健讼”称著。通俗地说，就是很会打官司，有法律诉讼的才能和经验。我们说过，孙悟空就是如此。他出口成章，一口气就说出了一篇到玉帝那里告御状的起诉书。马彪的“健讼”给人印象深刻。

上述六案一起汇集到了官府。那么，官员的审判合乎法律规定吗？小说有所交代，也有所回避。先看有所交代的情形。首先是马氏丈夫进官府投案自首，说明了捉奸时行凶杀人的事实，结果是“薄责逐释”，即轻轻责备几下就赶出了衙门。这一作为，证明这位审判官懂得上述“杀死奸夫”的法律，不走样地执行了这一法律。

在审理其他案件时，先审讯了为董贵当中介人的邻居老太太，她很害怕，招供了一切。接着又讯问金母，她借口有病，就让金生色的叔伯哥哥金生光出庭充当代理人，同样说明了全部案情。最后又向木氏夫妇做法庭调查，进一步证实了案情。在聊斋世界官府审案描述上，此案如此强调审判过程的深入、周到，是罕见的。这从一个侧面告诉我们，《金生色》不失为典型的涉法作品。

进入判决和处罚阶段后，木氏受到了笞刑，罪名为“纵淫”。纵淫并非正规法定罪名，而是小说家言，指的是有放纵女儿犯奸罪的嫌疑，故仅仅“笞”若干就算了。邻妪则“导淫”，处以“杖”刑，因受不了如此重打死于杖下。导淫，也是小说家言，法定的规范罪名是“媒合”通奸，应减犯奸人罪一等治罪，故处以“杖”刑是正确的。

那么，把邻妪打死在公堂上，官方有责任没有呢？小说予以回避，未置一词。要问缘由，是不负责任。依有关法律，决罚不当而死人，有责任，而在受刑者“臀腿受刑去处，依法决打，邂后致死，及自尽者，各勿论”（《大清律例》）。这就是小说对此保持沉默的理由。若有读者、论者对官方提出非议，在法理上是成立的。就算要非议，也只能认为是这种维护笞、杖刑的立法不公平、不人道、不科学，而不能随意认为官方打死人于公堂上是犯罪行为。

除此之外，小说还回避了关于马彪告状的经过的叙述。究其原因，当是没有值得一提的事实与法理。既然受害的本夫当场打死奸夫和奸妇不负法律责任，那么马氏之死再冤枉，也冤不到哪里去，还有什么道理要纠缠下去呢？

至于董贵、金氏妇根本不予过问，那是因为作为当事人已经死亡，谈任何法律责任都纯属多此一举。

总之，官府审判汇集在一起的六连环案，在法理上无可挑剔，充分表明此官明事理，更懂法理，不失为合格的甚至是优秀的法官。

四十一　以罪抗罪，案中有案

——说《马介甫》

《马介甫》这篇小说写的是什么内容？马瑞芳教授认为是：“写悍妻花样翻新的撒泼施虐，简直触目惊心。”（马瑞芳《马瑞芳趣话聊斋爱情》）依据这种理解，她写出了一篇专题文章。读完该文，对照小说原文，我们会越读越有疑问，越读越感到论者所说离小说的实际越远。

是的，小说自身内容应当是：悍妻犯罪，人们无奈中用犯罪方式反抗她的犯罪，于是引发出来的刑事案件接二连三，牵五挂六地一大串，其中还夹杂着其他一些事件或案件，致使解读者非将这一切清理出头绪不可。

我们清理案件头绪的工作，可以出场人物杨万石、妻尹氏、杨万钟、马介甫、张屠户等五人的所作所为作着眼点。因为，以罪抗罪，指的就是人们一致抵抗尹氏的各种行为方式，与此同时还有别的犯罪行为，故形成了“案中有案”的复杂叙事结构。

先说尹氏。马瑞芳所说的尹氏的“施虐”，其实都构成了犯罪，亦即都是犯罪行为。她打丈夫、骂丈夫，骂杨父、打杨父，还在杨万钟死后骂弟媳，全是应受法律处罚的罪行。《大清律例》在关于“骂祖父母、父母”的法条中规定：“凡骂祖父母、父母、及妻妾骂夫祖父母、父母者，并绞。”在“殴祖父母、父母”条中，有关规定是：“凡子孙殴祖父母、父母，及妻妾殴夫之祖父母、父母者，并斩。”单依这两条法律，尹氏就死罪难逃。以“悍妇”论之，岂不是完全无视这死刑犯的罪过的严重性吗？

关于尹氏骂丈夫的罪行，有关立法解释很有趣味，云：“律无妻骂夫之条者，以闺门敌体之义恕之也，若犯，拟不应笞罪可也。”（《大清律例》）

尹氏对怀孕五月之久的妾王氏，大打出手，使之堕胎，依法该“杖八十，徒二年”（《大清律例》）。

对照这一系列的法律规定，这所谓“悍妇”，在法律上是一个罪大恶极的惯犯，在五刑之中已犯有笞、杖、徒、死这四个等级的罪行。看不到这些，停留在道德贬斥的水准上，实在是太肤浅了。

再看杨万石。他有老实巴交、逆来顺受、遵守法纪的一面。四十无子才娶妾王氏，就是依法办事的典型例子。确有男子四十无子方可娶妾的法条。此外，当马介甫鉴于尹氏顽劣多罪的情况，建议他“出妻”即休妻，是合法的，由于他不忍心，就没有听从这个建议。总体来看，杨万石守法，老实，很可怜。

然而，他在走投无路之际，先典妾，后卖妻，却是犯罪行为。有关“典雇妻女”的法条指出：“凡将妻妾受财，典雇与人为妻妾者，杖八十”（《大清律例》）。杨万石在遭火灾破产后，“质妾于贵家”，所得钱财作为夫妻二人南逃的路费，后又卖妻给张屠户，得钱三百，触犯这条法律是毋庸置疑的。这就是小说中的“案中有案”的事实。

说到火灾，这里有疑问值得推敲。火灾的起火原因，可分为失火（无人故意放火）与放火（有人故意点火成灾）两种情况，其法律处罚前者处罚轻，不负赔偿他人损失的责任，后者处罚重，还要赔偿他人的损失。杨万石家中失火，延烧邻舍，到底属哪一种情况呢？小说只用“遭回禄”三个字一笔带过，并未点明火灾性质，而官方审理这起官司时，判处赔偿金额巨大，可见是以放火罪定案的。我们的疑问是：杨万石放火的可能性不大，故有误判的可能性存在。若属后者，他的破产就很冤枉，是官方执法过错造成的。

杨万石的以罪抗罪，是在服用了马介甫给他的“丈夫再造散”的兴奋剂之后，用刀在尹氏大腿上割下巴掌大块肉，掷到地上，又不顾对方哀求而再次割肉，属于故意伤害罪，依清代法律该“杖一百，流三千里”（《大清律例》）。

马介甫是以罪抗罪的典型代表人物，共有两次具体行动。第一次，他用狐仙的法术，变出几个巨人，用刀一边在尹氏胸前画皮肉，一边还要逼问历来所做坏事，待边画边数落历来所做凶悍之事完毕过后，身上伤痕已纵横无数了。这种伤害人的方法，清代法律称为“采生折割人”，就是“折割”活人的“肢体”，应判死刑。

第二次行动，就是让杨万石吃“丈夫再造散”去伤害尹氏，他是“造意者”，罪行比直接行凶的杨万石重，当判“斩”刑。再说，这种药属于毒品，马介甫持有、使用它，也是死罪。

马介甫三犯死罪，马教授却在提到毒品“丈夫再造散”时这样加以调侃：

> 可惜，狐仙“丈夫再造散”配方没有传下来，不然真能给药厂发财良机。（马瑞芳《马瑞芳趣话聊斋爱情》）

杨万钟是杨万石的弟弟，因用石头砸晕了尹氏，他误以为出了人命官司，就自杀而死。依“斗殴律”，打伤人仅构成笞罪。杨万钟自杀的教训，在于既要采用以罪抗罪的手段，又不能正确认识自己与对方到底犯有何罪，这就免不了死得糊涂，死得冤枉。马教授认为尹氏“害得弟弟死了”这是不合法理的说辞。

最后一个以罪抗罪的人，就是买尹氏作妻子的张屠户。他的犯罪手段带有杀猪的职业特点：用屠刀在大腿上穿孔，把毛绳穿进肉孔中，将尹氏拴在悬梁上，然后自己照例出门卖肉去了。日后伤口虽好了，但遗留在皮肉内的断芒，给她造成了巨大痛苦。张屠的暴行除了故意伤害罪，还触犯了“威力制缚人”的法条，该条有云：“若以威力制缚人，及于私家拷打监禁者，并杖八十”（《大清律例》）。

以上是小说中五个人物各自犯罪的基本事实和应当适用的法律条文。做法律解读的第一步，就是做这种摆事实、明法条的工作。做了这一步工作，以罪抗罪，案中有案的法理实质，就已在不言自明之中了。

若做进一步综合性梳理，该议的法理有这么几点。

首先，尹氏犯罪与其他人犯罪，有不同的道德原因。在尹氏，是为人凶悍，缺乏道德的自我约束。而在别人，共同点是忍无可忍，被迫以罪抗罪，不同点是杨万石太软弱，服用毒品后不能自控，有点像尹氏一样撒野；杨万钟是糊涂，枉送自己的性命；马介甫为正义所趋使，企图帮助别人，反而害了自己；张屠户在凶悍上，同尹氏如出一辙，二人如同针尖对麦芒，谁也不比谁强。

其次，无论主动犯罪，还是因抗罪而犯罪，基本上都无人过问，使上述一系列法条成了纸上空文，这种法律弊病严重得很。小说暴露这弊病的客观效果明显，不用多说。

最后，应当为杨父这位极其善良、宽容的一家之长讨回公道。以法定的家长地位而言，杨老汉本应跟贾府的老祖宗贾母一样，高高在上，受全家尊敬，不幸的是长媳尹氏毁了他的尊严与安宁。但这老父亲顾全大局，忍气吞声，不计较个人得失。不给饭吃，不给衣穿，宁可挨饿受冻也不发火。把他当作奴仆对待，他就在大门口晒太阳，捉虱子，俨然老仆人一个，不觉得丢人。尹氏当面撕破他的衣服（马介甫给买的），扯断他的胡须，也无反抗表示。到了实在忍受不了的极限，老人家就在夜间悄悄逃到河南去当了道士。在这老人心目中，家丑是不可外扬的。也许他的一切退让，尽在顾全杨氏门宗的脸面。是的，他既无能光宗耀祖，那么就退而求其次，不给祖先丢脸。

如果走法律诉求之路，只要杨老汉走上法庭，尹氏就会立刻人头落地。须知，上述一系列家庭婚姻的法条中，每有“亲告乃坐”的立法解释。不要以为老汉不明这些法律和法理，他是在进一步考虑：法律执行过后，杨家岂不是家破人亡了吗？他不情愿看到这种丢祖先脸的局面出现。

有其父，必有其子。杨万石的所谓“惧内”，不要像蒲松龄那样，一味视之为天下“通病”，其实就有杨父容忍一切的大度在起作用。否则，依逻辑推理，把杨父也算作是老一辈的“惧内”通病患者，该是怎样把可敬可爱的杨老汉糟蹋得不成样子呢！

四十二　两类案子交汇的八连环案

——说《胡四姐》

有一位文学博士生导师以《多情狐仙》为题，评论《胡四姐》，读完此文，回头再看小说，不禁生出许多疑问。换一句话说，论者的一系列说法，均未能对小说固有的法律事实作出使人能够接受的解读。

其一，《胡四姐》是什么样的小说？论者开门见山指出：“《胡四姐》一篇，是《聊斋志异》中典型的艳情故事。”（张国风《话说聊斋》）“艳情”不知何指。依文学界的习惯，“艳情”带贬义，在程度上比“色情”高一筹，但比“爱情”差远了，似乎居于中间状态。然而，论者又明明使用了“爱情”概念，来肯定尚生与胡四姐的爱情。这就使人不明白，小说写的到底是“艳情”还是“爱情”。更自相矛盾的在于论者用“苟合”指称尚生与胡三姐的关系，可尚生同胡四姐、无名少妇之间，不都是论者所说的“苟合”吗？这样一来，评论文章中的“艳情”“爱情”“苟合”三者之间就彼此矛盾得一团糟。可见，称为“艳情”小说不能成立。

事实上，《胡四姐》以两类案子交汇而成的八连环叙事框架的基本事实，表明这是一篇典型的涉法文学作品。一类是奸情案，另一类是杀人案，前一类有四案，后一类有四案。不以案说法，就读不懂此篇。

其二，论者说“尚生不过是轻薄之徒”，对吗？以其同三个女人先后亲昵，再上床做爱，依纯文学家习惯的道德鉴定，轻薄的定位是不错的。但在法律视角之下，如此轻薄行为，构成了犯罪，且男女双方都有罪。尚生犯下的三个案子，性质都一样。若依法论处，尚生及三个女子，都得“杖八十”，尚生则三次“杖八十”。“轻薄”之说，就太不管用了。

其三，怎样看待胡四姐对尚生说出的三姐曾杀过三人的事实？这里有两种事实，一是四姐的“说”，二是三姐的“做”，两种事实各有法律可议。论者把这“说”的事实称为“胡四姐告诉尚生一个惊人的秘密”，又把“做”的事实称为“杀过三人”，故“有罪”。把二者联系起来，就成了“惊人的秘密”是“杀过三人，有罪”，这成什么话呢？讲不出应有的法理，就这样使论者前言不搭后语。

胡三姐“业杀三人”，指的是三次犯杀人罪。胡四姐是知情人，没有到官府去控告，而是对尚生说出来了。胡四姐的做法，合乎清代“亲属相为容隐”的刑法原则。该条规定，同居亲属有人犯罪，知情者应当加以容隐，即不要去报案、揭发。“若漏泄其事”，也不坐罪。可见胡四姐长期守口如瓶，如今偶泄其事，都是合法的。而胡三姐的三犯杀人罪行本身的客观存在，并不以这容隐原则为转移，只不过有待外界来控告罢了。惟其如此，胡氏姐妹的“说”与“做”，在法律上的关系才可以说明白，并使二者密切相关。

其四，谈到胡四姐在尚生面前出现的情形，论者说成“先由胡三姐推荐，然后带来的”，“不用尚生自己去费心寻找”。这种就事论事的说法，对不对呢？有用吗？既不对，又无用。说它不对，是胡三姐如此“推荐”“带来”胡三姐跟尚生犯奸罪，她本人也有罪，论者不能确认。说它无用，是指这种说法无助于评论人物行为的是非，等于什么也没有说。

胡三姐在这里犯了什么罪呢？有关法条指出：“若媒合容止通奸者，各减犯人罪一等。”（《大清律例》）可见，胡三姐充当的是法定的“媒合容止通奸者”，应治其罪，只是罪行比通奸双方轻“一等”。论者的“推荐”“带来”之说，因不通法律而不伦不类。

其五，陕西云游四方的客人到来后，为报杀弟之仇，用两个魔瓶把胡氏一家四姐妹全装进去了。其结果，自然是死路一条。论者谈到此事时，提出了“有仇报仇”的聊斋“原则”，针对胡三姐之死的必然结局，论者又说成是“罪有应得”，成立吗？

论者错得很远。为报仇而杀人，是典型的犯罪行为，“报仇”是其犯杀人罪的心理原因。无论古今中外，文学中的报仇杀人案例多得数不清。这并非聊斋世界仅有之事，“原则”云云纯属无视法律禁止杀人的明文规定的一家之言。陕西来客杀人四个，且是一家姐妹，比一般杀人罪行重，有专门适用的

法律，名曰“不道”，被列入十恶不赦大罪的第五位，其立法解释是：“谓杀一家非死罪三人。”（《大清律例》）

所幸尚生救出了胡四姐，只造成杀一家三人，而其中胡三姐犯有死罪，这就使陕西来客只犯有一般杀人罪，还有等待赦免的一线希望。

在陕西客人作案时，他本人说了一句足以定杀人性质的关键话：“全家都到矣。”由此可推测，陕西客人企图报复杀害胡氏四姐妹，是自觉的既定的犯罪目的。

再说，胡大姐、胡二姐根本无罪可言，一同杀死她俩，连“报仇”的个人恩怨都谈不上，是横不讲理乱杀人。

其六，尚生从魔瓶中救出胡四姐，从以上所谈可知，属于法律行为，有可议的法理，论者却说成是“给了尚生一次报恩的机会”，这样以道德论之，是讲不出固有法理的。陕西客人的报复杀人在危及胡四姐的生命之际，听见她在瓶中有“坐视不救”的指责以及教给他如何救人的方法之后，便使她逃离了死亡之瓶，其法律意义有二：一是使杀人者因少杀一人而减轻了死罪程度，即从十恶不赦的死罪一举变为有可能赦免的死罪；二是在危难关头挽救了一条生命，从而减少了杀人罪的社会危害性后果。解救刑事犯罪的受害者这一意义，至今仍有生命力。至于前一种意义，则在中国法制上有特殊认识价值，对于今天的中国与世界各国法律，则不起什么作用。

其七，论者以尚生与胡四姐见最后一面，许诺“度君为鬼仙”为对象，认定“爱的力量真是非常伟大”，从而结束全文。我们不禁要问：小说的尾声意在歌颂“爱的力量”伟大吗？且不说这句话如何同该文的“艳情”说、“苟合”说相矛盾，单从小说尾声描述的情景来看，其寓并非论者所说的那样颂扬爱的伟大，而是紧紧承接小说所写性犯罪的法理，表现胡四姐在被救出死亡之瓶后的三十年间，痛改前非，断绝尘世的人生欲望，远离性犯罪的新境界。这从她的两次表白，可以看得一清二楚。

第一次，是两人分手十年后，胡四姐对恋恋不舍、企图追随而去的尚生表白说：“我今非昔比，不能再受尘世情欲的污染，以后再见吧。”

第二次，又过了二十年，尚生一见情人又来了，高兴坏了，但胡四姐强调说：“我已成为神仙，本不应再到尘世来，但为了感谢你，帮你摆脱凡人的相思之若，还是来见最后一面。”说完，断然告别而去。

三十年，半辈子的时光，两次出现在尚生面前的胡四姐洗心革面，重新做人，再也看不到当初作为性犯罪者的那种风情万种的模样。

四十三　三角恋叙事框架中的五连环案

——说《细侯》

20世纪60年代问世的一部文学教材谈到此篇时说：“《细侯》则揭露了富商大贾对青年幸福的破坏和妓女细侯的激烈的反抗行动。”（游国恩等主编《中国文学史》）在这种说法里，三角恋不见了，五连环案也不存在，怎能确解作品呢?

后来，又有学者把《细侯》作为“性格组合论”的论据，更不见对作品本身固有的内容到底持何看法。

近几年，以研究聊斋称著的马瑞芳，有三部相继问世的专著谈到《细侯》，看来她非常看重此篇，但一一读过之后，笔者感到仍然未能把五连环案的法理底蕴揭示出来。

以三个主要出场人物满生、细侯、贾某的相互关系而论，是二男一女的三角恋关系，纠葛与矛盾势必由此产生。“破坏青年人的幸福”云云，便一下站不住脚了。就他们三人各自的行为来讲，又都触犯了刑法，构成犯罪。于是，三角恋叙事框架只不过是小说的容器，五起刑事案件的法律内容才是作品的主题思想之所在。这是不争的基本事实。

第一案，是满生跟细侯谈婚论嫁以后，南游教书，偶然打学生，造成该生投水自杀，被家长控告而坐牢。也就是说，满生成了小说中的首开犯罪记录之人。值得研究的地方是，满生犯有什么罪，判处坐牢正确与否。查《大清律例》，有“威逼人致死”的条文指出：“凡因事威逼人致死者，杖一百。”

依案情，学生被老师笞打，其“威逼”性质是客观存在的，故自杀就有威逼者的过错了。家长告得有理。然官府判处坐牢就失之过重，应“杖一百”就立即放人结案。马瑞芳的文章说去说来，始终没有讲出这一层法理。在最近的一篇文章中，将其说成是“阴差阳错被抓进监狱”，这比前两次复述故事情节而不能议理更倒退了一步，变得不可思议了。

第二案，是贾某为得到细侯，把满生本已过重的牢狱之灾当作达到占有情人的极好机会，就落井下石，用重金收买狱官，使其继续关押下去，这就造成了行贿枉法的案件。不仅贾某行贿有罪，狱官受贿也有罪。清代法律中“受赃”的一系列法条，对此有详细规定。

第三案，案犯还是贾某，罪行是串通别的商人，以满生的名义，写了一封绝命的假信给细侯，使她深信满生已经死在狱中，在绝望后就嫁给了贾某。这一案，贾某的罪名是诈骗。有关法条规定：“将印信空纸，捏写他人文书，投递官司害人者，依投匿名文书告言人罪者律”（《大清律例》）用此条治贾某之罪，大体适用。之所以说“大体”，只是他“投递”假信的收信人不是“官司”而是个人，就是细侯。其余皆同法条吻合。法律上自古以来有“类推”制度，用类推方式认定贾某犯有此条法律的罪行，在法理上完全成立。

贾某的两次作案犯罪，社会危害性是既陷害了满生，又欺骗、坑害了细侯，达到了娶细侯为妻的目的。

第四案，就是细侯在得知贾某以犯罪手段害满生、骗自己的真相之后，亲手杀死了怀抱中的儿子，然后跑到满生那里去了。凡谈到这一杀人案件，马瑞芳教授都要强调“惊世骇俗”“不近人情”，似乎这种杀人之事很罕见，然而她同时又总是说中国古代与外国文学中常见母亲杀儿子的事件，这岂不是自相矛盾吗？

关键在于认清细侯杀儿子到底犯了什么罪，其犯罪原因是什么。马瑞芳教授的三篇文章在结尾处，都是这样做最后结论的：

> 细侯杀子，当然不人道，但是归根结底，细侯杀子是由为富不仁的富商造成的，是官商勾结、坑害弱势良民造成的，这或许就是细侯这个离奇悲剧的深刻社会意义了。

论者的这一结论问题不少。首先，细侯杀子，“不人道”仅是道德缺憾，而不是对法律上的罪行的认定。以现在的刑法论之，犯有故意杀人的死罪，而在清代把有血亲关系的人互相杀害的罪行列为十恶大罪的第八位，罪名为“不睦”，绝无赦免的可能。其次，认为细侯杀人的原因，是“富商造成的，是官商勾结、坑害弱势良民造成的”，在法理上讲不通。小说家、戏剧家持这种看法的大有人在。美国作家德莱塞在长篇小说《美国的悲剧》中就持这一观点。他认为男主人公走上杀人道路，是美国社会造成的，故将小说命名为“美国的悲剧”。但这毕竟是小说家言。作为文学评论家，若也这样看问题，就太感性了。任何人犯罪，总有具体的主客观原因。细侯杀儿子，也如此。其客观原因，是贾某以犯罪手段欺骗她，害得她未能同心爱之人满生结婚。主观原因在于她不能容忍这种欺骗及其带来的错嫁后果，故采取了报复方式，杀了儿子。这是典型的报复杀人案，在所有杀人案中，占有极大的比例。“官商勾结造成”杀人的原因不成立。小说根本没有这样的情节，凭什么得出这样的结论呢？

认为细侯杀儿子，是“悲剧”，不能苟同。若讲美学意义上的悲剧与杀人罪行的联系，一定得有一个前提，这就是该杀人行为在法律上有什么样的特殊价值因杀人而毁灭。没有这样的前提，任何杀人罪行都不具备悲剧的美学特征，故不能称为悲剧。

依据笔者多年来对法律与悲剧的内在联系的理解，在解读四大文学名著时有几次论及。在这里，我的一点想法是，细侯犯杀人罪充其量只有一些悲剧色彩或悲剧性。她在跟满生谈未来家庭生活理想时，有“纳太平之税”的法律意识，表明她懂法。没料到她日后犯了杀人的大罪，这懂法的可贵精神素质因而遭到了毁灭，悲剧性即从这里产生。

第五案，是贾某告细侯杀人，官方“置不问”，罪在官方，构成了小说的第五起案子。有关法条指出：“告杀人及强盗不受理者，杖八十。”（《大清律例》）拒绝贾某告状的官员，应负“杖八十”的罪责。因无人过问，失职官员逃脱了法律的处罚，杀人犯细侯也逍遥法外了。

将小说的五起案件作法理的综合考察，《细侯》的法律主题思想就不难进入解读者的意识之中了。这主题思想就是：由于官民都不通法律，不懂法理，就导致了大量刑事案件发生而没有一件能够得到正确判决，从而有人枉吃牢狱之苦，有人逍遥法外。用一句俗话来讲，这就叫作：糊涂官打糊涂百姓。

四十四　又是三角恋引发的连环案

——说《向杲》

就作品的叙事框架同思想内容的关系而言，《向杲》跟《细侯》完全一样，也是二男一女的三角恋引发了一系列连环案件，法律意蕴尽在案件中藏身，不一一赏析这潜藏的东西。马瑞芳教授的《向杲化虎好壮士》一文，先在中华书局出版的专著中问世，后又在央视百家讲坛上做节目，再后又收入作家出版社出版的专著中，如此广为流传，似乎是一种成功的标志，但笔者却不敢恭维。

最突出的一个问题，是我们从文章中看不出她对《向杲》的内容到底有怎样的看法。全文用设问的方式，提出了向杲为什么要变成老虎、怎么样变成老虎、怎么样再恢复人形等三大疑问，并一一复述小说情节，夹杂若干议论，然后郑重其事地得出了如下三点“启示”：

“第一，《向杲》这个怪异故事是深刻的刺贪刺虐佳作”；

“第二，人化虎是中国古代小说的传统题材，蒲松龄把这个传统题材发展到了极致，写到了至真至美的地步”；

“第三，人异化为动物，是不是中国文学所独有的？不是。”

看第一点，似乎是把《向杲》的内容定位于“刺贪刺虐”，可是在具体说明时，讲的还是人与虎如何变来变去，除了重复一句“刺贪刺虐入骨三分”，再也没有别的东西了。

马瑞芳教授在另一本专著《马瑞芳揭秘〈聊斋志异〉》中，用连续四讲的篇幅专门为大家揭“刺贪刺虐之谜”，告诉大家，这四个字是郭沫若的一副著名对联中的话。论者对此的解释是：

所谓“刺贪刺虐”，是揭露封建社会黑暗，讽刺鞭挞贪官污吏贪赃枉法等一切虐害人民的罪行。（马瑞芳《马瑞芳揭秘〈聊斋志异〉》）

总算从这里找到了该文没有说明的“谜”底，但牵扯出的疑问更多了。为什么？在论者连续揭秘中，可归结为这四个字的题旨的作品，列举出来的依次有《梦狼》《席方平》《促织》《公孙夏》《公孙九娘》《叶生》《司文郎》《何仙》《贾奉雉》《商三官》《小翠》《仙人岛》《武孝廉》《丑狐》《武技》《河间生》《雨钱》《郭生》《向杲》《韦公子》《罗刹海市》等二十多篇作品。这是不是意味着：它们的主题思想完全一样或基本一致呢？论者恐怕回答不上来。

马教授反复斥责的下三滥、花花公子、流氓韦公子其人，跟“封建社会黑暗”和“贪官污吏”有多大关系？哪一个社会、哪一个国度没有这种人？再说，韦公子与向杲，有半点共同之处吗？所以说，用“刺贪刺虐”这四个字来概括上述一系列作品，失之于朦胧，失之于笼统，失之于论者不能自圆其说。

再看第二点，好像是谈“题材”处理问题，但具体说明的还是离不开人变虎、虎变人之类，充其量只是牵扯出有关其他作家作品罢了。也就是说，“第一”与“第二”实质上是一回事。

尤其是第三点，除了把前面的“虎”抽象为一般“动物”之外，又回到了前面的人与虎的一个共同“点”之上。论点极有学问所一一点到的世界文学中的那些甲虫、猪尾毛之类，就算是表现“人异化为动物”的实例，那么同《向杲》能相提并论吗？换一句话说，《向杲》的主题是表现“人异化为动物”吗？若是，第一点所说“刺贪刺虐”又作何解？若不是，如此联欢系古今中外的文学作品，又有什么用处呢？

我们的感觉是论者所说三点“启示”，实际上只是一点共同的意思：人变虎，分为三点又举那么多例子，对读懂《向杲》收效甚微。

此外，若着眼于法律，马瑞芳的失误就更多更大了。对于三角恋引发的一系列案件，她一件也未能正确解释。向晟与庄公子同时看上了波斯，波斯从良选择了向晟，庄公子生气，对向先骂，后唆使从者殴打，造成向晟死亡。

这是谋杀案，“造意者”庄公子该斩，“加功者”的随从人员该绞。清代刑法规定明明白白，有案可查。

案发后，弟向杲要为哥讨回公道，就到官府控告，做法很正确。庄公子向官方行贿，受贿后主审官枉法胡判，这就引出第二案，即行贿与受贿致使法律落空的案子。

向杲控告失败，产生了个人报仇杀人的动机，同时还有杀人行动：每天怀藏快刀，躲在山路边，只待庄公子出现就下手。由于对方有警觉，又聘请了焦桐为保镖，向杲杀人行动也宣告失败。这是法律上的杀人未遂案件。

披上道士给的布袍，向杲变为老虎吃掉庄公子的情节，应解读为宗教人士用其神秘力量参与打击犯罪的活动。类似情形，在聊斋世界很常见，都可归结到我们已经谈过的神判范畴之中。而对于向杲本人来讲，他借神判现象达到了个人复仇杀人的目的，没有值得歌颂的地方。而马瑞芳却称之为“壮士”，以赞赏的笔调指出：“如愿以偿地给哥哥报了仇，还逃脱了法律的惩罚。”这种说法，有悖于文明社会法律禁止任何形式的报仇杀人的立法精神，在社会法律实务层面上也有负面作用。

最后一案，是死者庄公子的儿子听说父亲是向杲变虎之后吃掉的，就到官府告状，被拒之门外。这种情形，跟《细侯》中贾某告细侯杀人被拒性质完全不同。区别是，庄公子的儿子凭怪诞的传闻告状，毫无证据，官方不受理此案完全正确，无可指责。而细侯杀人，有目共睹，拒绝告状就触犯了刑事诉讼法的“告状不受理”的罪名，应受处罚。

在详细解读这些案件之后，可知《向杲》是典型的涉法文学作品，通篇围绕罪与罚的核心展开叙事，结构紧凑，主题集中而突出。就连怪诞的人化虎，虎变人，也在核心上旋转，表现出打人致死案件中的神判特色。饶有趣味的地方，是神判背后潜藏着报复杀人成功与官府执法无能的双重玄机，并形成了鲜明对比。这样，本篇的法律讽刺、批判的思想倾向与锋芒，也就可想而知了。

马瑞芳教授对这神判玄机发表了意见，她说：

> 黑暗社会把人逼成了虎，就是相当深刻的道德教训。

在具体复述故事情节时，她大讲道士如何给向杲披布袍，换掉湿衣服，认为这是“接过虎皮披到身上”，到再一次发议论时，怎么就变成了“黑暗社会把人逼成了虎”呢？那“深刻的道德教训”又是怎么来的呢？

本篇“异史氏曰”的确称向杲为“壮士”，且有鼓吹报复杀人不负法律责任的思想倾向，这不足为训，论者受其影响而失察，也是她立论不当的原因之一。

四十五　恶人先告状的案例

——说《刘姓》

俗话说，“恶人先告状”。年岁稍长的人们，都知道这句俗话。意思是说，品行恶劣的人，往往干坏事在先，却反而说受其欺负的老实人的坏话，尤其是向能够主事的头头脑脑们打这种害人的小报告。可见，这句俗话中的“告状”二字，用的是引申意义，并非专指法律上的告状。

非常有意思的是，《刘姓》中的刘某，一手制造了一起货真价实的恶人先告状的典型案例。究明了此案“恶人先告状”的本义，无疑会加深对这句俗话的巨大警示意义的了解。换言之，此案的法理，至少在中国本土上具有法律哲学的普适性与深刻性。

刘某早在明代崇祯十三年（公元 1640 年）就当上了主捕隶，相当于现在的刑警队长。大约出于职业习惯，刘某一向凶横，其乡亲都怕他、讨厌他。就是这样一个恶人，制造了先告状的案子。案情如下：刘某的几亩田，跟苗某的田接界。苗氏勤快，在田边种了许多桃树。当第一次结桃后，他儿子上树摘桃，刘把他赶走，扬言桃树是刘家的。苗儿哭着告诉父亲，他父亲又吃惊，又奇怪，这时刘某已经骂进门来了，并且声称要打官司。苗氏听完一笑，好言相劝，但刘某仍怒不可遏。果然刘某拿着起诉书进城告状去了。他碰到了同乡李翠石，就对他讲了告状的事情。李翠石对苗、刘的各自为人非常了解，就直言不讳地说：“你的名声，人所共知。我一向了解苗某，很平和、善良，怎么霸占、欺骗呢？你是不是把话说反了？”说完，就把刘某手中的状纸撕碎了，并把他拉进一家小店里，进行调解。

若稍有善良之心，告状之事到此就可画一个句号。但刘某恨得咬牙切齿，把小店里的笔偷来，又写了一份起诉书，藏在怀中，表示一定要告状。不久，苗氏来了，详细说明了事情的经过，并哀求李翠石制止告状之事。苗氏的言词诚恳感人，他说：“我是一个农民，半辈子没有见过长官。只要能停止诉讼，几棵桃树，怎敢据为己有呢？”

老李把老刘喊出来，告诉他，苗氏有退让意向表示。这时，刘某又指天画地，叫喊不休。苗某则满脸堆笑，说一些谦让的话，一点也不争辩谁是谁非。

就这样，刘某两次写起诉书，两次受到李翠石从中调解，终于没有闹到公堂而中止了。

上述案情表明，这起案子的性质，是民事纠纷。原告刘某，明明是自己企图霸占苗家种植的桃树，却无理取闹，声称桃树是自己的，被苗家欺占去了。这样弄虚作假、坑人害人的恶劣行径，在刘某虚假言辞的装饰之下，俨然变成了事实。于是，一副理直气壮的模样，两次写了诉状，煞有介事地进城打官司。恶人先告状的丑恶，已基本露出真相。

令人感动的是李翠石和苗氏。李翠石作为知情人、调解者，敢于直言不讳讲事实，给恶人刘某不留一点情面，对苗氏的正派为人也敢在企图害他并且已经害了他的对手面前，不掩饰地夸奖其优长之处。由此，我在想，这李翠石不是法官，却胜过了法官，将本案的是非曲直弄得一清二楚，调解工作取得了彻底胜利。

苗氏叫人感动的是，宽大为怀，不计较几棵桃树的产业归属，宁可让对方据为己有，也不讲个人之间的是非，真是毫无私心，超然于名利之外的圣洁君子的风度。谓之世上罕见的贤德楷模，一点也不过分。我们说过，在民事纠纷中，宽容、大度、忍让的道德情操十分重要，也合乎法律的公平、正义追求。苗氏的所作所为，为我们所讲这一重要民事法律精神提供了有力证据，应当加以强调，并值得向今天的全社会推荐。

当今舆论界在民事争讼中时常片面强调用法律讨回自己的合法权益，殊不知，当事人双方的合法权益若处于势均力敌之际，你越鼓吹就会越加剧法律争讼的力度，造成双方争执不休，这恰恰是违背法律精神的。

苗氏给我们的教益与启示是，明明是自己的东西被别人企图占有，错误全在对方，自己毫无过错而受辱受欺受害，也不争是非、定胜负。世上能如此坦然容忍恶人的斤斤计较名利行径的人，实在罕见之至，用崇高、伟大誉之也不为过分。

若是在人间世界，此案到此已无话可说了，然而在聊斋世界里，此案昭示的上述法理又得到了大大的延伸与拓展。这就是，在人间被劝止了的案子，到阴间被纳入了诉讼程序。其经过是：两个小鬼，把刘某的魂魄勾入阴曹地府，受到了审判。主审长官问明了身份之后，斥责说：你恶贯满盈，从不悔改，又把别人的东西据为已有，这种横暴罪行，应当受油锅熬炸的刑罚。

这就是说，阴间法律更严苛，把人间法律认定的民事案当作刑事案来审判，恶人先告状的民事行为因而也成了刑事上的犯罪行为。这种民、刑案件的区别，正是此案在法理拓展之后显示出来的。

此外，阴间审案、处罚时，也讲究从轻发落的事实与理由。书记官在长官审讯告一段落后站出来说，刘某曾做过一件善事：当刑警队长之初，出钱三百，帮助一对夫妻渡过难关而团聚。如果不是这件善事，就将把刘某变成畜生。这种讲究将功折罪而从轻发落的做法，与人间法律完全相同。

阴间法律审判，就完美无缺吗？有论者失之于不能明辨此中法理。聊斋世界的冥审冥判多得很，其弊病无不是人间法律审判缺憾的移植与再现。此案有一个足以明此理的细节：两个小鬼送刘某鬼魂还阳时，顺便习惯地索贿，遭到拒绝。刘某说："你们不知刘某出入于公门已二十多年，一贯勒索他人钱财吗？怎么敢向老虎讨肉吃呢！"两个鬼役再也不敢说什么了。告别之时，两个小鬼不免失望地说："这回公差，连一口水都没有喝到。"此细节一出，阴间、阳间合一的法律人的贪婪而发不义之财的内幕就曝光了。

刘某恶人先告状的劣迹，后来给人留下了讽刺他的话柄。这就是此案例的尾声给人的又一启示。一次，李翠石到村子里去，看见刘某与一个人争执不下，众人无论怎么劝说，也不管事。这时，李翠石笑着叫喊说："你又想为桃树打官司吗？"刘某一听，立然像针刺一般改变了面容，一句话也不说就缩手退出了争论。看来，这刘某良心尚未泯灭，还知道悔改过错。

恶人先告状的本意，指的是法律上品行不端的人充当原告，主动挑起民事诉讼或刑事诉讼。引申意，则是指的日常生活中无理取闹之人，为获取个人名利，不惜挑起事端，往自己脸上贴金，往别人脸上抹黑的行径。此案在本意与引申意上都有认识意义。

四十六　妻伤害妾的家庭暴力案件

——说《邵女》

当今所谓家庭暴力案件，通常是指丈夫虐待妻子所造成的人身伤害。在聊斋世界，这种家庭暴力案件不乏其例，但为数最多的，却是一夫一妻多妾的婚姻制度下特有的妻伤害妾的案件。由于缺乏相应的法制史知识，新中国的几代文学家都不能正确领会与解释所有这些案例。他们充其量只是看到了妻欺负妾的蛮不讲理的凶悍现象，而不能阐明之所以如此的法律原因。《邵女》作为大量描述妻伤害妾的家庭暴力案件的代表作，就是这样被误读误解的。一位青年学者置妻严重、频繁伤害众妾的事实于不顾，单挑出第三个妾邵女忍气吞声的枝节做文章，把她嘲讽为“讨虐的主儿”。有一位资深学者在大谈“悍妻、泼妇”现象时，一连列举了许多篇作品，其中就有《邵女》，所谈不过是“金氏用烙铁烙夫妾的脸”这样一句无关全局的话。这样肢解作品而发议论，毫无积极作用。

完整而正确赏析此篇中的一系列家庭暴力案，在研究中国法制史上有重要意义，对于一般读者来讲，可增加不少法律知识。

话说老柴，娶妻金氏，因不能生育，就先后娶了三个妾，前两个妾因忍受不了金妇的暴虐，相继自杀而死。在交代其死因时，作品写道：花百金买来的第一个妾，“金暴遇之，经岁而死”；后一个林氏妾，因“不堪其虐，自经死”。大打出手，造成两条人命夭折的严重后果，却不见打官司的事情出现，竟风平浪静，跟踩死两个毛毛虫没有什么区别。这是为什么？是作家创作之际的疏忽吗？

谜底在清代的法典之中。翻开《大清律例》，在“妻妾殴夫”条的立法解释文字中，有这样一句话：“夫过失杀其妻妾，及正妻过失杀其妾者，各勿论。”连过失杀妾都不负法律责任，何况是妾们自杀呢！这种维护妻尊妾卑不平等地位的法律，赋予了妻公开打骂妾的权利，闹出人命大案，法律也不过问。正是法律的不公平，在支撑、庇护悍妻的残暴行径，受屈而死的妾们的家属，之所以忍气吞声，若无其事，根源就在于投诉无门，只能把失去亲人的悲伤埋藏在心里。

老柴痛失两妾后，好不容易娶了第三个妾邵女，金氏照样不放过她。有一天夜里，柴、金夫妻争吵，次日早晨梳妆，金氏还盛怒未消。邵女捧镜侍候，不小心失手把镜子掉到地下摔破了，金氏就借机把邵女抽打了几十鞭。老柴看不过眼，拉邵女跑出房门，金氏还叫喊着追过来打人。这一下，惹恼了老柴，夺过鞭子，把金氏打得脸上皮破肉绽。就是说，这里发生了妻打妾、夫打妻的两起暴力案件。若在今天，这么狠毒打人，是可以告到法庭的。可在清代，能不能告状呢？有法律明文规定：“其夫殴妻，非折伤勿论；至折伤以上，减凡人二等。”

“二等”后有立法解释说：“须妻自告乃坐。”（《大清律例》）老柴只是打破了金氏脸皮，不算犯罪，告状无用。再说，“折伤以上”就是骨折、落牙、瞎眼之类的重伤，虽认定是犯罪，若妻不出面告状，还是白打。金氏这回挨打，也只能自认倒霉了。法律的不公平，在这起案件上，就是夫尊妻卑。既然法律自身就不平等，也就无公道可讨了。

再看金氏把邵女打了几十鞭，法律是如何认定的。《大清律例》说：“妻殴伤妾，与夫殴妻罪同。”其后也有立法解释说：“亦须妾自告乃坐。”就这样，夫打伤妻在法律上的不公平，原封不动地挪到了妻打伤妾的现象之上。所以，邵女也只能白白挨打，寻求法律保护门都没有。再说，就是日后真正把她打伤了，可以告状了，但她为人忠厚，逆来顺受，是不可能主动到官府去告状的。这样，法律认定的罪名，依然不能落实到金氏身上，处罚她也就落空了。

果然，后来就发生了有学者列举的用烙铁烙邵女的暴行。那是有一个婢女，怀藏快刀，企图行凶，事败被卖给别人做妾后，金氏大为不满，迁怒于邵女，就用烧红了的烙铁，烙邵女的脸，意在毁容。在众婢妪的哀求之下，金氏停止烙脸，然后又用针刺其胁二十余下，这才停止暴行。老柴见邵女伤成这样，就要找金氏算账，邵女极力劝夫，自认命苦，表示“安心忍受”，告状的事是万万不可能出现了。

以上，就是柴氏家中系列暴力案件一起接一起发生，始终没有进入诉讼过程的原因。概括说，有两点。

其一，立法不公平，致使悍妇在妻的尊贵地位上可以任凭伤害地位卑贱的妾。封建刑法自身的这种毛病，任何个人都不能改变。除了推翻这样的法律，别无选择。因此，《邵女》的法律批判的客观效果，是应当予以揭示的。

其二，柴家的三任妾，两个被整死，一个被整得死去活来，全无任何反抗表示，甚至宁可自己去死，也不给妻找麻烦，以个人品性来讲是她们的善良、宽容美德的表现。小说的确在歌颂以邵女为代表的妾们的仁德上下了功夫。然而，就法律根源而论，这是妾们的悲剧性格的表现。一夫一妻多妾的婚姻制度、妻妾的法定不平等的地位、刑法上的不公平等法律的大量存在，正是压抑妾们的强大社会力量和使她们性格畸形发展的钳制、诱导力量。换言之，妾们在家庭暴力中受伤害、丢性命而投诉无门，就是文学理论家所说的典型环境中的典型性格的生动表现。

蒲松龄的法律描写的意义，是足以启发我们来认识这两条法制史上的法理的，同时还有助于纯文学家进一步研究道德与法律的关系、典型环境与典型性格的法律实质之类的问题。

上述学者的意见，之所以不能令人满意，是因为他们学术心理结构中法律知识几乎是空白状态，故作品固有的丰富、深刻法律寓意就无从进入他们的理性思维。无奈中的选择，就只能是道德鉴定老模式了。“受虐的主儿”，是从受家庭暴力案件伤害者一方的宽容、忍让之德立论的，而“悍妇”云云，则是从使用暴力、危害他人一方的不道德、不人道之德立论的，这就等于执法办案人员面临案件不是综观原告、被告双方的行为一样片面、偏颇，何况法律争讼主要靠法律定是非，而不是从道德上分好歹。

四十七　纯文学家没有读懂的伪金案

——说《细柳》

《细柳》中的伪金案，案情简单，审理过程也不复杂。伪金案的案情是：细柳的儿子长怙，声称到洛阳去做生意，实际上意在摆脱母亲的管教，以便在外大肆赌博和宿娼。细柳不动声色给了他三十两碎金，又给了一大枚金，告诉他不要随便动用这祖传重金。长怙一到洛阳，就住在李姓娼家，很快花光了碎金，待去动用大枚金时，发现是假金子。很快就来了两个公差把他抓进了监狱，原来是李氏到公堂去报了伪金案。

有学者在解释此案时，留下了三大疑问。

第一，长怙坐牢，到底是细柳主动设计、安排的呢，还是他人告状、官府逮捕入狱的呢？依据小说情节，明明是后者，可这位学者一再强调是前者。她先后这样议论说：

> 为了彻底改变长怙的恶习，细柳决定通过把亲生儿子关进监狱让他彻底醒悟！
>
> 母亲设法把亲生儿子送进监狱，太不可思议了。
>
> “伪金案”是细柳精心设计、一手操纵的案件。（马瑞芳《马瑞芳趣话聊斋爱情》）

实际案情，仅仅只是细柳故意给儿子一大块假金子，其用意，只在于使他的放荡行为受“挫折”，至于在洛阳坐牢之事，属于她的推测。这种情形，在细柳派大儿子长福去洛阳时讲得很明白。她说：“今度已在缧绁矣。”就是说，她估计儿子已经坐牢了。果然，长福到洛阳时，长怙已入狱三天了。可见，儿子进牢房，是她预料的“受挫折”的情形之一，绝非是她主动要把儿子关进监狱。为此，她还议论说：“亲生母亲故意把儿子关进监狱，挨打、受刑，什么心情？”

依小说情节本身，伪金案案发极为自然，没有什么不可思议之处。

第二，伪金案的案犯，到底是谁？其罪行是什么？该受什么处罚？这是相关联的几个要害问题，若不讨论清楚，那么官方逮捕长怙与释放长怙，就真正不可思议了。恰恰是在这要害问题上，论者反倒没有兴趣谈论，压根儿不置一词。

小说固然没有直接回答这些要害问题，但对长怙严厉用刑与关押，却暗示着这些问题的客观存在。“至官，不能置辞，梏掠几死。收狱中，又无资斧，大为狱吏所虐，乞食于囚，苟延余息。”这就是长怙坐牢的情形。在他哥哥长福进牢房探望的时候，通过长福的观察与感受，又一次写道：长怙“奄然面目如鬼”。总之，长怙坐牢时间不长，但被整得很惨、很苦。之所以如此，无非是案情重大，非同小可。而要真正揭开其中的谜底，非做一番法律上的考证不可。翻开《大清律例》，有这样的法条：

> “若伪造金银者，杖一百，徒三年；为从及知情买使者，各减一等。”

很清楚，伪金案的当事人，该用这条法律论处。为什么李姓娼妓在发现长怙的伪金后立即去报案？为什么县令接受报案后连忙派公差来逮捕长怙？为什么长怙一进官府、监牢就被整得死去活来？原因尽在罪行严重，案犯既要挨打，又要坐牢。

然而，要真正依法办事，就得紧扣法律条文，不可凭感觉想怎么办就怎么办。一旦抠法律条文，上面提出的几个相关的要害问题就如同纸包不住火，一下就抖露了出来。先看长怙，既不是伪造者，又不是知情者，还不是“买使者”，因此用这条法律来逮捕、处罚他，十分冤枉。但伪金案发生后，在一时不知罪犯是谁的情况下，把长怙当作犯罪嫌疑人是合法的。

再说细柳，伪金是从她手中拿出来的，能断定她是伪造者吗？不能。有两条理由。一是她有自觉的法律意识，不会知法犯法。在纳租税的问题上，自从当初有过衙役登门逼租税的事情之后，她总是提前一年做好下一年的交税准备工作，再也不见有人登门吵闹租税之事了。二是她把伪金交给儿子，明明知道这涉及犯罪，故警告他不要动用，一旦动用就可能坐牢，证明她并非意在故意使用伪金，而是为了给儿子干坏事提供受“挫折”、得教训的机会。凭这两点理由，细柳的伪金罪嫌疑就可全然排除。长怙若明白了这层道理，其收获就不小了。

不用说，既然伪金来自细柳的婆家，那么她丈夫高生的一家人之中，就有可能存在制造者或知情买用者。因此，官方逮捕、关押长怙，就有可能挖出此案的漏网案犯。凭这一点，司法执法者也无可指责。长怙吃牢狱之苦的经历，自然也可从中受到这种法理的教育。

第三，究明了伪金案的有关立法精神及法理，我们就可以圆满回答这样的问题了：细柳对儿子的教育，属于什么性质呢？其效果如何呢？论者所说，也是泛泛而谈，如"因材施教"、"教育儿子吃苦才能成才"之类。还有的说法，虽提到官府、监狱，但那不仅不是小说固有的法理启示，反而有违法理。论者说了这么一段话：

> 细柳这样一个柔弱可怜的寡妇，竟然能想出"伪金案"，调动官府给自己出力，太不简单了。母亲教育不了你，家庭管不了你，我通过官府，让你尝一尝牢狱之灾！这是什么样的胸襟与气概?!（马瑞芳《马瑞芳趣话聊斋爱情》）

这段话，不符合小说实际，又违背了小说昭示的上述法律与法理。细柳所想到的只是"伪金"，而不是伪金案。伪金案是在怙生所带伪金露馅后，经由告状、立案、抓人、审问、入狱等环节才发生的。"调动官府""通过官府"云云，都不能成立，因为一个家庭妇女无权力、无能力去做这种事情。"胸襟与气概"之说，属于论者个人的假想，细柳没有值得如此溢美的东西。

我们只是认为，细柳以她个人的知法、懂法的基本素质，对丈夫前妻的儿子长福和自己的儿子长怙，采取的是法制教育手段，而不是一般的伦理教育、成才教育。在长福不听话的阶段，细柳对他如同长官对罪犯，动辄就用鞭挞之刑，还警告道："鞭挞勿悔！"再就是加强他的知错就改的意识，每每追问："今知改悔乎?"甚至连法律界的行话也用到了长福头上，有如此警钟长鸣的训词："再犯不宥！"

在家里，这一套对长福的法制教育办法，也原封不动用到了亲生儿子长怙的身上。见他不用心读书，怒骂一通过后，就"立杖之"，跟公堂上行刑逼供差不多。至于“伪金”之事及其引发的伪金案的丰富法理启示，尽在法制教育范畴之内，已如上述。

两个曾经有劣迹、不成才的儿子，经由对症下药的法制教育途径，突出收效恰在兄弟俩先后都“由是痛自悔”，重做新人。法制教育的一个重要内容，正是使有过错的人们痛改前非。细柳深明这一法理。

本篇“异史氏曰”的精神实质，也在于这一点。他强调为人父母“坐视儿子之放纵而不置一问”是“可哀”的失误，赞扬了细柳教子的严父的“铮铮”精神。用今天的话讲，蒲松龄在此提出的就是对子女的法制教育的必要性。

四十八　用抽象方法谈不清楚的杀人案（一）

——说《冤狱》

有一位博士生导师在其有关聊斋的专著中，写有《人间百态》这一篇，全文不到两千字，所列举的篇目近九十篇，时常一篇用一句话加以评论，他是用“写骗术”这三个字来涵盖《妖术》《念秧》《局诈》三篇作品的内容。(张国风《话说聊斋》)

且不多谈别的，单就此文所列举的《冤狱》《诗谳》《折狱》《于中丞》《胭脂》五篇作品而言，那一句话的解释就存在两大缺憾：一是标准不统一，对五起杀人案随便一句话就打发了；二是没有贯彻始终，因聊斋中的官方破杀人案的篇目多得很，许多篇目却在该文中不被提及。这样，认为如此抽象的方法对于涉法文学研究完全失效，理由就充足得很。为此，我们专门来讨论这五起杀人案的法理。

首先说《冤狱》。这位博导谈此篇用的是这样一句话：“写司法之黑暗。”笔者认为，这句话全盘误解了作品。

不错，仅看小说标题，的确描述了一起冤案，以此断定司法执法当局黑暗，似乎一点也不错。然而，读完小说全文，就可以宣告“司法黑暗”云云，完全不能成立。理由是从冤案出笼到纠正冤案，始终有不以司法执法者意志为转移的蹊跷出现，可以定性为“司法黑暗”的事实基本上不存在。

冤案的案件很简单：朱生的邻居外出讨债，被宫标杀害于野外，经过几级衙门的反复审判，朱生被判了斩刑。看起来，似乎官方把死罪强加于朱，冤枉得很，然而事出有因，情有可原，官方并无大错，且最终还是真凶落网。

第一，朱生拿杀人当玩笑，引火烧身，教训深刻。朱生丧偶，见邻居妻美，就对媒婆开玩笑说：“我的尊贵邻居，又高雅又美丽，如果为我找配偶，她很合适。”媒婆也开玩笑说：“请你杀她丈夫，我为你说媒。”朱生笑着回答道：“好。”一个多月后，其夫果然被杀害。案发后，县令听媒婆陈述的杀人玩笑之词，就怀疑是朱生作案。于是，朱生被捕。

说实在的，在一时不知谁是凶手而有这么一条线索，官方对朱生产生怀疑，无可指责。相应的刑讯，也就不可避免了。朱生拒绝招供，县令又怀疑邻妇与朱生私通，也无大错，于是又拷讯邻妇，她忍受不了皮肉之苦，就诬服有杀人罪。这样就出现了冤情，但尚未定案。

第二，在对朱生进行新一轮审讯时，他表现出一副英雄救美的姿态，招供说：“该女细皮嫩肉受不了苦刑，所供都是虚妄不实之词。既然冤死，还要加上不贞节的名声，就算鬼神不知真相，我心里怎么能忍受呢？我实话招供，想杀其丈夫而娶妇，都是我干的事，邻妇实在什么都不知道。”县令问：“有什么证据？”回答是“有血衣为证。”可到朱生家中没有找到血衣。县令这时重口供，更重证据，做法是很正确的。至于朱生自揽杀人死罪，并不是县令的过错。可见，将朱生定为杀人犯，又有他引火烧身的教训。

第三，朱生的母亲作伪证，对于官方定案起了重要的不良作用。县令没有找到血衣证据，便又用刑，朱生回答说：“我母亲不忍心拿出证据让我去死，等我亲手去取。”朱生被押回家对母亲说：“给我血衣，我死定了；不给，也是一死。都是死，故迟死不如早死。”朱母哭了，进房去过了一会儿，就取出一件血衣交给了他。县令取得证据后，经过审查、确认，就提出了判斩罪的建议。经过几个来回审判，都没有异议。从重视证据，依法进行死刑判决的全部程序来看，官方依然无大错。在这里，朱母在儿子的暗示之下作伪证，看起来是爱儿子，实质上是当儿子又一次引火烧身之际害了儿子，故又是一个深刻教训。

第四，案子审判时日达一年多，快到了行刑之日。这时，县令有“虑囚”之举，相当于再一次复核死刑案情，属于认真办案的表现，应当肯定。“司法黑暗”论者，显然抹杀了这属于办案经验的东西。古代中国有“录囚”的制度，由专职官员对所有在押犯进行复核，一旦发现有冤假错案，就进行纠正。小说所写“虑囚”，类似“录囚”，但不是录囚，因而更能显示县令个人的良好执法素质。这一点，纯文学家很难意识到，或者根本不可能认识它、肯定它。

第五，冤案最终的纠正缘由，超越了人间世界任何人为的因素，而是由聊斋世界常有的某种神秘力量的作用，使杀人凶手自投罗网。从法制史的知识来看，宫标鬼使神差一般不由自主到县衙里叫喊“杀人者乃宫标也”，属于我们已谈过多次的神判现象。经过县令对宫标的审讯，得知他之所以杀邻居讨债人，是要劫取钱财，谁知竟无钱可得。当他听说朱生诬服消息，曾暗中庆幸，然而身不由己地到县衙门里认罪来了。

这种纠正冤案，并非什么办案经验，也不是官方的功劳。小说如此写来，情节怪诞，但不粉饰现实的创作心态很可贵。

第六，该议的是，县令在查实杀人凶手后，揭开了朱母的伪证之谜，反映了执法办案的认真负责的精神。这一点，是“司法黑暗”论者所抹杀的东西。县令先问朱生，朱生不知道血衣何来，再问朱母，才知道是她割伤自己的手臂，染红了一件衣服。更难得的是，县令进而查验伤口，发现其左臂刀痕还没有完全平复，县令不由得吃了一惊。

第七，可议之处，是县令的结局有一点冤枉，是否可以算作是朱生大冤案之中附带的一个小冤案呢？我以为值得讨论。小说写道，就因为朱母的伪证一事，县令日后被人认作是罪行而参奏皇上，被免官，并在法律处罚过程中死亡。如果说此篇果真“写司法黑暗”，那么县令的罢官与死亡的结局，可算作是相应的一件事实。但较之上述六大事理与法理，微乎其微，可以忽略不计。

县令的冤情是，他查出了朱母的作伪证的真相，没有追究其伪证罪，却被别人抓住把柄而吃了官司。他能宽容别人，别人却不能宽容他，实在是有点冤。

评论既往的历史人物、历史事件或文学史上的古代作品，我们每每爱讲时代的局限性。评论《冤狱》这篇小说，就有时代局限性的问题值得研究。这就是血衣证据的鉴定、确认问题，在县令那时候全凭事后的再调查、再取证才分出了最后的真与假。若是在今天，科技手段之一的查血型，就可及时分辨真假。死者的血型、朱氏的血型、朱母的血型各不相同，一查就真相大白。万一有相同血型出现，可进而用 DNA 技术加以再区分，万无一失。由这一点看，县令的冤枉就有科技落后限制了办案效果和水平的时代局限性。

本篇的“异史氏曰”，是一篇短小精悍的法学论文。“慎讼”是其基本论点。论者开门见山指出：“讼狱乃居官之首务，培阴骘，灭天理，皆在于此，不可不慎也。”慎讼，可以正面立论，也可以反面立论。正面立论，可大讲“慎讼”的积极作用与意义；反面立论，可大讲制造冤假错案的危害性与后果：二者都是法律实务的需要。蒲松龄在《冤狱》后面的议论，紧扣小说题目与内容，从反面立论讲的是“慎刑”的消极意义，在于可以避免“培阴骘，灭天理”的坏事发生。因此，作者用超过小说文本的篇幅来发议论的要义，尽在告诫官场中人手下留情，千万不要制造冤假错案来害人害己。我要为这则警钟长鸣式的“异史氏曰”大叫一声“太好了”，并想借此机会推荐给法律人先睹为快。

四十九　用抽象方法谈不清楚的杀人案（二）

——说《诗谳》

上述博导把《诗谳》与《折狱》相提并论，用“写智破疑案”五个字作结。其实，这两篇所写杀人案表现的法律主题思想完全不同。

以《诗谳》而论，固然有“智破疑案”的成分，但其核心与实质，却在肯定中国古代法制史上的“录囚”制度对于纠正冤案的积极作用，这种独特的法制史学的认识意义，有较强的专业性，毫无法制史意识的“智破疑案”

云云，充其量只可拿来解释现代侦探小说，对于《诗谳》来讲，就不曾沾边。

小说中的杀人案，凶手本是王晟，因为杀害笔贩子范小山之妻的现场有一把诗扇，上面有王晟“赠吴蜚卿”的字样，于是案发后把吴抓来问成死罪。几级衙门的十余名官员参与了此案的审判，大家都没有异议。这就是案件发生及审理的大体情况。

后来，周元亮作为录囚官员，力排众议的结论，彻底推翻了错误判决，把杀人真凶抓了出来，为录囚制度唱了一支热情的赞歌。所谓录囚，是中国古代的一种法律制度，即对已经审结的在押犯进行复核，一旦发现有冤假错案，就及时加以纠正。《诗谳》对周元亮的“录囚至吴”的案件如何思考、取证、推理、调查、审问、逮捕真凶的全过程，做了跟踪描述，使我们得以知道：录囚制度对于纠正冤假错案，功不可没，善于录囚的周元亮令人钦佩。

周元亮推翻几级衙门、十多位官员的既有结论，突破口选在了证据环节。他一针见血地问死者的丈夫范小山：“认为吴某杀人，有什么确凿证据？”范小山回答是案发现场的诗扇。周元亮把诗扇拿来仔细观察，提出了一个大家都不能回答的问题：“赠扇给吴的王晟是什么人？”当他再次把诗扇上的书法又细看一遍后，就下令立即解除吴蜚卿身上的死囚刑具，并从监狱迁移到仓房待查。一时间，范小山不理解这种做法，众人甚至怀疑周先生与吴有私人交情而加以偏袒。

小说如此写来，意在设置一个悬念：周元亮从诗扇证据上到底发现了什么破绽，使他敢于当机立断地推翻了加于吴某头上的死罪呢？

这一悬念未曾解释，紧接着又出现了第二个悬念：周先生下令把城南的一家店铺的主人郭某抓进衙门来，这又是为什么？读者急于知道的可能是郭某有作案杀人嫌疑，然而周先生讯问的却是郭某店中墙壁上李秀题诗的事情，回答是：日照这地方上的几个秀才，因醉酒留题而去，不知他们住在什么地方。这一问一答，包含有第三个悬念：店中题诗与杀人案有何关系？

李秀抓来公堂，周先生亲自审问。他毫不拐弯抹角，径直出示诗扇，丢到地上，让李秀过目，然后追问诗扇上面的诗是谁人所作，字是谁人所写，王晟又是什么人。李秀回答说：诗是自己作的，字迹像是沂州的王佐所写。把王佐捉来一问，回答是益都铁商张成要求他写字，还说王晟是张成的表兄。

周先生得知这一情况，下了最后结论：杀人凶手就是王晟。于是，第四个悬念产生了：为什么周先生敢于断定杀人真凶是王晟呢？这个预定的结论对不对呢？

把王晟逮捕归案，一经审问，就招供杀人之罪。原来，王晟见范妻贺氏美丽，想挑逗她，又怕遭到拒绝。于是想到托名于吴蜚卿这个浪荡公子，就拿着写有吴氏姓名的诗扇到贺氏那里去。其如意算盘是：假如贺氏不拒绝挑逗，就自报姓名，若拒绝就可嫁祸于吴某，并不曾想要杀人。然而，贺氏不仅极力反抗王晟，还拿出自卫的刀，企图杀王晟，王晟在夺过刀来的一刹那，贺氏抓住他，大声叫喊起来，情急之下，就杀了贺氏，把诗扇故意留在了杀人现场。至此，杀人真凶就宣告落入了法网。

作品一边叙述周元亮录囚的过程，一边在每一过程中留下悬念，而在小说结尾只是解释其中三个悬念，另外一个悬念则留待读者自己思考。

四个悬念，尽在作为唯一证据的诗扇之上。留给读者思考的是第一个悬念，即诗扇上的破绽何在的问题。破刑事杀人案，是讲究证据确凿的，最有力的确凿证据往往不止一两件，而是足以形成证据链。要办成推不翻的铁案，理想的证据自然是证据链。此案中，诗扇不仅是唯一的证据，而且扇上所写王晟到底是谁这个基本要素都不明白，于是就可断定：此案证据难以成立。既然如此，把吴某作为杀人凶手就无凭无据了。周元亮敢于推翻吴某的死罪，道理就在定罪无证据，属于审判者主观的臆断。

小说结尾通过周先生回答事后有关人士的提问，解开了三大悬念。之所以抓城南店铺主人李某，是因为周先生曾在店中避雨，发现墙壁上有题壁诗，如今诗扇上也有题诗，二者有类似之处，故不能放过这一重要破案线索。调查、核实的结果，证实了周先生的推断，两处题诗果然有内在联系。这就是说，讯问李店主，一举两得，解除了两大悬念。效果之所以如此之好，是因为李店主是知情者，王佐是应邀写字的当事人，张成是心怀阴谋的作案人王晟的知情人，自然就一举扫除了诗扇上的所有疑问。若找一些不相干的人，等于问道于盲，不会有任何效果。

再说，周先生找到知情人李店主，仰仗的并非纯粹的逻辑推理，而是调动了平日生活见闻，亦即是有实地调查、研究的基础。这一点很重要。

最后一个悬念，是为什么周先生未曾抓捕王晟，取得口供，就敢于和善于得出预定的结论——王晟是本案的真正凶手。周先生在这里的经验是：利用严密的逻辑推理，发现了杀人现场的证据是企图嫁祸于人的假证据。周先生对好奇的问话人解释说：贺氏被杀害的时间是四月上旬，当天夜里阴雨，天气还很寒冷，扇子是完全派不上用场的东西。哪有在匆忙、紧迫的关头，反而携带这累赘东西的人与事呢？由此可知，诗扇是凶手故意留在作案现场嫁祸于人的假证据。显然，依据现实生活经验所做出的这一推理，非常正确，一举戳穿了诗扇的骗局。

至此，上述博导的“破案”说的法理错误在同“录囚”的比较中就显示出来了。一是破案与录囚的目的不同。破案的目的，是将犯罪者绳之以法，而录囚的目的在于纠正冤假错案，使无罪之人不受法律追究。

录囚，是中国古代的法律制度之一，当今已不复存在。纠正冤假错案的工作，在今天法律界可随时展开。论者把录囚说成是破案，显然有缺乏法制史知识的原因。

最后应当指出，《诗谳》中吴某夜梦神人告诉他一段不可思议的话，这种情节的出现，若从法理上看，是我们已多次谈到的神判现象之一。神人的话是：“你不会死，从前你是‘外边凶’，目前是‘里边吉’了。”三年后，吴某无罪释放回家，这才意识到“里边吉”指的是“周”字，意思是周先生会来录囚以平反冤案。神人托梦给受害者，预言周先生录囚之事，果然灵验，这不是神判是什么？可见，小说是重在颂扬官判的高明，同时也不忘神判的参与。

然而，以小说创作的艺术而论，这一神判情节的先插入与后呼应的处理，不仅不应视为成功经验，反倒可视为败笔。如此写来，给人的感觉是天人感应，人神合一，把人间录囚变成凌驾于日常法律审判之上不可思议的事情。同时，也有损于周先生的宝贵办案经验。试想，删去吴某的梦境和出狱后与之呼应的一句话，对小说全文没有丝毫消极影响，而文本纯净得多。

本篇“异史氏曰”的不足之处，恰在欣赏我们以为可删去的赘余文字。论者提请人们注意周先生的神奇焦点，是把“相士之道，移于折狱。”笔者对此极不以为然。

五十　用抽象方法谈不清楚的杀人案（三）

——说《折狱》

张国风教授的“智破疑案”说法，用在概括《折狱》的内容上，也行不通。此篇实际上并列有两则同一标题的互相独立的小说，而且都是以杀人案为叙事主线的三连环案件组合，完全不同于疑云重重密布的现代侦探小说。要确解这两篇小说，非对各自的三连环案的法律内容以及官员的破案经验做具体分析不可。

第一个三连环案。淄川县令费祎祉受理的杀人案内部，包含有法定的“得遗失物”和“犯奸”两件案子。尸亲贾弟上告的是兄贾某被杀，造成嫂上吊身死的人命案。凶手周成落网后，才供出其中的两起连带的案件。其一是“得遗失物”案。贾氏妻要到亲戚家去，没有首饰，就到邻居那里借了一只金钗，不料在途中遗失。周成拾得，窥见贾氏外出，就偷偷翻墙而入，以金钗归还为条件，同王姓妻苟合，犯有通奸罪。而这金钗的交换条件，是周成的又一罪行，因为违犯了有关法律。“得遗失物”法条是这样规定的：

> 凡得遗失之物，限五日内送官，官物还官；私物召人识认，于内一半给与得物人充赏，一半还给失物人，如三十日内无人识认者，全给。限外不送官者，官物坐赃论；私物减二等，其物一半入官，一半给主。（《大清律例》）

这就可知，周成将金钗送官有赏，不送官则有罪。他呢，不依法办事，而是私下做交易，用金钗作为换取婚外性关系的筹码，从而使男女双方都犯奸罪。如此一来，这奸罪的诱因，在于违犯了上述法条。

为什么后来又引出杀人案呢？贾妻王氏警告周成，从此以后，不要再来纠缠，因为她丈夫凶狠，容不得这种奸情之事。周成不同意断绝来往，说：“这金钗足够嫖娼几个晚上，你怎么只允许一次呢？”王氏安慰说：“不是我不愿意，而是他常害疑心病，不如慢慢等他死了再说。”周成信以为真，竟迫不及待把贾氏杀了，返回来告诉王氏已经杀人之事，王氏大哭起来，周成只好逃走了。王氏上吊而死，证明她对周成很反感，同时也有畏罪心理。

案情表明，周成犯有拒交拾物、犯奸、杀人三种罪行。县令费祎祉破此案的关键，在于从周成身上发现包钱用的包袱上有万字花纹，跟王氏用来包金钗的包袱花色完全一样，断定二者为同一个人所制作。将其抓获审问，果然他就是杀人凶手。小说极力表现的法律见解，正在肯定费县令办案不急于求成，高度重视收集物证的好经验。其求证过程达半年之久，尸亲甚至埋怨他办案优柔寡断，但费公丝毫不为所动。

第二个三连环案。这里的杀人案，说来更有趣味：冯某与胡某是邻居，互相隔阂已久。一天酒后，胡某说自己杀了人，得到一笔钱财，并把妹夫郑伦托他买田产的数百金拿出来炫耀。冯某便暗中到县衙门控告胡某杀人，胡某就这样被捕了。

按胡某口供，搜查枯井，果然得到一具无头的尸体。胡某大吃一惊，直叫冤枉，县令将他打了几十个嘴巴，恼怒地说：“确有证据，还叫屈吗?”值得深思的是县令命人保留无头尸原样，不让出井，以待尸主投状认领。

果然，先有妇女来认尸，告诉县令说：“我丈夫何甲带几百金去做生意，被胡某杀死了。”紧接着，又来了个名叫王五的人，把死者的头颅找来，领赏千钱而去。

后来，县令放出风来：如有愿意买死者之遗孀做妻子的，必须到县衙来禀报。不久，王五就拿求婚状进县衙来，县令断定王五就是杀人犯。经过审问，男女双方交代了私通已久，谋杀亲夫的罪行。

依第三个三连环案。冯某告胡某杀人不实，属于诬告，被处以“重笞，徒三年”。两名通奸罪犯，加上谋杀罪，死罪难逃。胡某无罪释放。

要总结这起三连环案的办案经验，主要一条是把冯某诬告胡某杀人的案子，在发现其诬告性质之际，不动声色，将计就计，把它当作一条长线，不断换上诱饵，使躲藏在背后的杀人真凶自行上钩。死者之妻出面认无头尸，王五找来人头领赏，王五又来禀报买妻之事，都是案犯自己上钩的生动证明。

另外一条经验，就是县令注意上钩之人的每一言行中的破绽，及时做出科学推理，为最后定案做充分的准备。在认尸之时，那女人还没看一眼，就一口咬定死者就是自己的丈夫，同时又认定杀人凶手就是胡某。县令抓住这里的大漏洞，反问道："尸还没有出井，怎么就确信是你丈夫呢？一定是你知道他已经死了！"

女人声称丈夫带数百金去做生意，可死尸身上的衣服败絮都露出来了，于是县令又找出一个漏洞，问道："数百金从何而来？"

王五为领赏金，很快找来人头，虽领赏千钱而去，但留下的疑问是抹不去的。后来听说可以买妻，又是王五急速而来，这里又有漏洞。于是县令到王五第二次进门时，就一并揭开谜底："人头何在，你知道得多么熟悉呀！你如今跑来，不就是为了快速与奸妇结婚吗？"

县令的推理之准确，无以复加，两个作案男女立即面色如土，无话可说。审问出的全部口供，证明事先的推理得出的结论都是合乎案情实际的。

本篇叙事上的艺术特色，表现在以诬告杀人的案件为主线，名副其实的杀人案为副线，奸情案则是地下河一般的伏线，在主、副两条线交错开展的末尾，才让副线的端倪浮现出来。这样的三股绳的叙事，使案情紧凑、有趣、变化灵活。

其次，巧合的技巧运用得当。王五的杀人案本为发生在前，胡某毫不知情，可胡某酒后说自己杀人劫财，并抛尸于枯井的话，纯属玩笑，不料竟无意中说出了真凶抛尸于枯井的事实。这就是巧合。成功运用这巧合，不仅在于很好地引出了一起杀人案，更有使人一时间对诬告案信以为真的效果。假如动笔行文之初，读者一眼就看出这里有假，下面的文章就做不下去了。

我们多次说过，涉法文学研究中，有时需要做一定的法律考证工作。本篇就有这个必要。考证什么呢？小说写道："冯以诬告，重笞，徒三年。"要考证的问题是：这一判决，正确吗？凭生活经验和一般法律知识、理论，都无从做出结论。唯有找来《大清律例》，查找有关诬告罪的处罚条文，才有做结论的依据。

诬告杀人，被诬告者可能已决，也可能未决，诬告罪的轻重以此为转移。小说中胡某被诬告杀人，尚未判处死罪，那么冯某的诬告罪就适用未决的条文。该条文是："未决者，杖一百，流三千里，加役三年。"（《大清律例》）

由此可知，小说所写，基本正确，但尚有可议处。一是“重笞”属于笞刑，“杖一百”则是杖刑，有打得偏轻之嫌，不过“重笞之”之说，可以理解为从重施用笞刑，接近杖刑，算是差强人意吧。二是“流三千里”的流放之刑被忽略了，这是不能原谅的法律过错。至于“徒三年”跟“加役三年”，虽法理上有一定细微差别，但可忽略不计。通过考证，可知小说赞扬该办案县令的话“事结，并未妄刑一人”，大体是成立的。

五十一　用抽象方法谈不清楚的杀人案（四）

——说《胭脂》

被张国风教授认定为“写公案而穿插爱情”（张国风《话说聊斋》）的《胭脂》，同样叙述的是官府审理杀人案的全过程。由于此案犯罪嫌疑人多，审理过程三起三落，两度出现冤案，结案时的判决书篇幅长，用的是骈体文，满纸堆砌典故，等等，都得一一评论。

以杀人案发生的诱因、案件审理中暴露出来的作案嫌疑人众多等情况而论，这起杀人案也是案中有案，头绪相当繁杂。审理过程，因而也一波三折。单讲杀人案，案情本来极简单：牛医卞氏，夜间发现有人企图对女儿胭脂非礼，便持刀而来，歹徒在不能脱身的情况下，反身夺刀将卞氏杀死。第二天，卞家就到县衙控告杀人犯。他们指控的对象是鄂秋隼。

不料，县令审理此案时不调查取证，仅凭胭脂的怀疑就认定鄂秀才是杀人犯。经过几级官府、数位官员的反复审理，把鄂定为死罪。胭脂之所以误认为鄂秀才是杀人犯，是因为当夜的确有人声称是鄂秀才，翻墙叩窗而入，在强暴未成后，索要一只绣鞋作为信物，逃离了现场。

至此，杀人案的审理就扯牵出强奸未遂案与鄂氏的杀人冤案。由于没有查明强奸未遂的作案人，在官府办案人员的意识中，仍然是鄂氏作案。可见，鄂氏的两种罪名是冤而加冤。这是第一轮审判的结果：造成三连环案。

后来，委托济南府吴南岱复审此案，有了重大突破。首先一点，是吴公认为鄂秀才不像杀人犯，经过反复审查，这看法得到证实。原来，胭脂误认鄂氏杀人，事出有因。她跟邻妇王氏是好朋友，王氏做媒让她与鄂秀才结为夫妇。正在商议这婚事中，与王氏一贯通奸的书生宿介闻知消息，就乘机去强暴胭脂，自称是鄂秀才，纠缠良久未成，索信物而逃走。吴公审出这些隐情后，以严刑拷打逼出宿介的杀人口供。一时间，铁案如山，宿介只待秋决时上刑场处死。这是第二轮审判的结果。虽然纠正了鄂氏的冤案，却又制造了宿介杀人的新冤案，加上宿介与王氏长期的通奸案，三连环案就变成五连环案。

不服死刑判决的宿介，是山东一带的名士，知道学使施愚山非常贤能，一贯爱惜人才，就向他写了表白冤情的诉状。施公研读完毕，认为宿介有冤，就请求上级衙门再审此案。这一回，又查出了两条重要线索：一是宿介所求信物绣花鞋失落，不知去向；二是看中王氏而企图占有、常常纠缠她的还有一个叫毛大的家伙，另有某甲、某乙也借故到王氏家中来过一两次。

施公得知此情，已认定真正的杀人凶手就在这几个男人之中，于是一并捉到官府，对他们说："杀人犯就在你们几个人里面，今天当着'神明'的面，老实招供，否则严惩不赦。"几个人一起说自己不曾杀人。于是，施公用"神明"即神判方式加心理测试的迷信与科学合一的方式，终于揪出了真凶毛大。到这第三轮审判之时，上述五连环案双增添了毛大犯奸未遂与杀人既遂两件案子，成为七连环复杂案件组合体。

清理出七连环案的具体赏析方法的优越性，在于从案件审理的经验、教训方面着眼，可清楚看出前两轮审判的教训，主是官员们浅尝辄止，缺乏刨根问底的认真精神，造成半途而废，从不同的侧面制造出相应的冤案。而施公的经验是在前两轮审判成果的基础上，进一步分清是非、得失，把未曾挖出来的隐情用愚公移山的精神，坚持一挖到底，使杀人真凶在迷信、科学合一的运作方法中自我暴露，从而避免了严刑逼供容易诬服的弊端。

若着眼于小说叙事的艺术，清理出七连环案的案情线索的优越性，是可看出蒲松龄笔下法律描写的重要成就之一：在短篇小说的有限篇幅里，尽可能容纳更多的有趣的案情，使其法律内容一篇篇各具风姿，彼此有别。试看，我们已连续讲了四起杀人案，为什么每一起都有可议之法理，极重要原因之一，恰在案情叙述手段上善于建造案中有案的复杂框架，这就有利于容纳姿态、品种、规格、质地各有区别的法理法意。

本篇的判决书，占了小说近三分之一的篇幅，以其行文的表现形式、法律内容、学术意义而论，大有学问可做，而历来的研究者不见有谁加以评论，这从一个方面反映出纯文学家无能为力的困境。

文学作品中出现法律上的判决书，是古今中外文学作品中的一大常见现象。以中国文学的情况看，元杂剧中凡有案件出现的所谓公案戏，其末尾都有“听我下判”的说辞以及判决书全文。公案小说也往往如此。在外国文学中，起诉书、判决书、通缉令之类的法律文书同样屡见不鲜。其共同规律，主要表现在判决书构成小说的有机整体不可缺少的一部分，其法律内容跟作品案件描述保持互相呼应的态势。以此来衡量本篇判词，大体是符合这一普遍规律的。对宿介一贯犯奸罪，有所谴责，并指出“宜稍宽笞扑”的处罚，而对杀人犯毛大，做出了“断其首领，以快人心”的死刑判决，甚至对胭脂的婚事也提出了“仰彼邑令，作尔冰人”的建议，这些都合法合理，顺乎民意。

不过，有一个缺憾不能不指出来：王氏未出嫁前与宿介私通，出嫁后仍然与其私通，这种一贯犯奸的罪行，被完全忽略，只字未提。有关法律云：“凡和奸，杖八十；有夫者，杖九十。”（《大清律例》）

可见，王氏出嫁前的犯奸，该“杖八十”，而有了丈夫后的犯奸，则该“杖九十”。至于多年一贯犯奸的严重情节，还不在法律规定之内，是法律审判实务中可从重论处的情节。小说中将这些一笔勾销，是官员施公不熟悉有关法律，还是蒲氏笔下有意为之，抑或是一疏漏，是值得研究的悬案。

该判决书采用骈体文形式，大量堆砌典故，阅读、领会有不少阻碍，这也是一个不可放过的问题。法律判决书，是公文体裁之一。当今法律文书的写作，已形成一门法学分支学科。其共同的基本特征，是语言简洁，使用法律术语规范，做到通俗易懂。而本小说，却把判决书当作学问来做，又运用了文学创作的形象表达方式，于是弄得一般人都看不懂。认为如此写判决书是失败，是教训，应当没有冤枉作者。

当然，这并非蒲松龄一个人的过错，而是中国古代官员习惯于此道的必然反映。至迟在唐代，就出现了实判、虚判之分。实判是针对案件审判实际而写作的，虚判则是科举考试中对题作判。考题虚拟一则案例故事，考生就对此作判。从现存文献来看，无论考题还是判决，都讲究用典，以骈文写成。此风一出，历代就跟风而下，延及清代，出了此判，就毫不奇怪了。

本篇的“异史氏曰”，又是一则紧扣法律主题的议论文字。“甚哉！听讼之不可以不慎也！”我以为，“甚哉”，赞叹的正是七连环案交织在一起，官府审理三度才完全告破的甚况。“慎讼”的思想，在《冤狱》的“异史公曰”中已出现过，在此旧话重提，表明蒲松龄的自觉法律意识中，这一思想观念是一个重要组成部分，达到了耿耿于怀的地步，故他除了用小说对此作形象化的表现之外，还要出面直截了当发议论，才能心安理得。用极抽象的一句话带过，或立论偏远地擦边而过，实在大大有负于作家作品的良苦用心。

五十二　用抽象方法谈不清楚的杀人案（五）

——说《于中丞》

《于中丞》被张教授说成是“写清官破案”，其实上述四案的破案者，哪一个不是清官呢？不是清官，能够把昏官、贪官制造的冤案纠正过来吗？准确、具体地说，此篇总结了于成龙破获杀人且劫财的大案子的三大经验。

此篇叙事的特点之一，是将罪犯的作案与官员的破案本处于一先一后两条线索，扭成一股绳，交错起来展开，使读者同时得以知道，作案的过程中伴随着破案过程，罪犯落网了，破案过程也结束了。法庭审判，在这里完全略而未写。惟其如此，这破案的三大经验在几百字的叙事中得到了鲜明的表现。

第一，像检察官一样主动出击。中国古代没有检察官，办案全靠百姓自下而上的层层告状，因而打击刑事犯罪显得很消极，很被动。上述四件杀人案，都是杀人案发，经过告状，才进入破案、判决过程的。唯于成龙当县令所破获的杀人又劫财的案子，是官方自行主动出击破获的，故令我们看到了像今天的检察官代表国家主动追诉罪犯的积极精神。这一点，在没有检察官的古代中国，十分罕见，非常难得，值得仔细研读。

当时，于成龙身为县令，到邻县去办事，清晨经过城外，看见两个人用床抬着一个病人，盖有大被子，枕头边露出头发，头发里插着凤钗一只，侧身睡在床上。有三四个身强力壮的男人夹随病人，不时轮番用手拥被，使其压在身底，似乎是害怕风吹进被里一般。不一会儿，病床停歇在路边，换了两个人来抬。这番画面，如同电影镜头，一一在过路县令于成龙的观察之下放映出来。在现实生活中，或在文学作品里，有哪一个法官、检察官亲眼目睹罪犯作案的先例？没有。当今的刑事警察虽有这样的经历，但通常只是调查、取证，并不是直接同罪犯打交道，进入破案程序。于成龙不是这样，他是从开始发现作案苗头，就进入了破案过程，一点折扣都没有。这就非常主动积极，更何况是在邻县办案！

第二，于公立即派随从人员询问，回答是妹妹病重，要送归夫家去。过了两三里地，于公又派人去观察这些人进了哪一个村子。随从人员跟踪到一个村舍门口，只见有两个男人把一行人马迎进了屋子。返回后，便向于公做了汇报。这便是第二大经验，即像猎人一样跟踪调查蛛丝马迹。

跟踪调查也是主动出击经验的一种表现。如果想主动出击，却放过罪犯，任其活动，等于无所作为，只是空想。这样，把主动出击的积极精神进一步落实到跟踪调查的具体行为中去，就构成了另一破案经验。

第三，就是像学者一样进行严密推理的思维活动。请注意，这种破案实践中的推理，不是写字间里的纸上谈兵，依然同深入实际调查研究密不可分。

于公见到了邻县县令之后，没有多少寒暄，就直奔破案主题，问道：“贵县城是否发生了抢劫的强盗案？”县令回答说：“没有。”于公知道，这种回答的可信度很低。因为，当时朝廷考核官员政绩的规定很严格，若出现了强盗案件，该地官员的考核就会受到影响，于是上上下下都讳言这类大案，即使发生了劫财杀人案件，也隐瞒而不敢讲出来。不得已，他回到旅馆，就吩咐家人细细查访，果然有一户富人家遭到强盗入门抢劫，户主被烧烤而死。在这里，于成龙运用了一个否定的逻辑推理，即从县令的没有强盗案子发生的回答中依据当时官场普遍掩盖强盗罪案的风气，做反向思考，推断出有强盗案发生的结论。为了证实这一推理的真实、可靠，他发动家人去做社会调查，很快得到确有盗案发生的案情。

以上破案的三大经验，在发现、掌握案情的阶段，便都已显现出来。到进入破案、逮捕案犯阶段，这三大经验又都得到进一步发挥与运用。首先，于成龙把遇害户主的儿子找来，当面了解更详细的案情，对方跟县令一样，断然否认。于公一句话就说服了此人，他说的这句话是："我已代替贵县将大盗逮捕到这里来了，没有别的什么意图。"

为什么这句话有如此神奇的效果呢？奥妙就在其中包含有严密的多层逻辑推理，故言外之意不少，使对方不能不深受感动。

第一层推理是，这死者的儿子否认发生了抢劫、杀人之事，跟县令一样，有难言的苦衷，不要信以为真，而未说出的言外之意是你家受害，失去亲人，又失去财产，我不忍心批评你说假话。

第二层推理是，我不是贵县的县令，你家的盗案不由我管辖，如今插手其事，只不过是临时性的代替县令做一件应当做的事情，这可叫作义不容辞吧，未讲出来的言外之意是请你千万不要认为我多管闲事，那就会歪曲我和我的部下们的一片好心。

第三层推理是，估计对方担心是朝廷派人来查访、处分办案不力的县令，作为百姓，怎敢瞒着自己本县的长官而向外来的陌生官员说实话呢？简单说，这一层推理意在做心理剖析，让对方解除顾虑，没有说出的言外之意是：我们除了帮你破案子，讨回公道，毫无别的有损于你的东西存在。

这一句话之中，就有这三层可以意会，难以言传的推理与内容，很容易为对方所接受与理解，因此对方立即大受感动，不禁低头哭了起来，请求为亡父报仇雪恨。

约见、说服大案遇害者家属，是破案阶段的关键一步。要知道，进入法律诉讼程序，非有原告出庭陈述案情不可。于成龙可以包办代替逮捕案犯，却不能包办代替原告到官府控告。所以说，于公破案的像检察官一样主动出击、像猎人一样跟踪调查取证、像学者一样做严密逻辑推理的三大经验，在这关键一步上也得到了充分运用。

最后一步，就是将此案移交给当地县令去查办案犯。其做法是"叩关往见邑宰”，即大张旗鼓地去会见县令。此六个字的简约叙事，体会一下，就可知是于公的经验之谈。为什么？那逻辑推理是：上一回，你当面说假话，我不计较，这一回我要公事公办，含糊不得，故不得不把这第二次见面的形式搞得有气派、上规模，而没有说出的言外之意是：你若在大案已发生的时候还装聋作哑，推三阻四不办事，就小心头上的乌纱帽保不住！果然，这县令积极配合，派了四个身强力壮的衙役，跟随于公的人马，到上述盗窝去一举捕获了八名作案人，一经审讯，就全然招供了犯罪事实。

这里，审问出了那个女病人的真实身份，原来是一个妓女，充当了作案的同伙，参与了瓜分赃物。这个口供，又一次证实了于公破案的上述三大经验妙不可言。为此，小说结尾以补叙的方式，记录了于公回答请教者的一段话：“此案的一切，都容易理解，只是人们都不关心罢了。哪里有年轻女人睡在床上，允许男人伸手到被子里乱摸的事情呢？可见这女人不是良家妇女。再说，抬病床的老是换人，就知道床很重，又有人不断换手去护卫那床，可知道这床里一定藏有贵重物品。还有，如果是女病人昏醒回家来，一定有女人靠门迎接，而只有男人，但谁也不吃惊，就推断出这是一伙强盗。”这一段话，就是于成龙对自己亲眼看到的上述一系列电影镜头中的案情的自我解释，从而把难以让读者直观地看见的那一系列严密的逻辑推理过程形象而通俗地讲了出来。

此篇在写于公破杀人劫财案之前，还有一段描述他破一起入室盗新婚嫁衣的案子，其三大经验已先在这里出现。有兴趣的读者可自行研读，此处从略。

五十三　破案有方而处罚违法的犯奸案

——说《太原狱》

以上五起杀人案的法理赏析，重在总结官方办案的经验教训，因这一系列小说自身如此，笔者不能随心所欲。《太原狱》与《新郑讼》这两篇小说同样意在总结官方办案的经验教训，不过以案件性质而论，不再是写杀人案罢了：前者为犯奸案，后者为抢劫案。

这里，若仅对《太原狱》中的犯奸案进入法律诉讼过程后的经验教训做一番说明，而不顾有同一类性质的案子往往自生自灭，绝大多数漏网的事实，就失之于偏颇。而一旦正视这一事实，则有很重要的两个法律是非需要澄清，这就是：男女通奸，到底是否有罪？官方在处罚案犯时，到底合法与否？《太原狱》中的犯奸案的审判与处罚，足以将这两大法律是非一举澄清。

先看案情。太原有一家人家婆婆与媳妇都是寡妇。婆婆人到中年，不能守节，跟村里一个无赖之徒频频发生非法性关系。媳妇对婆婆的行为很不满意，就暗中在门口墙边阻挡无赖，不许进屋。婆婆因而感到羞愧，就借故企图把媳妇赶出家门，媳妇不走，两人就时常争吵。婆婆一气之下，就到官府诬告媳妇犯奸。官方问她奸夫的姓名，回答是："晚上来，夜间去，实在不知道是谁，把媳妇捉来一问就明白了。"

把媳妇捉来后，她反诉婆婆犯奸，并把她知道的奸夫姓名招供出来了。

待捉来无赖，他先是不认罪，重责过后，却招供说自己与媳妇通奸。对媳妇用刑逼供，始终不承认，就把她赶出了衙门。不料她跑到上级衙门告状，婆媳两个跟当初一样，在法庭争讼不休，许久不能结案。

至此，第一个法律是非已在不言之中得到彻底澄清，结论是犯奸有罪。唯其这样，几级衙门才受理、审判这起犯奸的案子。问题只在于，审理这种性犯罪案子有特殊困难：男女双方当事人矢口否认，官方就不能定案。

当时有孙进士在临晋县当县令，是有名的办案高手，上司就把这件久拖未决的案子交给临晋县来审理。人犯很快押到县衙，孙公稍加审问，便收监囚禁，然后下令公差们准备好砖头、石头、刀、锥等，以便审案时使用。人们大惑不解地说："严刑逼供有桎梏，何必用法外的东西来审案子呢？"虽然不理解，但还是执行了任务。

小说始终没有点明孙公为什么要用这些东西的道理，只是具体描述了第二天审案的场景，不妨照抄如下：

> 明日，升堂，问知诸具已备，命悉置堂上。乃唤犯者，又一一略鞫之。乃谓姑妇："此事亦不必甚求清析。淫妇虽未定，而奸夫则确。汝家本清门，不过一时为匪人所诱，罪全在某。堂上刀石具在，可自取击杀之。"姑妇趑趄，恐邂逅抵偿，公曰："无虑，有我在。"于是媪妇并起，掇石交投。妇衔恨已久，两手举巨石，恨不即立毙之；媪惟以小石击臀腿而已。又命用刀。妇把刀贯胸膺，媪犹逡巡未下。公止之曰："淫妇我知之矣。"

方法很土，也很怪，甚至有违法之处，但其中暗藏着心理测试的玄机。从婆婆动用刀石的做法、态度及后果截然不同于媳妇的鲜明对比，就可知道心理测试的科学原理在于观察两个争讼中的女人对待同一个男人的情感上的差异，为最后确认谁是奸妇提供心理学上的依据。

孙公是这场法庭心理测试的策划者、主持者和观察者，一切都按他的设计开展活动，唯独两个被测试的女人的内在情感体验是未知数，成为心理测试所要捕捉的信息，故孙公比在场所有公差都看得认真、仔细。这样，被测试者的活动尚未完毕，孙公就已得出了期待中的结论。

小说没有运用心理测试的概念，也没有像侦探小说那样由著名侦探当众发表心理分析的演说，仅仅只是描述心理测试现场的情景，交代孙公很快得出结论，其余的东西一概略而未写。至此，读者大约也跟孙公一样得出了应有的结论：淫妇，或犯奸的女人，是婆婆，而不是媳妇。

小说之所以不急于把孙公的结论写出来，是因为审判者的认定，代替不了受审者的口供，故接下来就是进入审讯被告，提取口供，证实心理测试的结论的诉讼程序。把婆婆捉起来用刑，一举得到了她与无赖通奸的全部案情。

我之所以说孙公在法庭上采用的心理测试方法土而怪，是以现代化的测谎仪这种科学仪器为标准的。凡在测试中弄虚作假者，其心跳、血压等数据都有别于常人，情绪变化也有别于常人。婆婆对无赖有私情，舍不得用刀石来伤害无赖，故她动用刀石的时候，装模作样，担心害怕，用测谎仪的科学仪器可以顺利观察出来。孙公的时代，测谎仪尚未发明出来，只得用又土又怪的方法了。又土又怪的方法，无损于成功破案的好经验。久拖未决的案子被孙公一举破获，应当肯定他不失为破案有方的高手。

但是，孙公对罪犯的处罚，不能恭维。“笞无赖三十，其案始结。”这就是处罚罪犯而结案的情形。这里有问题吗？凭直观思维，凭一般法律知识，都看不出任何破绽，或根本看不出有什么问题。这就需要像律师、像法官一样，对适用于本案的具体法律条文做深入了解，力求准确无误。

我们已说过多次，清代法律规定，“和奸”即通奸，男女双方都有罪，应各“杖八十”。查出了这条法律，就可看出孙公在处罚罪犯环节上，有两点违法的地方：一是把女犯婆婆的应有处罚忽略了，让她逃过了皮肉之苦；二是对无赖只“笞三十”，就大大便宜他了，也就是处罚太轻。因这两点毛病，认为孙公在处罚罪犯上不懂法，或虽懂法但不依法论处，是一点也没有冤枉他的。

一个破案高手，在破案之后的用法上却低能，这样的法官，如同猎人只顾捕猎，而猎物到手之后不善于处置一样，令人遗憾之至。

有人可能会说，孙公对作为寡妇的婆婆犯奸，怀有同情、怜悯之心，不该苛求。那么，我们认为，孙公执法上不善于适用法律的毛病，并非这一点。也就是说，不谈这一点，孙公还有不依法处罚罪犯的失误，这就是在真相大白之后，当初婆婆诬告媳妇的罪行，到这时已经被证实，那么即使不处罚婆婆的通奸罪，也该惩处她的诬告罪。

查《大清律例》，关于“诬告”，有法条规定：“凡诬告……流、徒、杖罪，加所诬罪三等，各罪止杖一百，流三千里。”依这一规定，婆婆诬告媳妇犯奸之罪，属于“杖罪”，故应“加三等”治罪，即把她“杖一百，流三千里”。如此之重的处罚，同样被孙公视而不见，一笔勾销了。

可见，孙县令在依法处罚罪犯的关键处很糊涂，很无能。名噪一时的办案高手，因这根本性的错误，叫读者遗憾万分。

当然，也有可能是蒲松龄本人对有关法律不熟悉，或写作之际一时疏忽，把作者的法律失误移植到笔下人物身上，造成了我们所批评的现象。若是这样，就该批评蒲氏之错了。

我们从作品实际出发，对人物、对作家所做然否评价，不姑息迁就过错，不为贤者讳，是符合蒲氏作风的。在此篇的《附记》中，他对孙公办案中一旦掌握了实情，就好大喜功而丢掉了应有的怜悯之心，表示了非议。这证明，他对自己笔下歌颂的人物，并非一味歌功颂德，而是在发现其不足之处时，很客观、公正地做批评，一点也不掩饰。

第三辑
法律文化现象展示

法律文化现象，是文学的法律内容的第三大载体。除了运用上述法律人物形象和典型案例故事表达各种法理法意之外，通过展示法律文化现象，也可收到同样良好的表达效果。

所谓法律文化现象，泛指一切与法律挂钩的物质现象和精神现象。对于《聊斋志异》来讲，在爱情、婚姻、家庭领域法律风云千姿百态，变幻莫测，是我们重点观察对象，不能不详加讨论。其次，法律与美学诸范畴也联系广泛，启示良多。甚至虎、狼这类的野兽，马、犬、鸭之类的家畜家禽以及其他许多动物，都打上了法律烙印。因此，法律文化现象构成了通往聊斋法律理性世界的一条重要路径。

五十四 家庭法律风云：包办婚姻

——说《菱角》

包办婚姻，是中国民间的习惯说法，指的是封建时代由父母之命、媒妁之言决定的儿女婚姻事实。殊不知，这种包办婚姻，取决于法律的强制性，并非天下父母个人的自由意愿。试看《大清律例》，有专门一卷《户律·婚姻》，共有十七条法律，还有许多条例，"由祖父母、父母主婚"的硬性规定像幽灵一样统率着所有法条，甚至有追究主婚人失职的罪行的法律。可见，包办婚姻实质上是封建法律规定的唯一婚姻模式。其他婚姻模式，一概处在违法地位之上。

《菱角》的女主人公菱角，是一位画家的女儿，有一天被十四岁的书生胡大成一眼就看中了。这男孩大约不懂什么叫包办婚姻，竟脱口而出地说："我给你当女婿，好不好？"菱角作为少女，比男孩成熟早，很难为情地回答道："我不能自主。"换一个说法，就是菱角知道男婚女嫁都是由父母包办的，儿女们本人是听从摆布，不能自作主张的。

因为菱角对胡大成有好感，就告诉他说："崔尔诚这个人，是我父亲的好朋友，找他当媒人，一定能把婚事定下来。"胡大成向母亲表白了心愿，请崔出面说媒，菱角的父亲焦画家果真同意了这门婚事。就这样，男女双方一出场，就把包办婚姻的特征——父母之命，媒妁之言——演绎得活灵活现。

值得注意的是，这起婚事的决定，包办婚姻只是一个空洞的躯壳，或只具有法定的形式，其灵魂或实质内容，是男女双方一见钟情，互有爱心，也就是具有现代化的自由恋性质。问题只在于，既然生活在封建时代，法律不允许自由恋爱和结婚，就得用包办婚姻的模式，来容纳个人的自由恋爱内容。

既是包办婚姻，那么一旦定下婚事，不管以后发生了什么人事变故，都不得随便反悔，否则就会受法律追究。胡大成与菱角的婚事的确碰到了大波折：男女双方都有人生坎坷出现，婚事也只能在动乱之中经受折磨与考验。从法律上来看，把订婚之事当作不变的信仰，就是遵守法律，信奉父母之命和媒妁之言，避免法律的追究。胡大成和菱角，都有这样做的不俗表现。

胡大成的伯父在湖北教书，伯母去世，被母亲叫去湖北奔丧。几个月后，伯父又病逝。因故乡湖南遭兵灾，书信来往断绝，胡大成流窜民间，孤苦伶仃，认一个中年妇女为母亲，不料她要为他娶媳妇。胡大成拒绝说："我有媳妇，只是隔在南北，不能相见。当初的婚约不能违背。"

再说菱角，跟父亲逃难到长沙以东，有周生来求婚，父亲接受了聘礼，答应当天晚上送女儿到周生家结婚。菱角不梳洗，只是哭泣，被强行推上车中。途中，菱角从车上摔下来，此时有四个人抬轿而来，声称是周家来迎接新娘的，抬着她飞奔而去。

就在胡大成拒婚、菱角被逼嫁的时候，他们戏剧性地见面了。原来，人们所说的"周家"，就是胡大成与所认之母居住的地方。蒙在鼓里的菱角，蓬头垢面，大叫其苦："我年青时受聘于胡大成，不料他到湖北去了，音信断绝。如今父母强迫我到你家，身体可以在这里，但志向不可改变！"胡大成这才认得眼前女子就是菱角。在经过患难之后，夫妻二人终于结合。

法定的包办婚姻形式，在这里用胡大成与菱角从订婚到不相往来，阻隔在天南地北，到戏剧般重逢，终于结婚的经历，完整地表现出来。男女双方的信誓旦旦，既是爱情的表达，也是守法的自觉性的流露。

胡大成流浪中所认的母亲，来无影，去无踪，行为诡秘，被认为是"神人"。夫妻二人的戏剧性重逢，就是这位神人的安排。后来，胡大成的母亲来与儿子、儿媳团聚，也靠了这神人的功力。这种虚拟的人与事，不必做拘泥于字面的解释。若着眼于小说所写包办婚姻形式，那么神人积极参与其事，并促成夫妻结婚，就可理解为凡人与神仙达成了共识：包办婚姻天经地义，不可推翻。

由此可见，《菱角》肯定包办婚姻，除了法制史的认识意义之外，对于容纳其中的自由恋爱、男女双方忠于爱情的品德也持赞赏态度。这两个方面便是小说的精华之所在。

这里讨论两个有关问题：菱角的父亲在逃难到长沙后，接受周生的聘礼，并强行让她坐车出嫁到周家去，该负什么样的法律责任？菱角没有同周生结婚，他的聘礼能收回吗？《大清律例》中有这样的条文：

> 若再许他人，未成婚者，杖七十；已成婚者，杖八十。后定娶者知情，与同罪，财礼入官；不知者，不坐，追还财礼。女归前夫。

这些规定，把两个问题都回答得很清楚。第一个答案，是焦画家有罪，应当“杖七十”。若不是菱角从车上掉下来，拉去跟周生结了婚，其罪更重，该“杖八十”。第二个答案，有值得考察的前提条件，就是周生对菱角已订婚之事，是否“知情”。小说没有作交代，若从兵荒马乱，焦家老幼从湖北逃到湖南长沙的情形看，彼此不相识，根本不“知情”。因此，周生一方属于“不知者”，无罪可言，那么他的聘礼就可如数追回。

究明了这两个问题，依法条中“女归前夫”的规定，菱角与胡大成结婚完全合法。而二人结婚，是在被胡生认作母亲的神人的一手撮合下完成的，可见这位所谓的神人，也在按“女归前夫”的法律办事。

尤其是四个轿夫从天而降，一举把掉下车来的菱角用轿抬到胡大成居住的地方，更是这位神人出面，用“女归前夫”的合法行为来惩治犯罪的焦画家。这样看来，这个细节描写，包含有我们已谈过的神判法理。

至于对有罪的焦画家“杖七十”的法律处罚，是官府衙门的事，凡人和神人都管不了。在兵荒马乱之际，官府常处于瘫痪状态，依法处治罪犯之事，也随之搁浅。看来，焦画家逍遥法外成了定局。小说对此只字未提，寓含的当是这种法理。

五十五　家庭法律风云：自主婚姻

——说《姊妹易嫁》

把《姊妹易嫁》同上述《菱角》对照起来阅读，可以发现二者的法律寓意处在尖锐对立状态，因为此篇写的是自主婚姻，即出嫁的新娘自作主张是嫁还是不嫁。这种自主婚姻，不是我们当今法律明文规定的婚姻自由，而仅仅只是偶然出现的临时性的单向选择夫君的现象。在包办婚姻制度之下，能够偶尔有这种自主婚姻的闪光出现，实在难能可贵。

牧牛人毛氏之子，与张氏的长女订婚已久，但她一贯瞧不起未婚夫的放牛家庭出身。若有人谈起这件婚事，她就发誓说："我死也不嫁给放牛娃!"到迎亲的这一天，新郎坐到了宴席上，彩轿已进了门，张氏长女却一个劲儿啼哭，不妆扮，又不听劝告。父亲急得团团转，女儿始终不回心转意。次女在一旁批评姐姐，也极力劝她出嫁。姐姐一气之下说："小妮子，你也跟别人一样啰嗦不完！你为什么不跟新郎去呢?"妹妹一听，不假思索地说："父亲没有把我许配给毛郎，若我属毛郎，还要姐姐来劝说吗?"父母听这话，就决定让次女代替长女出嫁到毛家。

在这个姐妹易嫁的故事里，姐姐拒婚，出于她的自我主张，妹妹出嫁，同样出于自己的意愿，二者都没有受到外界的强迫。对于姐妹二人来讲，她们在夫君的取舍上是完全自由的。因此，张氏姐妹的婚姻是自由的。

而对于毛氏新郎来讲，却处在被迫接受地位之上，毫无自由可言。当初与张氏长女订婚，由父母包办，他接受了。这娶媳妇之时，次女取代长女嫁过来，他同样接受了。只有女方自由而没有男方自由的婚姻，当然不可称为自由婚姻，或者说不是真正的婚姻自由。准确地说，这只是女方选择夫君的自主婚姻，充其量只有着婚姻自由的萌芽。

后来，姐姐嫁给了一个富二代，一时间颇为得意。就这样，张氏姐妹依据各自的择偶标准，实现了婚姻自主或自由的个人愿望。这一点，在实行包办婚姻的法律制度之下，显得有革新、进取、反潮流的积极意义，应当加以肯定。

那么，小说自身对这种积极意义赖以存身的婚姻现象是如何对待的呢？这是要依据文本做进一步讨论的问题。有一位老前辈文学家发表评论说：

> 从婚姻自由上来考虑，张氏长女，不从父命，未始不是对封建婚姻礼法的抗衡，但意存贫富，却又没摆脱封建社会庸俗观念的牢笼。而我们所感受较深的，不外封建社会家庭中姊妹间的纠纷而已。（高光起《谈狐说鬼话〈聊斋〉》）

这段话的前半段所谈，同本文所谈第一点积极意义是一致的，而后半段所谓“姊妹间的纠纷”云云，却只是论者个人的感受，并非作品的寓意。作品本身还有后续故事，用以暗示对姐妹俩的婚姻自主或自由的评价。老先生没有顾及这层更重要的思想内容。

小说的后续故事，讲的是姐妹俩结婚之后前景迥然有别的结局。以妹妹而论，其夫毛公连续三年赶考均名落孙山。旅店的王老板以自己梦中所见，解释了其中的原因，在于冥司认为“秀才以阴欲易妻”是犯罪行为，故用落榜的方式加以处罚。这种痴人说梦的解释自然不可信，但它昭示的价值取向是不言自明的，就是否定姐妹俩的婚姻自由，连被动接受的男方也受到株连，吃了冤枉官司。

若依照人间法律，张氏家中以妹代姊出嫁到毛家，属于法定的“女家妄冒”现象之一，追究起来张父作为主婚人，该“杖八十”。（《大清律例》）冥司把人间法律不认为有罪的毛公视为有罪，罚以三年落榜，看来冥间法律比人间法律更苛严。小说就用这种所谓冥法与冥罚来否定张氏女的自由择偶行为。

除此之外，小说还用贫富在日后发生逆转的变化，来更彻底地全盘推翻了姐姐的嫌贫爱富的择偶标准及其自主婚姻。毛公在经受三年落榜的挫折之后，终于考试夺魁，由秀才而孝廉，又升进士，最后官至宰相，衣锦还乡，拥有巨额财富。而嫁给富二代的姐姐呢，其丈夫好吃懒做，很快穷得没有饭吃。不久，丈夫死了，她只得出家当了尼姑。在接受妹妹的“五十金”馈赠之后，当尼姑的姐姐不得不自我反省："念平生所为，辄自颠倒，美恶避就"，这一切怪不得别人！换言之，此时此刻姐姐后悔当初拒嫁毛公的行为，认为自己做错择夫之事，毁了一辈子的幸福。

就这样，小说用男女双方人生的挫折或衰落，彻底否定了张氏姐妹的婚姻自主与自由。可见，作品主张男婚女嫁的人们都应回归到前文所谈的包办婚姻模式中去。这种封建婚姻观念，显然同法律的规范的强制性关系极大。

那么，小说对妹妹的当初不嫌弃毛公的放牛家庭出身而择夫的自主、自由婚姻是持肯定、颂扬态度吗？这个问题很有趣。说它有趣，是因为小说没有明确提出这个问题，而问题本身是存在的，可要讨论起来，又很不好回答。毛公连续落榜三年，可以认为是对妹妹的惩罚，日后毛公荣华富贵起来，又可以认为是对妹妹的褒奖。综合起来看，妹妹的婚姻自主与自由，是得到了肯定。而这肯定的由来何在，值得注意。

可以肯定指出，作品是在承认、支持包办婚姻制度的前提条件下来颂扬妹妹的婚姻自主与自由的，这样就有着除了法律之外的其他价值标准。我们知道，姐姐拒嫁的原因，在于嫌贫爱富，这在中华大地上一直被认为是道德缺陷。唯有在当代中国，女性择偶以找大款为荣才成为时尚，不再是道德缺陷了。而妹妹呢，不认同姐姐的标准，跟传统道德保持了一致，甘心嫁给穷放牛娃出身的毛公。这样，我们就明白了，小说对妹妹的婚姻自主与自由的歌颂，立足点在女性个人的美德的有无，而不在于国家法定的包办婚姻制度的兴废。

既然我们有意观察、认知小说中固有的家庭法律风云，那么其结尾的法律描写，也不能抛弃。这结尾是："后店主人以人命事逮系囹圄，公为力解释罪。"看起来，仿佛是一句无关大局的闲话，实际上法理含量颇为丰沛，忽略不得。从法律描写的艺术方面看，这一句话的结尾，同前文两次写旅店王老板呈前后呼应之势。王老板曾对住店的毛公子预言，他应考一定会高登榜首，不料三年落榜。后来，王老板向他解释其中原因是受到了冥法的处罚。这样，结尾就紧回应了前面的故事情节。

若着眼于毛公营救王老板出狱的原因，就在于回报有恩于自己的王老板。这种讲德报恩的行为，是传统道德的要求，用于营救犯罪坐牢的囚犯，就形成了法律与道德的密切联系的现象之一，对于法律实务所发挥的作用是负面的，是以个人的道德行为阻碍国家的法律实施，并非什么好事情。

再说监狱方面之所以受毛公营救活动的左右，无非是因为毛公从前有大权在握，如今又是大富豪，得罪不起。法理上把这种现象称为人情干扰法律，是法律实施的一大路障，笔者对此谈得很多，此处不多谈。

结尾的这一句话，做上述三个层面的分析，都是作品固有的法律内容。把三者同张氏姐妹的自主、自由婚姻的法理启示联系起来，这些理性认识的丝丝缕缕互相交织在一起，使全篇的法理内涵显得层次分明、发展有序，深广度都有所开拓与延伸。

五十六 事实婚姻

——说《书痴》

当今法律界把男女没有登记结婚，而以夫妻名义生活在一起的现象，称为事实婚姻。在聊斋世界里，这种事实婚姻较为常见，突出的个案实例，则以《书痴》中的郎玉柱与颜如玉的结合并生子的事实婚姻最有代表性。

郎玉柱的祖辈官至太守，留下满屋子书籍，他每天除了面壁苦读，别的事一概不懂，连结婚的事情也从不放在心上，终于成了三十多岁的大龄剩男。有人劝他娶妻，他回答说："书中自有颜如玉，我为什么要为娶不到美丽的妻子而发愁呢?"有一天读汉书，发现第八卷中夹着一个书签，书签上有美女图画，就天天细看这工艺品美女，不料她竟然变作一个大活人，自我介绍说名叫颜如玉。就这样，郎玉柱与颜如玉同床共枕，如同夫妻生活在一起了。这没有父母之命，又无媒妁之言，更不曾举行婚礼的一对男女，就成了事实婚姻的当事人。事实婚姻的违法性质，是显而易见的。唯其违法，才引发了一场官司。这就使这一事实婚姻的法律意味更为浓厚。

首先，我们可从郎玉柱的"痴"看出他的违法事实婚姻并非有意对抗法律，而是他压根儿不知法律为何物，甚至连夫妻之间的事也一概不懂。小说在写到他跟颜如玉枕席间“亲爱备至”，却“不知为人”。这“不知为人”四个字太含蓄、太幽默了，指的就是这书呆子不懂夫妻生活是怎么一回事。由此可知，他的事实婚姻是法盲的结果，同时又是纯粹的精神夫妻，以违法论处是很勉强的。

他们的精神夫妻生活的宣告结束，得力于颜如玉的开导与示范。有一天郎玉柱提出了一个幼儿园小班才可提出的问题：“男女住在一起就会生儿子，我和你住了这么久，怎么没有儿子生出来呀?”颜如玉回答说：“这要靠床上功夫。”书呆子还不明白，又问：“什么功夫?”女方不好再说什么，就用人体动作来回答。三十几岁的郎玉柱这才第一次知道夫妻之间的这件事的真相。可笑的是，他把人们讳莫如深的房事像开新闻发布会一样，逢人就讲。颜如玉批评他不该到处乱讲隐私之事，他还理直气壮进行反驳，说什么“天伦之乐，人皆有之”，没有必要加以隐瞒。如此这般天真无邪，可谓痴呆之至，也可爱之至。若以违法论处，我们会为郎玉柱鸣冤叫屈不止的。

自懂得夫妻之道过后八九个月，他们有了一个男孩。依法，这孩子是非婚生之子。清代法律不见有今天规范的“非婚生子女”的概念，而是斥之为“奸生之子”，受法律歧视，在财产继承等方面权益减半。有法条指出：在分析家财、田产时，“奸生之子，依子量与半分。”（《大清律例》）郎玉柱对这种法律歧视自然也一无所知，故孩子一生下来，他就高兴坏了，连忙买一个老太婆来抚养他，完全没有什么忧虑。

事实婚姻维持两年之后，颜如玉提出同郎玉柱分手。这意味着事实婚姻关系的解除。既然当初缔结事实婚姻绕开了法律，那么如今解除这关系，即使闹到了官府，法律也不会过问。他们只得私下解决。男方希望女方留下，女方提出了一个条件，将书架上的书全部散发出去，遭到拒绝，女方只好逃得无影无踪。事实婚姻至此宣告结束。

女方之所以断然离开丈夫和儿子，是因为她从种种迹象中预料到这事实婚姻难以维持到底。郎家亲朋等人只要看见女方，无不大吃一惊，因为他们没有听说跟谁家缔结了这门婚事，都追问其中的缘由。郎玉柱不会讲一句假话来掩饰真相，只好保持沉默。人们更加怀疑，就风言风语议论起来，致使县令史某都听说这件蹊跷的婚姻。由此，颜如玉感到大事不妙，就对郎玉柱说出了自己的预感。正如颜氏所预料的那样，史县令出面干涉了。他并非要使他们的事实婚姻合法化，而是出于一己的好奇心，想一睹女方的美丽容颜。就为满足这种私欲，史县令滥用权力，派人来逮捕夫妇二人。女方闻讯逃走了，男方被革去功名，戴上刑具，被弄得死去活来，什么都不说。又拷问婢女，得知婚事大概。县令认为女方是妖怪，就到郎家搜查，看到满屋是书，就烧得一干二净，庭院中烟雾经久不散。

事实婚姻固然违法，但未造成什么社会危害，而史县令假公济私，且放火烧毁他满屋藏书，已构成犯罪。其犯罪诱因，在于这起奇异的事实婚姻的女方，美丽得令当事人执法犯法。这怪不得别人太美，只能怪史县令自己太脆弱，经受不住女性美貌的诱惑。日后郎玉柱恢复功名，且当了御史，查办了有罪的史县令。

身为官员的郎玉柱的婚姻，依然没有摆脱往日事实婚姻的因袭力量的控制。他有一个表亲在当主管司法的州官，强逼他接纳自己的爱妾。这自然是对郎的一种关照，然而在郎有过自由自在的事实婚姻两年多的基础上，突然加上一个逼迫纳他人之妾的婚姻，当事人能够承受吗？或者说是不是太过分了呢？更有意思的是，这位表亲对外宣称的是代买一个婢女寄住于官府。这种言行不一的做法，意味着什么呢？已进学做官的郎玉柱，不能不思考这些问题，或许有着大大不同于书痴时候的深切感受。总之，娶妾事件对他冲击力是很大的。何以见得？在查办史县令的案子完结之后，郎玉柱主动辞官，娶妾回到了家乡。这就是说，被逼娶他人之妾为己妾，让郎玉柱心灰意懒，无意于仕途前程，干脆回家当平民百姓了此一生。

家里有什么吸引郎玉柱的东西呢？不是别的，就是他立的颜如玉的牌位。在举进士的时候，他曾对这牌位祝告说："你若有在天之灵，就请保佑我到福建去当官。"史县令是福建人，害得他与妻子分离，又烧毁了他满屋子书籍，故他愿去福建当官有报复史县令之意。日后，他果然身为御史，巡视到了福建，居留达三个月之久，果然查清了史县令的所有劣迹，抄没了史家财产。这种人事变化，本与祝告之词没有什么因果关系，但在老郎心目中，是妻子的在天之灵庇护、成全了他。因此，他归心似箭，要回家同牌位厮守终身。于是，被迫娶回的女人，只能处在妾的地位，万万不可取代颜如玉的妻位。

歹徒毁灭了郎玉柱的事实婚姻，他本人却要在意识中、记忆里永远保住这事实婚姻的原汁原味。书痴的这种痴性不改，可敬可爱。为什么？郎与颜的事实婚姻同封建法律互不认同，故他越对她念念不忘，就越表现出对这特殊爱情、特殊婚姻的珍惜与忠贞。

有专家认为《书痴》写的是书呆子郎玉柱的消极意义上的成熟，有“黑暗社会把羊逼成了狼”的这种基本评价，然后又得出下面一段结论：

> 一个人可以发生多么大的变化？郎玉柱完全成熟了，可怕地成熟了，从一个书痴，书呆子，成长为官场斗争的能手；从只知道书斋死读书到在官场熟练走门子；从软弱无助、像待宰羔羊的受害者，到纵横捭阖、像狡猾狐狸的复仇者；从“不知为人”到“娶妾而归”，前后判若两人。腥风血雨的社会使一个心思单纯的书痴“成长”为一个心机缜密的官员。（马瑞芳《马瑞芳说聊斋》）

孤立地看论者的这些话，仿佛都是对封建社会的深刻批判，从小说的实际出发，则可知这些都是想象之词。要言之，郎玉柱本人根本没有论者所说的那些“变化”。事实是，他辞官回家，不再是官员；他“娶妾而归”是被逼迫、无可奈何的；他的“复仇”，实属依法惩治罪官。请不要误读郎玉柱：他根本没有从羊变成狼。

五十七　家庭法律风云：婚姻革命

——说《小谢》

《小谢》的主题思想是描述陶望三与乔秋容、阮小谢这一男二女所经历的婚姻革命。其革命对象，就是包办婚姻模式。这一婚姻革命，有三大发展阶段，每一阶段都有其更为具体的冲击目标。

第一阶段，陶望三与乔秋容、阮小谢相识相知，逐渐形成师生之谊，冲击了封建时代的男女之大防、男女授受不亲的礼法，取代了婚姻上的媒妁之言。

早在他们初次见面，陶生企图对她俩的身世做刨根问底的追问的时候，通过调皮的小谢的反问之词，小说就巧妙地提出了婚姻问题。小谢的问话是："痴心郎！我们还不敢显露身手，谁要你问我们的门第，你要做男婚女嫁的事情吗?"话虽这样说，但一男二女之间毕竟少不了肌肤之亲，甚至有"探手于怀，捋裤于地"这类打情骂俏的情形。"把腕""拥抱""抓背""按股"一类的肢体语言屡用不止。但他们的关系没有突破师生之谊的底线。后来，连小谢的弟弟阮三郎也发展为陶望三的学生。

在这一阶段，一男二女已在漫不经心中提出了婚姻之事，但他们没有认真想这件事，更没有去想用媒妁之言来撮合婚事。换言之，他们日后的结为夫妇，在这时已经不自觉地进行了一次革命：用师生之谊取代媒妁之言。

第二阶段，一师三生全都卷入了司法黑暗，他们主持正义，抗击邪恶，在受陷害的困境中互相帮助，成为患难之交，用师生之谊升华而成的伉俪之情取代了谈婚论嫁的全部礼法仪式。

这一阶段的司法黑暗及其患难之交的爱情的法理内涵，在马瑞芳的"鬼"与"爱"的泛泛议论中不见任何迹象。事实上，可议法理不少。首先是陶生以诗词讽喻时事，当地权贵者难以忍受，就借法律手段加以陷害。他们贿赂学使，诬称其行为不检点，将陶生长期囚禁在狱中。因身无分文，他只得向囚犯们乞讨过日子。这是冤案加身于陶生，谁能解救他？乔秋容入狱看望，并告诉他，阮三郎到部院申诉冤情去了。

紧接着，阮三郎拦路告状，被部院带走。三天过去了，不见动静。纠正冤案，并非易事。乔秋容入狱报告这一动态后，又跑出来打听三郎的下落。冥王得知三郎义救他人，令其投胎富贵之家去了。

之后，小谢入狱对陶生说：秋容从狱中归来，经过城隍庙，被一个黑判官捉去，逼她当小老婆，遭到拒绝，就关进了黑牢中。小谢则奔波百里，脚受伤，表示再难入狱探视了。告别陶生，小谢就忙着告状，要推翻秋容的冤案。秋容终于获释，可那黑判官用谎言来掩饰真相，说："我没有别的意思，只是爱你，既然你不愿意，又不曾玷污你的身体，请不要见怪。"依法，黑判官利用权势，强夺良家妻女，企图占为妾，应判绞罪。官官相护使他逃避了法律严惩，还要美化自己，法律的公正何在？

经过司法黑暗的打击、折磨与推翻加于男女双方的冤案，这一男二女再度相处之时，已情同伉俪，两个女人同事一个男人的惯有争风吃醋的世俗情感，被洗涤一空。这一阶段的实质性的法理，司法执法上的枉法罪行，使无辜而受法律追究的有情男女更加互相了解，促使他们朝不屑于讲究表面的法律形式而追求内在爱情的婚姻路径大胆前进，把纳采、迎亲之类的一整套婚姻礼法抛弃到九霄云外。

第三阶段，小说的情节外壳是秋容、小谢先后借郝氏与蔡氏两姓之女尸而还魂，一男二女在道士的帮助下经由借尸还魂中介，终于结成夫妇。剥开其中法理内核，有这样几点：第一，道士其人，代表的是有正义感的宗教人士的力量，他本人虽然受法律歧视，但对于促成有情人的婚姻，却敢于顶住法律的压力，尽心尽力而为。秋容，小谢的由鬼变成人，可解读为宗教进步力量在救死济危的正义事业上，有给人第二次生命的重要意义。这同基督教的所谓"复活"之说，有某种相通之处。第二，陶生与秋容、小谢的婚姻，全然抛弃了法定的父母主婚，而是自行结婚，没有任何人出面主婚。这一点，是第三阶段的实质，就是用当事人的主动结婚取代了在父母主婚之下的被动结婚。第三，这种婚姻革命并非六亲不认，依然具有浓郁的世俗社会的人情味，故同人们的阅读感受很容易贴近，得到广泛认同。具体表现，就是陶生与秋容、小谢结婚之后，尸亲郝氏与蔡氏，先后登门拜访，指认陶生就是郝家、蔡家的女婿，从此来往不断，关系密切。就这样，女方的法定主婚人被小说中认婿的岳丈岳母所取代。第四，在封建时代的一夫一妻多妾制度下，只允许一个配偶为妻，其余都是妾。不如此，就犯有"妻妾失序"罪。小说中的秋容与小谢，都是陶生的配偶，没有区分谁是妻谁是妾。二者大有并列之势，从而又冲击与取代了关于妻妾的法律条文。

在谈陶生出狱时，马瑞芳说："两个小女鬼和三郎一起，利用鬼的法术，帮助陶生解脱冤狱”（马瑞芳《马瑞芳说聊斋》）。这种说法，既不符合小说实际，更讲不通。请问：他们是“利用鬼的法术”才“解脱了冤狱”吗？请看小说所写：

部院勘三郎，素非瓜葛，无端代控，将杖之……提生面鞫，问：“三郎何人？”生伪为不知。部院悟其冤，释之。

这段话，讲的是人间司法机关的部院审理三郎为陶生鸣冤叫屈的案件的情况。一个关键地方，是审问陶生关于三郎的身份，陶生作了伪证，否认他和自己有任何关系，这才使部院领悟到陶生有冤情，从而释放了他。

再说，这释放陶生的法理，具有控诉人间法律不公平，司法当局昏愦无能的寓意和倾向。陶生入狱，是因为权贵者的诬告。如今释放他，就该在惩治诬告者的基础上进行，事实却是诬告者逍遥法外，当局凭陶生的伪证而释放了他。这就是说，陶生以他人的诬告入狱，以自己的伪证释放，那么司法执法当局全是糊涂虫、尸位素餐的家伙，没有一个懂法和依法办案的官员。这该是多么辛辣、深刻的法律批判！

五十八　家庭法律风云：双重婚姻悲剧

——说《封三娘》

马瑞芳反对把《封三娘》“解释为女同性恋”，认为它“是一曲女性之间真诚友谊的颂歌”。（马瑞芳《谈狐说鬼第一书》）本文认为，同性恋之说完全不成立，而友谊颂之说，仅仅只概括了小说不足三分之一的内容，另外三分之二以上篇幅所写并非歌颂友谊，而是演出了双重婚姻悲剧。

不错，从小说开篇范十一娘结识封三娘，到这两位美丽少女“订为姊妹”，的确是歌颂了女性之间的真诚友谊。她们交往约半年后，范十一娘的母亲初次见到女儿跟封三娘下棋，立即敏锐地看出她是女儿的好朋友，惊叹道：“真吾儿友也！”她还埋怨女儿不早一点报告有这位“闺中良友”的好消息。

这些都是歌颂女性朋友之间的友谊的明证。然而，此后的故事情节却转向了描述这友谊纽带捆绑出来的双重婚姻悲剧，最后导致的是两位良友的彻底绝交。

先看第一重悲剧。封三娘的个性是反感男性同自己有任何接触，连范十一娘的痴呆哥哥干涉她换衣这点小事，都使她痛哭流泪，认为是遭到了奇耻大辱，连忙逃避，郑重其事告诉范十一娘，说今后没有脸面见人。但出于友谊，封三娘极热心地充当媒人，跑到孟生那里去，把范十一娘的金凤钗作为信物，说明了范十一娘有意于孟生的成婚愿望，孟生也表示非范十一娘不娶的决心。友谊的春风，就这样催开了婚姻的花朵。

当孟生托邻居老太婆到范家去提亲之时，范夫人嫌他太穷，断然拒绝。孟生发誓说，若得不到范十一娘，宁可一辈子当光棍。过了几天，有某绅士来为儿子求婚，担心事情不成，竟请县令出面当媒人。某绅士已够有权势了，再加上县令做媒，范公害怕得罪地方豪绅与官府要员，只得应允了这门婚事。范十一娘闻讯后，派人转告母亲："若不是孟生，死也不出嫁。"果然，在迎亲前夕，范十一娘以死抗婚，上吊自缢而死。这是第一重婚姻悲剧。其悲剧意义，是孟、范之间的情投意合的美满婚姻意愿被彻底破灭，还搭上了少女的青春生命。造成这悲剧的正是父母主婚的包办婚姻制度。死者的好友封三娘成了这婚姻悲剧的权威见证人。

再看第二重悲剧。正当孟生在范十一娘的墓前哭成泪人之际，封三娘急忙跑来对孟生说，坏事即将变成好事，因为她有奇效药物，可以救活范十一娘。掘墓开棺救人的结果，是范十一娘复活，封三娘安排他们到五十里以外的地方居住，以避开外界耳目。有情人终成眷属。不料又酿出了新的婚姻悲剧。

范十一娘对于好友、救命恩人封三娘，自然比以往任何时候都更加敬爱和尊重。在她心目中，封三娘既然跟自己友好得像一个人，那么能够永远维系这友情的东西，只能是婚姻，就是效仿当年舜的两个妃子女英与娥皇，共同侍奉一夫。为此，她对封三娘开诚布公讲了这种想法。封三娘不以为然，表示自己无意于结婚，只想寻求长生不老的方法。无计可施的范十一娘，竟然采取了可怕的犯罪手段：她跟孟生密谋，将封三娘灌醉，佯称自己要出远门，让孟生乘封三娘醉酒之时，将其强暴。封三娘醒来后，指责“妹子害我”，从此诀别，闺中密友成为陌路之人。

这第二重悲剧，在法律上、美学上都有着更丰富的内涵。以法律论之，范十一娘与孟生的行为，构成了强奸罪。有关法条云：“强奸者，绞。未成者，杖一百，流三千里。”关于如何界定强奸，有这样的立法解释：“凡问强奸，须有强暴之状。妇人不能挣脱之情，亦须有人知闻……方坐绞罪。”（《大清律例》）

依据案情与法律，孟生“入夜，强劝以酒，既醉，生潜入污之”，已构成“绞罪”，而范十一娘不仅是此案的“知闻”强奸案情的人，更是积极主动的策划者、参与者，已沦为同案犯。参照上述立法解释中所指出的“一人强捉，一人奸之；行奸人问绞，强捉问未成，流罪”，范十一娘相当于“强捉”者，应判处“流罪”。

以劝友结成二女共一夫的婚姻的合法动机，带来的却是自己与丈夫双双犯强奸罪的结果，便是这婚姻悲剧的法律实质。分析一下，可知一夫一妻多妾的婚姻制度，在范十一娘与孟生心目中都得到了认同，他们追求的是迫使封三娘也照样认同，却没有想到如此强迫她去认同这婚姻制度时违背了她的无意于结婚的意愿，更没有想到那合谋的方法本身是法律认定的罪行。人们的法律意识，应当顺应法律规范成龙配套的需要，也丰富多彩、系统化，若顾此失彼、自相矛盾，就会犯了罪还浑然不知。范十一娘与孟生犯罪的主观认识原因就在这里。

在这一重悲剧中，法律与美学的联系，就表现在这婚姻悲剧到底怎样同法律挂钩的。上述孟生与范十一娘犯罪的动机、心理原因，是二者挂钩的重要表现之一。

表现之二，就是这里的悲剧意义，或悲剧性，同法律有怎样的对应关系。要言之，法律所保护的封三娘的人格尊严与女性的贞操，在强奸罪的实施之下遭到了侵犯与损害。刑法为什么要严厉地将强奸犯处以死刑？因为，这种恶劣行径不是把对方当作人来对待的，只不过成了性工具。既然如此，法律就要为受害者讨回公道，把加害于人的罪犯判处死刑。尤其对封三娘来说，她从根本上断绝了成婚的念头，毫无世俗女人结婚、生子的意向，作为好朋友的范十一娘及其丈夫，居然用下流手段对着干，她当然更难以忍受。

这里有一个重要问题要讨论：范十一娘与封三娘的伟大友谊，因强奸罪发而毁灭也是法律与美学相联系的层面之一，但它是不是婚姻悲剧的美学意义呢？这是一个容易忽视的问题，因为在当今中国以及绝大多数国家，都实行一夫一妻制，故两个女人之间的友谊，难以进入共有一个丈夫的婚姻城堡中来。既然如此，友谊就在婚姻之外，不可能成为婚姻悲剧的毁灭对象了。

然而，在古代中国的一夫一妻多妾的婚姻制度中，妻妾同居一室，共事一夫，她们之间的友谊无疑尽在婚姻城堡之中。范十一娘劝封三娘之所以要自比娥皇、女英，就是因为她认为自己与封三娘友谊可以长存于以孟生为共同丈夫的婚姻之中。只是因为意料不到的强奸行为导致了不仅婚姻受挫，连同友谊也不复存在。因此，友谊的毁灭，是这一婚姻悲剧的又一重要悲剧意义。犯罪既毁灭了二女共一夫的婚姻形式，同时又毁灭了妻妾相处中应当有的女性间的友好关系。

现假设封三娘不计较被强暴的屈辱，答应了共事孟生的婚事，那么她俩的姊妹情谊是否就不被毁灭而可以长存呢？回答是否定的。因为，中国式的一夫一妻多妾的法定特征是妻尊妾卑，也就是允许一个正妻凌驾在众妾头上作威作福，若大家平起平坐，就会犯“妻妾失序”罪，谁主张这样做，谁就会受法律追究。可见，范十一娘与封三娘一旦都成了孟生的配偶，她们的友谊也将不复存在。从这种假设的角度推测，女性间的友谊进入中国古代的婚姻模式，依然会以毁灭告终，构成婚姻悲剧的一大景观。

某绅士巴结县令、仰仗县令做媒实质上是狐假虎威，借官员的职权迫使范十一娘的父亲答应婚事，故构成范十一娘的婚姻悲剧产生的邪恶势力。小说结尾，交代了绅士父子劣迹暴露，受到法律惩治，判处双双流放到辽阳充军。这就昭示了婚姻悲剧同法律的又一内在联系：因为有法律，邪恶之人终究难逃灭亡的命运，正义而受害的悲剧人物终究会受到扶持与保护。正因为如此，躲避在山村的范十一娘才有可能回娘家探亲。

五十九　家庭法律风云：妾的颂歌

——说《霍女》

历代封建王朝，无不以法律的形式歧视妾。正是基于这种法律原因，聊斋世界里受妻欺负的可怜的妾们形成了一支大军。客观描写她们的不幸，就具有批判一夫多妻的婚姻制度，为妾们鸣不平的意义。更可贵的是蒲氏笔下有不少献给妾的颂歌，以前谈过的《妾击贼》是一个实例。现在要谈的《霍女》，在颂扬妾的不平凡功绩与品德上，更有过之而无不及。这样的颂歌，同封建法律在唱对台戏，故在法律批判的主旋律中增加了读者的法制史知识。

我们说过，白居易有诗句是“聘则为妻奔是妾”，从娶妾不用聘礼而只需私奔即可的层面上，指明了妾的共同特征。《霍女》开头所写三则小故事，无一不是霍女私奔而为人妾的情形。最初私奔的是朱大兴，当天晚上就同床共枕了。两年后，她逃出朱家，投奔到邻村的何家，为此朱、何两个丈夫打起了官司，法官判霍女回归朱家。才一两天工夫，霍女又逃跑，私奔到黄生家，成了黄氏之妾。据说，她以前跟随一个浪荡子，流落江湖，于是变成今天这样随意私奔的女人。

读这连续不断的私奔为妾的故事，在浅层的意念上，任何人都能不费吹灰之力地懂得，男人娶妾，远远不像娶妻那样麻烦、手续多、过程杂、时间长、场面大，而是一蹴而就，简单得不能再简单了。惟其如此随便和容易，就为法律把妾不当人找到了借口。

然而，细看霍女在每一个丈夫家中的言谈举止，都有不俗的表现。

老朱是个吝啬鬼，不到儿女婚嫁的喜庆日子，家里就没有一个客人，厨房里也没有肉。她到朱家，如同专程登门治吝啬病一样，单挑肉、鱼、鸡来吃，还要喝人参汤，否则就又哭又闹。就这样，两年时间就把富有的老朱家弄穷了。

到何家后，老朱上门要霍女，老何不让，就打起官司来。霍女给老何撑腰打气，找了一个极好的理由。她说："我到朱家去，本来就既无聘礼，又无媒人，凭哪一条怕他？"依这一理由，本可打赢官司，但老何听从别人的劝说，放弃了霍女。日后的事实证明，老何太不知好歹，就吃了大亏。

小说着重写的是霍女到黄家几年的非凡表现。

首先，黄生很穷，无钱娶妻，担心她过不惯缺吃少穿的穷日子，不料她起早睡晚，勤劳持家，对老黄爱得深切、厚重。

其次，几年后，霍女回镇江探亲，老黄与她一道同行。乘船过扬州时，有一个富商的儿子吃惊于霍女的美貌，就坐船尾随不放。霍女将计就计，要乘机从富二代手中弄一笔钱财过来。但她并不说明真相，只是声称重金出卖自己，让老黄有钱之后再娶一位妻子。在办完人钱交易的签字画押手续后，黄得到千金，霍女随富二代而去。可不一会儿，她就返回来站在黄的面前了。简单说，她用杀富济贫的侠义手段，为黄带来巨额财富，以法律视之，这是骗取钱财的犯罪行为，但作品是以此来歌颂霍女的聪明才智和乐以助人的精神的。事后，她对黄的大惑不解的疑问，做了这样的解释："我一生对吝啬的人就破坏他，对邪恶的人就欺骗他。若老实地跟你商量，你一定反对，到哪里去弄回来千金呢？口袋装满了钱，我也回到了你身边，你该满足了，还老问什么！"

再次，使老黄发家致富后，霍女又用计为他娶了一位妻子，自己则无影无踪地消失了。为这门亲事，霍女无私地奉献了一切。在娶妻本身，她想得很周到：买一个婢女之类，价格昂贵，只好让老黄冒充自己娘家的一个兄弟，让父母主婚，为他名正言顺娶妻。果然，有新寡的张氏女阿美嫁过来。娶妻过后，霍女坦然地把阿美称为嫂子。自己则以到南海探亲为由，悄悄离去。

新婚的老黄夫妇住在霍女家，衣食无忧，唯独霍女几个月之后仍不见回归。当黄离别阿美动身回自己的故乡时，霍家兄长用快船将阿美一路护送到瓜州，使夫妻双双回家去。霍女和她的一家人，就这样无私地给予了老黄以巨大的关照和帮助，真可谓热情有加，无微不至。

如此救世主一般的妾，堪称空前绝后。

最后，阿美生子，取名仙赐，表达了夫妻二人对霍女及其一家神秘莫测的敬仰、感激之情。出乎意料的是，阿美带十多岁的仙赐回镇江探亲之时，霍女乘大家外出之际，单独跟仙赐相处，用母亲的名义，给孩子黄金饰品和黄金，告诉他拿去买书读。当孩子好奇地问她是谁，她有趣地反问道："儿子还不知道你另外有一个母亲吗?"这一问话的妙处，在把霍女十几年之后依然把自己当作黄氏的妾、把阿美的儿子视为自己的亲儿子这种坦荡胸怀与伟大母爱，表达得真切又含蓄，感人至深。黄氏夫女猜测霍女为神仙，似乎在这一场母子相见的场景中得到了一定程度的印证。

就这样，《霍女》对妾的赞美达到了登峰造极的程度。那么作品的法律寓意何在呢？读一读《大清律例》，把那些关于婚姻、打人、骂人、犯奸等方面的法律条文集中到一起研究一番，就会发现一个立法不公平的秘密：同是丈夫的配偶，却是处处妻尊妾卑。例如，妻可以骂妾、打妾，不算一回事，反过来妾打妻、骂妻就视为有罪。再如若有奴仆奸污妻，要判斩罪，而奸污妾却减一等治罪。还有妻妾不得平起平坐，否则就叫"妻妾失序"罪，使其失序之人就成了罪犯。唐代法律中，甚至有"妾通买卖"的说法，等于把妾当作了货物，可以自由买卖。《红楼梦》里的买妾、把妾拿来送给别人的事，时有发生。这就是法律严重歧视妾在文学中的反映。聊斋世界中，妾受妻欺负的故事，更层出不穷。由此可知，《霍女》极力讴歌妾，把妾美化得神仙一般大慈大悲，实质上是同那些歧视妾的立法内容针锋相对，做出了否定的评价。

若从妾的语义学看问题，立法者用"妾"指称妻以外的配偶，作为一个法律概念，反映出的就是把妾不当人的观念。妾的古汉语本义，指的是女性奴隶，封建立法者拿来称呼妻以外的配偶，既满足了他们制定一夫一妻多妾制度的需要，同时又避免了妻妾成群的丈夫们的许多麻烦。其最根本的是可以节省大量经济开支。假如娶妾跟娶妻一样用重金买聘礼，举行隆重婚礼，那就会把阔丈夫变成穷光蛋。妻妾的经济地位与待遇大有差等，就不费气力由法律强行规定而解决了所有经济问题。

好像窥见了法律之所以歧视妾的最终经济原因一样，《霍女》反其道而行之，偏偏要让霍女在三换门庭，先后作朱、何、黄三位丈夫的妾的时候，在经济问题上大显身手。在朱家，她故意要吃美味佳肴，以致把富有的老朱变成了穷人。到何家后，老何因为担心养不活她，而在可以胜诉的情况下，任凭法官判归老朱收回她。而到老黄家里呢，一方面大力发展家庭农副业生产，增加收入，另一方面又设计骗取了富二代的一大笔钱财，十几年后又给老黄的儿子一大批黄金及饰品。这一系列针锋相对的行为，用无声的语言告诉立法者：你们越害怕妾使丈夫变穷，我越让他迅速变穷，而对那些本穷得讨不上老婆的人，我却千方百计让他富起来。霍女名义上是妾，在压抑邪恶势力、赐福于穷苦百姓上却如同神女。读者于是在心领神会之际，就会意识到，小说的法律主旨，就在否定歧视妾的那些法律及立法指导思想。

霍女帮助老黄娶阿美为妻之后，自己主动离开黄家，也有法律批判意义，即她作妾以丈夫无妻为前提条件，一旦有妻在堂，她就不原当受妻欺压的妾。换言之，霍女对一夫一妻多妾制度并不认同。这一点，也在作品歌颂妾的主旋律之中。

六十　家庭法律风云：妻妾之间（一）

——说《吕无病》

在一夫一妻多妾的家庭里，妻妾之间如何相处，是封建法律关注的一个焦点问题。既然妻妾的法律地位有尊卑之别，那么硬要不平等的妻妾相安无事，就要仰仗法律的威慑力，于是就有了“妻妾失序”的罪名。妻妾既要同堂，又不犯这一罪行，那该怎么办呢？蒲松龄对这个焦点问题的思考非常频繁，从而写出一系列作品。除我们已谈过的若干篇目之外，这里再谈谈《吕无病》和《恒娘》这两篇作品所思考的成果。

先谈《吕无病》。在本篇中，蒲氏把妻妾相安无事的希望寄托在双方贤良道德修养之上。若妻贤妾良，便家庭和谐，风平浪静。这是答案之一，提供者为妻许氏与妾吕无病。她俩共事夫君孙公子达四年之久，从未发生任何矛盾。孙公子在蒋夫人夭折后，先纳吕无病为妾，在妾的屡次规劝之类下，才娶许氏为妻。妾贤良由此可知。许氏对吕无病“略不争朝夕”，赢得了吕的更加尊敬，在许生子阿坚后，吕视为己出，带他睡在自己房中，连亲生母亲许氏叫他也不去。可惜，儿子三岁时，母亲许氏去世。临终前，她建议丈夫将吕无病扶为正妻，吕坚决不答应，甘心继续当妾。这妻妾皆贤的事实所提供的答案令人信服。

答案之二，是王氏夫人当续弦之妻独挡一面来提供的，要义是：悍妇为妻，蛮不讲理，妾吕无病再贤良，也无济于事。详细说来，这里的波折与麻烦实在多得很，王氏是王天官之女，仰仗父亲的权势，骄横无比。入门几个月，孙公子宠以专房，见了吕无病就看不惯，啼笑都有罪似的。她动不动就发火，以致夫妻打起来了。对许氏所生儿子，王氏也有气，开口就骂一顿，动手就打一顿，打骂无计其数。孩子在其虐待之下，又生病，又不吃饭，终于夭折。吕无病见自己没有把孩子救活，很内疚，就悄然离家出走了。

儿死妾逃，孙公子悲痛不已，未免出言不逊，王氏反唇相讥，致使孙杀伤了王氏，引发王家登门吵闹，接着王家又告上了法庭。县令偏袒王氏，把官司推到上级衙门，意在惩治孙公子而取悦于王家。上司朱先生秉公执法，王氏无奈请人出面调解。孙公子忍无可忍，就写了离婚书，要把王氏休回娘家，王家又把王氏送回来了。直到王天官死去，孙公子又告状，这才解除了同王氏的夫妻关系。

仔细分析起来，这第二层答案在吕无病逃离之后，又有所拓展，使我们清楚看出，王氏这种泼妇，即使在一夫一妻不存在有妾的情况之下，也不可能跟丈夫和谐相处。姻亲两家互相打骂，争论达几个来回，又有休妻几次的闹剧不断，最后还是靠官方判决离婚等法律事件、现象彼伏此起，为悍妻在无妾条件下依然不能跟丈夫过平静日子提供了强有说服力的说明。

答案之三，悍妻泼妇若能洗心革面，彻底抛弃道德缺憾，即使同不怎么贤良的妾相处，照样能保持家庭安宁。这一答案，还是王氏提供的。原来，她被判决休回娘家后，悍名远扬，三四年过去了，没有谁愿意娶她。这才使她意识到自己过去有错，于是率领一个婢女，主动投到孙公子门下，下跪求饶，说出了一番让孙公子不能不有所感动的话：“我今天既然私奔而来，就万万没有返回的道理。你留就留我，不留我就去死！再说我二十一岁嫁给你，二十三岁被休，就算有十分罪恶，难道就没有一分感情？”说完，又做了一个当初夫妻发誓的动作，老孙流泪将她扶进屋里。紧接着，王氏又掏出腰间的快刀，剁去自己左手一根手指，发下最后的血誓。于是，他们复婚了。

此前，孙公子已纳一婢女为妾。王氏复婚后，仍居妻位。正如她的发誓决心、信心一样，在日后主持家务上，她一改前非，以勤劳理家的主妇姿态出现，把所有婢女招集起来，让她们各负其责于纺织，受到非议，也若无其事一般。对于婢仆的工作，又实行严明的奖惩，大家开始惧怕起来。

那个日后被救活的儿子阿坚，这时已经九岁，王氏不仅不再打骂，反而特别关爱，早晨送去上学，经常留好吃的东西等待他放学回来吃。儿子逐渐也喜欢这位归来的母亲了。有一天，阿坚用石头打小雀，失手把王氏头打了，当时倒地，好久说不出话来。孙公子大怒，打儿子，王氏醒来极力劝止，竟在这时反省起自己往日虐待阿坚的过错。

在对待妾的问题上，王氏也十分谦让。每逢孙公子来歇宿，她就拒之门外，让他到妾房就宿。

阿坚成人娶妇了，王氏就把家事全盘交给下一代，让他们夫妇男主外，女主内。

王氏用完全不同于以往的贤妻良母的形象出现，孙公子家中几十年如一日，和和美美，直到王氏生命的终结。

法律所要保护的妻妾有序，可能有许许多多途径与模式。这第三个答案，说明的只是其中一种特例：有过错的悍妇只要彻底悔过自新，就可保障妻妾相安无事。是的，作品所有告诉人们的，就是这个特有的意思。那位由婢女而纳成的妾，在王氏复婚归来后，没有出面，也没有任何作为，仿佛根本没有这妾的存在。这样写来，实际上是表明妻妾有序的关键在于妻不要欺负妾。作为妾，谁敢喧宾夺主，闹得全家鸡犬不宁呢?

上述三层各有具体法律意味的答案，如果抽象说来，讲的都是法律与道德这一范畴的法理。以往，笔者多次在各种不同语境中谈到文学中的这一法理，都是从刑法上立论，讨论的是道德与犯罪的各种内在联系。这里所讨论的，是在婚姻法的范围中道德与一夫一妻多妾制的关系，立足点是妻妾个人的道德修养与国家法律规定的一夫一妻多妾制的适应关系。显然，这个法理问题属于中国法制史的专门课题，没有多大现实意义。

讨论这个法制史上特有的法理问题的必要性，在聊斋世界格外突出。因为，蒲松龄的两百多篇涉法小说中，涉及婚姻、家庭的不仅为数比例大，而且一夫一妻一妾同处一家的现象很常见。法律意识沉睡不醒的纯文学对这些作品的谈论的共同缺失，恰恰在完全不顾一夫一妻多妾制的法律上的各种规定，把妻妾问题当作如同今天一样的女性问题或当作一般女人与女人之间的问题。这样，无论如何读这一系列小说，都读不出作品固有的法律意味。

以《吕无病》为例，马瑞芳教授把它说成“写妒妇悍妇的精彩之作”的众多作品中的一个实例：

> 《吕无病》中的嫡妻王氏在泼悍异常中挟带贵官人家的狂悖，她虐待侍妾吕无病；害死丈夫前妻之子，还气势汹汹地说，即使害死王府世子，“王天官女亦能任之”。（马瑞芳《狐鬼与人间》）

单看这几句话，是不错的，但着眼于小说全篇，并非在简单表达作家对悍妇的“痛恨”。《吕无病》既不写悍妇，也不写爱情，而只是在讨论妻妾如何共处一家、共事一夫的道德与法律的关系问题。

六十一　家庭法律风云：妻妾之间（二）

——说《恒娘》

在封建家庭里，妻妾和平共处，同事一夫的途径，除了《吕无病》提出的道德修养之外，《恒娘》别开生面，又提出了以美容、美体、美态为手段的性爱竞争。

我读了两篇谈《恒娘》的评论文章。一篇的作者是一位青年学者，另一篇的作者为资深专家，二者均不能令人满意。他们不约而同地以“人之常情”为着眼点，又都较详细地复述了小说的故事情节，这些笔者均无异议。我们所不满意的是论者所得出的结论，还有对恒娘的“狐狸精”身份的过分强调。既然把“人之常情”作为着眼点，就意味着恒娘是一个普通女人，而在强调为“狐狸精”的时候，“人之常情”就被否定了。这自相矛盾的语境，使两篇评论文章思路很不严谨。

青年学者所得出的结论，把恒娘吸引男人的“人之常情”最终归结为“人性弱点”，于是希特勒的好战与布鲁诺持“日心说”被处死也都成了“人性弱点”的证据。（王冉冉《奇情聊斋》），这失之于没有理性归属点的缺憾太突出了。

资深专家最后得出的结论，是——

> 恒娘的狐媚实际上是封建时代一夫一妻多妾制的必然结果，是女人努力做男人的玩偶而且坐稳了玩偶地位的血泪史。其实质，体现出男女不平等的社会中，女人跟男人相处时的根本劣势。（马瑞芳《马瑞芳趣话聊斋爱情》）

这一结论，以“封建时代一夫一妻多妾制”为归结点，是再正确不过了。可议的只是结论的法理含量与思路不符合小说的实际。尤其是“玩偶”“血泪史”“根本劣势”这一系列提法，同文章的许多地方相矛盾。

论者文章一开头，就提到了美国女作家的畅销书，意在教女读者“如何叫丈夫永远爱你”，方法不外乎是一天一变地打扮自己。紧接着，文章又谈到美国一位文学博士对《恒娘》的如下评价：

> 多有意思，这文章（指《恒娘》——引者注）同美国现时许多妇女杂志的文章如出一辙。淋漓尽致地教女人如何在丈夫或男友面前保持性魅力，让他们永远有新鲜之感，多么奇怪？三百年前，那么封建、那么禁锢的中国，居然写出可以供二十世纪美国妇女借鉴的文章！

老实说，这位博士的悟性很好，所谈看法本应作为对《恒娘》的解读结论的一个重要组成部分来加以肯定。然而，论者的最后结论，竟然把自己原本赞赏的这段话全盘否定了。这一自相矛盾之处，是该文的最大硬伤之一。

为了节省篇幅，本文不再复述小说的故事情节，拟径直谈几点基本看法。

第一，我们不同意把恒娘的美容美体、性爱竞争的方法方式称为“狐媚”。这说法，不科学，有贬义，更不能概括其超越时空限制的普遍性。在婚姻上，中国人自古以来以郎才女貌为标准，而这所谓的“貌”，专指美貌。唯其这样，女性化妆品畅销全球，以女性美为归依的美容、美体事业蓬勃发展。由此带来的选美大赛，更是打造了一代代大美女。美国当今的女学者之所以看到了《恒娘》所写与美国妇女界的所为完全一样，恰恰有力证明恒娘倡导的美容、美体事业，具有全人类普适的广泛性。科学的提法，应当是女性的美容、美体、美态事业。

第二，诞生于聊斋的这项事业，深深打上了唯中国古代才有的一夫一妻多妾制的法律烙印。更深入、具体地讲，这一事业的业主，是朱氏、恒娘等妻子，而不是被她们打败了的妾的群体。妻们以此取胜，意味着法定的妻尊妾卑的不平等的加剧，使失败的妾们更为可怜，因为她们的原本被压抑、限制而偶尔得到的性爱权利，被完全剥夺了。在《红楼梦》里，平儿跟贾琏每年充其量有一次同房，尚且被王熙凤看不惯而争风吃醋。有恒娘本人所用及其教给朱氏的一套手段，那被冷落的妾就连平儿都不如了。所以，这美妻的事业加剧了妻妾的不平等，剥夺了妾的性爱权利，非常不公平。今天的美国女学者自然难以想到这种中国特色的法理内容。中国的当代纯文学家，同样难以看到这层法理。

第三，马瑞芳教授推理说，如果妾宝带们“也学会了狐媚”战术，为妻的朱氏们“还能江山永固”吗？她这种推理，要证明的就是上述结论中的“血泪史”“玩偶”“劣势”等提法，从而为全体妻妾鸣不平。其实，这是在否定妻妾不平等的法律的前提下的空想。只要正视整个封建时代妻尊妾卑的一系列法律规定，就知道无论何种类型的家庭中的妾，即使得势于一时一地，她们也根本不可能去学习、掌握、运用这美的方式方法。公公、婆婆、丈夫、妻等无数双眼睛盯着，动辄得咎，无从开展这一事业。就算偶然一试并得逞，受冷落的妻立即可以“妻妾失序”罪闹得全家不安宁。为什么聊斋世界所谓“悍妇”遍地？法定的妻尊妾卑起了决定作用，而“妻妾失序”罪名则推波助澜，保证着这决定作用的实际发挥。不正视这严峻的法律事实，空想妾们打翻身仗，是根本办不到，没有任何实际意义的事情。

第四，马瑞芳教授每谈一篇聊斋小说，总是习惯成自然地联想一些类似的其他小说。这一回，她想到的是《金瓶梅》中潘金莲害死李瓶儿及儿子官哥儿和《红楼梦》中王熙凤害死尤二姐，认为“《恒娘》跟潘金莲害死李瓶儿、王熙凤害死尤二姐，鼎足而三，异曲同工”（马瑞芳《马瑞芳趣话聊斋爱情》）。我们以为，纯文学家的善联想、爱发挥的习惯与方法，运用到涉法文学作品的解读中来，几乎没有例外地要出差错。这里的所说“鼎足而三”的两个例子就不能成立。且不说潘金莲与李瓶儿都是西门庆的妾，两妾之争不同于妻妾之争，单讲彼此都闹出人命关天的事件，涉及到的是刑法，已不单纯是一夫一妻多妾的婚姻制度问题，而《恒娘》所写，却是在维护一夫一妻多妾制度前提条件之下的妻妾性爱竞争及其妻胜妾败的过程、结果，与刑法没有丝毫瓜葛。完全没有法律实质联系的小说情节，硬要拿来捆绑在一起，说成什么“鼎足而三，异曲同工”，除了可见文学专家的确多读了一些小说之外，并不能说明任何有价值的学术问题。

第五，《恒娘》所写恒娘的美妻事业，既来自她的亲身实践，又可运用到她的学生朱氏的实践中去，在朱氏胜过妾宝带后，恒娘从理论上加以总结和阐发。这一切，涉及到关于人与两性差异的美学、心理学、生理学、人身哲学、人际关系的伦理学，还有婚姻法学和中国法制史学。我们从文学作品解读切入，定位于中国古代的法定一夫一妻多妾制，依小说自身的多学科成就，唯有充分运用多学科知识与理论，才可把这一精美的涉法文本解读透彻。

举一个最简单的例子。在朱氏受恒娘指教，大行其术，成效卓著之后，恒娘应朱氏的要求，向她讲解之所以大见成效的道理的时候，恒娘把自己运用与传授的一整套东西，命名为“易妻为妾之法”。显然，这是纯粹的小说家言。译成现代汉语，意思是“把妻换成妾的方法”。若拘泥于字面的解释，其语义学上的意思，恰恰是法定的“妻妾失序”罪。恒娘自然不会鼓吹公开犯这种罪的言论。她的实际意思，是指的用美容、美体、美态的一整套方法，使丈夫对妻也形成像对妾那样的偏爱，从而冷落妾，独享丈夫的爱情。请看，正解这一提法，都得费许多笔墨和口舌，何况领悟和阐释全篇呢！

六十二　家庭法律风云：儿子

——说《段氏》

丈夫与妻妾问题就算解决得尽善尽美，在封建家庭里仍会有一个使丈夫与妻妾都烦恼的要害之处，这就是儿子问题。《段氏》中的段瑞环，是一个大富翁，美中不足的是人到四十而没有儿子。小说以儿子的有无为中心，把段氏家庭内外的矛盾冲突组织成拉战式的连环斗打画面，让人觉得富有之家一子定乾坤的至关重要性千万不可忽视。

关于儿子的立法，在清代法律中有许多相关法条。《段氏》一子定乾坤的主题，针对的是"无子"或只有唯一的一个儿子的特殊富有家庭。儿孙满堂的家庭，存在的相应法律问题是"立嫡子"是否合法。那么，根本上一个儿子也没有或只有一个儿子的家庭怎么样呢？立法者似乎没有考虑这特殊问题，故不见相关法条。《段氏》一子定乾坤的法律主题，对于补充立法缺憾，思考来自生活的切实法律问题，有着独特贡献。这是研读小说的一大前提，非弄清楚不可。

小说的主人公是富翁段瑞环的妻子连氏。别看她属于聊斋世界的悍妇大军中的一员，使丈夫照样害怕，但在儿子问题上，她通过事实的教训，进步很大：从无视儿子的重要性，到意识到没有儿子备受欺负，再到身受有儿子的好处，最后形成了教育孙子辈一定要把生儿子当作家中大事来做的观念，真是有如文盲而不断自学，终于大学毕业一样，成了专攻儿子的法律专题的人才。

起初，老段四十无子，因为连氏妒而悍，他作为丈夫，竟不敢做想买妾生子的事情，只好与一个婢子私通，以求得一个儿子。连氏发觉后，把这婢女打了数百下，然后把她卖到栾氏之家。这时的连氏，完全是儿子问题上的"大法盲"，一窍不通。

段富翁日益衰老，他的一帮侄子早晚来借钱，一句话回应不好，他们就做出恼怒的样子。老段于是想在侄子们中找一个来当儿子继承家业，竟遭到群侄反对。连氏虽然凶悍，但也不能对付群侄的围攻，便开始后悔自己以往太不重视儿子问题了。她生气说：“老段六十多岁，怎见得就不能生儿子!”于是连买两个妾，听任丈夫去和她们亲热，不再干涉。连氏如同上了小学，儿子专题的法律意识非常迅速地觉醒了。岂料日后一妾生女，一妾生男而夭折。连氏与丈夫一同大失所望。

不久，老段中风，卧床不起，群侄以为吃绝户的时机到来了，竟然争先恐后地进门哄抢家财，牛马诸物，都自行拿去据为己有。连氏骂他们，他们反唇相讥，弄得她毫无对策，只有早晚痛哭。老段病情加重，很快死去。诸侄在逝者尸骨未寒之时所做的事情，居然是集合到灵柩前讨论瓜分财产之事。连氏痛心万分，但制止不了这种非法行为。她提出了一个大大妥协的要求：留下一处住所，以便老幼一家有个安身之处。侄子们竟然不答应。连氏绝望地说：“你们寸土不留，是不是想把老的小的全都饿死呀!”这句话，表达了连氏对于没有儿子的严重危害性的认识，已深入到性命攸关的大彻大悟的程度。

这样几个阶段，相当于完成了中学学业，已为连氏从正面认识有儿子，即使有一个儿子，足以定家庭乾坤的重要意义，打下了坚实基础。

唯一的儿子是老段丧事上从天而降，突然来到的。原来，连氏卖嫁婢女的时候，她已有身孕数月之久，到栾家过了几个月，就生了儿子，娶名为栾怀，栾父把他当作自己的儿子一样加以抚养。不料栾父死后，几个兄长在分配遗产时，都不把长大成人的栾怀当作兄弟之数。直到此时此刻，他才知道自己的生父是段富翁，于是以儿子的身份来段家吊孝。连氏听完这身世故事，转忧为喜，无师自通，发表了家庭法律演讲，她对大家说：“我今天也有了儿子！诸位所借去牛马等物，可各自好好地送回来，否则，有官司要打起来了!”侄子们一听，个个脸色难看，逐渐散去。怀就把妻子叫来，一同安排生父的丧事。

继续使连氏接受事实教训的变故又出来了：侄子们不服气，一同商量把怀从家里赶走。怀据理力争说：“栾家不把我当栾氏儿子，段家不把我当段氏儿子，我属于哪里的人呢!”于是，他想到衙门去打官司，用法律来解决自身的归属问题。可亲朋好友极力劝解，闹事的侄子们也怕打官司，一时间法律诉讼之事就搁下来了。然而，事到如今，连氏仿佛法科大学毕业似的，不仅法律知识大长，而且依法办事的信心、决心、法律诉求全一一烂熟于心，她告诉儿子，以讨回牛马等物为诉讼要求，而要达到的目的在于张扬法理，弘扬正气，把多年来的冤屈借机发泄一番。就这样，她对儿子发表了直奔法律主题的谈话："我去打官司，不在为争回牛和马，而是因杂气堆集在胸怀，你的父亲活活气死，我之所以忍气吞声，就是因为没有儿子。今天有了儿子，我怕什么！以前的家事你不了解，就让我一个人上公堂告状。"怀想阻拦她，也不能制止。

官司果然打起来了。县令把闹事哄抢老段财产的侄子们捉来审问，连氏在公堂一侧，发表了法庭演讲，小说没有记录其全部言词，仅用"吐陈泉涌"四个字加以形容。这使我们感觉到，连氏已成长为律师一般的法律人才。县令深受感动，一并处罚所有闹事的侄子，把那些哄抢去的财物，如数追回来了。

连氏言必信，行必果，她实践当初不为追回牛马而打官司的诺言，把所有追回的财物，分配给那些不曾同流合污的段氏门宗之人。这里寓含有新的民事行为的法理，就是把依法讨回的属于自己的财物，无偿赠送给他人，表现出的是民事法律争讼中的谦让之风与慈善之气，是民事案件审理中应当提倡与发扬的优秀品德与精神。这一点，在当今的法制新闻报道与宣传中，是大大被忽略了的东西。因此，本文呼吁高度重视连氏的经验的传播。

连氏活到了七十多岁。去世前夕，她特地把家中女性人物召集起来，对她们发表了平生最后一次关于儿子的专题法律演讲。她说："你们都记住：如果女人到三十岁还未生育，就把金银首饰典当出去，为丈夫纳妾之用。没有儿子的家庭困境，实在难以忍受呀！"

这段话怎么评论，也有法律上的学问。若不明相关法律，其固有的认识价值，就一点也认同不了。《大清律例》"立嫡子违法"条的开头一款，是："凡立嫡子违法者，杖八十。其嫡妻年五十以上无子者，得立庶长子。不立长子者，罪亦同。"

连氏专门召开儿孙辈的女性家庭会议，发表专题讲话，无论她是否知道有这么一条法律，从客观效果上看，她的讲话精神在于落实这法律规定，提出了比法条规定更具体、更可行的措施，就是在女性为人妻三十岁还未生育时，尽快让丈夫纳妾生子。惟其如此，方可以保证到自己五十岁的时候，有已长大成人的“庶子”可立。否则，就将导致犯罪。可见，这番讲话的正面意义，是解决丈夫的继承人或接班人的儿子问题，而从反面意义看，则是预防犯罪，把犯有关罪行的可能性消灭在萌芽状态。这正反两方面的法律认识价值，为《段氏》所绝无仅有，是主人公连氏身上的又一法律闪光点。

当然，连氏讲话到今天早已时过境迁，没有积极意义可取，甚至有封建意识的毒害存在，这是读者可以识别的，不必多讲。

六十三　家庭法律风云：妻与婢

——说《嫦娥》

马瑞芳教授解读《嫦娥》说：

> 聊斋男子可以活得像十九世纪的欧洲皇室贵族一样，经常在自己家里开化装舞会。《嫦娥》里的宗子美娶仙女嫦娥为妻，纳狐女颠当为妾。一妻一妾非但不互相嫉妒，反而整天合伙跟宗子美嬉戏，似乎都生活在“快乐大本营”……宗子美娶了一妻一妾，这一妻一妾变尽法术让他享受美女百态，这是何等惬意的男人幻想！（马瑞芳《马瑞芳趣话聊斋爱情》）

这段话，硬伤太多，抛弃了作品的后半部分，从根本上失去了正解作品的可能性。

颠当是宗子美的妾，在小说中未曾确指，而确指的则是她是嫦娥众多婢女中的一个。“一妻一妾非但不互相嫉妒”是在误解人物身份的基础上又误读故事情节的臆断之词。实际上，这妻与婢之间，一开始就矛盾重重，嫦娥对颠当不满情绪日益增长。嫦娥对宗子美曾这样诅咒颠当：“颠当贱婢！害妾而杀郎君，我不能恕之也!”果然，颠当见了嫦娥后，立即叩头求饶。当嫦娥看见颠当在房中扮演自己，让宗子美抱着喊“嫦娥”的情景时，就用法让颠当立即“心暴痛”，只得“急披衣”进嫦娥房中请罪。尤其是颠当使嫦娥学观音的嬉戏中，嫦娥笑骂着罚她进一步表演“童子拜”，她竟让主子“意荡思淫”，这一下更触怒了嫦娥，斥责她“狐奴当死”！又对宗子美发泄说：“颠当狐性不改，适间几为所愚。”一系列情节表明，小说中的前半部分，根本没有描写一夫拥有一妻一妾的“惬意的男人幻想”，而只有妻婢之间的矛盾和争斗。

论者用这曲解人物身份、人际关系、故事情节而得出错误结论的方式，意在作为一个重要论据，证明所建构的所谓聊斋“双美园”，即一妻一妾共一夫的“爱情百花园”。由于这重要论据不成立，所谓“双美园”就坍塌了一半。

后半部分写的是什么呢？就是承接主子、婢女因为善于在家中作戏表演的线索，继续展示其中的法律内容。前半部分所写妻与婢的矛盾，就是封建家庭内部的法律上的矛盾现象之一。清代法律明文规定，存养奴婢，是富贵之家与官员之家的特权之一，若有庶民之家存养奴婢，主人有罪，奴婢从良。嫦娥富得很，拥有一大帮婢女，因此她的当务之急就是管教婢女人群，维持家庭正常秩序。自从颠当扮演嫦娥事件发生后，嫦娥就告诫丈夫，一定要注意解决这个问题，可他当作耳旁风。这样，就导致家中婢女们“狎戏无节”，大大小小的婢妇“竟相狎戏”。

于是，因为演戏，几乎闹出了人命官司。有一天，两个婢女扶着另一婢女，表演杨贵妃，两扶者骗扮演者学酣睡状态，然后同时松手，让她猛然跌落到地上，结果出现了杨贵妃死于马嵬坡的惨景。嫦娥担心的祸事，终于发生了。死者之父闻讯赶来，又骂又闹，宗子美毫无办法。嫦娥则出面平息事态，她的对策是既讲法律，又讲人情。她说：“主人就算虐待婢女而出了人命大事，法律也规定不负赔偿责任。再说，偶然昏过去的人，怎么知道不能醒过来呢?”果然，那婢女很快就清醒了。嫦娥乘机教训那位父亲：“把不讲理的贼奴捆了送官府!”这是法律手段，即将运作，因跪求免罪而作罢。但鉴于事态的严重性，嫦娥开除了这个婢女，并办了有关签字画押的民事法律手续。

这是嫦娥整顿家庭秩序的第一步。

第二步，就是把家中所有婢女婢妇召集到一起，“数责遍扑”，即多次责备，每一次都把婢女们打一顿，进行严厉的家法私刑的处罚。这样做，正是法律赋予主人的权利。有法律公然为主子的处罚奴婢壮胆，规定即使失手打死了奴婢，也不负法律责任。

第三步，对于颠当这个出头鸟，采取单独的更严厉的管教措施。颠当哭着下跪求饶，嫦娥并不姑息迁就，而是“掐其耳，逾刻释手”。这是单单适用于颠当的特效处罚方式，小说写得神秘莫测，未曾露出之所以然的玄机何在。只见奇效顿出：颠当好像做梦醒来一样，变成了另一个不再狎戏的颠当。

经过这三大步骤的整顿，嫦娥期待中的家庭妻尊婢卑、上下严肃、平安无事的局面迅速出现，再也没有谁敢于出面大呼小叫的了。用小说的原文来讲，就是“由此闺阁肃清，无敢哗者”。

家中法律秩序走上正轨之后，带来的是宗子美夫妇好合，子女双全的美满结局。

若要问嫦娥作为家庭主妇，对于婢妇的管教的问题为什么比她丈夫宗子美还要操心的原因，就在于事实的教训，人生经历的启迪。以上所谈，着重在事实的教训方面，这是小说的重点。关于人生经历的启迪，小说也有所交待。嫦娥原本是月宫中的仙女，因为犯了天条，被处罚到人间来受世俗之苦。当受罚期限满了之后，就曾像演戏一样，假扮强盗劫持，离开了宗子美。这种劳改释放似的人生遭遇，产生于天上人间均受法律约束的环境，嫦娥感同身受，终生难忘，故她与宗子美结为夫妻，建立了自己的家庭后，面对婢女成群而狎戏成风的乱哄哄环境，她自然感到格格不入。一旦事态朝她预料的方向恶性发展，有严重事件发生，她就当机立断采取了整顿措施。从这一方面看，嫦娥作为妻子，主动承担家长管教婢女的任务，有着避免婢女们重蹈自己违法犯罪而受处罚的覆辙的意义。

尤其值得高度注意的一个地方，是嫦娥对于家庭法律秩序的整顿，在认识上没有停留在就事论事的实践层面的表皮，而上升到哲理的高度，形成了有普适意义的深刻看法。就在决定对颠当进行个别的更有针对性的处罚、改造措施的时候，嫦娥对丈夫的一段开导式的谈话里，有这样的哲理妙语：

凡哀者属阴，乐得属阳；阳极阴生，此循环之定数。

阴、阳，是中国古代哲学上的一对范畴，泛指人世和宇宙的一切可以互相转化的两两相对的矛盾现象。当运用这对范畴来观察和思考具体问题的场合，就标志着当事人的理性认识已在一定程度上突破了现象的外壳，深入到事物的本质、规律方面去了。嫦娥这里的哀乐循环论，即是如此。她所说的哀，专指婢女们嬉戏玩乐所带来的不幸事变，这是悲哀之事。她所说的乐，也专指婢女扮演文艺节目之际所带给大家的一时兴高采烈的精神愉悦，这是快乐之事。然而，乐极生悲的变化规律不可忘记和违背。婢女演杨贵妃差点出人命事故，就是一个有力事例。在这种带哲理性的认识支配下的法律秩序整顿活动，自然就理应彻底、有效得多。

不用说，像《嫦娥》这样关注封建家庭内部的妻婢关系法律化，以维护存养奴婢法定特权的作品，在中国文学史上不多见。

六十四　出妻

——说《阿霞》

在聊斋世界，出妻之事时有发生，但以出妻为主题的作品，却仅见《阿霞》这一篇。解读此篇的法律内容，需要要释三个关联的问题：一是出妻是怎么一回事，是不是今天所说的离婚呢？二是出妻有哪些法定的条件？三是小说所写合乎法律规定吗，对主人公景生的出妻行为持何种态度？小说对这三个问题均有所反思与回答。

出妻，是个法律术语，《大清律例》中有关于“出妻”的专门法条。小说就使用了这一规范的法律术语。很有意思，让人们想不到的是，蒲松龄笔下经常出现“离婚”二字，用以指称“出妻”这件事。例如《吕无病》中有云“乃立离婚书”，《陈锡九》中有“逼索离婚书”，《仇大娘》的说法是“离婚字”，《乐仲》也有“离婚书”的提法。这里的许多“离婚”概念出现，表明当时的这法律概念跟当今完全相同，至于“离婚书”指的是有关法律证件，相当于现在的离婚证。这些法律文化现象除了在聊斋世界频繁出现之外，在别的中国古代文学作品中还不曾见到。除了在解除夫妻关系上古代出妻与当今离婚有一致之处外，二者的区别是不容混淆的。出妻是丈夫主动提出让妻子回娘家，而现代的离婚夫妻双方地位平等，都有主动提出的权利，是婚姻自由的表现之一。这是二者的根本不同点。以上提到的一系列作品中，无不是由丈夫提出的出妻动议。有关法律手续也由丈夫一手操办，并非由官方颁发证书，这一点也是二者的一大区别。

在《阿霞》中，景生下定决心出妻，一见她来到面前，就骂她。妻不堪这种辱骂，流泪寻思只有死路一条。景生就说：“死恐怕会有麻烦，请早回家去为好。”于是，催促她尽快动身。妻子委屈极了，哭着诉说道：“我跟着你十年，从未有过不道德的行为，为什么绝情到这种地步！”景生根本听不进去，更加急迫催她启程。妻子只得回了娘家。她日后几次托人说情，希望复婚，均遭到拒绝。最后，妻不得不改嫁给夏侯氏。这出妻的全过程表明，景生是主动者，被出之妻只能接受既定事实，可见是不平等的婚姻制度的又一突出表现。

以上说的是第一个问题。第二个问题，是出妻的条件，法律有明文规定。《大清律例》的“出妻”条指出：

> 凡妻无应出及义绝之状，而出之者，杖八十。虽犯七出，有三不去，而出之者，减二等。追还完聚。

这些规定，为我们衡量景生的出妻行为，提供了客观准绳。“七出”即出妻的七个标准：无子、淫逸、不事姑舅、多言、盗窃、妒忌、恶疾。“三不去”，指的是妻子拒绝被出时可以找到的三大理由：与更三年丧、前贫贱后富贵、有所娶无所归。不按这三大理由和七大标准的出妻，就属于该“杖八十”或“减二等”处罚的犯罪行为。

再看小说所写景生出妻的第三个问题，因有前两个问题的说明，就格外心明眼亮了。首先，从景生出妻的缘由来看，不是因为妻子犯了“七出”中的任何一条，而是景生本人认识了齐阿霞这个私奔而来的女子，并当夜就与之“苟合”，即犯了通奸罪，害怕妻子出于妒忌而破坏了这非法性关系。由此可见，景生的出妻属于罪上加罪，就是在犯通奸罪的诱因之下，又没有合法标准而擅自出妻，犯有新罪行。

其次，也是更重要的一点，小说对景生出妻行为，始终采取了抨击态度。跟齐阿霞苟合几天过后，景生与她开始谈婚论嫁，打算把非法性关系变成合法婚姻关系。这第三者插足的出妻，本身就是违法犯罪的性质，作品强调景生为此逼妻接受出妻的动议，催促她尽快回娘家，已显露出抨击倾向的苗头。而加大抨击力度的关键情节，是一年多后，景生与齐阿霞重逢时，受到她的严厉谴责。相逢之初，齐氏坦言自己已嫁给郑公子做了继室夫人。景生以此为由，大叫大喊地质问道：“霞大娘！你为什么忘记了我俩的婚约?”阿霞顿时反唇相讥：“你这个负心人，有脸来跟我见面?”景生狡辩道：“我只辜负了别人，并没有辜负你。”这时，阿霞怒不可遏，义正词严地大打反击战。她说：“你辜负夫人超过了辜负我！结发夫妻尚且被出，何况别的女人呢？从前只是因为你家祖先有德，榜上有名，我才委身于你。如今，因为抛弃妻子的缘故，冥冥之中已罚你官阶和俸禄，今年乡举第二名是王昌，就是他顶替了你的名次。我已经是郑君的人，不需要你再念到我了。”景生洗耳恭听，哑口无言，抬头一看，女方不见影子。

这一重逢场景，对景生的罪行大曝光，既有道德的谴责，又有法律的惩治，只不过这法律处罚不见于五刑罢了。考试落榜，当官和加工资受到影响之类的不顺心意的坏事，在齐阿霞心目中就是相当于法律处罚的东西。昔日的犯奸同案犯，如今成了攻击景生违法犯罪过错的正义力量。事态与人情的这种发展和逆转趋势，如同大浪淘沙，强有力地涤荡着在犯罪道路上一意孤行而不知悔改的景生们，读来大快人心。

阿霞不仅仅是景生出妻违法犯罪的知情人、批判者，更是景生日益沉沦的救助者。小说结尾，就是一方沉沦而巧遇另一方的救助的生动写照。由于景生负心汉的名声远播，到四十岁还没有找到配偶，家境一天天衰败，竟发展到趁人用餐之时到亲友家混饭吃的地步。一天偶然到同考过的郑氏家中作客，不料阿霞所嫁的郑君，就是这位同考者。为了救助她感到可怜的景生，她对丈夫坦言相告：“没有嫁给你的时候，我曾到他家避难，也深得其养活之恩。他的行为虽低贱，但祖德未断；再说你是他的老朋友，也应有救助穷困故人的道义。”丈夫老郑赞同这种说法，留景生住了几天。夜间，有婢女拿二十余金赠送给景生。而阿霞在窗外说：“这是我的私房钱，算是酬谢往日待我的好处，可拿去寻觅一个好配偶。幸亏你祖先积德深厚，还足以惠及子孙。不要再失检点，以保后半辈子不出差错。”品味这一番厚重馈赠与感言，我仿佛感到阿霞很有点像当今那些优秀管教干警，对有过犯罪记录的劳改劳教人员的开导，总是动之以情，晓之以理，同时还在日常生活上无微不至地关照。景生没有不接受规劝的道理。

景生的结局，不无讽刺意味。在接受阿霞的重金馈赠后，他好不容易娶了一个富户的婢女，她很丑，又很凶，跟当年出妻而企图娶回的阿霞有天壤之别。不过养的儿子很争气，两次应考而榜上有名。

本文开头所列举的一系列作品中的出妻现象，都是在复杂的故事情节中呈片断状态出现，而此篇的出妻不仅构成了小说的主体与主题，还有出妻过程终结之后的跟踪情节出现，这就是新一轮的娶妻故事。在法学界，以案说法的运作上，不可能出现这种画蛇添足的现象。而在涉法文学创作上，出妻后的娶妻是少不了的呼应手段。有了这种呼应，对于突出作品的法理寓意和倾向性，可收到良好效果。景生出妻的初衷是企图再娶美妻，到头来却是丑妻进门，又凶悍无比，这就含有俗话所说“想好得不到好”、“鸡飞蛋打”的讽喻意义。

六十五　婚姻的生理基础

——说《巧娘》

明代汤显祖的名剧《牡丹亭》中的石道姑因婚姻破裂而出家，就是因为女性生理缺陷而造成的人生悲剧。《巧娘》是继《牡丹亭》之后深入而专门探索这婚姻的生理基础的杰作，同样遭到纯文学家的误读误解。请看下面一段话：

> 巧娘：聊斋最曲折的人鬼恋故事之一。傅廉外出游历时替人捎信，巧遇女鬼巧娘，巧娘想跟他偕鱼水之欢，以补生前遇阉人（性器官不发育）的不足，不料傅廉也是天阉。狐仙华姑用奇药治好傅的天阉，悄悄将女儿三娘嫁给傅廉。获得男性功能的傅廉又和巧娘暗度陈仓……一人间男子从“天阉”始，以“伟男”终，跟一鬼一狐演出曲折离奇的三角恋故事。《巧娘》并无多少“思想性”可言，但作者巧弄笔墨，文笔抑扬顿挫，引人入胜。（马瑞芳《谈狐说鬼第一书》）

这段话前半部分复述故事时，将男性“天阉”的生理缺陷同法定婚姻之间的基础性的生动故事情节全部置于不顾，又在人鬼狐这无关紧要的文学包装物上下功夫，于是导致最后的结论是《巧娘》无“思想性”可言，只有所谓“巧弄笔墨”的艺术性。

小说自身，却是同论者所说完全相反：人狐鬼的聊斋通用包装物可以忽视不计，艺术性表现也并非论者的话可以涵盖，而是为表现作品固有的法律思想内容服务的东西，应当另行归纳、表述。

傅廉出身于官员之家，很聪明，仅仅因为男性生殖器天生发育不全，到十七岁的青春期才蚕豆大小。远近的人们都知道这件事，于是没有哪一家肯把女儿嫁给他。这就是说，尽管傅廉的父母跟天下所有父母一样具有法律赋予的为儿女主婚的权利，傅廉本人也跟天下所有男子一样拥有法律规定的结婚权利，但天阉的生理基础不存在，婚姻和法律规定一道都如空中楼阁无从建造。小说一开头，就将全篇主旨空间做了准确定位。

后来，傅廉替华氏女捎信到琼州，无意间与巧娘相识。两人不谈什么爱情，进屋就上了床，以度寄宿之夜。巧娘这时大胆、主动地用手试探傅廉阴茎，大失所望，悄悄出了被子，继而痛哭。傅廉听见哭声，羞愧万分，恨天公让自己有男性大缺陷。这个细节，是对已定位的全篇主旨的第一次开掘，且留下若干悬念：为什么巧娘对刚刚见面的陌生男人如此大胆、主动发起男欢女爱上的进攻？她是个淫妇吗？她的伤心泪水作何理解？当婢女应呼而来时，巧娘自叹命苦，又是一个悬念：傅廉的天阉同巧娘的命运有什么瓜葛？

正当此一男一女夜间折腾生悲之际，华姑推门进来。在她询问之下，巧娘才将上述相关的几个悬念作了高度抽象的解释。她说："我可怜自己生前碰到天阉的男人，死后又碰到了天阉的男人，因此很悲伤。"华姑对这话的未尽之意，自然很了解，故听说后只是指责傅廉，因为她担心是这青年男子玩花招行骗。她对傅廉说："狡猾的人儿，本来是雄性而故意装成雌性吗？既然是我的客人，就不要再这样混杂下去了。"华姑对傅廉有极大误解，因而对巧娘的悲伤的认同就不能不大打折扣。

小说就这样巧妙导引着开掘主题的方向。接下来的掘进，就沿着华姑的误解消失的症结之所在大动刀斧。她把傅廉叫到东厢房，像一位男性性专科门诊大夫一样，坦然伸手到他的裤裆里探摸，然后恍然大悟，笑着说："难怪巧娘痛哭流涕。然而，所幸还有根蒂，这就有了发挥作用的希望了。"果然，华姑这家庭医生找出了特效黑丸药，一夜间就治愈了傅廉的男性病。

傅廉变成了伟男，只是病愈，并不等于有了性功能和生育效果。小说按这思路掘进，让老谋深算而心地善良，诚恳、开通且富有牺牲精神的华姑指使自己的女儿同傅廉结合。尤其可贵的是，华姑不仅不向女儿交实底，而且还有所善意地欺骗。她对女儿说："这个人虽外表是丈夫，实际上是女人，怕什么？"从而一举消除了未婚女子跟男人同宿的羞怯。另一方面，华姑又对傅廉说出一番有两手准备的话："你在暗中当我的女婿，而在公开场合则是儿子，这就好了。"之所以如此用尽心思，说到底是华姑不知傅廉是否能发挥伟男的实际作用。

实践使华姑的担心不复存在。更重要的一点，是巧娘的不幸婚史由三娘之口讲了出来。这是小说深化主题的重要一笔。在回答傅廉的疑问时，三娘这为之献出了少女贞操的女子坦言相告："巧娘才貌均无人匹敌，然而命运不好。她嫁给毛家小子，因生病而成了阉人，十八岁的青春年华，却不能做男人该做的事。因此，她一直心情忧郁不畅快，心境暗如黑夜。"至此，上述一系列悬念已被巧娘的不幸婚史所冰释，表明她的婚姻失败的根由，就在婚前不知毛公子未曾具备结婚的生理条件，如今她碰到一个可心的青年男子意在弥补人生的缺憾，却不料又碰到一个阉人！

在得到一个跟巧娘单独相处的机会之时，傅廉主动出击，有意用刚获得的伟丈夫生理机能来满足巧娘的需求，不知真相的她就开起玩笑来了："可惜你那东西不存在。”话未说完，又动起手来，眼前的崭新事变让她大吃一惊。开过玩笑，这一男一女又有了婚外性关系。

两异姓姐妹同事一男的婚外性关系，依法为犯奸罪行，可在《巧娘》中，是作为合法婚姻的必备生理基础来对待的。正是出于这基础从无到有的可喜变化，华姑作为家长就主动以主婚人自居，公开提出让傅廉回家告诉父母，尽早订婚。

儿子归来，果然对父母谈起婚约之事。但父母不相信，因为他们不知儿子病愈而成为伟男的变故。当儿子同婢女无忌惮地行房事的现象连续出现后，父母欢欣若狂，逢人就宣讲这世人讳莫如深的隐秘之事，这无非是为了向大家宣告：我儿子可以依法结婚了。由于儿子坚决要娶巧娘和三娘，父母的主婚意向只好以服从儿了的意愿为归属。男方家长的这种主婚，已在向自由婚姻的大方向前进。这革命性的婚姻观念的变化动力从何而来？仍然是一个天阉的儿子在女方家中得到根治，大见功效，从而完完全全有了建构婚姻城堡的生理基础的原因。说到大见功效，巧娘因那次与傅廉房事成功而怀孕，如今儿子已诞生三个月。到十四岁时，这孩子长得跟他父亲傅廉绝对相似。小说的题旨，在“儿长，绝肖父”的最后叙事五个字中得到无以复加的深化，大有画龙点睛之妙。

巴尔扎克的《人间喜剧》小说系列中，有一部名为《婚姻生理学》。要归纳《巧娘》的思想意义，我以为可以这样说：此篇小说和它的前辈石道姑的故事，共同建构了中国古代文学的法律视角之下的《婚姻生理学》。

六十六　家庭法律风云：假夫妻

——说《乐仲》

《乐仲》的思想内容，有着同上文所谈的《巧娘》尖锐对立之处，就是它把《巧娘》所极力显示的婚姻的生理基础方面，置于完全不发挥作用的状态，从而开辟了观察、思考法律与婚姻的新路径，其认识成果富有法律哲学的深度。

假夫妻，是解读此篇的关键词。假在何处？就在乐仲与琼华共同生活了二十年，却从未没有夫妻间的性生活。这是外人不知的家庭秘密，而在当事人双方都公开表示了对自己的假夫妻关系的认定。首先认定假夫妻关系的是琼华。乐仲从西安云游至福建，结识名妓琼华，后两人同行到南海，一路上寝食与共，却从未有过肌肤之亲。途中，琼华被强人招走，乐仲独行与失散的九岁儿子阿辛相逢。父子俩回到家乡过了两年穷日子，琼华突然从天而降一般，出现在眼前，乐仲惊问“何来”，琼华说：“已经做了假夫妻，何必问呢？从前分手，是有老母在世，现在她死了，为了跟你在一起，就不远千里来到了这里。”许多年过去了，乐仲也曾预言，总有一天会“二十年假夫妻分手矣”。

这对假夫妻，谁也没有弄虚作假的言行，小说也根本无意于写假夫妻的互相欺骗，相反他们都真诚相待，共同打造了一个和美、富有的家庭。假中见真，从没有性生活的特殊角度思考夫妻关系，揭示婚姻的深层真谛，就是此作的主题思想之所在。

他们之所以要甘心情愿当假夫妻，是因为男女双方各有洁身自好的追求。乐仲是遗腹子，不知父亲是什么模样。母亲信佛，素食。母亲重病垂危之际，忽然想吃肉，乐仲一时买不到，就割自己左腿之肉给她吃。母亲死后，乐仲悲痛万分，就又割伤右腿，连骨头都露出来了。这种孤苦且宗教气氛浓郁的家庭环境，使乐仲养成了清教徒一样的品性。二十岁娶顾氏女为妻，仅仅三天就把她休回了娘家。他对外界解释这样古怪行为的理由是：“男女同居一室，是天下最污秽到极点的事情，我实在不乐意去做！”顾妻被休后，其父屡次要求他复婚，都被拒绝，只得改嫁。当光棍二十年的乐仲，把家里弄得一贫如洗。这之后，才外出结识了琼华。这就证明，乐仲的特殊人生信念与追求，是他作为假夫妻的丈夫一方的原因。

琼华原是散花仙女，偶念凡尘，被贬到人间共三十年，其中做假夫妻达二十年之久。她在人间的追求是：既要跟随一个男人，同时又要“自洁”，就是找一个男人，自己做他名义上的妻子。乐仲以夫妻生活为污秽之事的信念，正好符合琼华的要求。

男女双方既然都认同对方的无性生活的婚姻模式，那么他们的假夫妻背后的人生追求之真，就显得格外可信，没有丝毫水分。世上的真夫妻之间，尔虞我诈，同床异梦，当不在少数，与之相比，这里的真假之辩，该是多么发人深思！

毫无性生活的夫妻能美满共同生活二十年之久，以彼此的感情而论，属于纯粹的柏拉图式的精神之恋。《乐仲》对于假夫妻背后的精神之恋的欣赏与赞美，是假中见真的另一重要方面。作品要极力表现的一层意思，就是假夫妻的纯粹精神上的爱，比带有性爱因素的爱情，更难能可贵。有这么一个传奇色彩极浓的细节，专为彰显假夫妻的真爱情而精心设计：乐仲曾预言，自己左右腿上的伤痕所化的两朵荷花，一旦开放，就是夫妻分手的信号。有一天，当儿子与儿媳来见父亲时，都看到了乐仲双腿上荷花开放，果然他顿时气绝。这时，琼华祝告说："我千里跟从你，大大不容易。为你教育儿子，训导媳妇，也有小小功劳。现在还差两三年，为什么不稍稍等我一下呢？"乐仲在一席祝告词中复活。三年过去了，夫妻二人不约而同地一起去世了。神话般的一个细节，诠释的正是真夫妻们总是口头宣称，而事实上难得做到的"白头偕老"的美好婚姻信念。这假中之真，谁曾见过？《乐仲》弥补了人们见闻的缺憾，叫我们大开眼界，见到了名副其实的夫妻白头偕老的结局。

精神的东西是可以转化为物质的存在的。假夫妻背后的真，一定要在共同的家庭的实际生活领域具体表现出来。小说描述出来的图景，正是在这里大放光芒的。概括起来，有这样三个方面。首先是琼华奉献出自己的历年积蓄，赎回乐种以往变卖出去的田产，又购买了奴婢以及牛马，顿时把乐仲败坏了的穷家变成了富户。

其次，从琼华进入乐仲家里的第一天开始，父子俩就对琼华特别尊重。父子俩同寝一室，另外安顿一室让琼华居住。儿子把琼华认作母亲，琼华也把他当作亲儿子抚养。阿辛长大成人后，及时给他办好婚事。新妇一进门，琼华就把家务交给她管理，夫妻又搬到另外的地方居住。子妇每三天必来看望父母一次。真夫妻的家庭生活的安排、处理与效果，也不过如此。

再次，夫妻患难与共，在危急关头挺身而出，为对方排忧解难，在琼华身上得到了生动体现。就在夫妻二人同时去世后，乐氏家族中人犯红眼病，图谋瓜分乐仲的家产，就策划了共同驱逐儿子阿辛的诡计。阿辛是乐仲娶顾女为妻三天而怀孕，改嫁到雍氏之家后生下来的，虽他们父子相认已十几年，并在乐家已娶妻，但乐氏家族仍然要在这里做文章。他们的手段，是到官府告状，一时间是非莫辨，初步判决意见是把田产的一半拿出来分给乐氏族中的人们。阿辛不服，上诉到郡府，又久拖未决。

与此同时，顾家与雍家也打起官司来了。顾女改嫁给雍氏一年多，丈夫外出到福建定居，音讯断绝。顾父年老无子，想念女儿，到雍家才发现女儿死了，外甥被赶走，于是就告到了官府。雍家想私了官司，顾父加以拒绝，非得到外甥不可。

正当两件案子争讼不结之际，琼华以神奇的方式出现，对顾老汉说："你的外甥，就是我的儿子，现住在乐家，你就不要再打官司了。外甥眼下有难，你应当尽快到他那里去。"顾父赶到西安，正逢官司打得沸沸扬扬。他自己到官方陈词，诉说自女儿被休回娘家、改嫁雍氏以及生儿子的年月，一切情由，都详细诉说完毕。结果是无理取闹的乐氏家族之人被杖责后赶出衙门，案子就这样了结。

就这样，琼华及时指点迷津，一举把两起争讼不已的案子都推向了结案的终止点，从而既为乐氏丈夫的后代继续造福，又为官方解决了难题，还帮助了顾父寻甥之事。这是作为真夫妻的妻子一方很难做到的皆大欢喜的排忧解难好事，而在假夫妻的妻子琼华手里，做得完善无比。

上述三方面的具体事实，正是乐仲与琼华这对只有纯粹精神之爱的假夫妻的真精神转化而来的物质存在。婚姻上的假中见真、精神转化为物质的法律上的辩证法，在这些物质性的存在上，有目共睹，可以耳闻目见，更可以心领神会。

这里的假夫妇之假，特指没有性生活，假夫妻而有真爱情；纯粹的精神之爱，可以转化为家庭建设中的强大物质力量：这就是《乐仲》对法律与婚姻的哲理思考。

不应否认，乐仲和琼华是一对清教徒式的男女，作品通过对这特定的假夫妻的无性生活的婚姻做法律哲学思考的成果的普遍认识意义，不是要夫妻们学做清教徒，而是有利于把凡夫俗女的正常婚姻的爱情指数加以提升，使合法婚姻带来的家庭生活更加和谐、美好。本篇的“异史氏曰”，正是着眼于乐仲与琼华的清教徒的无性婚姻现象，启发世人用以衡量、提升凡人的合法婚姻质量，其良苦用心一目了然。

六十七　家庭法律风云：有妻更娶妻

——说《武孝廉》

此文标题中的“有妻更娶妻”，是出自《大清律例》的规范法律名词，指的是已经有了妻子又娶妻子的现象。用今天的法律来讲，这叫犯重婚罪，可清代没有这种罪名。有人会说：封建时代实行一夫一妻多妾制，有妻更娶妻不是犯罪行为。其实不然。在“有妻更娶妻”的专门法条中的规定是：“若有妻更娶妻者，亦杖九十，离异。”（《大清律例》）

这就是说，有妻再娶妻是犯罪行为，受“杖九十”的处罚之后，后娶之妻还得离婚。之所以如此，是因为一夫一妻多妾制的表现形式，正妻只能有一个，其余的都以妾视之论之，并且妻尊妾卑的法律地位不可改变。《武孝廉》就再现了“有妻更娶妻”的现象发生的背景、经过和结果，其法律寓意并非在简单图解上述法条，而是意在思考这一法条在现实生活中没有得到落实的教训。

武孝廉石某，带着钱财到京师去跑官，不料中途暴病，奴仆夺取钱财逃走了，他身无分文，连饭都吃不上。一位中年女子驾船夜泊，闻讯自愿搭救石某，不仅治好了他的病，而且在一个多月的相处中产生了爱情，提出了婚事要求，得到了石的认同。石丧偶一年多，与大他十岁的船妇结为夫妻。她拿出自己的存款，帮助丈夫进京去继续跑官。

石某进京后攀附权贵，当上了省城的守门官员。此时的石某想的是船妇之妻年岁太大，不是理想的配偶，于是用百金作聘礼，娶了王氏女作继室夫人。显而易见，这就是法定的“有妻更娶妻”的犯罪行为。然而，此罪行出现后，“杖九十”且“离异”的两种法律规定一样也没有落实。小说要告诉读者的法理，就在为什么法律被架空以及怎样被架空的要害问题之中。

石某犯法后很害怕，就采取了封锁消息的对策，意在逃避法律的追究。他的船妇之妻住在德州，在走马上任要经过德州时，就有意绕道而行。上任一年多，又不通任何信息。

消息走漏之后，石某的第二个对策是回避船妇之妻。石某的一个表兄弟，偶然去德州，恰巧是妻子的邻居。她向他打听丈夫的情况，得知又娶新人就大骂丈夫，并写信托表兄弟带给石，石收阅信后还是置之不理。一年多过去了，她进小城找石，住在旅馆，托官方跟石联系，石还是拒绝见面。

石某厚着脸皮乞求两个妻子相安无事，私下了结此案。重婚案发的契机很有趣：有一天，石某正参加一个酒宴，听到外面有叫骂声，再一细听，德州来的妻子已进门站到了面前。石某大吃一惊，面色如土。妻子当即骂道："薄情郎！怎么高兴得起来呢？想想你的富与贵从何而来？我和你情分不薄，想给你买婢妾，你却在害我，为什么？"石某哑口无言，过了很久，就跪在地上求饶。石某又回家跟王氏妻商量，叫她以妹妹的姿态见德州来妻。王氏不愿意，石某哀求再三，终于以姐妹之礼相见。当王氏得知有妻更娶妻的犯罪事实后，也恨之入骨，于是两个妻子联合进攻，大骂石某不是个东西。石某无法，只得又苦苦哀求，这才一夫二妻同居于一家，相安无事。

犯罪的石某，就用这三大对策，把罪案先是掩盖，不让它外露，后是案发了就私下求饶解决，终于逃过了法律的惩处。如此一来，这个一夫二妻的家庭就依然处于非法地位，只是有关法律不能落实罢了。

为什么两个妻子对犯罪的丈夫虽然大为不满，但还是忍气吞声，不上公堂去控告呢？回答是法律不允许妻子告丈夫。有法条名为"干名犯义"，开门见山指出："凡子孙告祖父母、父母，妻妾告夫及告夫之祖父母、父母者，杖一百，徒三年。"（大清律例）

一旦告状，妻子的罪行就比丈夫有妻更娶妻的罪行还严重得多。两个妻子自然不会去干自讨苦吃的傻事。由此看来，重婚娶两个妻子的石某终于逍遥法外的又一个原因，是古代立法本身有空子可钻。如果最知情、又受害的妻子可以状告犯罪的丈夫，那么有关的案子就能迅速审判。

小说所写石某犯罪后的三大对策，如何评价，有讨论的必要。须知，不少歹徒既留心从涉法文学作品中学习犯罪手段，又注意从中借鉴逃避法律追究的经验。最近的一个事例是，一个杀人犯作案后逃到外地谋生达十年之久，归案后告诉警方：他研究了两千多种警匪片，从其中学到了不少规避警方追捕的经验。这个例子告诉我们，误读误解涉法文学作品的结果，不仅仅是糟蹋了作家作品，而且足以误导读者，诱发犯罪与犯罪后规避法律的严重后果。而纯文学家的确有人鼓吹复仇杀人和如此作案后不受法律追究之类，这是不可忽视的事情。

石某的一系列对策的出笼与运作，并非什么光荣业绩的推销，而是丑恶行径的暴露，道德谴责的倾向是很鲜明的。像面色如土、下跪求饶、口蜜腹箭之类的形象描绘画面，让人看到的是一个厚颜无耻之徒的可恶脸孔。谁要甘心以他为师，除了同流合污，没有别的解释。

尤其要注意的是，石某私了自己的罪案，过一夫二妻的家庭生活之后，并未改邪归正，而是在犯罪的绝路上继续堕落，终于不得好死。这样的结局，极力挖掘的依然是石某犯罪的道德沦丧的主观原因。受害的德州来妻，以德报怨，既不与王氏妻在丈夫面前争宠、吃醋，又善待家中奴婢，还帮助丈夫破了一起官印失落的案子，跟后妻王氏相处确如当初相认的姐妹一般。如此善良、宽容、大度的妻子，竟为石某所不容，从而犯杀人未遂的罪行。

这杀人未遂的细节，在法理内涵上与描写艺术上均有可议之处，不可放过。小说写道：

> 一夕，石以赴臬司未归，妇与王饮，不觉过醉，就卧席间，化而为狐。王怜之，覆以锦褥。未几，石入，王告以异。石欲杀之。王曰："即狐，何负于君?"石不听，急觅佩刀。而妇已醒，骂曰："虺蝮之行，而豺狼之心，必不可以久居！曩所啖药，乞赐还也！"即唾石面。石觉森寒如浇冰水，喉中习习作痒；呕出，则丸药如故。妇拾之，忿然径出，追之已杳。石中夜旧症复作，血嗽不止，半载而卒。

妻子酒后偶然"化而为狐"，是石某杀她的唯一借口。在聊斋世界里，狐、鬼、神、怪之类不过是文学形象的包装物，是拓展法理空间的老手段。谁要看不到这一点，尽在解释它们的现象上下功夫，一定吃力不讨好。这里化狐即是一个例子。石某就跟纯文学家一样，偏偏要在这里做文章，找出杀人的理由，其实完全站不住脚。王氏的反驳，就聪明、有力："就算是狐狸，有什么对不起你的地方呢?"凶残的石某不听劝告，急忙找刀杀人。幸亏妻子及时醒来，就一顿臭骂地加以还击。在我看来，船妇妻的醉酒而醒，有双关意味，表面上是酒醒，骨子里是对石某的为人认识上的觉醒，顿时悟出这是一个不可救药的歹徒。

石某旧病复发而死的结局，就是沿着妻子对他的盖棺论定式的理性认识方向来设计的。在严厉的道德谴责之下，有重婚旧案底再加杀人未遂的石某，既然很难绳之以法，那么只好让他在怪诞的方式下自取灭亡。那当年救命的特效药，被吞服多年后，竟原封不动又吐了出来，这是怪异之事。不堪改造的石某死路一条，是其正义道德谴责下的必由之路，则平平凡凡，没有丝毫怪异之处。这又怪又不怪的最终结局，虽与法律审判脱钩，但跟法律上对石某的正义审判的方向完全一致，应当理解为刑法落空条件下的民心所向。

六十八　法律与美学：美

——说《晚霞》

以上十几篇文章所谈，都是家庭内部的法律文化现象。从本文开始，我们放眼观察的是全社会的许多有突出法理内容的法律文化现象。法律与美学便是走出家家户户，来到大千世界的第一个大话题。

文学中的法律描写及其法理寓意，区别于法学研究的地方很多，前者具有审美特征，后者是纯粹的理论表述，应是一个大区别。法律与美学的话题，就取决于这种审美特征。我们将用三篇作品，依次讨论法律与美、法律与悲剧、法律与幽默这三个具体问题。

先用《晚霞》来谈法律与美。小说的基本故事情节，是美少男阿端与美少女晚霞相识相爱于龙宫，终于有机会幽会，发生了婚外性关系，而双双返回人间，晚霞生下一个男孩。文学家凡谈论此篇，无不赞叹人物美、环境美、幽会场景美。下面一段话，从清代聊斋评论者冯镇峦到当代的文学家，无不全文引用，作为论证美的依据。这段话是：

> 见莲花数十亩，皆生平地上；叶大如席，花大如盖，落瓣堆梗下盈尺。童引入其中，曰："姑坐此。"遂去。少时，一美人拨莲花而入，则晚霞也。相见惊喜，各道相思，略述生平。遂以石压荷盖令侧，雅可幛蔽；又匀铺莲瓣而藉之，忻与狎寝。

有一位文学教授对此评论说，"作者写花是为了写爱情之美"，然后表达了这样的意见：

> 美的人，美的情感，美的环境，美的氛围，直将男女爱情渲染得达到一种美的极致。（傅光明《评聊斋志异说儒林外史》）

聊斋研究的权威专家马瑞芳更是写有专题文章讲《晚霞》的"美轮美奂"，不仅引用了上述原文，而且做了这样综观作品全局的"美"的结论：

> 《晚霞》有气韵生动的民间杂技风俗画之美，有精妙绝伦的龙宫歌舞之美，有幽静美妙的莲池爱巢少男少女爱情美，有静态美，有动态美，有动静结合的美，……从里美到外，从头美到尾，流光溢彩，美轮美奂。（马瑞芳《马瑞芳趣话聊斋爱情》）

这两位学者的意见是不错的，但有就美论美的不足之处，未能揭示出作品中固有的法律与美的内在联系。于是，如此空洞无物的美，使人感觉到有不食人间烟火的虚幻。实际上，小说自身所写之美，与法律不可分割，是客观现实生活的美经过法律棱镜折射的投影，可寻觅出清晰的根源。我们可以从三个方面去考察法律与美的相关之处。

第一，从蒋阿端与晚霞先后生命夭折，由人间来到龙宫的经历与见闻来看，人间丑恶、凶险取决于法律秩序松弛，龙宫美丽、祥和取决于法律秩序森严，二者的截然对立，人所共知。吴越一带的成人斗龙舟游戏，竟然拿几岁孩童作牺牲品，该是何等丑恶之事。那在龙舟赛上玩命的男女孩童，都是金钱利诱父母买来的，预先告知：万一出了人命，不得反悔。就这样，镇江蒋氏儿童阿端从七岁一直玩命到十六岁，终于堕水而死。晚霞则更不幸，才十四五岁就成了吴江的名妓，可见孩童时代就已误入风尘，她溺水而死是什么原因无人过问，死不见尸也无人关心。人间就这样丑到了极点，法律不能遏制社会邪恶势力，自然是重要的决定因素之一。

再看龙宫，一切美得让文学家叹为观止，笔者再饶舌如何美已属多余。现在要进而说明的是为什么美得无以复加呢？回答是：法律秩序严谨起了决定作用。单讲在文艺演出的人员编制上，就井然有序，这是行政管理法完善和实施效果好的必然。在龙窝君的亲临视察下，众演员按夜叉部、乳莺部、柳条部、蛱蝶部集合，再依次登台表演，一切既美不胜收，又都进退整齐。

龙宫的法律秩序严谨，除了行政管理法行之有效，还有惩治罪恶的刑法，其威慑力无处不在，小说多有提示之词。当阿端与晚霞在演出活动中一见钟情之际，小说写道：二人仅相隔几步，由于"法严不敢乱部"，只好眉目传情而已。这对少男少女相见恨晚，分开后又得不到经常见面的机会，为什么？还是因为"宫禁森严"。当晚霞思念阿端而投江，阿端也毁掉龙宫所穿衣服，投江难入，想返回龙宫时，他想到的是"罪将增重"，于是下狠心终于离开了龙宫。

在龙宫与人间的美丑对比之中，法律上的严谨与松弛的对比，也同时存在。单纯赞叹美，不看法律的决定因素的作用，是纯文学家失察的表现之一。

第二，上述小说原文中阿端与晚霞幽会环境之美以及他们的性爱场景之美，更有十分具体的法条可用，同时另有相应的法理可议，纯文学家也都视而不见。这少男少女的所谓"狎寝"，是文学的表达，用时下流行语讲叫作"做爱"，而用清代法律术语讲则叫作"犯奸"，男女均有罪，都该"杖八十"。纯文学家一概称之为爱情，又极力称赞这爱情的美，实际上在说：作品所描写的"犯奸"罪行很美。是的，小说的确在美化这种罪行。这就提出了一个需要讨论的问题：法律与这种美化罪行的文学描写是什么关系呢？或者说如何理解呢？

依法律而论，婚外性行为在中国古代一律视为犯罪，其中的通奸也如此。当代中国的法律依然不允许婚外性行为。然而，无论古今的中国作家对于婚外性行为都持大度、宽容态度。更有甚者，则是极力美化违法的，甚至犯罪的性行为。这里的道理，并非作家们都是法盲，也不是都故意同法律唱对台戏，而是因为他们另有衡量尺度，这就是用人道主义的同情心，亦即是道德的宽容态度。对阿端、晚霞这样在人间夭折青春生命的少男少女来讲，让他们一见钟情、做爱于荷花点缀的自然环境之中，饱含着蒲氏对他们的哀怜，故他要消解法律的禁令，给予不幸少男少女在难得爱情的龙宫里以安慰、以补偿。这样一种情意绵绵的理性认识，若直白以概念语言写出，那同法律相抵触的弊端，就太容易显山露水了。于是乎，不说好歹，一个劲儿地美化做爱场景，把它渲染得充满诗情画意，那触犯法律的过错淡化得只有“狎寝”二字，就把不便明言的法理评价包容了进来。

在我看来，“狎寝”并不美，是高度压缩了的法律定性为犯罪的理性认识与评价的集中体现。把这两个字镶嵌在美到极致的场景中，如同一点不容易觉察的瑕疵夹杂在一块美玉之中，可让人感受到美中不足，一丝遗憾。唯其这样，作家作品才不失对人物的违法、犯罪行为毕竟有着应有的非议。优秀作家作品通常不会丧失法律上的基本准则。否则，我们就有理由认为作品有法理上的错误。

第三，阿端和晚霞先后从龙宫返回人间，社会的丑恶——这法律秩序松弛的产物，又如同污泥浊水冲向他们，不要说龙宫里的一切美都随着他们的离去而早已不复存在，就连他们自身的美也遭到毁灭。这就是小说结尾所显示出来的法律与美的又一层关系。其具体故事情节，就是某王滥用职权，要强夺晚霞据为已有，晚霞出于自我保护而不得自我毁容。依照法律，“豪势之人，强夺良家妻女，奸占为妻妾者，绞”（《大清律例》），可小小百姓能够去依法控告这不法之王吗？没有办法，阿端只得去王府承认自己与妻子都是鬼，这才躲过一劫。小说用“强夺”二字写王企图占有晚霞的行为，暗示的正是犯有法定的死罪。受害者以暴露自我的鬼身份自救，嘲讽的是法律形同虚设，美的毁灭也就难以避免。

《晚霞》中法律与美的这三层关系，反映出文学中的法律内容既可以法理启迪心灵，又可以美的形象愉悦耳目，同时还能揭示出法律与美互为因果的复杂性。

六十九　法律与美学：悲剧

——说《白莲教》

《聊斋志异》中有两篇同题的《白莲教》，取材也都是农民起义的相同题材，但表现出的主题思想不相同。我们已谈到的第四卷中的《白莲教》，重在写杀人案及其神判情形，而现在要谈的是第六卷中的《白莲教》，写的是徐鸿儒作为农民起义领导人的悲剧，造成这悲剧的根源是法律，故读懂此篇的关键是究明法律与悲剧的决定与被决定的关系。

关于明代徐鸿儒领导山东农民起义的大体情况，在讲《小二》的时候，已做过说明。这里要说的是《白莲教》所写的徐鸿儒起义，并非历史人物、历史事件的忠实再现，而是经过聊斋世界特有的怪异镜子的折射，呈现出来的神奇的悲剧故事、悲剧人物和悲剧结局，法律则是所有这些悲剧的共同决定因素。

农民起义的概念，农民起义是推动历史前进的动力的理论，都来自马克思主义学说。马克思主义诞生之前的古代中国，是怎么看待农民起义的历史事实的呢？明确的、有案可查的答案，尽在从奴隶社会到封建社会的法典之中。早在李悝的《法经》中，“盗贼律”就赫然在目。何为“盗贼”？奴隶起义和农民起义军的所有将领及士兵是也。后来的历代封建王朝的法典，无不把盗贼律置于重要地位。清代的盗贼律有上、中、下三卷之多。在所有刑事犯罪的处罚中，对犯盗贼造反的罪行的处罚最为严酷。统治者的对策，一是军事镇压，二是法律惩处。农民起义的马克思主义诠释与中国古代法律的对应关系，大约如此。

明白了上述对应关系，就有了讲清《白莲教》中的法律与悲剧联系的前提条件。小说开头，毫无隐讳，在徐鸿儒的姓名之前冠以“盗首”二字，表明作家站在封建法律立场上来叙述人物和故事的倾向。这位起义军的领导人，在封建法律中还原为群盗的首领。查有关法条，确分“首”与“从”，以此决定罪重罪轻。就这样，“盗首”二字足以决定徐鸿儒的悲剧人物的地位。在马克思主义的理论以及历史教科书中，可歌可泣的农民起义领导人，在法律中注定命运变成了该严惩的盗首，世上还有比这更可悲的事情吗？

徐鸿儒利用白莲教发动、组织农民起义，是在没有先进的政党的领导、没有科学的革命理论武装的时代条件下采取的权宜之计。如此一来，徐氏领导的农民起义就跟历代农民起义一样有着宗教的神秘色彩。《白莲教》采用这样的生活素材，纳入聊斋固有的怪异艺术氛围，那神秘的色彩就一变而为神秘莫测的本体了。于是乎一场轰轰烈烈的农民大起义风暴如同变魔术似的，全化作不可思议的戏法。尤其是徐鸿儒出示的那面镜子，竟然能够预测人们的终身地位，照出各人未来的官职与服饰。当闻讯而来的各路人士争先恐后前来自照，门庭若市的时机，徐氏就发表鼓舞人心的讲话：“凡出现在镜中的文武官员，都是如来佛任命的龙华会中人。各位适宜于努力拼搏，不得退缩。”而徐自照，则显示出王者的面貌。这神奇的镜子及其自照活动，加上徐的宗教性宣传讲话，取代了整个起义中的思想发动、人事安排和组织工作。换一句话讲，农民起义的革命斗争，在小说中全部幻化为不可思议的宗教活动，主宰起义军的是冥冥中的如来佛。这一切，就构成了悲剧性的故事情节。而在这悲剧故事中忙活的人们，无非是在为自己的升官发财奔忙罢了，悲剧故事情节的内容仅此而已。

既然是农民起义，终究免不了军事上的打仗。小说在这个节骨眼上，又开出了一朵悲剧之花：农民起义军的整体，在两军对垒的阵地上，被称呼为一个“寇”字，而明代的国家军队一方，被称为“大兵”。两军交战，或起义军的主动进攻，都消失了，小说用的是“大兵”对“寇”的“进剿”字样，这就意味着，农民起义的全部军事行动，都变成了不可饶恕的罪行，理该由国家军队来进行军事镇压。唯有封建法律，才这样对待农民起义的军事武装斗争。小说如此描写起义军的军事斗争，实质上也是运用的法律的价值尺度，从而使惊天地、泣鬼神的武装革命变成了骚扰国家安宁的暴乱。起义军将士的浴血战斗的业绩与精神就在这种军事悲剧中完全化为乌有。

美学上的悲剧，越是戏剧冲突激烈，被毁灭的正义力量越能振奋人心。整篇小说的结局，以起义军被镇压而失败告终。但在组织戏剧冲突，激起振奋人心的正义力量浪潮的时候，作品有如下现实主义的真实描写的战斗场景：

> 后大兵进剿，有彭都司者，长山人，艺勇绝伦。寇出二垂髫女与战。女俱双刃，利如霜；骑大马，喷嘶甚怒。飘忽盘旋，自晨达暮，彼不能伤彭，彭亦不能捷也。如此三日，彭觉筋力俱竭，哮喘而卒。

起义军中的两个女童，迎战国家军队中的一个“艺勇绝伦”的壮士，居然激战三整天而不分胜负，最后导致壮士精疲力竭，暴病而死。在起义军的全部悲剧性人物、故事、活动的意向都一一展示过后，突然闪现出这一战斗奇迹，真是把压抑得如同进了冷宫的正义力量一下推向了炽热状态，闪射出耀眼的光芒，谁都会忍不住喝彩叫好。可以认为这是起义军与国家军队对垒所造成的悲剧冲突高潮之所在。唯有在这样的高潮中跌落并毁灭的正义力量，那震撼人心的悲剧性才催人泪下，有崇高感在悲痛中升华出来。

在这悲剧冲突高潮的组织与描述中，法律同样渗透其中。作家并不因为起义军全体将士被法律认定为“寇”而贬低他们的军事战斗勇气、谋略与威力，也不因为国家军队是执行法律而“进剿”的势力而抬高将士的军事行动的水准，而是一视同仁，让他们在战场上平等交锋，一比高下，结果是不分胜负。这样的现实主义描写，恰与法律所张扬的公平、正义原则吻合，刑法中的“盗贼律”仇视农民起义的反动性、残酷性在这不分胜负的三天的勇武大较量中暂时处于靠边站的地位。否则，被法律上的偏见所左右，如实再现悲剧冲突高潮就是不可能的事情了。

法律与悲剧的关系在小说所写起义军失败的结局上，表现为两个方面，一是徐鸿儒本人被杀害；二是两个女童大战一壮士所用的大刀竟然是木刀，而所骑战马竟然是木凳。

诛杀徐，把徐的部下称为“贼党”，且逮捕来用刑加以审问之类的一大悲剧与法律的联系显而易见，即用法律惩治起义军的执法活动，不必多说什么。需要说明的是第二种结局，即由被审问的起义者提供的军事秘密——大刀为木刀，战马是木凳，法律与悲剧是怎样在这不可思议的怪异现象中合而为一的呢？我的看法是，这种不可思议的悲剧结局，与小说开头把整个起义军处理为一个神秘莫测的本体是相呼应的。开头有云，徐“得左道之书，能役鬼神”，接着就出示了一面能知众人命运的镜子。既然起义前的发动、组织工作如此神秘莫测，那么同官军打仗中把木头变作兵器、把木凳化为战马，也就是用旁门左道，役使鬼神的表现形式之一了。而左道妖术，是明代法律严禁严惩的罪行之一。再说，把起义军的军事上的英勇善战、不怕牺牲跟左道妖术罪相提并论，从另一个侧面反映出对起义军的仇视与否定。

把这后一层悲剧结局同上述悲剧冲突高潮联系起来看，我们还会有新感悟。两个小小女童为什么能够同一个壮士打斗三天不分胜负，最后把壮士活活累病而死呢？小说结局回答说左道妖术起了大作用。这就等于把两个女童先抬高到天上去，再让她们猛地摔落下来——这岂不是要命的绝招吗？不用说，这样把起义军勇士往死里整，跟法律极端仇恨农民起义如出一辙，毫无二致。

《白莲教》篇幅不长，法律与悲剧相联系的法理启示却很值得深入探讨。笔者谈到此处，似乎仍有未尽之意，暂且打住。

七十　法律与美学：幽默（一）

——说《诸城某甲》

最近几年，笔者一直在谈论法律与幽默的话题。这并非本人善于幽默，偏爱作幽默谈，而是因为中国古典文学名著对于法律与幽默的天然联姻事实给予了足够的关注，迫使我产生了解读的浓厚兴趣。《三国演义》中刘备向东吴借荆州的故事，《水浒传》中李逵在寿张县扮演县令审假案子以及梁山泊众英雄化装为官员将李应骗上山的故事，《西游记》中孙悟空大闹天宫及西行取经时的犯罪与打击犯罪的故事，《红楼梦》中王熙凤拿贾母和刘姥姥当作开玩笑的对象的故事，无不是寓含法律与幽默合璧的法理的生动材料。聊斋世界提供的不少篇目，同样不可错过。这里仅谈《诸城某甲》与《盗户》这两篇中法律是怎样同幽默合炉的情形。

先谈《诸城某甲》。法律与幽默不可分割的情形，可称之为法律幽默，能构成美学的一个前所未有的新概念、新范畴。以其结合部存在的空间划分，可看出有立法幽默（即法律规范中的幽默）、违法犯罪行为的幽默（例如把杀人当作游戏）、一般公民的法律行为中的幽默和司法执法的幽默。做这样的分类，有利于更准确地阐释法律幽默的可笑的法理法意，从而弥补学院法学家的严肃理论著作完全不能触及所造成的空缺。那么，《诸城某甲》的法律幽默属于哪一类呢？请读原文：

诸城孙景夏先生言：其邑中某甲者，值流寇乱，被杀，首坠胸前。寇退，家人得尸，将舁瘗之。闻其气缕缕然；审观之，咽不断者盈指。遂扶其头，荷之以归。经一昼夜始呻，以匕箸稍稍哺饮食，半年竟愈。又十余年，与二三人聚谈，或作一解颐语，众为閧堂，甲亦鼓掌。一俯仰间，刀痕暴裂，头堕血流。共视之，气已绝矣。父讼笑者。众敛金赂之，又葬甲，乃解。

某甲的故事时间跨度达十多年。之前，他是流寇犯杀人罪的受害者，伤势严重，几乎丧命。经家人抢救，奇迹般地存活了下来。显然，这里不仅没有幽默可言，相反倒只有对杀人犯的愤恨，谁也不会从这里找到幽默、逗笑的材料。十年之后，幽默材料接踵而至。参与其中的都是一般公民，这就可以看出，这里的法律幽默发生在一般公民身上，并且是由他们的法律行为体现出来的。由此，不仅解决了分类问题，而且连议理的对象也有了确认的依据。

这接连到来的幽默材料，首先是几个人在一起说笑话，弄得大家哄堂笑成一团，某甲也笑得鼓掌。这里没有什么法律行为，充其量只是一般日常所见的幽默。其次，是某甲之死，与在场的玩笑者似乎有因果关系，但其死因是由旧刀伤疤破裂造成的，故这因果关系缺乏致命的实质内容。这种似是而非的东西，是幽默，能引人发笑，并有人命事件出现，故属于法律幽默元素。第三个幽默材料，尽在“父讼笑者”四个字之中。死者的父亲，一本正经上公堂控告那几个搞笑的人害死了自己的儿子，这是寓庄于谐的手段。打人命官司，是法律上的严肃之事。可被控告的人们，并非杀人犯，而是开玩笑，寻开心的好人，故这告状活动似是而非，令人好笑。这是典型的法律幽默。

最后一个幽默材料，也在法律之内。被控告的几个搞笑者，当了被告后再也笑不起来了，而是变成了厌讼、惧讼的老实巴交的公民。为了避免卷入法律争讼，他们只得花钱消灾，出钱给原告，私下把案子勾销了。由于原告的告状本身似是而非，那么这几个被告诚惶诚恐，花钱买平安，也就似是而非，故同样属于法律幽默，显得可笑。

凡法律幽默，无不在引人发笑的同时，都能让人从中领悟到某种法律智慧或法学道理，甚至会有法律批判的战斗锋芒与火药味。上述三个幽默材料，莫不如此。

以几个逗乐搞笑的人当了被告而论，他们既无害死某甲的主观动机，又无害死某甲的任何作为，完全是死者的旧刀伤复发夺走了他的生命。如今被告上法庭是很冤枉的，一旦到公堂对簿，这冤枉可以立即昭雪。可惜，他们都不明这一法理，而是跟所有国人一样的厌讼、惧讼心理作怪，使他们破费钱财收买告状者，这又是一种冤枉。可见，这几个人，都是法律幽默的善意嘲笑的对象。

再看某甲之死，死在众人和他本人的开心玩笑里，属于名副其实的安乐死，一扫死人固有的悲哀，有引人发笑的东西存在，然而他的真正死因在于流寇当年的杀人罪行所造成的身体重伤，这种严重罪行及其重伤后的死亡恶果，是无论如何也叫人笑不起来的沉重与悲痛。在开心笑过之后来反思十年前的罪案一直未破，至今酿出致命后果，人们对法律不能落实的教训、危害就进入了意识之中。可见，这里暗藏着批判司法执法当局腐朽无能的斗争玄机。

“父讼笑者”，可谓一字千金，法理的含金量格外丰沛。这位父亲，眼见儿子死于非命，走上公堂，为儿子讨回公道，这种做法的本身，是法律赋予公民的权利，无可非议。问题只在于他把“笑者”作为控告对象，就大错特错了。他应当指控的对象是十年前杀害儿子，致命重伤的流寇。一旦告上公堂，有了如今伤者死亡的更严重的危害结果，官府破案以捉拿案犯，就大有希望了。转移控告对象的结果，是将这希望完全破灭。

十年前，以这位父亲为首的全家人，在半年时间里积极救治重伤者，使他终于康复，说明这是不乏爱心的一家善良公民。可在打击犯罪、指控罪犯的重要环节上，全家人都若无其事，自认倒霉，这是法律意识不自觉的表现。道德修养有余，法律诉求不足，是这受害者的全家人的共同特征。中国社会，自古以来就有着伦理性的特征。这一家人可算是中国社会伦理性特征的一个缩影。

当死人的事件突然出现，人命关天的严重后果总算是唤醒了沉睡已久的法律意识，从社会的法制建设上看，这自然是一种大进步。然而，当我们企图为这法律上的进步唱赞歌之际，又会立即发现这赞歌绝对唱不得，因为上面说过，告状者控告的是无辜之人，杀人凶手却没有进入他的法律意识之中，从而使这法律进步缺乏实际意义，甚至混淆了罪与非罪的界限。

几个被控告的搞笑者，跟告状者一样，除了厌讼、惧讼的传统习惯心理，对于自己无罪而受控告的冤屈一点也不了解，于是就糊里糊涂收买告状者，埋葬死者，这才把官司了结在走上公堂之前。其实，真正打起官司来，明白的法官一定会判决原告败诉。

以上分析表明，这“父讼笑者”的一起官司，本身就是一则笑话，嘲笑的是原告和被告都昧于法律，其兴讼和结案，都是民间百姓不通法律的瞎胡闹。本篇“异史氏曰”有一可取之处，就是有“笑狱”概念的创造，用以涵盖全篇的法律幽默，再恰当不过了。

七十一　法律与美学：幽默（二）

——说《盗户》

《盗户》的法律幽默，大大有别于《诸城某甲》。以其分类而言，它属于司法执法活动中产生的幽默，因而那引人发笑的法律智慧也就另有所指，另有所托。其全文如下：

顺治间，滕、峄之区，十人而七盗，官不敢捕。后受抚，邑宰别之为“盗户”。凡值与良民争，则曲意左袒之，盖恐其复叛也，后讼者辄冒称盗户，而怨家则力攻其伪；每两造具陈，曲直且置不辨，而先以盗之真伪，反复相苦，烦有司稽籍焉。适官署多狐，宰有女为所惑，聘术士来，符捉入瓶，将炽以火。狐在瓶内大呼曰："我盗户也！"闻者无不匿笑。

从上文所谈可知，法律幽默出现的契机，往往在人们法律行为的不可思议、法律意识的模糊、法理逻辑的倒错、法律思想的混乱等方面。《盗户》也如此。全篇中这样的幽默契机有四小一大，共五处之多。

开篇指出的"十人而七盗"的犯罪猖獗现象，铺垫出所有五处幽默契机赖以生存的土壤，定下法律幽默背后的法理启示的基调在于打击犯罪。依次出现的小幽默契机之一，是官府对众多强盗不敢逮捕。依正常法理，既然强盗犯比例高达占总人口的百分之七十，那么当地官方就必须加大执法力度，将罪犯如数逮捕归案，然而事实都是官方"不敢捕"，这就让人觉得滑稽可笑了。

幽默契机之二，是罪行严重的强盗们不仅本人逍遥法外，而且给他们各自的全家带来了名为"盗户"的格外关照，那所得实惠，就是凡遇到"盗户"与合法公民发生法律争讼案件，官方在审理过程中无一例外地偏袒"盗户"一方。这真叫人能笑掉大牙！法律讲究的是公平、正义。平息争讼的依据是事实，准绳是法律。而盗户众多之地的官府把公平、正义、事实、法律全部抛开，不管三七二十一，唯一的断案准则就是让"盗户"一方胜诉。这样做，法律与执法官员，无异于都成了为虎作伥的工具。其后果，必然是造成冤假错案大量出现的混乱局面。

幽默契机之三，是当地所有平民百姓经过天长日久的观察，掌握了官方害怕"盗户"反叛而肆意偏袒的阴暗心理，为避免在法律争讼中吃亏上当，侥幸得到实惠，就在法庭上公然假冒"盗户"。有学者认为这是以盗户为荣的变态心理，实际上是民间捉弄官府，以其人之道还治其人之身的一种战术。凡广泛运用这战术的法律诉讼活动，该是多么有趣，又是怎样在给司法执法者增麻烦呢！想想此中的荒谬情景，谁又忍得住会心一笑？

幽默契机之四，在于当地的法律诉讼活动较之其他地方，增添了一道极富地方特色的古怪风景：原告、被告一到公堂，案子本身的是非曲直都放在一边，率先唇枪舌剑论辩的是双方声称的“盗户”，到底是真是假。凡是真“盗户”官方都一一登记在册，有案可查。而假冒的则口说无凭。为了区分真假“盗户”，审理案件的工作也就随假冒盗户成风的习气大涨而带来了繁重的考察档案材料的工作量。陷入这事务圈套而不能自拔，说穿了是官方无能而自找苦吃。若要埋怨公民不觉悟，刁钻古怪，有意钻法律的空子，专门找官员的麻烦，就会犯只看现象而不看本质的形而上学错误。一旦对本质的东西了然于心，民间的法律智慧和官方的昧于法律与法理的愚钝，又会让我们开心而笑。

以上四个小的幽默契机，如同东西南北四个方位伸出的四双手，合力推举出小说最后一个大的幽默契机，就是连受处治的狐狸精都学会了假冒盗户，以求得到救助。为什么说它“学会”了这特殊的假冒本领呢？因为，这狐狸精为患的地方，不在民间，而在官府衙门，更有讽刺意味的，是受惑受害的不是别人，恰恰是制造出格外关照“盗户”的土政策、土法令的县令大人的宝贝女儿。狐狸生性狡猾，何况久居县衙，跟县令女儿关系密切的狐狸呢！因此，当术士把为患的狐狸精捉来，用法术装入瓶中，准备用火烧死它的时候，它就大叫起来：“我是盗户！”

这一声叫唤，恰如那四双小幽默的手合力一掀，抖了一个相声般的包袱，出乎意料的紧扣小说标题的言辞，既呼应了全文内容，更让人又一次在捧腹而笑的时候联想到，当地司法执法者的荒谬绝伦达到了使野兽都学会了钻法律空子的地步。

“闻者无不匿笑”，是小说收束全文的一句叙事之语，推敲一下，也很有幽默情趣。要害在一个“匿”字精当万分。匿笑者，偷偷发笑也，为什么不公开地笑，而要偷偷笑呢？一个“匿”字暗示出个中缘由，让读者自行琢磨，琢磨不透活该。这就是蒲松龄写作之际的心理活动。因为，一旦用直白语言讲出之所以“匿笑”的原因，全文的幽默意境就受到了致命的损害。既然全篇的法理法意都暗示在所有幽默契机里，那么这收束全文的一句话的法理法意，自然也应暗示而不可明言。

拆穿了说，“匿笑”的原因，在于惧怕县官的“现管”。当地县令为首的官员们，虽然惧怕盗户，对盗户百般讨好，然而对手无寸铁的善良公民，他们却是另外一副面孔，正如聊斋中别的篇目所说：官狼吏虎。这样狠毒的县官，哪一个良民不怕？所以，出了狐狸精假冒“盗户”的奇闻与笑话，他们只好偷偷笑一回。公然一笑，那就要吃大亏了。有一本微型小说欣赏辞典，在谈到此篇时，一本正经地讲思想内容和艺术特点，丝毫不提及法律幽默这回事，我们感觉到如同把一杯美酒倒进一缸自来水，再来说东道西、大讲这酒的味道一样：原汁原味点滴无存。

归根结底，解读文学中的法律，目的在于研读文学化的法理法意的审美特征之一——引人发笑的喜剧性。以纯粹的概念、判断和逻辑推理方式表述的所有法学论者，连法律幽默的要领尚且没有，更不能谈到法律与法律实务中固有的幽默现象。研究文学中的法律幽默，不仅仅有利于拓展文学研究领域与课题，而且可以丰富、完善法律研究的理论宝库。

七十二　法律语言现象（一）

——说《谕鬼》《姬生》

近二十年来，语言学界兴起了一门新的分支学科，名为法律语言学。笔者十几年前，曾参编过司法部统编教材《法律语言学教程》。在最近几年解读四大文学名著和《聊斋志异》过程中，我感觉到中国和世界各国文学名著中法律语言现象非常丰富，若广泛取用，深入而系统研究，可建构出文学法律语言学这种崭新的法律语言学的理论系统。仅以《聊斋志异》而言，就大有文章可做。我们准备撰写三篇短文略作探讨。

先谈《谕鬼》的法律语言现象。

法律语言是法律实务中的功能性语言，法学家的理论研究语言，不在它的范围之内。文学中的法律语言也如此。首先，它有特定的使用者和使用的背景。《谕鬼》的标题，表明要告诉鬼，使鬼明白的道理，而这鬼专指犯死罪而被处以死刑之后仍在为非作歹的那些怨气冲天的鬼魂。说穿了，这样的鬼，实质上是执迷不悟的罪犯。使用法律语言的人是石尚书，他是应受害人的投诉，而专门开导鬼们才使用法律语言的。青州府门外有一个大深潭，曾有几十名强盗在这潭边被处死。鬼魂聚集在这里作乱，有人经过，就把他拉进潭中。有一天，某甲正在遭害，忽然听到鬼们惶恐地叫嚷：“石尚书来了！”不一会儿，石尚书果然经过此处，甲就向他说明了自己的遭遇。就这样，石尚书用白灰在墙壁上写了一段“谕鬼”的话。小说的这开头一段叙事，生动表明：这段话相当于通告，对象是有犯罪前科而仍在犯罪的鬼们。

当今司法机关也会不时发布敦促各种罪犯投案自首的通告，石尚书的《谕鬼》就属于这种性质，可归类为法律公文，所用语言就是法律公文语言。下面就是该公文的本体，全文是这样的：

> 石某为禁约事：照得厥念无良，致婴雷霆之怒；所谋不轨，遂遭铁钺之诛。只宜返魍魉之心，争相忏悔；庶几洗髑髅之血，脱此沉沦。尔乃生已极刑，死犹聚恶。跳踉而至，披发成群；踯躅以前，搏膺作厉。黄泥塞耳，辄逞鬼子之凶；白昼为妖，几断行人之路！彼丘陵三尺外，管辖由人；岂乾坤两大中，凶顽任尔？谕后各宜潜踪，勿犹怙恶。无定河边之骨，静待轮回；金闺梦里之魂，还践乡土。如蹈前愆，必贻后悔！

开头一句，是法律公文的格式上的要求，表明了公文的作者及意图。正文的内容，可划分为四个层次。

第一层，两个对偶句，意思是：我已调查清楚，你们总想干坏事，故招致天怒人怨；所干的罪恶勾当暴露了，故遭到了法律严厉地处以死刑。这两句话，张扬和维护的是刑法的威慑力。

第二层，讲明应当如何做的道理，指出了重新做人的出路。意思是：你们只适合于做自我反省，大家争先恐后地忏悔罪过，这样还有希望洗清被处死的罪孽，从此摆脱继续沉沦的深渊。

第三层，是通告的重点之所在，猛力抨击群鬼不知悔改，依然作恶的行径，如同名医下猛药，有根治顽疾的雄心壮志。意思是：你们生前已遭受极刑处罚，死后仍在聚众作恶。一个个上蹿下跳，披头散发，成群结队，在从前的老路上徘徊，又发泄内心的怨恨而变本加厉。你们像是黄泥塞住耳朵，不听任何正义的呼声，动辄表现出凶残面目，在大白天也胆敢阻断行人的前进之路。要知道，你们坟堆之外，全是人类管辖的土地，偌大社会空间，岂能容忍凶残、顽固的歹徒为所欲为？

第四层，指明今后的出路在于痛改前非，彻底结束流窜异乡闹事犯罪的生涯，返回故乡，争取重做新人。意思是：警告你们，以后都该收藏身影，不要再坚持干坏事。你们都该返回各自的故乡，在那里安静等待重新做人的机会。假如重走往日的犯罪老路，一定会留下永久的悔恨！

通告出现后，效果如何呢？效果很好。从此鬼患绝迹。更有意思的是，青州府外那个从不干涸的大潭，也很快干涸无水了。

研究古代文学中的法律语言，可以为今天的法律语言研究提供借鉴，更好地为社会主义法制建设服务。着眼于此，该通告所用法律语言，就可看出有明显的不足之处。法律公文用语，应通俗易懂，力避引经据典。此公文面对的是勇武有余和文墨不足的强盗，更应浅显白话才合适。然而石尚书像应科举考试做文章一样，卖弄才学，套用唐人诗句，致使今天的学者大加注释，方可让文化人读懂，何况是一般读者呢？

我们曾谈过的《胭脂》中的施愚山所写判词，同样属于法律公文，其堆砌典故之弊尤为突出。看来，在聊斋世界的法律公文语言失之于艰深、晦涩、难懂，并非偶然，而是一贯的缺陷，应视为法律公文写作中语言运用不当的大教训，切不可盲从。

此外，《谕鬼》与《胭脂》中的法律语言的运用上还有一个毛病，在行文方式上运用中国古代骈体文体裁，讲究句式的两两对仗，这是在搞文学创作，而不是在写法律公文。法律公文句式，应当尽可能单一、简短而流畅，一看就懂，老弄得花里胡哨，词不达意，就会妨碍法律公文处理具体工作的实用功能。

再谈《姬生》的法律语言。在功能分类上，这是法律语言学者通常不谈的特别类型——一个百姓对于偷窃犯的私下独白性的谈话。而在使用目的上与《谕鬼》中的石尚书法律公文完全相同，即也在于规劝罪犯改邪归正。姬生舅舅家中常苦恼于狐窃金钱什物，就代为焚香祈祷，并伴以奉送钱物，似乎有所见效。他一共发表了四次详略不等的独白。

第一次，生坐房中，房门开，他问好般地说：“狐兄来了吗?”

第二次，夜间，门自开，姬生说：“如果是狐兄聊临，本来就是我求之不得的事，何妨显露出尊容呢?”

第三次，半夜，房中又有响动，姬生说：“来了？我恭敬地准备了几百钱，请备用。我虽不富裕，但不是吝啬人。如果或缓或急有所需要，不妨直言相告，何必要盗窃呢?”

第四次，姬生见舅舅家狐窃依旧，又说道：“我准备了钱而你不来取，摆好了酒你不来喝。我外祖父年迈经受不了你的久久折腾。我准备了一些不成敬意的礼物，晚上你可任凭取用。”

经过这四次友好独白，冥冥中的狐怪仿佛听从了所有劝慰之词，从此不再有窃盗之事发生了。

然而此后姬生接连遭到两次报复。首先，狐怪在送给姬生的美酒中下了毒药，使姬生产生偷窃心理，并作案一次。其次，在科举考试中，姬生本来取得好成绩，深夜的屋里上都贴出了揭发的小字报：“姬生当了贼，偷人家的皮衣服和金鼎，为什么推选他当优胜考生?”

对此，姬生私下的思索是：我没有得罪狐的地方，之所以一再被它陷害，也就是因为小人以独自当小人为耻，故把我拖下水跟它结伴罢了。

对照石尚书的法律通告的语言，姬生的四次独白不见成效，反受其害的教训就特别清楚。他的所有谈话，完全立足于安抚罪犯，同时还有物质引诱，根本没有义正词严开导对方弃旧图新的内容和力度，这就无从有积极收效。这是教训之一。

从狐怪一方考虑，它既不能得到姬生的正面指引，那么就会产生逆反心理：你越求我不干坏事，我越要干坏事给你看，你能把我怎么办！这是教训之二。

教训之三，是姬生接连两次为狐怪犯罪的受害者，他竟浑然不知，即不是从法律上来考虑问题的性质很严重，而是沉溺于道德评价的泥潭中不能自拔。“小人”云云，是不道德的代名词，能够击中狐怪屡教不改的犯罪行径的要害吗?

七十三　法律语言现象（二）

——说《黄九郎》

上文讲的是法律文书与谈话的语言现象。这里以《黄九郎》为例，再讲一讲法律隐语现象。此篇是被纯文学家彻底误读误解的篇目之一，究其原因，一是对小说中大量法律隐语不了解，二是不知相关的法律规定。他们用现代化的“同性恋”说法，来指称黄九郎与何子萧、黄九郎与巡抚的非法性关系，殊不知，在清代法典中，这是一桩人们难以启齿的罪行。也正因为说出来很不雅，小说以及篇末的“笑判”都用法律隐语来叙事和议论。

查《大清律例》，在“犯奸”法条之后，有一条例文，讲的是男性与男性之间的“犯奸”之罪，称之为“鸡奸”，此概念共出现五次之多，跟男女之间的“犯奸”一样，依被奸之男性是否愿意为标准，也分为“和奸”与“强奸”两种类型，其中“和奸”的两个男人均有罪，该“枷号一个月，杖一百”。《黄九郎》的基本内容，正是描写的鸡奸罪行持续、蔓延的严重法律问题，抨击了上述立法形同虚设的弊端。纯文学家洋洋洒洒的文章，连这固有的题目的边都没沾上。

我们读《黄九郎》，根本不见“鸡奸”二字出现。无论是作家的叙事，还是人物的语言，只要涉及这两个字的场合，一律都以用典、借代、双关、隐喻之类的修辞手段来指称。小说后的“笑判”，更是全文都由隐语写成，不明真相的读者完全看不到任何犯罪的痕迹。事实上，蒲松龄反复强调的全是“鸡奸”如何如何。“笑判”在取笑谁？这是要害。我感觉到，作家不嫌累赘，用尽各种不同说法，要把同一件事说深看透，仿佛在有意取笑既不懂有关法律，又不懂法律隐语的纯文学家。

何子萧一出场，小说就用隐语一举界定了他的犯罪持续已久的特征：“何生素有断袖之癖”。这里用的是《汉书·董贤传》中的典故。董是汉哀帝的宠臣，竟在白天陪睡，身压帝袖。帝想起床，为了不惊动董，就把衣袖弄断了。以后，“断袖”就成了男性之间犯罪性关系的代名词。有注释家把“断袖之癖”解释为“男风之好”，虽通俗可懂，但没有指明犯罪性质，这就无助于法律解读。

何子萧见到长相女性化的黄九郎，竟像见到美丽异性一样，魂不守舍，凝思如渴。一旦产生这种病态情感冲动，接下来就有了“狎抱之，苦求私昵”的行动。这也是隐语表述，说白了就是要求发生犯罪的性关系。黄九郎当即予以拒绝，依然用隐语反击：“这种作为，是禽处而兽爱的表现!”请注意，“禽处”非常接近“鸡奸”的立法概念，是一种意译，由此可知黄九郎懂得这条法律，至于“兽爱”，则是对“禽处”的意义实质的揭示。

几天后相遇，何子萧又苦苦哀求，黄九郎终于应允。这样，两人间的“和奸”性质的罪行就发生了。小说谨慎地用隐语写道：“生俟其睡寐，潜就轻薄。”男性间的性犯罪，显然有道德缺陷的诱因，此处隐语表述意在贬斥行为人何子萧的不道德。假如属于纯文学家所说的“同性恋”，那么这偷偷摸摸的“潜”与不道德的“轻薄”就不可理解了。

后来，黄九郎的母亲病了，求助于何子萧，乘此机会，何更与黄九郎频频犯罪，小说还是用隐语描述这无计其数的罪行，有道是“遂相缱绻”，“燕会无虚夕”，甚至还有“强与合”的特例。

就这样，何子萧因屡屡犯鸡奸罪而丢了性命。这种“禽处而兽爱”的死亡，当是对罪犯何某的严厉批判。

小说的后半部分，继续写男性间的性犯罪，在法理上有所拓展与深化。死去的何子萧，不久便附魂在含冤自杀而死且复活的太史身上，他狗改不了吃屎，再次见到黄九郎，就“欲复狎”。“复狎”隐喻着重犯旧罪。这时，黄九郎以漂亮的表妹取代自己，使何子萧先奸后娶，当了表妹的丈夫。新一轮的鸡奸罪，就是在这对夫妻的策划下出笼，并成为攻击怨敌的致命性的武器的。

原来，太史是何子萧的同学，以向皇上举报巡抚在陕西当藩臣时的贪暴行径而得罪了他，这巡抚一升职就位便伺机报复，太史因害怕而自杀。过了几天复活，不料何子萧已附魂在身，使太史成为第二个何子萧，因而驾轻就熟，利用黄九郎去报复巡抚。为什么想出如此毒计？就是因为太史夫人即黄九郎的表妹，得知巡抚跟何子萧一样，一贯干男性间的犯罪勾当。小说借太史夫人之口，讲出了相关隐语："闻抚公溺声歌而比顽童，此皆九兄所长也。"所谓"比顽童"，就是鸡奸小男孩，这是更严重的罪行，依法该"斩决"，可巡抚长期逍遥法外。可见，他们设计让黄九郎去勾引巡抚，实质上是以罪抗罪，是黑吃黑的勾当。

果然，在中间人王太史的撮合之下，巡抚出重金买下黄九郎。此后这两个男人的性关系，大大胜过了巡抚与他的合法妻妾的关系。小说依然用隐语方式含蓄写道："自得九郎，动息不相离；侍妾十余，视同尘土。"若直白道来，此情此景就是：巡抚用同黄九郎之间的鸡奸罪恶性关系，取代了丈夫同妻妾之间的合法婚内性关系。这是问题的法律实质之所在。其结果，是巡抚走上了当年的何子萧的死亡之路。无疑，这种死亡，是小说再一次对鸡奸罪犯的致命批判。

文学是语言的艺术。涉法文学，是法律语言的艺术。《黄九郎》作为涉法小说，语言艺术的突出特色，就是用法律隐语描写男性间的丑恶鸡奸罪行，并且做了致命的严厉批判。其深刻、新颖之处，是没有停留在单纯犯鸡奸罪的描写的一个侧面，而是开掘出与之对峙的另一侧面：运用这一犯罪手段，去报复官场上的怨敌，从而使广大读者得以知道，从民间到官场，鸡奸犯罪现象到处蔓延，有关法律完全不起作用。

小说中的何子萧、巡抚与黄九郎，是犯鸡奸罪的当事人，非法性关系为法定的"和奸"类型，因此三个人全是罪犯，都该绳之以法。他们全安然无恙，除了暴露法律如同废纸，没有别的解释。有纯文学家不这样从小说实际出发做解释，而是在大谈"同性恋"的基础上得出了这样的结论：

> 何子萧鲜廉寡耻，荒淫无度，巡抚倚势渔色，无耻之尤，真是丑中更有丑中高手。做篇目的"黄九郎"不过是串起两个丑恶人物的引线。（马瑞芳《马瑞芳趣话聊斋爱情》）

这种道德诅咒，虽然不错，但用以取代法律内容的解读，就远离了小说的实际。再说，黄九郎并非什么“引线”，也是小说讽刺的罪犯之一。且不说他坑害表妹，曾受到母子两人的责难，单讲他被高价卖给巡抚半年多时间就成了富豪无比的大户之主，就发人深思。小说结尾，写的就是暴富的黄九郎跻身豪门的盛况：大兴土木盖新房，置家具，购买了成群奴婢，母子及舅母团聚为一家，出入不是骑马就是坐轿，世人都不知其穷苦的出身。此种大富大贵，法律上的讽刺意味就是：黄九郎其人的老底本应是阶下囚，如今却成了座上宾，法律和司法执法官员都跑到哪里去了？

带着这讽刺性的追问，阅读篇末全部用隐语写成的玩笑性质的“笑判”，我们会进一步认识到《黄九郎》的法律隐语特征及其题意的法律寓意之所在，同时还可以领悟到蒲松龄法律意识的自觉性。他在“笑判”开头就说，男女间的性关系尚且有不免违法犯罪的问题存在，何况不合阴阳原则的男性之间的性关系呢。接下来所说，全是男人与男人鸡奸的不堪入目的丑恶与不通事理、有违法理的愚昧。

简单说来，作家描写丑恶的犯罪现象之所以运用隐语，一是为了高雅，二是为了含蓄。至于犯罪团伙内部使用隐语，则是为了遮人耳目。

七十四　法律语言现象（三）

——说《姬生》附录、《绩女》

《姬生》篇的“异史氏曰”引用了如下材料，作为法律语言现象之一，有着不以蒲氏所议为转移的认识价值。请看这则材料：

> 吴木欣云：“康熙甲戌，一乡科令浙中，点稽囚犯。有窃盗，已刺字讫，例应逐释。令嫌‘窃’字减笔从俗，非官板正字，使刮去之；候创平，依字汇中点画形象另刺之。盗口占一绝云：‘手把菱花仔细看，淋漓鲜血旧痕斑。早知面上重为苦，窃物先防识字官。’禁卒笑之曰：‘诗人不求功名，而乃为盗？’盗又口占答之云：‘少年学道志功名，只为家贫

误一生。冀得资财权子母，囊游燕市博恩荣。'”

蒲氏引用这则材料后议论说：“即此观之，秀才为盗，亦仕进之志也。”他的意思是秀才犯盗窃罪，也能表现出在仕途上进取的志向。本文认为，此则材料生动、完整，已构成篇可独立流传于世的微型小说，从法律语言现象入手，能分解出几个层面的法律寓意。相反，若没有法律语言方面的知识功底，什么东西都看不出来。

首先，给犯盗窃罪的罪犯刺字，有法律依据，并非浙中县令个人的为所欲为。在“窃盗”法条中有这样的规定：初犯，并于右小臂膊上刺“窃盗”二字。再犯，刺左小臂膊。(《大清律例》)

由此可见，材料中的“窃盗”概念，是出自法典的规范法律名词。犯此罪的囚犯被刺字，是合法的。

其次，浙中县令清点囚犯，发现盗窃犯的刺字之时，不是着重考察当初的刺字活动是否一丝不苟、依法办事，而是在所刺字体上下功夫，觉得那“窃”字减省了笔画，太俗气，不是官文公布的正规字体，于是令人刮去，待伤口平复后另刺一个“窃”字。

这段看似平淡无奇的话，却含有意想不到的法理。它似乎有意留下一个伏笔，或制造了一个悬念，就是这次的刮字与刺字，到底是在囚犯身上的哪一个部位进行的呢？直到下文才见分晓，此处则只字不提。再看县令其人，肯定是个饱读诗书的秀才出身，否则，既不会对文字的笔画、字体那么敏感，能区分雅俗，又不会拿刺字当作修改文章，随意涂改。尤其有漏洞、有疑问的地方是：如此先刮字，待伤好后再刺新字，这增加囚犯关押时间与身心痛苦的责任，该由谁来承担？简约的叙事语言，包罗有这几层法理，可想而知。这种言简意赅的语言艺术，在纯语言学者那里，恐怕是难以认同的。

最后，在赏析被刺字的盗窃犯的两首口占七绝之际，法律上的新见闻与感悟又接踵而至。

两首诗的作者是囚犯，内容均针对法律现象而发，题旨尽在法律之内，故属于笔者二十多年来一直在议论不已的涉法文学范畴。不知涉法文学为何物的一切文学爱好者、文学人、文学家，只要读读这两首涉法诗歌，大约都会立刻有所收益。

第一首诗，意在发泄对随意给自己刮字、刺字的官吏的不满，同古今中外涉法文学不约而同的法律批判主题保持高度一致。

再留心诗句的语言表述信息，上述的法律悬念已在这里冰释。诗人需要照镜子才能看到自己身上的刺字，暗示出这旧字、新字都刺在脸上，而不是法律规定的左右小臂膊之上。有意无意暴露官方执法犯法的客观效果，再明显不过了。“早知面上重为苦”，则将前句暗示的脸部点明了。“面上”即脸面上。

“窃物先防识字官”，好辛辣的嘲讽！越是有文化的官越是让罪犯多受苦，还不如栽在文盲官员手里。这脸面被县令当草稿纸的诗人，在这句诗里的讥刺之意是溢于言表的，不应仅做字面的肤浅理解。

牢房的看守人员是诗的第一读者，仅听过一遍，就有感受，也有不解之处，就借机问道：“诗人不求功名，为什么要当小偷呢?”罪囚诗人很大度，并不恼火这话问得太直率、难听，而是坦然用诗句作答。

第二首答疑诗依然有法律批判的锋芒。前两句为自责：我本来早就有志于功名上的拼搏、进取志向，只因家中贫穷去干了非法勾当，从而毁了自己的一生。换言之，这两句解释了自己犯罪的原因和危害。后两句，表面上看，似乎在持续自责。意思是，我希望能捞到一些钱财，去买一个官职，以博得朝廷的恩惠与荣耀。骨子里，却暗含对于清代捐官制度的贬斥。中国法制史学家指出，清代官员任用除了科举选拔，还有皇上任命、出钱买官等途径。这首诗认为，花钱买官当，无非是为了博取自己的名利罢了，这就一针见血地揭示了捐官制度的大弊端之一。

若仅仅着眼于盗窃犯的两首诗，可认为这则材料主要价值是让我们看到了文学中的罪犯从事文学创作的现象，由于他们总是倾向于自我表现，致使他们的作品必然涉及法律，所用语言也就构成了别样的法律语言。

还可以举一个类似例子。我们谈过的宋江，作为杀人犯，流配到浔阳，酒后在浔阳楼上题了两首“反诗”，又犯了一宗新罪。这两首“反诗”，其实就是涉法诗，主题是表达作者对于法律惩治的不满，希望有朝一日报仇雪恨。

《姬生》后面“异吏氏曰”提供的材料与宋江的“反诗”在法律语言上的共同认识价值，就在于对我们研究涉法文学创作有多方面的启示，法律语言的运用，仅仅是多种启示之一。

综观文学中罪犯们使用法律语言的全部复杂现象，可以划分为三大类型。

其一，以本文所谈为一大类型，特点是语言锋芒毕露，可构成法律批判倾向。

其二，就是上文所谈隐语现象，在犯罪人群内部有广泛运用，多为文学所描写，我称之为犯罪黑话。中外文学中犯罪黑话可作专门研究。《悲惨世界》关于黑话的理论见解，有两万余言，对此项专门研究的指导意思极大。

其二，有罪犯语言运用低俗，为法律所不容，被文学界称之为色情文学的文本，就有这种语言弊病，故可认为是犯罪语言的又一类型。《绩女》中费生所题《南乡子》即是一个典型例子。全首词如下：

> 隐约画帘前，三寸凌波玉笋尖；点地分明，莲瓣落，纤纤，再着重台更可怜。花衬凤头弯，入握应知软似绵；但愿化为蝴蝶去，裙边，一嗅余香死亦甘。

这是县城名士费生目睹小说中的十八岁美女一双小脚后，发表在墙壁上的感怀之作。格调低下之至，语言猥亵之至。清代法律中有“购读淫词小说”罪。什么是淫词？法律无规定。《绩女》仿佛要用费生的词作诠释“淫词”概念似的，提供了一种形象的标本，可让读者有理解此法条的参照物。尤其是被写入词中的美少女，读完壁上词作，非常恼怒，对收留她的老太婆的谈话中，明确使用了“淫词”概念，认为自己“被淫词污亵”了。费生发表“淫词”触犯法律，具有违法性，是毫无疑问的。就这样，这首《南乡子》足以代表犯罪语言的第三种类型，其名称，不妨称为淫秽语言。

七十五　法律与文艺表演

——说《小翠》

小翠和她的傻丈夫王元丰一贯在家庭内外共同表演文艺节目的情形，几乎占用了《小翠》的一半篇幅，描写得相当充分。如何评论这一部分内容呢？纯文学家又碰到了一个大难题。症结在寻找法律与文艺表演的固有联系，舍此绝对达不到正确解读的目的。马瑞芳在其专题文章中的一系列提法，简直把小翠说成了一个无所不能的政客：

> 小翠在玩闹中挽救了公爹的政治生命；
>
> 玩政敌于股掌之上；
>
> 她……竟然就靠这无法无天的嬉闹，轻而易举地去掉了王侍御的心腹大患；
>
> 小翠扮宰相旨在帮王侍御除掉政敌。（马瑞芳《马瑞芳趣话聊斋爱情》）

这些说法的共同失误，在于既歪曲了小说的故事情节，又误解了情节固有的法律内容，以政治话语的强行注入取代了法理的分析。例如“挽救了公爹的政治生命”之说，就不成立。小说明明写道：“年余，公为给谏之党奏劾免官，小有挂误。”

论者对“公爹的政治生命”的迅速终结为什么视而不见呢？再说，这免官并受到较轻处罚的直接原因，恰在公爹又碰到了原有政敌王给谏的党羽的迫害，论者不顾事实，硬要一再强调小翠为公爹“去掉心腹大患”、“帮王侍御除掉政敌”这根本不存在的东西，这又如何理解？没有别的解释，就只因为论者无从阐释小翠夫妇的文艺表演与法律的联系，于是只得曲解一部分故事情节，删去一部分故事情节，以便于把论者主观的政治话语张贴进来。说实在的，这种评论，除了复述的部分故事情节是小说自身固有的，其余议论几乎都是主观臆断之词。

那么，小说所写文艺表演同法律是如何挂钩的呢？主要有三个方面。

第一，小翠夫妇经常在家里演戏，闹得公公、婆婆都不得安宁，家庭礼法秩序受到冲击与破坏，老两口忍无可忍，可又没有好办法制止这喧闹的演出活动。为这烦心之事，老两口懊恼得通宵难眠。他们想用家法私刑来鞭挞儿媳，念及嫁给傻儿子之恩，实在不忍；又想依法“出”之（休妻），可她无家可归。就是这样进退两难，公公与婆婆急得整夜睡不着觉。这类琐屑不起眼的家庭矛盾、纠纷，恰是文艺演出与礼法、婚姻法、法定家长职责的难分难解的纠葛的具体表现。若不是顾及傻儿子结婚成家不容易，小翠就很难保住儿媳的位置。

第二，小翠所表演的剧目有《霸王别姬》、《昭君出塞》，所扮演的人物，除了历史上的帝王与后妃，还有当朝皇帝与吏部尚书，这些都涉嫌违法犯罪。查《大清律例》有“搬做杂剧”的专管文艺演出的法律条文，其规定是：

> 凡乐人搬做杂剧戏文，不许妆扮历代帝王后妃，及先圣先贤，忠臣烈士神像，违者，杖一百。官民之家，容令妆扮者，与同罪。

这就表明，王公夫妇对小翠夫妇的文艺表演始终采取容忍、迁就态度，已构成双重违法犯罪。首先一重犯罪，是小两口扮演的人物为法律所不容，犯了该“杖一百”的罪。尤其是小翠演当朝的吏部尚书，王元丰扮演的当朝皇帝，前者达到了以假乱真的程度，在家庭内外均被信以为真，而后者则被抓住了把柄，二者都随时有可能受到刑法的追究。其次一重犯罪，是老两口不能制止小两口的违法犯罪性质的文艺演出，属于法律规定的“容令装扮者”，故“与同罪”，就是一旦案发，连老两口也得“杖一百”。老幼两代四口人都随时随地有吃官司的危险，事态该多么严重！

王公作为朝廷官员，对这件触犯法律的家事，自始至终都有清醒的认识，并且随着演出活动的日益加剧其违法性，而不断深化自己的认识。起初，他只是当作烦恼琐事，忍气吞声便罢。后来小翠扮演当朝吏部尚书，弄得家庭内外的人们都以假当真，他开始感到事情闹大了，盛怒之下，对夫人预言道：“我的大祸临头已为期不远了。”再到傻儿子穿皇帝的龙袍、戴皇冠，突然出现在不怀好意而登门的王给谏的面前的时候，王公惊吓得面色如土，大哭着说：“这是祸水！我们王家即将有灭族的危险！”大怒之下的王公，拿起斧头，把媳妇的房门都砍破了。公公与儿媳之间为此有一场争吵，连杀人灭口的狠话都讲出来了。

第三，文艺演出与法律的联系的又一重要表现，是引发了一起告御状的官司，当朝皇帝亲自审理了这起案子。这里本有重要法理可议，而论者在复述有关故事情节后认为这是小翠的“谋略”，是她主动为公爹去掉“政敌”，这种说法是强加的政治标签。

小说把此案写得有头有尾，案情逐步深入发展，中途突然一个大逆转，合法的告状一下变成非法的诬告，原告也跟着成了罪犯。现实生活的这种大波折，简直像演戏出现了戏剧冲突。

的确，王给谏是王侍御的政敌，他总在找机会陷害王公，而小翠夫妇的文艺表演活动就成了他的注视目标。每有新发现，他就随着修订自己的预定害人计划。假如他真正出以公心，上述违法犯罪性质的演出活动会因为他帮助王公而停止恶性发展趋势。而他反其道而行之，总在这里寻求损人利己的契机与把柄，于是如同火上浇油，把家庭内部的文艺演出推向了刑事案件的旋涡，最后他自己引火烧身，成了罪犯！

王给谏的行径，说穿了是进行法律上的投机倒把活动，有三次逆转在其投机过程中出现。他本来对王公不怀好意，伺机加害，可对小翠扮演的吏部尚书信以为真，好几次察看，均不见吏部尚书离开王公家，便私下断定这两个人有阴谋，并当王公面进行试探，未能得到明确答案，从而更加疑心。这样，王给谏第一次投机行为出笼了，从此跟王公相好，中止了以往的陷害活动。

一年过去了，吏部尚书被免职。恰巧有写给王公的私人信件误投给王给谏了，王如获至宝，竟托人到王公家假借万金之名，行敲诈之实，遭到拒绝。这种伎俩，已涉嫌犯罪。不死心的王给谏又自己登门，不料目睹了王元丰扮演当朝皇帝的一幕，并骗取了演戏用的龙袍与皇冠，随即不辞而别。这就是其第二次投机：由诈骗巨额金钱一变而为提到物证，为下一步投机做了准备。

第三次投机，就是拿着从傻元丰手上骗取的东西当证据，上书皇帝，控告王侍御“不轨”。这“不轨”是模糊语言，可代指一切违法犯罪行为。论者确指为“造反”，不符合小说原意。皇上检验所谓证据，发现龙袍不过是破旧的黄包袱所制作，而皇冠是高粱秸所制作。又召王元丰来询问，一见那呆痴样子，就笑起来了：“就这模样还能扮皇帝?”于是，王给谏的告状也来了一个大逆转；犯了诬告罪。被捕入狱后，他还控告王公家有妖人。执法机关经过调查，得知除了颠妇痴儿经常表演文艺节日，从无什么妖人出没。邻里乡亲也都证明了此事。

三次投机的王给谏，就这样抓住文艺表演之事不放，无异于搬起石头砸自己的脚。案子至此告结，王给谏处以充军云南，也就是定了流刑，是仅次于死刑的重罚。

小翠生性活泼，有表演兴趣和天赋。她和痴丈夫演戏，有一点苦中作乐的味道，并无政治上的谋略与追求。王给谏不过是文艺演出的观众之一，只是有阴险的功利目的，致使他不仅得不到看戏的乐趣，反倒使自己犯了诬告罪。究明法律与文艺表演的关系，落脚点就在于了解《小翠》描写表演艺术的这最终的朴实无华的真相。论者的政治标签式的评论掩盖了或歪曲了这真相。

七十六　法律与曹操

——说《阎罗》《甄后》

笔者在《法说三国演义》中撰写关于曹操的法律人物形象的二十多篇系列文章之时，尚未读过《阎罗》，不知蒲氏早就用小说的形式以及篇末的“异史氏曰”对曹操作为罪犯发表了真知灼见。今天研读过后，不免反思拙文所谈，一种从未有过的快感袭上心头，顿觉自己与蒲氏尽管相隔三百多年时光，然而在用法律视角评价曹操，由此认定曹操是一个难以评说清楚的罪犯这一个具体问题上，竟然不谋而合！仅此一点，这次撰写书稿《法说聊斋志异》就足以使兴奋情绪长时间主宰我的精神世界。

请不要误认为我如此乐观是在卖弄自己，恰恰相反，我意在抬高蒲老先生，把他奉为中国涉法文学研究之父。《阎罗》及其“异史氏曰”便是这种认定的铁证。

应当把小说原文及“异史氏曰”一字不漏地推荐给读者：

莱芜秀才李中之，性直谅不阿。每数日，辄死去，僵然如尸，三四日始醒。或问所见，则隐秘不泄。时邑有张生者，亦数日一死。语人曰：“李中之，阎罗也。余至阴司，亦其属曹。”其门殿对联，俱能述之。或问：“李昨赴阴司何事？”张曰：“不能具述。惟提勘曹操，笞二十。”

异史氏曰：“阿瞒一案，想更数十阎罗矣。畜道、剑山，种种具在，宜得何罪，不劳挹取；乃数千年不决，何也？岂以临刑之囚，快于速割，故使之求死不得也？异已！”

小说的故事是怪异的：李秀才每隔几天就死去三四天，而出窍的鬼魂无不到阴曹地府充当最高法官，任务之一就是审问曹操，并给予“笞二十”的处罚。

似乎觉得小说故事情节过于简单，留下疑问太多，于是本篇“异史氏曰”与小说文本浑然一体，绝对不可分割。有了这篇议论文字，便大大补充和发展了小说的法律主题思想。将二者整合在一起，蒲松龄对曹操其人的法律评论的基本观点，就可以做这种表述：曹操是一个漏网的罪犯，其罪行多且重，即使更换几十名法官，持续审判千万年，也难以定案。原因在于，速战速决式的法律审判和一刀毙命的死刑处罚，对死有余辜的曹操来讲，就太便宜他了。只有遥遥无期的比马拉松还马拉松的漫长审判，每审判一次就例行“笞二十”来慢慢折磨他，方可解人们的心头之恨，方可伸张人间的法律正义。如果这种基本观点符合小说文本和“异史氏曰”的实际，那么就应进而讨论读者可能有的几个疑问。

首先一个问题，是蒲氏评论的曹操，属于《三国志》中的历史人物呢，还是《三国演义》中的文学人物呢？我以为，应是后者。原因很简单：蒲松龄是个作家，研读前辈作家的文学名著《三国演义》比浏览史书《三国志》的可能性大得多。再说，历史人物的曹操法律认识价值不明显，而文学人物的曹操才是难以评说的迷雾一般的法律人物形象。惟其如此，审判曹操的特别法律程序才漫长无止境。

其次，文学人物曹操到底犯有哪些罪行？蒲松龄没有确指，也不能确指。文学创作不是研究学问，不可能圆满解决文学界至今也没有解决好的曹操的法律评论问题。笔者的二十多篇曹操论，充其量只是做了一次开荒或探险的工作，留待日后有志者继续探讨的余地广阔得很。

“异史氏曰”虽是针对小说的补充、发展式的议论，但毕竟不同于纯粹的法学论文，只能点到为止。

在古代中国，文学的“载道”之说拥有极大市场，而在文学评论实践上，往往把原本无所不包的“道”囚禁在道德的一隅，于是文学名著的点评家纷纷高举忠、孝、节、义之类的道德旗号评人物，定主旨，分优劣。在这种传统习惯势力一直延续到蒲松龄的时代，法律视角的文学人物评论罕见的条件之下，《阎罗》及其“异史氏曰”空前发出曹操法律评论的呼声，如同一声春雷，惊醒了纯文学研究沉睡的法律意识。

由此可见，蒲松龄只要把文学人物的曹操认定为罪犯就足以完成时代赋予他的文学使命，将曹操定罪名是无关紧要的小事。

再次，小说中审理曹操案件的最高法官由秀才李中之来充当，对审案情况守口如瓶，由其部下张生将隐情公之于世，如此等等，是否有特定的隐喻意义？这是我最想谈的问题，回答是有特别的隐喻意义。评论文学人物的法律认识价值，只能是读书人的职责。李秀才的身份，隐喻的意义是：文学界的读书人，一旦要承担研读涉法文学文本，评论法律人物形象的任务，他就必须具备最权威的法官那样的法律修养，在谴责其罪行时要有每每“笞二十”的严格精神，不可心慈手软。

每隔几天就要出生入死地去提审曹操，可以理解为打破纯文学研究的习惯势力，开创新的文学研究路径，会碰到风险，可能遭到失败，冷嘲热讽看笑话的旁观之人也能带来阻力。既然这样，那么死去活来也就没有什么可怕的了。总之，从李秀才出生入死当法官的奇异经历，可以联想开创、突破性学术研究上的种种艰难和险阻。

张生是李秀才的知情者，由他公布李秀才审曹操的情况，可理解为涉法文学研究上的团队建设、后继有人之大事。尤其是同一起曹操案件竟然更换了几十个审判法官，更隐喻着学术事业的代代相传，持续发展。

最后，一个疑问：把蒲松龄称为中国涉法文学之父，有怎样的学术意义？他是否当之无愧？在拙著《法律文艺学》中，有专门一章讲涉法文学研究的学术史线索。在谈到中国的动态时，只提到了《文心雕龙》和鲁迅。刘勰把法律概念运用于文学理论研究，认为法律可构成文章体裁形式，算是迈开了第一步。鲁迅则有涉法文学的法理评论话语，是不自觉研究的现代代表人物。当时没有提到蒲松龄，因为未能掌握有关材料。现在可在这里补充说，蒲松龄在中国涉法文学研究的学术史上，是一位承前启后的关键人物，他用小说加议论的方式把文学人物曹操的法律评论提到议事日程，应视为不自觉研究涉法文学的第一人。在中国如此，在世界也如此。黑格尔是世界上涉法文学不自觉研究最权威的代表，达到了这种性质研究的高峰，其代表作就是他的《美学》。蒲松龄比黑格尔早得多。

尽管蒲松龄没有提出相应的任何概念，压根儿想不到后世有涉法文学研究这码事，但他在客观事实上做了从法律视角评论文学人物曹操的工作。从这一点看，他作为中国涉法文学研究之父，当之无愧，会得到国内外同行们的认同。

还有一个雄辩的证据，就是《甄后》在写曹丕的妻子甄氏的故事的过程中，抨击曹操的地方不在少数，如提到曹丕时，把曹操称为“贼父”；甄氏成了仙人，却怕狗咬，问其缘故，回答是，这狗为“老瞒所化”，对甄氏不满，故如今见她就咬；在此篇“异史氏曰”中，蒲氏对曹操、曹丕均有非议，称之为“奸瞒之篡子”，曹丕篡位自立为帝的罪行，就这样使正义的作家大为恼火。这就再一次证明，蒲松龄以文学作品及相关议论对文学人物曹操做法律评论并非偶然。

七十七　法律与宗教

——说《钟生》

在聊斋世界里，和尚与道士是经常与读者见面的两类宗教人士，通过他们来探讨法律与宗教的关系，是笔者极感兴趣的一大话题。本文仅谈《钟生》中的一道一僧如何同法律有缘的故事，权作打开了话匣子。

辽东名士钟生，在赴济南应乡试和奔广东探舅父的旅途中先后与一道一僧打交道。两位宗教人士的言行就有法律与宗教相联系的法理昭示出来。

济南的六十多岁的老道士，善于预测人们的祸福，前来咨询命运的人群像墙一样把他包围着。对于钟生，他格外了然，具做出的一系列人生预测之中有三件事具有法律性质，可称之为三大法律预报：第一是预报钟生本人即将“横折”，即突遭意外事故而死亡；第二是妻子活不了多久；第三是继室夫人在河南，今年才十四岁。讲明了三大法律预报之后，还指出了逢凶化吉的行踪方向在“东南”。

这老道士的言谈，类似算命先生。由于身为道士，更增添了宗教的神秘色彩，诸如前世今生之类的宗教教义的说法，免不了捎带出来，这些都不必信以为真。我们只要抓住这三大法律预报的认识价值就足够了。因为法律人是善于做法律预报的。例如，国家在一段时间内将有什么样的法律法规制定和颁布，社会治安状况将朝什么样的轨迹发展，一件案子发生后法庭将做出怎样的判决，争讼双方打官司谁方会胜诉，等等，法律内家都能做出准确预报。济南老道士不是法律人，而是宗教信徒，却也能做法律预报，这就同法律人保持了一致性质的联系。

法律预报，跟天气预报、地震预报一样，有使人们趋利避害，采取有效应对举措的实践意义。钟生的三大法律预报，就关系到他的生命安全与婚姻状况，提前知道，自然有益无害。由此看来，宗教人士的法律预报是否科学，是否准确，另当别论，我们需要的有用的地方，值得进一步做理论探索的地方，就在法律预报本身。

一年多过去了，钟生之妻果然病故。法律预报之一得到了应验。

钟生奉命前往广东西部看望舅舅，不料途中闹出一起人命大案。路过一个村子，正赶上河滩上演戏，观众男女混杂。正想赶紧过去，突然有一只失控的公驴，跟随钟生所骑的骡子而行，使骡后腿踢人。钟生一看，用鞭抽驴耳朵，驴受惊狂奔起来，把亲王的六七岁的长子从乳母怀抱冲出来，掉进河中淹死了。就这样，人命案子发生了。

钟生该负什么样的责任呢？他迫于众人惊叫着要捉他的紧急状态，来不及想这个问题，就纵骡飞跑，脱离了案发现场。《大清律例》有云：

> 凡无故于街市镇店驰骤车马，因而伤人者，减凡斗伤一等；致死者，杖一百、流三千里。

据此，钟生罪行不轻。考虑死者是亲王的长子的特殊身份，由于权力在握，司法执法官员一旦屈服于权势，加大处罚力度，升格处以死刑就在不言中。案子的出现，应验了济南老道士的首要一条法律预报的准确性，钟生确有“横折”的生命危险。

钟生畏罪逃跑中顿时想起老道士指出的逢凶化吉的方向在“东南”，就一口气朝这方向奔跑了三十多里。钟生谎称姓方，躲进一位老汉家中，经知情人打听，不仅得知死者的高贵身份，而且知道了衙门已下达了通缉令，扬言若有窝藏案犯者，将处以死刑。案犯本人死罪难逃，更不在话下了。

就在当天夜间，老汉对钟生主动提亲，把自已十六岁的外甥女许配为继室夫人。也就是说，济南老道士的第三个法律预报同样得到了证实。

以上，就是钟生碰到的第一个宗教人士的三大法律预报及一一被实践所验证的情况。那么，他碰到的第二个宗教人士是谁？又有怎样的法理从他身上体现出来呢？说来更巧，新娶的继室夫人的老爸出家当和尚多年。由于老妈去世早，老爸慕道而出家到南山当了和尚。孤女只好寄养在舅舅家里。成婚后，夫妻就双双到南山，以求化解人命官司将要造成的钟生的死刑。

夫妻俩进入禅堂，那坐禅的老和尚双眼若盲，目中无人，对跪在面前的女儿女婿冷若冰霜。刚把钟生打量了一下，又赶紧闭上了眼睛。听了女儿的诉说，许久无动于衷，半天才开口讲了一句话：“妮子大累人！”说完，又是半天不吭声。夫妻俩跪得筋疲力尽，疼痛难忍，这老和尚竟未卜先知似的，突然问道：“把骡子牵来了吗?”这平地一声雷似的无头无尾的问话，真是作家的神来之笔！它不露痕迹地烘托了禅堂的神秘气氛，更无言地暗示出老和尚对新女婿犯下人命关天的大案子早了然于心，只不过他无须像凡人俗子那样交谈罢了，同时更能启发我们预知：老和尚一定有绝招把女婿从死刑处罚中解救出来。

奇怪的是，老和尚只叫把那闹出人命官司的骡子牵来，并不说明为什么，也不告诉他怎样解救的任何办法。钟生夫妇只得静候佳音。过了几天，社会上有传言，说罪人已被逮捕归案，死刑判处已经完结。不久，从南山寺庙来的小门童到来，把一根断杖交给钟生说：“代你去死的，就是这个君子。”并嘱咐把断杖埋葬后进行祭祀，以解竹木的冤屈。钟生接过一看，木杖断处留有血痕。这神秘的说辞与做法，颇有禅意，其潜在法理可以意会而难以言传。我的领悟有这么几点：一是老和尚使用秘而不宣的神奇方式，把用竹木做成的杖变为钟生模样，让官方提去审判、用刑；二是把假尸体悄悄收回，使之恢复为杖的原样；三是受刑后的刀伤与血迹不加变动，以作警示钟生的凭证；四是即使是竹木，也有其生命，砍伐作杖且变人受刑，实在冤枉，故要举行安葬之礼与祭祀之礼方可消解冤枉与委屈。这四层禅意，是老和尚诡秘活动与拙简语言的破解和稀释，法理的东西，还有待进一步挖掘。

深层的法理是什么呢？不杀生，是佛教徒的五戒之一。法律上的死刑判处，既然是剥夺生命，那么就有违这一戒律。老和尚保护钟生，让木杖代死，自然就有宗教律的不杀生的意义了。这是一。第二，依上述法律规定，钟生罪不至死，亲王迫使衙门判死刑，这是冤案，处罚过重，老和尚的做法显然在反对这不合法的判处。第三，老和尚同女儿、女婿不苟言笑，形同陌路，一副公事公办的模样，表明保护钟生并非出于世俗的人情，不可理解为在中国常见的用人情干扰、破坏法律的现象，而应理解为正直的宗教人士在用佛祖的大慈大悲普度天下俗众，而这种宗教信仰与法律上的正义、公平追求，有一致之处。

若把一道一僧在关于钟生的三大法律预报和人命案子上的判决、受刑方面彼此呼应，互相配合，不曾谋面却心心相印的情形做综合考察，则可整合出一条这样的法理：尽管佛教与道教各有信仰与追求，但在以慈悲为怀，解救人间法律不公平、不仁慈、不人道所造成的伤害，不必要的死亡的大事情上，两大宗教不谋而合，其宗教人士虽然天各一方，也不妨碍他们的互相感应，彼此支持。正因为这一点，我对这僧道两教在救助钟生的冤死上的不显形的深度合作，很以为然，极有兴趣来谈论。

不过，话得说回来。钟生该"杖一百、流三千里"的严惩罪行未予依法惩处，是法律被宗教人士架空的表现，这一法理不应忽视。假如老和尚改变做法，让女婿去依法服刑，岂不是更美妙吗？可惜蒲老先生没有如此构思小说情节。

七十八　动物身上的法律烙印（一）

——说《毛大福》《刘全》

在聊斋两百多篇涉法作品共建的法理世界里，人与法律本来就难分难解，加上虎、狼这些野兽，还有马、驴、骡、犬这类家畜，甚至鼠、虫也都来凑热闹，使它们不免打上了人间的法律烙印，阅读中的法理感悟别开生面，不可不进行专题讨论。

《毛大福》中的狼，《刘全》中的马，就是野兽与家畜这两类动物身上带有法律烙印的代表，二者的法理启示各有特色。

先说狼。狼的凶残，尽人皆知。可《毛大福》中的狼，因为外科医生毛大福用手术和药物救治了一只头上长疮的狼，致使所有知情的狼都变得懂人情，通法理。其感人事迹，就是狼们帮助官府破获了一起劫财杀人案，加于毛大福的冤案因而也得到了纠正。蒲老先生把狼类人格化、理想化的艺术创造，在法理的启示上，难道是在歌颂野兽的法律智慧吗？请务必带着这样的疑问来欣赏作品，否则就会失之于肤浅的就事论事。

从小说开头的一幕，我们看到的是狼跟人一样，用包裹的金首饰数枚作为医药费，聘请毛大夫前往狼穴，为一只头上长巨疮的病狼实行外科手术。患处已溃烂生蛆，病狼的生命危在旦夕。毛大福领悟到狼的无声行为语言的意思，就立即尽职责完成了手术和敷药的工作。分手回家之际，有狼送行，行三四里过后，路遇数狼咆哮相侵，送行之狼急入群狼中，像人类一样在做有关解释工作，于是众狼散去，毛大福安全地回到了家中。

这感人至深的人狼和谐相处的情景，使人们可在阅读的瞬间全盘推翻以往关于狼的所有成见与恶感，一下爱上了这些野兽。更巧妙的是，这特有的审美快感中潜藏着劫财杀人案件的法理启示之一，由于此时不能将其明确定位，故把这法理启示的东西可用疑问形式概括出来：狼作为医药费的数枚金首饰从何而来?

巨额钱财来历不明，是法律要追究的罪行。无论古今中外，立法精神大约都如此。做纯理性推测，无非是合法收入、非法占有、接受馈赠、得失遗物等来源。这狼们的金饰物属于哪一种呢？在解开这个谜底之前，小说展示了商人宁泰被杀死在路上，官方未能捕获凶手的悬案结局，并以此为背景，正面描写毛大福到市场上出卖金首饰，被宁氏家人所指认，当场捉拿到公堂的冤案出笼的经过。

到了官府之后，冤情一时不能澄清，原因是毛大福所陈述的金首饰来源，官员不相信。这难怪官员，依常理谁也不会相信。好在法官注意实地调查。两个衙役奉命入狼穴取证，碰到两个狼，其中一个就是被毛大夫治愈了的患者，毛医生一看那头上的伤疤，就即刻认出来了。毛医生无奈地对两个狼诉苦说："以前承蒙馈赠重礼，如今正因而吃了冤枉官司，你们若不为我昭雪，回去后就会被处死!"听完这番话，我们又看到了感人至深的一幕——

狼看见毛医生被捆着，就恼怒地冲向衙役，两衙役就拔刀对峙。狼用嘴拄在地上大叫，两三声响过，山中百狼群集，团团把两衙役围在中间。衙役大为困惑。狼好像比赛似的，上前咬捆毛医生的绳索。衙役明白过来，解开绳索，狼们这才散去。

群狼再一次显示出要纠正加于救命恩人的冤案的集体性的意向。回到官府，法官很惊异，但未能顺从狼意而立即释放毛氏，这也难怪，没有究明真相，是不应随便释放犯罪嫌疑人的。

在案子一时没有进展的困顿之中，再一次出了狼们出面协助法官取证、定案、抓凶犯的动人场面。几天后，法官出行，有一只狼口衔一只破鞋，放在他经过的路上。法官没有在意，就径直过去了。狼又把那破鞋衔来，跑到法官面前，放到路上。法官命部下收了鞋子，狼才离开。

法官归府，暗暗派人去查访鞋的主人。有人说，某村有一个名叫丛薪的人，曾被两只狼追逐，把他的鞋衔走了。将丛薪抓获审问，鞋子果然是他的。这样，物证表明丛薪有杀人劫财的嫌疑。再一次拷讯所得口供，又证实了作案罪行。原来，丛薪杀宁泰后，劫取了巨金，由于它藏在衣服里面，尚未打开提取之际，就被狼衔去了，这就回应了小说开头的疑问：狼请毛医生治病的医药费，就是杀人劫财凶犯丛薪所得赃物，如今成了破案、定罪的铁证。

以直观思维，做浅层法理解释，《毛大福》所描写的群狼，懂事理，明法理，注意提取破案物证，终于有效使官方既破了一起杀人劫财案，又纠正了加于好人毛医生的冤案。

若考虑到小说从法律视角把狼们人格化、理想化的深层寓意，则可以做这样的联想与引申：不通事理，不通法理，不会破案，不能纠正冤假错案的人们，不如狼们。笔者讲这番话，毫无恶意与贬义，完全出于对作品所树立的法律标尺运作效果的考虑。否则，蒲氏此作的“孤愤”之情思，就全然落空。

说实在的，笔者在二十几年前对法律一窍不通。那时若读《毛大福》，估计不会有什么法律感悟，也绝对写不出此文中的法律见解。用小说的法律标尺反思那时的昧于法律的心态，我要老老实实重复上述话语：我曾不如狼。

这话也难听，但讲的是真理。

再来说《刘全》中的马。这篇小说写的是人与马争讼的一件案子，原告是马，被告是牛医侯某，主审衙门不是人间官府，而是阴间冥府。案情是通过公堂审理活动形象地体现出来的。马得了瘟症，侯牛医用瘟方下药治疗，但不见效果，第二天马就死了。马状告侯牛医的理由是下药不当而致命，并且在对簿公堂之际讲起人话来了，就这样原被告双方互相指责，争执不下。

好在阴司有掌管人和所有动物的生死簿，出生和死亡年月日都有案可查。于是，主审法官在双方陈述、争辩完毕后，命档案管理官吏查看生死簿，发现这马的寿命与应死年月日，与实际情况完全相符。法官得知马告状有误，就当堂大声批评说："你的寿数已尽，为什么要妄告好人!"说完，就把马赶出了公堂。

马充当原告的案子以及到阴间审理此案的经过、结果，均是怪诞的，这不必多说全属于我们多次提到的文学包装物。需要说明的是其中被包装的法理法意。有三点可谈。一是案件为民事纠纷案，更具体就是医疗纠纷案，这就决定了原告与被告双方法律地位完全平等，可以在法庭上畅所欲言，把争议的是非弄个水落石出。小说写道："马作人言，两相苦。"这是很到位的法律内行话，表现的正是两造平等对话与争议闹得不可开交。

二是法律争讼决定胜诉、败诉的是事实依据与法律准绳，并非能说会道的口才。为了突出这一层法理，小说根本不去描写唇枪舌剑的具体内容，而是让最有权威的生死簿的记载来说明一切。原告一方的马，就在事实面前立即败诉。

三是侯牛医到阴司当被告时，从被带往公堂，到进公堂，出公堂，始终有绿衣人与刘全这两位好心衙役帮助，没有吃一点民间打官司的所有人们都难免的那些苦头。什么原因呢？因为侯牛医为人厚道，曾有恩于这两个公差。这就是小说开头所写的情形：绿衣人曾化作旋风，受到侯牛医的祭奠；而城隍庙中刘全塑像被鸟粪糊蔽了眼睛，侯牛医一边安慰，一边用手除尽了粪污。如今，两公差见侯大哥进阴司当被告，就知恩图报，给予了特别关照。简言之，这层法理讲的是法律与道德的内在联系的情形之一。

狼与马，竟把我们带到了很难说清而多少有一些新意的法理世界的一角，真妙不可言。

七十九　动物身上的法律烙印（二）

——说《促织》

《促织》因为选入中学语文教材而成为聊斋中著名的篇目之一，文学家谈论它的频率也大大超过了其他聊斋作品。万分遗憾的是政治视角的一成不变，使对它的解读早已山穷水尽。论者的意见，无非是暴露封建社会的黑暗、揭露封建官场罪恶与吏治腐败，把批判矛头所指从各级官吏一直上升到皇帝之类。只要是以政治倾向论之，大约都永远只能得出这样几种结论。

我们一旦把小说所写促织这小小的昆虫之类的动物当作打上了法律烙印的文化现象，那么从小说的一系列故事情节的实际出发，就不难感悟到深刻、新颖、有趣的法律哲学启示，亦即是法律上的辩证法智慧。这样一来，政治解读的正确见解不仅得到了认同，而且得到了崭新的论证，足以使人们得以知道之所以然的许多充分理由。换句话说，政治解读的局限性，在于拘泥于直观思维，停留在现象的解释上，只能让人知其然，而不能进而揭示出所以然的一系列法律哲学的深刻本质的道理。有时候，甚至会得出错误的结论。单一、僵化的政治解读不能让人满意的教训实在不应再视而不见了。

促织，又名蟋蟀，俗称蛐蛐。我读小说时，目睹同学围观斗蟋蟀的场面，当时万万没有想到早在明朝以皇帝为首的成人，就已把少年儿童玩的游戏搬到皇宫里去玩开了。自然，那时也不知道蒲松龄把这游戏与法律捆绑在一起，玩出了今天要谈的法律上的辩证法。可以谈四个方面。

游戏与法律。这是小说用故事写出的首要一条法律辩证法。作品开门见山指出："宣德间，宫中尚促织之戏，岁征民间。"这意思是说，在明代宣德年间（1426—1435 年），皇宫中玩斗蟋蟀的游戏成为一时的风尚，于是每年向民间征收蟋蟀。这一句话，就把成人游戏与国家法律焊接到了一块，休想将二者分离开来。

这里法律何在？答曰尽在"岁征民间"四个字里面。这自然不是什么法律条文，而是实际执法行为，就是像征收国税一样征收游戏用的蟋蟀，每年照收不误。收税活动，受税法规范。古今中外，莫不如此。于是，这征收游戏材料活动，就依税法规定开展起来了。小说在“岁征民间”四字之后，就把游戏与法律如何焊接的过程做了交代。先是华阴县令出于巴结上司的目的，偶然进奉一只蟋蟀，尝试作斗打游戏之用，不料一炮打响，因而由此产生了一条行政法规：按规定限期经常提供蟋蟀。于是乎，各级官员就正儿八经依法活动起来，县令、里正、里胥之类的大大小小的官员都忙活不已。

若如此停止于这焊接游戏与法律的表层现象是不够的。要知道，导源于游戏的法律，本身就有游戏性质，何况官员在执行过程中，又把法律当游戏玩呢？“里胥狡黠，假此科敛丁口，每责一头，辄倾数家之产。”请看，这是正儿八经在执行法律吗？显然不是，只不过假法律之名，行吸吮民脂民膏之实罢了。这是比斗蟋蟀更残酷的玩法律的游戏。游戏变成了法律，法律变成了游戏，这就是法盲不容易明白的法律上的一大辩证法，蒲松龄用蟋蟀作道具，轻松地表演出来了。

人与虫。这是小说揭示出的又一条法律辩证法的栖身之处。人的人格尊严，人的生命安全，都是受法律保护的。可是，征收蟋蟀的法律下达之后，同保护人格尊严、生命安全的法律发生冲突、碰撞，其结果是关于虫的法律占了上风，而关于人的法律败下阵来，这样就导致了一种奇特社会现象的产生：人不如虫。

事实的确如此。成名因为没有完成进贡虫的任务，十多天里，像罪犯受刑一样，“杖至百，两股间脓血流漓”。虫哪能吃人间这种严刑的苦头！再看，成名九岁的儿子弄死了父亲好不容易捉到的一只虫，“母闻之，面色灰死”，大骂儿子：“死期至矣！”父亲成名归来，一听虫死就立刻像被冰雪冻僵成冰块一样。儿子呢，早吓得跳井淹死了。一家两代三口人，哪一个比得上虫安然自得？

原因在于进贡虫的临时性的行政法规得到了执行，而保护人的一贯性的刑法却无人过问。以九岁的儿子投井自杀而言，他是在母亲以死相威胁的条件下自杀的，这种人命事件，可按《大清律例》中关于“威逼人致死”的法条论处。该条云：“凡因事威逼人致死者，杖一百。”

我们所看到的事实同法律规定完全相反：母亲威逼致死了儿子，官员不过问，父亲因没有及时进贡虫，却挨了“杖一百”，既然法律不保护人，而保护虫，所以社会上就出现了人不如虫的怪诞现实。清承明制，明代法律的“威逼人致死”法条被完全承袭。

真与假。这是小说揭示的第三条法律的辩证法。本来，法律自身是追求真实，反对虚假的。诬告、伪证、诈骗等现象之所以被法律规定为罪行，就是有这类行为的人们无不弄虚作假。《促织》告诉我们，这种法律之真，不过是纸张上的法律条文罢了，而在现实生活中，司法执法人员每每弄虚作假，却有另外一些高高在上的官员以假为真，致使上下的官员全在真假不分的混沌状态中活得很潇洒，这岂不是怪事又一桩吗?

成名的里正职务及强加的进贡蟋蟀的责任，就是无中生有的假事。他因为不善言谈，老实可欺，就被狡猾的里胥钻了空子，将他向上级“报充里正役”。而这样造假，是为了应付县令。县令在接到皇上颁下的虫令后，就“责之里正”。于是，里胥这小官吏就用造一个假里正的对策，来哄骗上司。县令不知有假，故在事成被考核为政绩“卓异”的喜悦之际，煞有介事地做了一件喜事：“免成役”，再也不让他为虫事操心了。

法律条文讲真，基层执法者造假，上级官官僚主义者真假不分，以假作真，甚至还有以真作假，于是所谓执法，打官司就成了真真假假、亦真亦假的荒唐、怪诞社会现象。追求真理、遇事较真的人们，会在这种社会状态里备感“孤愤”的。

父与子。《促织》中的成名与他九岁的儿子的故事，为我们了解父子的法律地位的本来样子及其在虫法出台后的变异模样，提供了法律辩证法思考的最后一条路径。封建法典中，尽管法律规定父尊子卑，但毕竟都在一个共有的家庭里生活，都在以人的资格相处。而在小说中，父子关系淡化了，消失了，取而代之的是人虫关系。在这种家庭里，除了人随虫的得失、死活、胜败而有荣枯升沉的相应变化，父子间的天伦之乐及其法律地位、义务、权利等，一概不复存在。在这种情况下，人的品格与精神大大贬值，是毫无疑问的。用马克思主义的人的异化理论，可以知道，成氏父子都异化为虫了。

当初，儿子投井而死，成名尚有悲哀，可当他听到虫叫声之际，“亦不敢复究儿”，而是一心去捉那只由儿子灵魂所变的虫。

不久，成名就倚仗儿子变成的这只虫，免除了虫责，当上了秀才。尤其具有讽刺意义的是，在一年多后，儿子“精神复旧，自言身化促织”，揭穿了残酷的事实真相之后，成名依然以往日进贡儿子变的虫的一点成绩，继续获取来自官赐的荣华富贵，成了富甲一方的大户。说穿了，成名在把儿子当作商品，换取了他作为一个穷书生当年得不到的一切。在这赤裸裸的金钱交易中，所有关于家庭，父子的立法精神，全被扫荡一空。捉虫、献虫，为满足皇宫玩虫的需要活着，就是人的一切，父子关系完全“虫”化了！

八十　动物身上的法律烙印（三）

——说《画马》

以上所谈到的《毛大福》中的狼和《刘全》中的马，属于原生动物；《促织》中的那只战无不胜的蟋蟀，属于人变动物；这里要讲的《画马》中的马，则属于静物所变的动物，即名画中的马从画上跑出来，居然也进入了聊斋法理世界。不作法理分析，《画马》的阅读势必呈一知半解的态势。

临清崔生，家窭贫。围垣不修。每晨起，辄见一马卧露草间，黑质白章；惟尾毛不整，似火燎断者。逐去，夜又复来，不知所自。崔有好友，官于晋，欲往就之，苦无健步，遂捉马施勒乘去，嘱家人曰：“倘有寻马者，当如晋以告”。既就途，马骛驶，瞬息百里。夜不甚饫刍豆，意其病。次日，紧衔不令驰；而马蹄嘶喷沫，健怒如昨。复纵之，午已达晋。时骑入市廛，观者无不称叹。晋王闻之，以重直购之。崔恐为失者所寻，不敢售。居半年，无耗，遂以八百金货于晋邸，乃自市健骡归。后王以急务，遣校尉骑赴临清。马逸，追至崔之东郊，入门，不见。索诸主人，主曾姓，实莫之睹。及入室，见壁间挂子昂画马一帧，内一匹马毛色浑似，尾处为香炷所烧，始知马，画妖也。校尉难复王命，因讼曾。时崔得马资，居积盈万，自愿以直贷曾，付校尉去。曾甚德之，不知崔即当年之售主也。

全文依不知主人为谁的马被崔生据为已有，半年后被崔生出卖，买主得马复失的线索，可划分为三个层次，每一层次均有法律问题存在。

先看第一层。崔生连续几天看见一匹马在自家门前草地上出现，把它赶走了，到夜间又回来了，不知谁是它的主人，也不知道它来自何方。因为要去山西看望一位做官的朋友，正在为交通工具发愁，所以现实的迫切需要，使他产生了将这马据为已有、为我所用的动机。当骑马出发时，他还考虑到寻马者会找上门来，故嘱咐家人随时同自己保持联系。这里的法律问题是：把别人遗失的东西据为已有，是否有违法律呢？

崔生所骑这马，神奇非凡，不吃草料，瞬息百里。他如同坐飞机似的，很快就抵达目的地。走到街市上，见到马的人们无不赞叹。晋王听说，就不惜花重金购买，经过半年的等待，担心失主来寻马的事，看来不存在，崔生就大胆地以八百金的价格把这宝马卖给了晋王府，自己则买了一头骡子骑回了家乡临清。这里又存在一个法律问题，崔生如此出卖不知道原主的马，合法吗？

买得宝马的晋王，派一名部下到临清去执行紧急任务。不料到达终点时，马狂奔乱跑，追赶到崔生的东邻，那马跑进大门就不见了。于是，他向主人索还马匹。主人姓曾，回答说根本没有看见有什么马跑进来。晋王的部下只好自己进屋寻找，到一间居室后，发现墙上有一幅元代大画家赵子昂所画的马，这马跟自己所骑之马毛色相似，尤其是尾巴的毛，不整齐，像被火烧过一样，也与自己骑的马吻合。这部下断定，原来此马是画妖。想到回去不好交差，他就到公堂去状告曾某。第三个法律问题出现了：一旦进入诉讼程序，法官将依据什么样的法条做出判决呢？或者说，告状者有法律依据提出控告吗？

提出上述三大法律问题之后，我想说明的一个想法是：法律意识自觉的读者提出这三个法律问题的阅读效果，较之纯文学家根本不知有这三个问题的存在，不知要优越多少倍！有道是，外行看热闹，内行看门道。法律的外行读此篇，无非要诉说这样一类文学套话：小说以神奇的想象，把画家笔下栩栩如生的马变成可以飞出画面，让人骑坐的大活马，在作为商品经过现金交易之后，竟然还能物归原主，重新入画，恢复了作为艺术品的马的固有神韵。美哉，画马！小说圣手蒲氏的神来之笔，真妙不可言也！

不错，这类套话在文学界很容易得到认可，谁也挑不出大毛病来。然而，我要说，就文学论文学的这种阅读效果，恰如囫囵吞枣，有益的营养成分都未能消化与吸收。一旦做了法律解读，即把上述三个客观存在的问题提出来，还进行一番讨论，这样有了法理启示的收获之外，更可把上述文学套话加以破除，重塑一种兼收并蓄式的解读话语新模式。

关于前两个法律问题，适用于下列法条作解答。《大清律例》有“得遗失物”的条文：

> 凡得遗失之物，限五日内送官，官物还官，私物召人识认，于内一半给与得物人充赏，一半给还失物人，如三十日内无人识认者，全给。限外不送官者，官物，坐赃论；私物减二等，其物一半入官，一半给主。

依此可知，崔生得遗失宝马半年之久，始终没有“送官”备案。也没有履行“召人识认”的法律手续，故应视为犯“受赃”之罪。由于这马是私家所有，故处罚“减二等”。第一个问题的答案大体如此。

既然据为己有构成了犯罪，那么半年后又高价出卖，这就是罪上加罪。第二个问题的答案要点，仅此而已。

明白了这两个法律要点，可得出的一个结论是：崔生是一个“得遗失物”上的违法犯罪之人。塑造人物是文学创作追求的一个大目标。将崔生定位于罪犯，有利于了解聊斋主人创作上的成就。

关于第三个问题，晋王部下所认定的“画妖”二字是关键词，提示着适用法条的寻求方向。《大清律例》有关“造妖书妖言”条中明文规定：“若私有妖书，隐藏不送官者，杖一百，徒三年。”

无论告状人，还是审案法官，都可用这一法条作依据。但事情并非扣出这法条就可了结，因为告状者心目中的“画妖”，在事实上是一幅名家的名画，认作为“画妖”是主观臆断，法官可以驳回。反之，如法官以此法条为依据，论者也可以同一理由反驳。这样，任凭官司打下去，将会纠缠不休，这对崔生作为当事人，漏网罪犯是极其不利的。小说结尾有云："时崔得马资，居积盈才。"这个靠不义之财而暴发的富翁，在争讼不息时如果卷入进来，就很可能露马脚，把其犯罪案底全盘托出。

崔生闻讯的对策是：自愿把钱借给被告曾某，让他去打发晋王部下，从而很快了结了这起官司。曾某对崔生感恩戴德万分，根本不知道崔生就是当年出卖马的货主。

请注意，法盲的读者会跟曾某一样，把崔生当好人，认为他帮曾某平息官司是做了好事，而法律的解读，做出的则是完全相反的评价：崔某是一个狡猾的大坏蛋，他借钱给曾某，看似助人为乐，帮别人排忧解难，实质上是大发不义之财的劣迹之一，是个阴谋，劣迹要害在掩盖他靠非法交易而暴发的内幕。

曾某，突遭飞来横祸，一举欠下八百金的债务，受害深深，却反而把直接加于他的崔生当作恩德之人，该多么可怜又可悲呀！综上述法理赏析，既增添了读者的法律智慧，又加深了对作品的主题思想、人物描写的理解，避免了纯文学家难免的误读误解，真是一举三得。

第四辑
犯罪问题专门讨论

以上三辑，从人物、案件、法律文化现象三大载体谈论了聊斋世界的法理法意，其共同点在于载体固定、统一，而法理法意则应有尽有，并无议论中心话题。

此辑则相反，围绕犯罪问题的中心，议论有关一系列作品，而作为法律内容载体的东西，则分散为或人物，或案件，或法律文化现象。

蒲松龄没有对犯罪问题做综合性的探究，因为短篇小说形式，不可能容纳这种复杂内容。他所做的工作，不过是在每一篇描写某种罪行的基础上，考察罪犯是否受到法律惩处，其相应的原因，教训何在。因此，在议论方法上，我们依然是一篇作品用一篇文章加以解读。全辑将议论十几种主要罪行如何纳入蒲氏视野的情形。

八十一　私盐罪：刑法实施中的弊端

——说《王十》

我们首先议论《王十》所写的"私盐"罪，出于两个原因：一个原因是此篇立意在法理上有创造性、批判性，真知灼见堪称本专辑所谈一系列作品中绝无仅有；另一个原因，是有文学教授在谈论此篇时，一是将"私盐"罪纳入论者所做专题讲座"民俗思想"范畴，根本上失去了正解的可能性；二是在具体讲解时，又大讲"盐政"，"官卖政策"之类；三是复述小说有关故事情节后，归结为"佩服蒲松龄的经济思想"；四是提出"小说从立法的角度提出疑义来"的观点。（傅光明《评聊斋志异说儒林外史》）本文认为，论者的前三个问题，在于把特定的私盐罪一会儿当作"民俗思想"，一会儿又说成"政策"，一会儿又讲是什么"经济思想"，这反复转换概念与范畴的做法，正反映出论者未能把握小说固有的思想脉动。后一个问题，看似回到了小说的固有法律内容上来了，实际上依然存在转换概念的毛病。小说并非"从立法的角度提出疑义来"，而是从法律实施的角度提出疑义来，认为司法执法中弊端严重。对此，论者完全失察。由此可见，论者说去说来，所发表的四条意见没有一条符合小说的实际。

小说是怎样揭露私盐罪在定罪中暴露出来的严重弊端的呢？从创作上看，采取的是蒲氏惯用的凡人被鬼卒捉到阴曹受审受罚的老套路。盐贩王十就这样以私盐罪被两个鬼卒连夜抓进了冥府，新任阎王要罚他去淘淤平了的奈河。出乎两个鬼卒意料的是，阎王一见王十，就怒不可遏地发表了关于私盐罪的独特见解。他说：

> 私盐者，上漏国税，下蠹民生者也。若世之暴官奸商所指为私盐者，皆天下之良民。贫人揭锱铢之本，求升斗之息，何为私哉！

这番讲话，精彩之至。首先，讲话阐明了私盐罪的社会危害性在于既损失了国家税收，又妨碍了人民群众的正常生活。这一点，充分说明小说对盐法的立法，毫无疑义，完全拥护。其次，讲话的意思急转直下，指出盐法在执行过程中出了一个大纰漏，就是“暴官奸商”利用私盐罪来坑害天下的广大良民。这言外之意，是货真价实的私盐罪犯一个个都漏网了。最后，讲话直言不讳，大声疾呼，替被以私盐罪处罚的贫苦百姓鸣冤叫屈，认为他们用微小的资本，从事食盐交易，不过是谋求赖以生存的薄利罢了，这哪里谈得上是什么私盐罪呢！

讲完这番金玉良言，阎王不仅没有处罚王十，反倒加以奖赏：让两个鬼卒买盐四斗，加上王十自己原有的盐，一起送到王十家中去，并任命王十当盐工，去监督河工淘河治淤。

王十当监工又发生了有趣的故事，寓意何在，小说不曾明指，读者却完全可以意会。王十奉命来到奈河边，只见到此罚做苦工的罪犯不计其数，大家出入于河水，干的全是打捞与搬运朽骨腐尸的又脏又臭的苦力活。忽然，王十看到自己的同乡，一个开商店的老板也在苦工队伍之中，于是仅仅只是严苛地对待他：“入河楚背，上岸敲股”，总之不管他下水上岸，都免不了打他一顿。这老板没有办法，只得潜入水里躲避挨打，为什么王十单单对这老板恨之入骨呢？小说没有用任何揭秘的手段，仿佛故意考读者似的。

笔者的理解是：王十当面听到阎王的上述讲话，法律意识顿时觉醒，猛然认识到自己小本经营食盐，根本无罪可言，真正犯私盐罪的，是同乡开商店的大老板，这样的货真价实的私盐罪犯，就是该打该罚。

这种理解，可在小说结尾得到证实。王十与同乡商人复活回到人间之后，有这样的后续故事：商人被王十打过的地方，都形成了创伤，浑身溃烂，臭不可闻。王十故意登门拜访，商人见了还躲进被里，如同在奈河边一样，心有余悸。一年后，他伤好了，生意也不做了。这结尾意味什么？依然是含而不露，要读者去领悟。笔者的理解是：私盐罪犯老板，在人间逍遥法外，却未能逃避冥法的处罚，故他吸取教训，改邪归正了。

在《大清律例》中，专门的“盐法”，共有十一条之多。此外，还有大量的例文。所有这些法律条文中，几乎都有关于“私盐”罪的各种规定。《王十》对这些立法所持的是认同态度，它所不满意的地方是盐法实施中走了样，使真正的私盐犯安然无恙，而被以私盐罪论处的却是贫人、良民。身为同乡的两个人物王十和商人老板，恰是如此不公平的执法后果中的两个法律地位不同的代表人物。

本篇的“异史氏曰”篇幅跟《王十》相当，内容上完全是阎王讲话的翻版，只不过以议论的方式，把讲话内容变成了一篇法学论文。

蒲氏的基本观点，是朝廷依法认定的私盐，同地方官员与商人所说的私盐是两回事，不应该混为一谈。地方上所说私盐，出于保护地方利益与私人利益的目的，专指外地来的盐贩及其食盐买卖活动。各地如此互相防范，互相假冒，就把食盐市场弄得混乱不堪。盐法，在这种混乱市场中被歪曲、搁浅，成为地方利益和富商利益保护伞，成为坑害良民和小贩的工具，就势不可免了。下面一段话，不仅是法律的内行话，更是一位杰出文学作家的闪光法律思想的结晶：

> 其有境内冒他邑以来者，法不宥。彼此之相钓，而越肆假冒之愚民益多。一被逻获，则先以刀杖残其胫股，而后送诸官；官则桎梏之，是名“私盐”。呜呼！冤哉！漏数万之税非私，而负升斗之盐则私之；本境售诸他境非私，而本境买诸本境则私之。冤矣！律中“盐法”最严，而独于贫难军民，背负易食者，不之禁。今则一切不禁，而专杀此贫难军民！

巴尔扎克曾在他的小说《纽沁根银行》里借一个人物之口，指出了法律在打击罪犯上效果不好的情形：“法律如同蜘蛛网，大苍蝇穿过去了，小苍蝇被网住了。”《王十》和“异史氏曰”所议，在法律上的认识价值，同巴尔扎克的这种见解高度一致。

我在许多场合讲过，文学中的法律，并非用以诠释任何法律制度和法律条文，而是反映法律实施于社会效果不如人意的差距、弊端、问题，故具有法律舆论监督的功能和意义。《王十》为我们说明与论证这个重要问题提供了易于理解的典型实例。

八十二　谋反与农民起义

——说《九山王》

农民起义的理念是马克思主义阶级斗争学说的产物，自20世纪50年代运用于《水浒传》的评论之后，中国文学界就习以为常了。同样，学人也很自然地谈到了《聊斋志异》中关于农民起义的那些作品。我们已谈过的《小二》、两篇同题的《白莲教》，还有《野狗》以及本文要谈的《九山王》，都属于这一类作品。

值得讨论的是，在马克思主义诞生之前，中国自古以来的作家对发生在神州大地的几百次农民起义持何种态度，怎样描写，今天如何评价这三大关联的问题。由于人们根本不管这三大问题，径直建立论者的话语系统，于是不可思议的漏洞就层出不穷。例如关于《水浒传》的歌颂农民起义论，就让人觉得作者施耐庵似乎比马克思还高明，早早就认识到农民起义是推动历史前进的动力，故要予以热情歌颂。

再如，本文要谈的《九山王》，以明末农民起义延续到清初顺治年间（1644—1645年）失败为叙事背景，描述了李生遭狐狸精报复而造反、失败的故事，对农民起义持全然否定的态度，我们能够据以认为蒲松龄思想反动吗？

实践表明，要正确解读中国古代文学以及世界各国文学中的农民起义的艺术描写，仅从政治上着眼是行不通的，非作法律视角考察不可。《九山王》被聊斋研究者冷落，大约就是因为法律视角问题未能提出，单纯的政治话语又容易伤害蒲老先生，故干脆闭口不谈。

历代封建王朝的法律，无不把农民起义的革命斗争视为极恶大罪，罪名是谋反。有意思的是，蒲松龄笔下理所当然没有“农民起义”的字样，同时也没有“谋反”的概念，他的办法是把所有起义者一概称之为盗，有时也称之为贼、寇。查一查《大清律例》可知，法律恰恰是把农民起义者称为贼盗、强盗的。这就证明，聊斋关于农民起义的所有篇目，无不坚持的是封建法律的立场，把农民的造反、斗争视为犯罪加以描写的。这并不是蒲松龄个人的过错，更不是他政治上的反动，而是客观上暴露了封建法律的反动性。《九山王》的法律认识价值就在这里。

更为具体的法理法意，尽在读书人李某的造反故事之中。以农民起义的原因而论，归根结底，是农民同地主之间的阶级矛盾激化所引爆的。李生的造反，却纯属他个人因大量毒杀狐狸，而遭到了狐狸精的报复。李家一向富有，屋后有园数亩荒置。一老翁来出百金租下荒园，迅速造出一片房舍，室内陈设美观而清香，居住人口多达百口左右，拥有婢仆，显然是一个富豪之家。李生认定这一家全是狐狸，就上街不断买硝硫，积攒有数百斤之多，暗中遍布满园，然而突加引爆，结果毒死狐狸无数。老翁从外而入，当面谴责李生的“灭族”之举，并扬言一定要报这个“奇惨之仇”。这就是说，李生日后造反，犯下谋反大罪，并非出于阶级矛盾激化的原因，而是由人与狐的个人仇恨所决定的。

顺治初年，法律认定的“群盗”在山中聚集，发展到万余人，官方不能逮捕归案。这时一个算命先生进村，被李生请到家里，企图请他来化解面临的离乱。这老先生摇唇鼓舌，惊叹李生有帝王之相，力劝尽快准备好武器、甲胄，以便用于武装士卒，到山中称王称帝。老翁还动员了几千人，来投奔李生。于是，李生拜老翁为军师，在山中建立据点，同县令派来的军队开战，大获胜利。造反队伍一下发展到数以万计，李生自立为九山王。在军师指挥下夺得国家军队的一批战马之后，九山王封军师为护国大将军。这就是李生造反的经过。也就是说，依法律而论，李生由一个读书人，逐步成为一个拥有上万人的军事力量的头目，干的是同国家军队打仗的事，这就是典型的谋反大罪。九山王、护国大将军的两大官职的自封与封人，则是谋反罪的突出标志。

更有野心的是，李生面对一时的军事胜利，已开始做“黄袍加身”的皇帝梦。就在这时，山东巡抚以战马被九山王劫夺为由，要进山剿灭李生。尚未行军，又得兖州来的军事情报，他们将要在战败后予以反击。于是，山东巡抚发精兵数千，同友军合力进剿九山王的据点，正在激战即将展开之际，九山王惊恐万状，召军师兼护国大将军来共谋对策，却不知他的去向。就这样，九山王全军覆灭，本人被逮捕，妻子、儿女一并被判处了死刑。

封建统治者对谋反罪，从来采取的都是双管齐下的对付手段：一是军事镇压，二是法律制裁。李生的灭亡，就是如此。军事武装被打仗剿灭了，李生及其家属受到了法律上的死刑判处。李生一人造反，为什么妻子、儿女也都要视为有罪，一并处以死刑呢？答曰：法律的明文规定。

> 凡谋反，及大逆，但共谋者，不分首从，皆凌迟处死。祖父、父、子、孙、兄弟及同居之人……皆斩。(《大清律例》)

如此残酷的刑法，反映的是法律对农民起义的刻骨仇恨。

依法，九山王的军师兼护国大将军也该凌迟处死，然而他在兵败之前就从山中据点蒸发了，逃得无影无踪。直到这时，九山王才意识到，自己是被报复灭族之仇的狐狸精诱惑而犯罪的。很清楚，这一呼应小说前文的描写，再一次消解了谋反罪的阶级内容，重申了个人报仇的造反原因。

那么，李生昔日毒杀狐族无数，同他后来率众万人造反之间，除了上述个人报复的诱因之外，是否还有某种内在联系呢？这是一般读者不会追问到底的问题，而作者蒲老先生却想到了，并在“异史氏曰”中做了令人信服的提示。他指出：“彼其杀狐之残，方寸已有盗根，故狐得长其萌而施之报。”

这话的意思是，李生大量杀死狐狸的残忍，证明他内心有当强盗造反的根子，故狐狸精就能够利用这根子，使它生长出犯谋反罪的禾苗，从而实施自己拉人下水的报仇计划。这是一种见微知著的心理推测，说明率众造反之人，在心理素质上具有不怕杀人流血的特征。的确，两军对杀，你死我活的战场上，流血死人的残酷场面，是心慈手软的人们承受不了的。至于狐狸的报复计划，不过是文学的包装物，骨子里隐含的东西，应解读为引诱、启发农民起义者的某种理性认识或某种事实的教训。

尤其要注意的是，“异史氏曰”中把农民起义者称为“盗”，议论“盗根”，表明蒲松龄的一系列关于农民起义的小说大量运用盗、贼、寇一类的概念，跟封建法律保持了一致的立场，对于马克思主义者所歌颂的农民起义的革命壮举，在他心目中就是犯极恶大罪，农民军的英勇将士，在他心目中就是罪犯，就是贼、盗、寇，理应斩尽杀绝。我们经常讲的时代与阶级的局限性，在这里得到了生动的诠释。

若有谁抓住这法律现象给蒲松龄戴上一顶仇恨农民起义、思想反动的大帽子，这就很不合适了。

有学者把此篇解读为老狐狸报仇的故事，认为全篇所写，“是一种用心良苦、深谋远虑的复仇”。这种喧宾夺主式的解读，既无从揭示小说的法律主题，又不能解释“异史氏曰”的上述心理推测的成果。

论者还谈到李生“造反称王”及其妻子、儿女受刑处死的事实，却不提这里的法律问题，依然归结到复仇故事之中，弄得小说与法律完全不沾边，成了纯粹的复仇故事。

八十三　杀人：凶手漏网或被杀

——说《薛慰娘》

聊斋世界的杀人罪犯不在少数，但绳之以法，被判处死刑的却很少很少。众多作品对杀人凶手的描写，大约两种结局：一是漏网，逍遥法外；二是被另外的凶手所杀，这新的凶手同样还是逍遥法外。两种结局的法律症结是完全相同的，即共同证明了刑法关于杀人者死的立法精神没有落实在惩治凶手的要害上，形同虚设。《薛慰娘》中的两个杀人凶手，正好代表了这两种不同的结局及其共同的法律弊端。

第一个杀人凶手冯某，其作案经过是：一天薛慰娘从舅舅家探亲归来，叫女仆去雇船。船家在金陵兼当媒人，正好有一个官员，派船家寻找美女，一直没有找到，就打算划船到扬州去。忽然碰到薛慰娘，冯某心怀鬼胎，让她和女仆上了船。途中，他在饭中投毒，主仆都昏迷过去了。冯某把女仆推入江中淹死，再以重金把薛慰娘卖给那个官员。官员的正妻先是打她，后又囚禁她，三天后她才清醒过来，当从婢女口中得知自己的遭遇后，她就上吊自杀身死。

由此看来，冯某罪行非常严重，除了直接行凶作案之外，还有投毒、拐卖妇女的两宗罪行。薛慰娘的自杀，冯某也有责任。然而，这么一个罪魁祸首，却长期逍遥法外。

后来，同女儿在流落异乡中失散的父亲薛寅侯，以六百金买住房，出卖者竟是罪犯冯某。还魂之后的薛慰娘突然见到，吃惊不小，冯某也大吃一惊。但她没有当场指认，仅仅只是表示疑惑罢了。紧接着，父女相认，互道别情。等冯父在女婿李仲道买房之后的次日再去看冯某时，全家都逃走了。直到这时，薛父才知道杀害女仆、出卖女儿的歹徒是冯某。罪恶累累的冯某，就这样在他人流离失所、亲子天各一方的混乱中漏网多年。

依小说在薛寅侯得知冯某的杀人罪恶事实后的一段被叙可知，冯某还犯有赌博罪。他之所以出卖住房，就是因为他出卖薛慰娘的钱快输光了。就在冯某失踪之时，小说有一段描写薛慰娘心态的话，可认为意在揭示杀人凶手之所以漏网的一大教训：

> 慰娘得所，亦不甚仇之，但择日徙居，更不追其所往。

对有两条人命血债的元凶恨不起来，在凶手逃走后也不抓紧时间去跟踪去向，更不到官府报案，是法律无从落实的原因之所在。

婚后致富的薛慰娘没有忘记为自己而被他人杀害的仆妇，就想回报她的儿子。她有一个儿子，名叫殷富，爱赌博，穷得没有立锥之地，有一天，为赌局投注发生争执，殴打中出了人命官司，只好逃到薛慰娘居住的平阳来，被收留在李生门下。打听被杀者的姓名，就是船家冯某。大家欣喜之际，就把殷富留在家里当仆人。

这一人事安排，实际上是小说为我们揭示的杀人凶手之所以漏网的又一教训，这就是：心地善良的薛慰娘和她的丈夫李仲道，对有恩于自己的好心人、被害者感恩戴德有余；而对其作为行凶杀人、罪行严重的罪犯，则缺乏将之绳之以法的法律意识，压根儿不想报案擒凶的事情，于是在恩人的儿子成为杀人犯之后，竟把自己的家当作了罪犯的避难所。

就这样，第二个杀人凶手殷富，也逍遥法外了，他日后会不会照样被仇家所杀呢？

中国古代没有现代化的检察机关代表国家主动追诉刑事罪犯，任何案件都仰仗百姓一级级告状，这才有可能破案，将罪犯抓获法办。我们谈过的席方平的可贵和伟大之处，恰在适应这种法律制度的需要，具有主动告状的积极性、自觉性，更有善于告状的智慧、勇气。薛慰娘的心理与性格特征，恰恰同席方平相反，似乎完全不知道告状是怎么一回事，法律诉讼所需要的积极主动精神、斗争勇气与智慧一概没有。她只知道对有恩于自己的人知恩图报，而对于危害自己的人恨不起来，不想做个人的报复，也不想用法律讨回公道，属于被道德修养全然压抑了法律意识的文学形象。杀人犯冯某从她眼皮底下逃走，另一个杀人犯殷富则在她的家里安然规避着法律追究，在今天人们不可思议的两个凶手均被同一个人物所宽容的严峻事实面前，薛慰娘却心平气和，无动于衷。小说从这样的角度，探究关于杀人罪的法律落空的原因，令人耳目一新。

读者会问：薛慰娘为什么没有我们常人所共有的嫉恶如仇的心理呢？蒲松龄似乎早就考虑到读者应有的这一疑问，于是用人物自身的特殊人生经历来做无言无声的形象暗示性的回答。上面谈过，薛慰娘在中毒三天后醒来，从官员家的婢女口中得知被拐卖至此的经过，就自杀身死了。她是怎么死而复活的呢？她被埋葬的坟地边，有一位李老汉也埋葬在这里。当群鬼总是欺凌她的时候，总是得到了李翁的呵护，于是她就把李翁当父亲对待。后来，李翁的儿子来迁葬父亲，不料开棺见到的不是父尸，而是薛慰娘未曾腐烂的身躯，并终于被救活。按照李翁的嘱咐，薛慰娘嫁给了李家二儿子李仲道。

死而复活的薛慰娘，不仅嫁了个好丈夫，又与失散的父亲重逢，获得了常人不可能有的第二次生命。很可能就是这种奇异的人生经历，造就了她不同于常人的情感世界——只知道爱，不知道恨，故通过法律诉讼途径来报复凶手的投毒、杀人、拐卖之类的罪行，获得心灵的慰藉，对于她来说，没有必要。她是一个宽容到极点的人物。这样，法律的威慑，就被她置之度外了。

小说给人物取的名字“慰娘”，也是作家有意安设的一个文眼，意思是：这是一个只懂得安慰别人的女人。连两个杀人犯也都在她所要安慰的对象里面。就这样，慰娘形象的独特个性，真是堪称绝无仅有。

中国自古以来就是一个伦理性极强的国度。法律在古代一直被认为是政治的工具，这反映在人民群众的文化心理上，就是对道德的迷恋，对法律的冷漠。薛慰娘应是伦理国度的道德人的代表，她跟当今的法律人是格格不入的。即使在聊斋世界里，薛慰娘同那些鸣于官、质于官、讼于官的人们也是十分不同的。

通过薛慰娘这样一个道德人来观察杀人罪犯难以绳之以法的弊端和教训，实在是一个绝妙的创造。当然，刑法实施效果欠佳，主要原因在封建司法执法制度落后、官员腐朽无能，这另当别论，不是《薛慰娘》所能担当的探讨任务。它关注的仅仅是民间的法律缺憾。

八十四　抢劫：破案有方而处罚无据

——说《新郑讼》

抢劫，是当今人们极熟悉的一个罪名，指的是在光天化日之下用武力夺取他人财物而据为己有的行为。例如，骑摩托在街头巷尾抢钱包、妇女所戴首饰，就是抢劫。

在清代，刑法把抢劫称为“白昼抢夺”。《新郑讼》叙述的是一起抢劫案发生、告状、审理、判处的完整过程，经验、教训尽在其中。要言之，经验是破案有方，教训是处罚无据。

有必要请读者欣赏小说全文。

长山石进士宗玉，为新郑令。适有远客张某，经商于外，因病思归，不能骑步，赁禾车一辆，携资五千，两夫挽载以行。至新郑，两夫往市饮食，张守资独卧车中。有某甲过，睨之，见旁无人，夺资去。张不能御，力疾起，遥尾缀之，入一村中；又从之，入一门内。张不敢入，但自短垣窥觇之。甲释所负，回首见窥者，怒执为贼，缚见石公，因言情状。问张，备述其冤。公以无质实，叱去之。二人下，皆以官无皂白。公置若不闻。颇忆甲久有逋赋，遣役严追之。逾日，即以银三两投纳。

石公问金所自来。甲云："质衣鬻物。"皆指名以实之。石公遣役令视纳税人，有与甲同村者否。适甲邻人在，唤入问之："汝既为某甲近邻，金所从来，尔当知之。"邻曰："不知"。公曰："邻家不知，其来暧昧。"甲惧，顾邻曰："我质某物，鬻某器，汝岂不知?"邻急曰："然，固有之矣。"公怒曰："尔必与甲同盗，非刑询不可!"命取梏械。邻人惧曰："吾以邻故，不敢招怨；今刑及己身，何讳乎。彼实劫张某钱所市也。"遂释之。时张以丧资未归，乃责甲押偿之。此亦见石之能实心为政也。

某甲的抢劫行为很典型，所得赃款数额达五千之巨。好在被抢劫的张某跟踪罪犯，一直盯梢到进入其家门。不料，某甲发现跟踪的张某后，竟倒打一耙，把他诬称为窃贼，捆起来送到了新郑县令石公案下。

石公接受的案子是某甲为原告，张某为被告，性质是盗窃罪。审问被告，回答是很冤枉。石公以没有证据为由，中止了案子的审理，将原告和被告赶出了公堂。两造均口出怨言，说石公不分是非，石公若无其事。实际上，这是破案上的缓兵之计，先避开争讼锋芒，等取得证据再说。

紧接着，又来了一个迂回作战的计策。石公回忆某甲欠有税款未交，就下令衙役从严追逼税款，过了一天，某甲交来白银三两。以此为突破口，查问银子来历，得到的口供是卖衣服的收入。是真是假，有待进一步核实。

石公询问了某甲的邻居，回答是：不知道。在农村社会，邻里之间通常是彼此很熟悉，几乎没有什么秘密的事能够瞒住公众的眼睛和耳朵。石公做这种逻辑推理过后，做出了一个初步结论：某甲的钱财来历不明。这一下，使某甲很害怕，但他还要企图稳住阵脚，就寄希望于邻居作伪证。邻居不肯得罪人，一听某甲要自己作伪证的话，就连忙证实有出卖衣物这码事。

这时，石公面临的是一场新的挑战：作案人与他的邻居，居然在公堂上作伪证。若听信了他们的证言，罪犯就将漏网，而受害人就要吃冤枉官司，进一步受害。好样的石公经受了考验，决定对邻居动刑，逼出真口供。邻居这才不得不实话实说，既说明了一度作伪证是怕得罪某甲，又指出某甲的钱财的确是将抢劫的不义之物出卖所得的收入。

抢劫案就这样成功破获了。石县令值得称道的破案经验主要有：一是不像一般县官那样动辄严刑拷问，逼出口供，而是注意客观事物动向，从中找出甲事物与乙事物的联系，从而使抢劫所得赃物赃款由作案人自己招供出来；二是真抢劫案引出假偷窃案、争讼双方共同批评县官不分是非、某甲与邻居唱双簧作伪证等困惑出现之后，都能很快稳定局面，分清曲直，确定真伪；三是从案发到定案，只有几天时间，办案效率高。

不过，破案只是落实刑法的基础，若不依法惩处罪犯，那么法律依然有落空的可能性。我们所说的处罚无据，指的就是在依法论处的关键之处，石县令有所不当。查《大清律例》，关于“白昼抢夺”的处罚是：“凡白昼抢夺人财物者，杖一百，徒三年。计赃重者，加窃盗罪二等。”此条后有立法解释进一步指出：“罪止杖一百，流三千里。”某甲的赃物达“五千”之巨，应判处“杖一百，流三千里”，才可称之为罪罚相当。

那么，石县令是怎么判处的呢？“乃责甲押偿之”，这是经济上的退赔，属于民事部分的附带判处，而主要的刑事部分的判处，则只字未提。我以为，这不是蒲松龄叙事上的笔误所致，实为石县令执法上的空缺的真实反映。某甲就这样因为执法不严，而没有受到本来应当有的“杖一百，流三千里”的处罚，这同逍遥法外有什么本质区别呢？

“此亦见石公之能实心为政也”。这是小说结尾收束全篇的一句话，意在全盘肯定石县令对此案的审判，毫无贬责意向。可见，尽管蒲氏是一位法律意识自觉的作家，更是有不少真知灼见的法律思想家，但在对于法典中的“白昼抢夺”的法律条文尚未了解，致使对于石县令的法律适用上的严重不当不能识别，不能批评。

八十五　窃盗：天罚引出别样的犯罪

——说《骂鸭》

有论者解读《骂鸭》时说，中国有一个坏民俗：东西被偷走，失主就习惯于骂人。“《骂鸭》反映的就是这个民俗。”在复述故事情节之后，论者再

次强调指出："这篇小说就非常善意地嘲讽了不好的民俗。"（傅光明《评聊斋志异说儒林外史》）

单就社会习俗而言，论者所说是客观存在的。新中国成立初期，笔者家乡的小山村里，就有这种习俗。有一个小青年，发现菜园瓜果被偷，就扯开嗓门，有板有眼地叫骂起来，足足骂了一顿饭的工夫，叫骂声亮得全村人都听得一清二楚。然而，《骂鸭》的中心思想并非反映和嘲讽这种民俗。

请读小说原文：

> 邑西白家庄居民某，盗邻鸭烹之。至夜，觉肤痒。革生鸭毛，触之则痛。大惧，无术可医。夜梦一人告之曰："汝病乃天罚。须得失者骂，毛乃可落。"而邻翁素雅量，生平失物，未尝征于声色。某诡告翁曰："鸭乃某甲所盗，彼甚畏骂焉，骂之亦可警将来。"翁笑曰："谁有闲气骂恶人。"卒不骂。某益窘，因实告邻翁。翁乃骂，其病良已。

这里毫无骂人民俗可言。邻翁一贯有雅量，一生中凡是丢失东西，从来都不开口骂人。这回鸭子被偷，依然不动声色。不料小偷先后两次登门请老人家骂人。第一次，他谎称别人偷了鸭子，那人怕骂，骂他可以警示将来不再偷东西。老人一笑，拒绝说："谁有闲气骂恶人呢。"始终坚持不骂。小偷毫无办法，只得第二次登门，老老实实地承认是自己偷了鸭子，因而受天罚，身上长出了鸭毛，无法医治，只有挨骂才能治好病。老人家这才被迫破了一生的好习惯，第一次开口骂小偷。说来有趣，这一骂，果然治好了小偷的病。

从我们不得不复述的故事情节来看，文雅的老汉一贯拒绝骂小偷，也就是坚决反对骂人的坏民俗。至于受当事人一再请求而偶然骂一次，那完全是为了治病救人。事实上，果然达到了这善意的目的。

那么，小说到底表现了怎样的思想意义呢？只有做法律分析，才能找到正确答案。窃盗，是清代刑法规定的罪行之一，处罚较重。

> 凡窃盗，已行而不得财，笞五十，免刺……初犯，并于右小臂膊上刺"窃盗"二字。再犯，刺左小臂膊。三犯者。绞。（《大清律例》）

明白了这法律规定，小说的法律内涵就不难阐释了。

首先，盗鸭者犯了窃盗之罪，若诉诸法律，所受处罚就是先“笞五十”，再在其右手臂上刺“窃盗”二字。小说所写，是法律处罚以外的有趣故事，寓含的法律落空、失去了打击犯罪功能的意思是很清楚的。而这并非人为的过错，而是在小偷作案的当天晚上，就出现了不以任何人的意愿为转移的“天罚”现象，即小偷当晚就身上发痒，第二天早上就长出了鸭毛。失主还来不及告状，天罚就出现了，法律就这样被天罚所取代。

其次，天罚的实质怎样理解呢？这是值得研究的问题。天，若做唯物主义的解释，指的是自然界的规律。荀子的“天行有常，不以舜存，不以桀亡”，就是如此。若做唯心主义解释，则指的是神秘莫测的怪异力量。小说中的“天罚”，能受人的骂人行为左右，表现的是唯物主义观念，大约说来是：偷窃他人之鸭，“天理难容”，如今因骂小偷而治好了他的天罚之痛，就表明了“人定胜天”。一个“罚”字，体现的就是自然规律对人类罪犯的处罚。像这样的法律意义，西方法学家称之为“自然法”，指的是与人定法相对的自然法则。蒲松龄的时代，西方自然法学理论尚未传入中国，《骂鸭》中的“天罚”现象，却暗合着自然法学的理念，这是很了不得的事情。

偷鸭者有罪，在尚未进入人定法的处罚之前，就非常及时地受到自然法的处罚，这就是罪有应得的下场。小偷的“天罚”现象的法律内涵的要义就在这里。

最后，骂人是中国古代法律一直禁止的又一种罪行。《大清律例》关于“骂詈”的法律条文共有八条之多。小偷作为罪犯登门请求失主骂自己，因而在法律上等于是为自己治病而请求受害人犯骂人之罪，这该何等荒唐，又何等可笑！

儒雅而心慈的邻翁，一贯洁身自好，宁可东西被偷受损失，也绝不犯法骂人，精神可嘉。这一次，为救助犯罪又生病的邻居，他宁可犯罪，也要破戒而骂人一回，大有义不容辞之风范，同样可敬可爱。这就又提出了一个有趣的法理问题：为某种正义目的而犯罪，能够跟为邪恶目的而犯罪相提并论，同样“一刀切”地依法论处吗？小说无意于讨论这个问题，但在客观效果上已经提出这个问题了。

更有意思的是，由于偷鸭者与失主在小说中开始处在对立的法律地位，最后导致了失主的犯罪，使双方在违法犯罪上又走到了一致的方向与路径，然而给读者的印象是小偷可恶、狡猾，而邻翁高雅、仁慈，这就等于在无意之中回答了作品所提出的问题，其答案要点是：为正义目的，有利有益于他人而犯罪，不仅不可怕，反而令人敬爱。且不说犯谋反罪的农民起义的英勇将士如此，就连犯骂人罪的老汉也如此。

“彼邻翁者，是以骂行其慈者也。”这是本篇“异史氏曰”的最后一句话。它就是意在对骂人罪行中的正义道德动机与效果做出了肯定的评价。

话还得回到论者所说的骂小偷的所谓“民俗”问题上。以上所谈表明，既然偷东西与骂人都是犯罪，那么这民俗就不再是纯粹的民俗了，它实质上是甲种犯罪引发乙种犯罪的法律现象，也就是在民俗的框架上装进了法律内容。进一步探究，可知之所以有如此民俗产生、延续，也有法律上的原因。老百姓丢失东西，就算明明知道偷窃者姓甚名谁，若想将其绳之以法，就得进县城衙门告状。一只鸭子值几个钱？来回交通费、住宿费、伙食费又该花多少？再说，县官能否秉公执法抓罪犯、治罪犯，还是一个未知数。穷乡僻壤的农民，不管对失窃一类的小案子，还是人命关天的大案子，都不愿进县城告状，就有着这基本的经济实力不足的原因，骂一通，出出气，就这样习以为常了。可见，这骂人的民俗，有着小农经济社会的独特法律与经济的成因。经过这样的分析，可进一步证明，《骂鸭》并非写民俗问题，也不是写这民俗的法律、经济成因。

《骂鸭》的主题思想，在于探讨关于盗窃罪的法律规定未能落实或来不及落实所产生的以罪行对付罪行的现象、问题，而这被引发的别种罪行有正义的道德原因，同时有利于罪犯的改邪归正。

八十六　赌博：在人间犯罪，到阴司受罚

——说《王大》

《王大》是专门描写赌博罪的作品，出场人物李信、王大、冯九和周子明四人全是赌徒，他们的赌博活动过程包括邀约聚赌、借赌资、中途残害赵氏妻、入庙赌博、受到城隍老爷的逮捕和处罚、引发赵氏告状、还赌债以及日后照赌如常等，是赌博罪行的一次全程跟踪描述。法理法意尽在这一系列故事情节之中。

在四个赌徒中，李信和周子明是两个活人，王大和冯九是两个死鬼，死鬼主动找活人聚赌，说明了这一伙人长期犯赌博罪，却始终没有受到法律追究。

身无分文作赌资，依然要赌，并一起到黄老板家中办借贷手续，取得赌资，意味着赌兴高涨，社会危害性增强，表明了这伙人犯赌博罪日益猖獗的趋势。

在通往赌场的途中，冯九与周子明两人残害村民赵氏妻的丑恶一幕，真不堪入目。他们以这女人“喜争善骂”为由，大行人格羞辱与身体残害的恶劣手段。冯九往被捉女人口中塞土块，周子明赞赏且怂恿地说：“这样的女人，应该往她阴道中塞东西。”于是，冯脱了她的裤子，把一块长形石头强行塞进她的阴道里，弄得这女人痛苦得死去活来。冯、周二人此举触犯了下列刑法：“凡以他物置人耳鼻及孔窍中……杖八十。”（《大清律例》）

赵氏得知妻子受害，到县衙告状，县令本应依此法条惩处冯、周二人的合谋犯罪行为，由于将李信列入被告名单，没有主要作案人冯九，仅将动口而未动手的周子明作为被告，县令在不做进一步调查、核实的情况之下，竟然认为赵氏的合法控告为“诬告”，对受害人和受害人家属、原告赵氏加以刑罚。这真如俗话所说那样：糊涂官打糊涂百姓。

在专门描写赌博罪时插入这一刑事案件，并非闲笔，有着强调赌徒劣迹之多、性质之严重、社会危害性之巨大的作用，更从一个侧面告诉读者，官方不仅仅惩治不了赌博罪，对其他刑事犯罪照样无能为力。

城隍老爷亲自进赌场逮捕赌徒的场景发人深思。李信闻讯而逃，其余王大、冯九、周子明因顾及赌资，全部被衙役捆了出来，城隍老爷骑马站在赌场门外，马后有捆绑着的赌徒二十多人。一夜间，这么多赌徒被捕，赌博成风已不在话下。再说，人间官府缺席而由阴司官员办案，恰恰在鞭挞司法执法上的腐朽无能，听任犯罪泛滥的弊病。

在城隍府惩处赌徒的刑罚手段有三种，一是剁去中指，二是把两只眼睛分别涂上黑红两色，三是把犯人组织起来游街示众，绕城三周。这就是聊斋时常提到的冥罚。冥罚同人间法定的刑罚是什么关系呢？这是应当思考的要害之处，就事论事是不能解决问题的。《大清律例》有关"赌博"的法条云："凡赌博财物者，皆杖八十，摊场之财物入官。"

很清楚，冥府的刑罚手段，三种之中没有哪一种合乎法律规定。因此，作品的用意在于既要抨击官方对打击赌博罪无能无为，同时还要表明：一旦偶有所为，又不依法论处，而是法外用刑，胡作非为，破坏刑法的规范性和严肃性。

刑罚过后，有顺便揭露衙役索贿的细节描写。游街示众结束了，押犯人的衙役索贿，再予以洗尽眼睛上的黑红二色。大家都出钱清洗，唯周子明不干，理由是口袋里没有钱。押者又提出一个条件：待送回家时再付酬金，周子明还是拒绝，这时押者讽刺道："你是一颗铁豆子，炒它也不能炸开！"这样，周子明就留下了一只眼睛黑、一只眼睛红的古怪面孔。

就在上述县令把赵氏的合法告状案件弄成诬告，制造出刑及赵氏夫妇的冤案之后，作品有意用对比方式，写出了债主黄公子控告周子明赖债不还的案子，由城隍老爷进行审判的情形。由此，周子明成为四个赌徒中最顽劣的代表人物，进公堂受审前，李信表示愿意替周子明还债，并到债主黄公子家中表态，但黄公子坚持"谁负债谁偿还"的原则，周在事未成时不仅不领情，还出言不逊伤害李信。罪犯周某就这样缺德。

到了城隍府衙门，周子明进行狡辩。先是诬称黄公子放债是为了诱赌，从而找赖账的理由，遭到出庭的黄家仆人的有力驳斥。接着，周又谎称利息过重，城隍抓住此话的漏洞，反问道："利息多少？"回答是还没有付息。这就等于不打自招了赖债的真相，故城隍道："本钱都不还，谈什么利息呢？"

不由分说，就下令“笞三十”。就这样，周子明就犯了赌博、残害妇女、赖债三种罪行，而受到惩罚的只是赌徒和赖债这两种罪行，而残害妇女之罪则漏网了。

众赌徒在城隍老爷那里受到法外用刑的处罚后，效果如果呢？对于冯九、王大两个来讲，歪打正着，他们从此不再参赌了，可视为已改邪归正。李信因逃离赌场，未受到处罚，很侥幸，但似乎从此也洗手不干了。顽固不化的，只有周子明一个。小说结尾，专为周某而写：“周以四指带赤黑眼，赌如故。此以知博徒之非人矣！”这是叙事加诅咒的笔法。叙事为漫画一幅，突出、夸张了受刑后留下的伤残手指与红黑眼眶，永恒的耻辱标志令人恶心；“赌如故”三字勾画出顽劣不化的灵魂：不堪改造的结论显而易见。“以此知博徒之非人矣！”这句话语义双关，可理解为“由此可知赌博罪犯不是人”，这是恶毒咒骂；也可以理解为：“由此可知赌博罪犯没有常人的羞耻之心”，这是对罪犯的畸形心态的描述，并无贬义，更无恶意攻击的倾向。我以为，后一种理解更接近蒲氏的心理实际。

本篇“异史氏曰”对我们了解小说创作上的素材来源，颇有帮助。淄川县令张石年，最厌恶赌博，在惩处赌徒时“其涂面游城，亦如冥法，刑不至堕指，而赌以绝”。这就是说，城隍老爷的三大刑罚手段，有两种由张县令的法外用刑方式所提供，只有剁中指为作家所虚构。那歪打正着的禁赌效果，也由张县令治下的“赌以绝”作现实依据。

八十七　诈骗：上当受骗者被处罚

——说《局诈》之二

《局诈》篇共有三则彼此独立成篇的作品，其中第二则写的是一起离奇的诈骗案。行骗之人有三个，他们分工合作，把某副将军的万金巨额钱财骗到手后不知去向，上当受骗的副将军却被捕受审，最后革去职务。

小说着重表现的是诈骗罪犯的狡猾、诡秘，看不出破绽何在，有警示世人防范诈骗的意义。

那位鸡飞蛋打、吃了大亏的副将军始终不明白为什么和怎样钻进骗局的内幕。读完小说，读者同样不明真相。吊人胃口的法律魅力，恰在引人去思考诈骗伎俩的真相到底在哪里。

某副将军带着钱进京，想寻求晋升为将军的门路，却苦于没有阶梯。有一天，一个穿皮衣、骑大马的人来拜访他，声称内兄是天子的近侍之臣，品茶过后，说了一番悄悄话："目前某处将军职位空缺，若不怕花费重金，我可嘱咐内兄在圣上面前美言，此职位就可以到手，即使有大势力的人也夺不去。"副将军怀疑此话有假。对方说："这事犹豫不得。我不过想从内兄那里得点小钱，对于你将军阁下，分文不取。讲定钱数后，有官方证券为凭。等皇上召见后，才兑付现金；倘若无效，你的钱还在你手里，谁能从你怀中抓走吗?"这番话，滴水不漏，谁听了都不会再认为有假了。副将军一听，果然高兴，同意如此办理。

这之后，事情一步步推进，确如中介人所说的那样，一点也没有走样。第二天，中介人就来引副将军去同内兄见了面。内兄说自己姓田，家中豪华有如侯爵。副将军拜见时，田某傲视着，礼节不周到。中介人手持证券，对副将军说："刚才与内兄商量，大约非万金不可，请签字画押。"副将军当即照办。田某说："人心叵测，事后想想可能有的反复。"中介人笑着说："兄考虑过头了。既能把钱给他，难道夺不回来吗？再说朝廷中的将相，愿交钱而得不到机会的大有人在。将军前程远大，应当不会变心失义到如此地步。"这两个人唱双簧很成功，无非是要副将军不必怀疑此中有诈。他们使用的是激将法，表示出不相信副将军。副将军果真尽力发誓。中介人送行之际，表示三天之内就有回话。

才过两天，圣上召见的时刻到了。有几个人叫喊着跑上前来传话："圣上正坐等阁下呢。"副将军大吃一惊，快步入朝，只见天子坐在殿上，左右爪牙林立。拜见仪式结束，皇上赐坐，他回顾左右说："听说某人武艺高强，今天一看，真是将军的才干!"于是又对副将军说："某处地势险要，现在委任你去当将军，不要辜负我的意思，封侯之事指日可待。"副将军谢恩出皇宫，立即有前天的中介人跟随到客舍，依照证券上的数目兑付现金走了。

至此，副将军认为事情已经成功，只等走马上任了，于是每天向亲友夸口荣耀无比。然而，过了几天再去打探消息，才知道先前许诺的将军职位已有人就任了。骗局刚刚显露端倪，蒙在鼓里的副将军尚未觉醒，就一怒之下跑到兵部公堂上据理力争，说："我承蒙皇上信赖，怎么把将军职位授予了他人呢?"兵部尚书很奇怪，等副将军讲完了皇上召见过程，有如梦境，兵部尚书大为恼火，将其捉拿到廷尉处治罪。

副将军作为罪犯，在审问中招供说出了引见者的姓名，查朝中并无此人。这就是说，那个自称姓田的皇上近侍之臣，子虚乌有。副将军如此无中生有，依法就犯了诈骗罪，治其罪有如下法律依据：

> 凡称内使、内阁、六科、六部、都察院监察御史、按察司官，在外体察事务，欺诈官府，煽惑人民者，斩。(《大清律例》)

副将军的确可依此判死刑。因为，他在亲友面前天天夸耀有皇上侍臣推荐，皇帝亲自召见和任命之事，是"煽惑人民"的铁证；而到兵部公堂再次重申此事，跟官员争执不休，属于典型的"欺诈官府"，死罪难逃，不在话下。要说冤枉，副将军确实有天大的冤枉，可他冤在哪里，连他自己也说不清楚。

怎么办?副将军有的是钱，只得又花费"万金"，这才换得一个死里逃生的从轻发落：革职。兵部尚书经手，在廷尉衙门审理的案子，居然跟地方官府一样，也可用重金买刑，把死罪弄成革职罪。贪赃枉法的腐败，实在触目惊心。但这并非小说的题旨之所在，不过是顺手捎带地暴露省部级的司法腐败、执法不公罢了。

小说主旨，当在启发读者思考真正设下骗局、诓人巨额金钱的罪犯团伙是些什么人、该受何种处罚、为什么全部漏网之类的问题。说结尾，有一段议论，似乎在提示我们思考这些问题的思路走向：

> 异哉！武弁虽呆，岂朝门亦可假耶？疑其中有幻术存焉，所谓"大盗不操矛弧"者也。

这里把副将军的上当受骗的原因归结为性格痴呆，而对行骗团伙的骗术的不可思议提出了质疑，让我们反思：难道朝廷宫殿大门也是假的吗？这里是否在运用幻术迷惑人呢？我以为，这是用含蓄的语言表明，行骗团伙不是一般百姓，而朝廷有权势的高官互相勾结，进行出卖官职的投机罪恶活动，其中有人买官得手，而另外一些人则上当受骗。无论得手也好，人财两空、什么也捞不着的受害人也好，都不会明白此中真相。

若真正依法办事，这伙隐藏很深、伪装巧妙的政治奸商，可按“诈假官”的罪名论处。该条云：

> 凡诈假官，假与人官者，斩；其知情受假者，杖一百，流三千里，不知道者，不坐。(《大清律例》)

该条中有立法解释把“诈”字解释为“伪造凭札”。小说中所写到的副将军与中介人进行幕后交易所用的官方证券，应当就是法律规定的“伪造凭札”。这是一个重要物证，可用来证明使其受骗的一伙人是法定的“假与人官者”，该判处死刑——斩首。至于副将军，白耗万金，又吃官司，呆得什么都不知道，理应“不坐”罪，可朝中官员又使其“耗万金”，并革去其副将军之职，这就是冤案加身了。

真正的“诈假官”罪犯在大发横财后逍遥法外，而深受其害的当事人却受到刑法追究，法律就这样成了为虎作伥的工具。这应当是本则小说的法律主题之所在。“幻术存焉”为法律隐语，直白地讲出来，就是大权在握的高官们在朝廷的政治舞台上大玩法律幻术，从而既把法律充当了捞钱、坑人的道具，又使上当受骗者查无实据、控告无门。

本篇的法律攻击矛头，不在指向下层社会的普通百姓，而在直指朝廷高官，甚至当朝皇帝的装模作样，轻诺寡信，出了问题就推到别人身上的行径，也在受攻击的方向上。

八十八 人身伤害：罪犯死罪难逃

——说《小人》《单父宰》

人身伤害，指的是用各种危险方式所造成的他人的身体的残废、生理功能的丧失的犯罪行为，在《大清律例》中，没有专门的人身伤害的法律条文，但有不少关于人身伤害的具体规定。与这种立法状况相适应的是，《聊斋志异》中从未见关于人身伤害的概念，而具体描写人身伤害罪行的篇目却为数不少。《小人》和《单父宰》则是两篇专写人身伤害罪的作品。

《小人》所描述的罪犯用药物残害儿童的残忍，令人心惊肉跳，全文如下：

> 康熙间有术人携一榼，榼藏小人长尺许。投一钱，则启榼令出，唱曲而退。至掖，掖宰索榼入署，细审小人出处。初不敢言，固诘之，方自述其乡族。盖读书童子，自塾中归，为术人所迷，复投以药，四体暴缩，彼遂携之，以为戏具。宰怒，杖杀术人。留童子欲医之，尚未得其方也。

江湖术士为了自己赚钱，竟用药物使儿童身体缩为一尺左右的小人，把他装在小容器中当作会唱小曲的玩物，既残害了下一代的身体，更侵犯了公民的人格尊严。掖县县令将罪犯逮捕归案，审出作案手段，将其处以死刑，有怎样的法律依据呢？有关用毒药杀人的法律规定是处以“斩”刑，就在此条中，有这样的立法解释：“或药而不死，依谋杀已伤律绞。”（《大清律例》）

县令“杖杀术人”，可议的只在于处死刑的方式，不是法定的“绞”，而是法外的“杖”，而死刑的重罪重罚在原则上是不错的。至于留下受害儿童予以医治，则属于对刑事犯罪的受害人的救助活动，体现了法律人自古以来就有的人道主义传统。

《单父宰》中的两个儿子合谋残害父亲、致其死亡的案子，同样令人发指。其篇幅也很短小，抄录如下：

> 青州民某，五旬余，继娶少妇。二子恐其复育，乘父醉，潜割睾丸而药糁之。父觉，托病不言，久之创渐平。忽入室，刀缝绽裂，血溢不止，寻毙。妻知其故，讼于官。官械其子，果伏。骇曰："余今为'单父宰'矣！"并诛之。

两个儿子仅仅因为害怕继母生子，就阉割了父亲的睾丸，实属自私又残忍。受害父亲对不肖的儿子宽容、大度，借口自己生病，什么都不说。人身伤害的案子，就这样不为外界所知。这里要讨论的法律问题是：在暂时风平浪静的时候，两个作案的儿子犯有什么罪行呢？在有关人身伤害的大量法律条款中，下列规定是适用于此案的："若断人舌，及毁败人阴阳者，并杖一百，流三千里。"该法条后的立法解释有云："以至不能生育。"（《大清律例》）

即使受害父亲以后平安无事，两个儿子也该依此予以严惩。后果是，该父创伤复发致死。这就闹出了儿子谋杀父亲的人命大案了。妻子控告两个儿子，终于使隐藏已久的人身伤害案升格，并暴露在光天化日之下。州官将两个案犯处以死刑，自然也有相应的法律依据。在"谋杀祖父母、父母"条的开头一款就是："凡谋杀祖父母，父母及期新尊长……已行者，皆斩；已杀者，皆凌迟处死。"（《大清律例》）在"已行"二字后的立法解释强调指出："不问已伤，未伤。"可见，谋杀亲人的罪行格外严重，只要动手行凶，哪怕被害人不曾受伤，也要将凶手处死。

上述两个儿子的行为起初并非要谋杀父亲，故法律处罚停留在"杖一百，流三千里"的水准上，就无可异议，但日后引出受害者死亡的结果，那么人身伤害罪就不再适合，而应以谋杀罪论处了。

把《小人》与《单父宰》对比起来研读，可进而看出蒲氏对人身伤害罪的思考有深化过程。《小人》思考的是单纯的人身伤害，官方主动介入破案，而《单父宰》思考的则是家庭内部的人身伤害。因引出伤者死亡的后果，并由家人出面告状而破案。这样，我们在阅读中得到的法理启示既有由浅入深的感觉，又有法律诉讼程序随案情而变化的认识，从而避免了在讨论同一人身伤害罪时法理启示上的简单重复。

八十九　妻妾失序：两次告状引出的疑问

——说《大男》

妻妾失序，是古代中国实行一夫一妻多妾制所特有罪名。伊斯兰国家实行一夫多妻制，一个男子最多可同时娶四个妻子，她们的地位完全平等，根本没有妻妾之分，故也没有这种罪名。而古代中国的法律规定正妻只能有一个，其余的配偶一律称为妾，妻尊妾卑的地位不容改变，否则就视为犯妻妾失序罪。该法条云："凡以妻为妾者，杖一百；妻在，以妾为妻者，杖九十，并改正。"（《大清律例》）

不知这一法律规定，在解读《大男》时，关于奚成列两次被告上法庭所引出的法律疑问就成了无解的难题。而懂得这法律规定，则会根据奚成列的一系列所作所为对问题做出明晰的法理阐释，从而确切认识到小说的宝贵法律价值。

这篇小说本来很值得一谈，却不见有人提及，想来很可能就是因为看不到它的独特思想内容的缘故。

奚成列先后两次被人告上法庭，都取决于同样的家事变故。他有一妻一妾，妾名叫何昭容，妻早逝，后娶申氏为妻。由于妻妾每天争吵不休，奚成列一怒之下离家出走，从此音讯断绝。何氏不久生下一个男孩，名叫大男。到十岁时，大男外出寻父，历经被人拐卖、遭奸商抢劫等磨难，后被陈翁收留。家中妻妾争斗持续不断，申氏把何氏卖给了重庆一个商人，致使何氏自伤身体，这商人就把何氏卖给一个盐商，何氏又自伤身体，伤好后请求去当尼姑。盐商无奈，就把何氏送给自己的一个朋友，不料这朋友就是奚成列。奚此时已弃儒从商，将何氏认作妻子。也就是说，分手十几年，生了儿子大男的妾何氏，如今一变而为妻了。

何氏因为两次自伤身体，又有疾病缠身，就一再劝丈夫纳妾。半年后，在客人朋友的帮助下，奚成列买得一个妾，待进门一看，竟是申氏。原来，申氏之兄申苞劝独居多年的申氏改嫁给一个老商人，因这老丈夫性无能，申氏不是悬梁，就是投井，闹得鸡犬不宁。老者就把申氏卖给了奚成列。就这样，妻申氏如今变成了妾。起初，申氏以当妾为耻，奚成列就软硬兼施，既用好言相劝，又以武力威胁，申氏只得当妾。

奚成列因为与邻里发生小矛盾，邻里就把奚告上法庭，罪名就是“逼妻作妾”。盐城县令恰巧就是何氏所生儿子大男，他自从被陈翁收留，就改姓陈，并当了官。从状纸上看到父亲的姓名，陈县令不仅拒绝受理此案，而且连夜登门认亲，于是父亲、母亲与独生子离别多年后终于重逢。这一次告状流产了，但提出的法律疑问客观存在，不容否认。有两个疑问：奚成列把原来的妻申氏、妾何氏完全交换了法律地位，成为现在的妻何氏、妾申氏，是不是犯有上述“妻妾失序”罪？这是一个疑问。第二个疑问是：固然邻里告奚成列是出于个人恩怨，并非要打击犯罪，但状纸上的“逼妻为妾”毕竟查有实据，那么陈县令拒绝受理案子，有没有徇情枉法的嫌疑呢？

大男出金二百，让父亲返归故乡成都。从此，奚成列门户一新，又置家产，又买奴婢，成了大户人家。申氏见大男升官发财，更是低声下气了，然而她的哥哥申苞站出来打抱不平，状告奚成列，要为妹妹争回妻的地位。这就是奚成列第二次吃官司。

法官经过调查，取证，掌握了案情，就驳回告状。法官说：“你贪图钱财，劝妹妹改嫁，已更换了两个丈夫，还有脸来争从前的妻妾地位吗？”于是，把败诉的申苞打了一顿。从此，新的妻妾关系，即妻何氏、妾申氏更加稳定了。

这里又提出了新的法律疑问：法官判申苞败诉，即否认从前的妻妾关系，维持现在的妻妾关系，到底是否合法呢？法官的判决，属于法律实务，一旦生效，就难以改变。然而，对法律实务提出的法理问题，却可以进行自由讨论。《大男》的独特之处，恰在中国古代小说家几乎都无人过问的“妻妾失序”罪行上给予了认真地描写与思考，提供了中国文学史上堪称唯一的答案。

先说第一次告状引发的两个疑问。邻里状告奚成列的动机，在于报私仇，这是不可取的，但指控的“逼妻为妾”的现象确实存在，从而保证了告状的合法性和合理性。陈县令拒绝告状，不应理解为徇情枉法，而应认为是依照制度办案的表现。关于“听讼回避”的法条规定：“凡官吏于诉讼人内，关有服亲及婚姻之家……并听移文回避。违者，笞四十；若罪有增减者，以故出入人罪论。”（《大清律例》）

陈县令不受理告状，完全合乎这一法律规定，无可指责。

第二次告状，法官判申苞败诉，应当看到是妥当的。只看现象，不看本质，奚成列将申何二人原有的妻妾关系完全颠倒过来，似乎犯了“妻妾失序”法条中的罪行，然而从本质上看，这一夫一妻一妾的婚姻并非原有，而是重新组合所形成的。奚成列离家出走十几年，虽没有办理离婚手续，但留守老家的妻与妾都有改嫁两次的新的婚姻，每次改嫁后的名分都是做人妾。唯独何氏嫁给奚成列的第三次婚姻，才是认作妻。待申氏作为妾买进门的时候，妻妾为何、申的既定事实已客观存在了。

再说申苞替妹妹争原有的妻位，跟那个邻里的告状一样，也是出于私利的考虑。

法官秉公执法，看到了奚成列二十几年来的家庭变故，造成了申何的妻妾关系的全然颠倒，并非当丈夫的奚成列的主观故意破坏法律，而是客观事实使他在重新建立家庭、解决配偶问题时不得不认何为妻，认申为妾，作为当事人的何、申两个女人，对于这新的婚姻事实也经历了一个认识与习惯的过程，小说把这两个过程描述得颇能说服人，何的宽容、大度更能感动人。

总之，《大男》所写奚成列的行为，类似犯有妻妾失序罪，而实质上却不能追究其刑事责任。这正如在杀人案件中，有时把人杀死了可以不负刑事责任一样，另有法理可议。有青年学者谈到《大男》，一会儿认为《大男》写“女性悍妒”，一会儿又认为《大男》“反映嫡庶关系”；他在分析“妾变成妻，妻变成妾的故事”时的落脚点在于“传统的礼教的框架内”（邵吉志《从〈志异〉到“俚曲”》），就可以看出论者不知有“妻妾失序”的罪名这码事，于是乎，所论不到位就难免了。

九十　职务犯罪：罪行五花八门

——说《潞令》《鸮鸟》《钱卜巫》

职务犯罪，是集合罪名，指的是朝廷命官滥用职权的各种犯罪行为。《潞令》《鸮鸟》《钱卜巫》三篇作品的共同点，都在于鞭挞县令的职务犯罪的丑恶行为，而具体罪行各有特点。

潞城县令宋国英，在征讨赋税时残暴不仁，每每严刑拷打纳税人，死于杖下的冤魂数目惊人。有人好言规劝，他竟洋洋得意，不无卖弄神态，说："我的官职虽小，到任百天，已打死了五十八人。"读者不禁要问：为什么宋县令有恃无恐，草菅人命达到了疯狂的地步呢？

长山县令杨某，利用国家征用民间骡马运送战备粮食的时机，大肆搜刮而据为己有。在赶集的热市之日，杨某亲自率领健壮兵丁公开抢劫，所得骡马达到几百头。受害者都敢怒不敢言。我们仍然要问，杨县令怎么如此胆大包天，像土匪头目一样在大庭广众之下抢劫呢？

河间县令则是利用执法办案的法律诉讼活动来大发横财。夏商修补墙壁，从地下挖出一瓮白银，共一千二百多两。有邻居窥见，就向县令告发，县令就把夏商抓起来，追逼白银。夏商将白银全部献出，县令怀疑有所隐瞒，进而追讨贮藏白银的容器，等把大瓮拿来装满了银子，这才把夏商释放回家。就这样，百姓的巨额财富成了县令的囊中之物。贪赃枉法的罪行仅凭日常生活经验就能确认。若做相关的法律考证，问题就会看得更清楚，更透彻。有关法律指出："若于官私地内掘得埋藏之物者，并听收用，若有古器、钟鼎、符印异常之物，限三十日内送官。违者杖八十，其物入官。"（《大清律例》）

夏商挖地所得为一般白银，并非禁物，故依法听凭他"收用"。县令的做法，首先是违反这一规定，而据为己有则犯了"受赃"罪，就是今天的贪污罪。这个县令为什么如此毫无顾忌地贪污呢？

三个县令的杀人、抢劫、贪污三大罪行都很严重。然而，他们全部逍遥法外了。以上我们一一提出的疑问，正是作家所关注并深感无可奈何的焦点之所在。

也许正出于万般无奈，每一篇小说对于犯罪县令都有发泄不满的软弱而正义的方式，作家的苦衷尽在这民间愤怒的发泄方式之中。潞城县令血债累累，老百姓没有办法，作品只得借阴曹地府对人间的神秘控制力量，让宋县令在衙门里不打自招，连连自言自语说："我有罪该死！我有罪该死！"等人们把他扶进住室，他果然已经死了。这并非什么法律意义上的判处死刑，而是人民群众对犯有死罪的官员表达法律期盼的心理意向的曲折表达。

对《鸮鸟》中的杨县令的讥刺，更是达到了无可奈何的极致。小说明确写到，四面八方被抢劫的人们"无处控告"，也就是靠法律诉讼来惩处杨县令是行不通的。怎么办呢？恰逢益都县令董某、莱芜县令范某、新城县令孙某住在同一个旅馆里，山西有两个商人被抢走四头大骡子，就请他们去找杨县令说情。三个县令答应了这一要求，到杨县令那里说情遭到拒绝。杨县令故意在酒席上行酒令，以便于转移话题，于是老百姓求县太爷办正事的一线希望就在一主三客的四个县太爷的酒令一个接一个的玩笑中彻底破灭。虽然孙县令的酒令中提到了汉代法官萧何，还有手中持的法典《大清律例》，并有"赃官赃吏"之词，但毕竟是酒话，不算一回事。这时，不知从哪里跑来一个少年，也说了一段骂贪官的酒令，在杨县令的骂声中化为一只猫头鹰飞走了。作品苦心孤诣地作了那么多酒令，无非是要用带刺的酒话来攻击一下杨县令罢了。平头百姓尽管有不屈的倔强灵魂，但对大权在握而胡作非为的一县之长毕竟毫无办法，酒令之刺，显得多么可怜。

《钱卜巫》中贪污白银一千多两的县令，不仅没有受到任何惩处，反倒由县令升官为南昌同知，即由县官当了州官。只可惜这贪官命不长，一年多后，等夏商做生意到了南昌，他就死了。死者之妻不识货，把白银当作破烂变卖了。而买主恰是夏商，于是白银就物归原主了。就这样，批判贪官犯罪的思想意义在故事中淡化得几乎看不出来。

可见三篇作品对官员的职务犯罪，都只是无可奈何的叹息，缺乏有效的法律惩治诉求。千万不要由此责怪蒲老先生不懂法律。恰恰相反，他是因为洞察了适用于官场的特殊法律制度，才不得已做无奈的叹息之举的。

在《大清律例》中，有专门的《吏律》适用于所有官员的升迁、袭荫、犯罪等方面，更有下面的名为“职官有犯”的法律制度用于职务犯罪的审判活动：

凡在京在外大小官员，有犯公私罪名，所司开具事由，实封奏闻清旨，不许擅自勾问。

这种制度，把普通百姓犯罪同一切官员犯罪从法律诉讼程序上严格区别开来了。首先，普通百姓犯罪，由知情人、原告直接到各级政府衙门告状，而官员犯罪，则由专门机关管理，百姓不可能告当官的。其次，地方政府无权审判大小犯罪官员。最后，所有官员犯罪案件一律由皇帝审判，或下达审判意见。上述三篇小说提出的法律疑问，无不取决于这“职官有犯”的专用法律制度。可见，《鸮鸟》所说对杨县令“无处控告”，并非随便一句话，泛指状告县令很困难，而是一句内行话，讲的就是百姓从根上没有控告官员的门径和权利。

究明了这种专门制度，《潞令》《鸮鸟》和《钱卜巫》这三篇作品对县令们只能做无可奈何的调侃、期盼与叹息的根源，也就心中有数了。回过头看聊斋世界中所有鸣于官、质于官、讼于官的故事，无不是百姓控告百姓，而没有一例是百姓告官员，我们也就恍然大悟了：“职官有犯”的专门法律制度，正是俗话所说“官官相卫”的法律化、制度化，而这种法律和制度是封建法律不平等的一种表现，是吏治腐败的一大根源。职务犯罪猖獗而得不到依法打击的奥秘，也直接取决于这种法律制度的弊端。

九十一　性犯罪

——说《真定女》《人妖》《男妾》

性犯罪，也是一个集合罪名，包括通奸、强奸、刁奸、鸡奸等罪行。其中通奸是聊斋世界遍地可见的犯罪现象。被纯文学家当作爱情来谈论的无数作品，每有野合、苟合、狎寝、相与为欢之类的措词用以指称男女的婚外性行为，实际上都是法律禁止的通奸罪行，清代法律称之为“和奸”。对此，读者可自行研讨，本文略而不论。

这里仅以《真定女》《人妖》和《男妾》为例，分别谈谈强奸、刁奸、鸡奸的三种性犯罪行为在作家探究上的不为人所谈的成就。

《真定女》仅几十字，全文如下：

> 真定界有孤女，方六七岁，收养于夫家。相居二三年，夫诱与交而孕。腹膨膨而以为病也，告之母。母曰：“动否?”曰：“动。”又益异。然以其齿太稚，不敢决。未几，生男。母叹曰：“不图拳母，竟生锥儿!”

乍读之下，似乎觉得是一则笑料，若弄清了有关法律规定，则会猛然意识到一桩令人发指的恶性罪行，竟然规避了法律的严惩，教训极其深刻。

这里似乎看不出奸夫对十来岁的童女有什么强奸行为，一个“诱”字，分明道出了以小利引诱的行奸手段，但法律却有明确规定：“奸幼女十二岁以下者，虽和，同强论。”(《大清律例》)

强奸者，该处“绞”刑。“同强论”，即这个诱奸童女的奸夫应当依法判处绞刑。可知情人的母亲跟当事人的被害女童一样，竟把怀孕的严重后果误以为生病，这就错过了状告奸夫的时机。待生下一个男孩后，这母亲在无奈中又来了一个黑色幽默，说：“不料拳头大的母亲，竟然生了个锥儿尖的孩子!”

别以为这女人糊涂，更不要认为她的幽默话语是苦中作乐，而应理解为一种有苦难言的自我解脱。因为，要想严惩丈夫的死罪，她是唯一的知情人，理应走上公堂去控告，然而清代将“妻妾告夫”视为“干名犯义”的罪行，该“杖一百，徒三年”(《大清律例》)。她面对两条互相矛盾的法律，除了说一说风凉话，还能有什么作为呢?

一言以蔽之，《真定女》的强奸罪行的描写，指引了研究有关刑法与诉讼法相矛盾的路径。

《人妖》中的王二喜，是男扮女装以奸污妇女的罪魁祸首桑冲的门生之一，这个犯罪团伙的行径，属于法定的“刁奸”方式。仅王二喜一人，就奸污了十六名妇女。依法，“刁奸者，杖一百”。那么一贯刁奸，甚至把刁奸手段当作专业来培训学生的团伙，就绝对不是“杖一百”的轻罪了。小说所写，是这个团伙的成员，除王二喜漏网之外，其余全部判处了死刑。

王二喜罪大恶极，是如何漏网的呢？这正是《人妖》所着重探讨的问题。马万宝，是个疏狂不羁之人，其妻田氏也放荡风流。有一天，马万宝偶然看见装扮成女郎的王二喜，一见钟情，于是夫妻二人将计就计：以治妻子的病为由，让女郎进家与妻同宿，暗中马万宝与妻子交换，即由马与女郎同宿。果然，女郎动手干起老勾当，于是在马万宝面前暴露了身为男人的真相，并追问出已骗奸十六名妇女的大罪恶。

在这个关键时刻，马万宝已意识到王二喜犯了死罪，也想到去官府控告，但他爱上了王二喜女人一般的美貌，于是强行对王二喜实行毁坏男性生殖器的外科手术，待其伤好之后，两人就如同夫妻一样相处。用小说的原话讲，就是：“夜辄引与狎处”。说白了，就是犯了法律规定的鸡奸之罪。

马万宝为了长期保持这非法性关系，编出了一整套遮人耳目的谎话：王二喜是马某的表侄女王二姐，因为天生没有生育能力而被夫家赶出家门，到马家来了之后才知道她的不幸遭遇。近日生病，等治好病，就把她留下来了和妻子作伴。大家都信以为真。王二喜所在的犯罪团伙落网伏法之后，他靠马万宝而独自逍遥法外，于是特别感激马的恩德，一辈子跟着他，直到去世。

马收留王的故事离奇古怪，而法律寓意朴实无华。马对王的生殖器破坏行为，属于我们谈过的人身伤害，犯有死罪。马与王的“狎处”，则是鸡奸罪。综观王二喜的完整人生历程，他在刑事犯罪的道路上走过的轨迹是：刁奸职业化的死罪—马万宝死罪的受害人—跟马保持毕生鸡奸罪性关系—漏网至死亡。而马万宝，则是以犯罪手段对付犯罪之人，从而使自己也成为漏网罪犯。

“人妖”为法律隐语，表达了对罪大恶极而逍遥法外之人的憎恶。谁是人妖呢？马、王二人都是。《人妖》意在总结罪犯长期漏网的教训，而这教训就是百姓用犯罪手段去对付犯罪分子，在一定条件下能够共同漏网，使有关刑法完全落空。

《男妾》写鸡奸罪的艺术手段是：以明写诈骗罪案为主线，鸡奸罪不仅处理为暗线，而且是不着一字而尽得风流的虚笔，正如烘云托月一样，那法理的月亮完全是由明写的诈骗案烘托出来的，唯有读者加以联想，才可品味其真意。请读原文：

一官绅在扬州买妾，连相数家，悉不当意。惟一媪寄居卖女，女十四五，丰姿姣好，又善诸艺。大悦，以重价购之。至夜，入衾，肤腻如脂。喜扪私处，则男子也。骇极，方致穷诘。盖买好僮，加意修饰，设局以骗人耳。黎明，遣家人寻媪，则已遁去无踪。中心懊丧，进退莫决。适浙中同年某来访，因为告诉。某便索观，一见大悦，以原价赎之而去。

小说题名为《男妾》，而全文正面描述的，完全是一个官员在扬州买妾受骗的故事：买回一个十四五岁的少女，至夜间同床才发现竟是一个男人，惊吓之际追问根底，这才知道卖方行骗的真相。后来，官员的同考朋友来访，他诉说受骗经过，不料竟被原价买去。这就是诈骗案受害人的结局：虚惊一场，分文未失。全文所写，可以说文不对题。若按习惯思维，这小说的标题应改为《买妾受骗记》、《诈骗》之类。然而，一旦改换题目，小说的法律寓意就成了描写诈骗罪，可文本的寓意却在揭露官员的鸡奸罪。巧妙之处，恰在文不对题的现象的有意运用。而其描写艺术的真谛，在于正面明写诈骗罪，而反面暗示鸡奸罪。玄机就在于其同考朋友明知是一个男人，偏偏乐意原价买了回去当妾。受骗官员情有可原，而乐于买男妾的官员则已沦为鸡奸罪犯。

在我看来，《男妾》的全部诈骗案的故事，恰于垂钓者有意安放在鱼钩上的诱饵，自觉犯鸡奸罪的官员如同水中隐藏的鱼，终于一举将其钓上岸来。如此写甲罪带出乙罪的艺术手段，妙在以最节省的篇幅反映出犯罪的猖獗，同时又暴露出法律被架空的严峻现实。

我们已经谈过的《黄九郎》，更是专门讨论鸡奸罪而被纯文学家完全误解的代表作品，此处不多谈。

以描写的频率之高，拥有的作品数量之多而言，性犯罪的话题在聊斋世界首屈一指，故本文的论述纯属举例说明、综合性的研讨，可待有志者的身心投入。

九十二　矿难事故的刑事责任

——说《龙飞相公》

封建法律是适应小农经济需要而产生的，工业生产上的安全管理的刑事法律责任，是立法上的大空白。以《大清律例》而论，反映小农经济特色的法律部门或部门法律有“田宅”、“户役”、“仓库”、“钱债”、“厩牧”等，根本没有“工业”的字样。

《龙飞相公》的杰出贡献，在于突破了清代立法的局限性，对煤矿工业生产管理不善而出现的矿责事故的刑事法律责任问题，做了初步思考，其法理启示至今仍有现实意义。

要追究矿难事故的刑事责任，在法律诉讼程序上首先要把事故的真相调查清楚。小说为此使主人公戴生有这样的传奇经历：被邻居推入枯井，大难不死，成为矿难事故的调查者和见证人。

也许正是因为戴生作为刑事犯罪的受害人，同矿难事故的受害人命运相似，所以他的调查工作又顺利，又令人信服。邻人为什么要把戴生推入枯井呢？戴生与邻人之妇私通，邻人怀恨在心，早有杀机。某一天，邻人伪装请戴生一道去看田边的一个枯井，乘其不备，把他推了下去。第二天，听见戴生在枯井里叫喊，邻人又用土填井，几乎把井填满了。幸好枯井中有一个洞，戴生出井无望，只得进洞逃生。就是在这样的绝境中，他与煤矿透水事故中被淹死的四十三名矿工鬼魂相遇，了解到事故的发生经过。但他们所谈，只是局外人的道听途说，很不完备。大体情况是：这是一个古煤井，主人挖煤，震动古墓，墓主龙飞相公决地海之水，淹死矿工四十三人。至于龙飞相公何许人也，煤矿主人是谁，他们说不清楚。这就意味着，当年的劳资关系粗疏、朦胧，反映出管理工作的混乱，安全生产毫无保障是可想而知的。

在群鬼的带领下，戴生见到了龙飞相公。原来，他是个读书人。矿主就是他的不肖子孙，名叫戴堂。这戴堂跟乡村里的大姓勾结在一起，在戴氏的祖坟附近打煤井。戴堂的弟弟们害怕他的强大，不敢跟他争议挖煤之事。这里的“莫敢争”暗示有法律上的是非。有关祖坟的保护，适用于下面的法律条文：

凡历代帝王陵寝，及先圣、先贤、忠臣、烈士坟墓，不许于上樵採耕种，及牧放牛羊等畜。违者，杖八十。(《大清律例》)

这条法律有多重意义。首先有保护礼法的意义。坟墓是行安葬之礼、祭祀之礼的地方，破坏它，就等于破坏了礼法。其次，还有保护文物、保护自然环境的两种意义。龙飞相公是戴氏宗族的祖先，又是个读书人，作为“先贤”是够资格的，岂能在他的坟墓旁边打井挖煤呢？因此，他对戴生把胡作非为的戴堂称为“不肖孙”。可见，即使不发生矿难事故，矿主戴堂已构成刑事犯罪。

至于发生矿难事故，另当别论。按小说所写，既有人物的主观认定，又有作品的客观叙事。龙飞相公在见到远房孙子，即戴堂的弟弟的后代戴生时说：“不肖孙堂，连结匪类，近墓作井，使老夫不安于夜室，故以海水没之。”从人物的这一表白看，透水事故是鬼魂对人类的报复所致。这是聊斋的文学包装手段，不必多说。而小说的客观叙事写道：“无何，地水暴至，采煤人尽死井中，诸死者家，群兴大讼，堂及大姓皆以此贫；堂子孙至无立锥。”这就清楚表明，由于没有安全防范措施，造成矿井中的透水事故。四十多名死难者的家属集体告状，戴堂及其勾结的大户败诉，以致倾家荡产，穷得连子孙后代都没有立锥之地。

在这样的客观叙事中，矿主戴堂及其合伙人，对矿难事故承担了刑事法律责任，其表现形式是给予受害致死者的家属以经济赔偿，没有提到刑事处罚。之所以如此，我以为就是因为清代立法滞后，没有相应的刑事处罚的具体规定，只得以罚金代刑罚了。

中国古代小说之林中，反映煤矿生产中发生的死亡数十人的大事故的刑事法律责任的作品，罕见之至，笔者头一次见到。《龙飞相公》就因为这一点，令人大开眼界。

在法律描写的艺术上，戴生作为矿难事故的调查者和见证人，被设置为两起刑事案件的受害人，并由此引起相应的法律诉讼活动和状告作案人的动议，对于营造矿难事故的法律氛围、追究矿主的刑事法律责任以及表现集体大诉讼的必然性，起到了彼此呼应、相得益彰的良好作用。邻人报复戴生，将他推入枯井，又填满土，企图杀害他，是他第一次成为刑事犯罪的受害人。后来有人治井，挖出所填之土，从而使戴生得以生还。宗族人主张控告企图害死戴生的邻人，而邻人闻讯畏罪逃走，戴生放弃了控告权利。早在戴生失踪后，他母亲就告到官府，捉拿了不少嫌疑犯。过了三四年而没有结果。戴生第二次成为刑事犯罪的受害人，还是邻人作案：他“殴杀其妇，为妇翁所讼，驳审年余，仅存皮骨归”。这就是说，戴生的配偶受害致死，他成了单身汉，在不幸遇害中又增加了丧妻之害，而岳丈的控告罪犯，多少为他和死者讨回了一些公道。就这样，接连不断的刑事犯罪事实出现、相应的法律诉讼活动开展以及告状动议的提出，与既往的打井挖煤的违法性、矿难事矿的刑事责任带来的集体人诉讼，遥相呼应，使人感觉到从以往到如今，一直生活在法律秩序之中，被纯文学家大肆渲染的狐、鬼、神、怪之类都退居其次，甚至连它们也卷入了法律争讼之中。

本篇的“异史氏曰”记叙了作者家乡的煤矿生产曾生发生透水事故，十余人遇难，两个月后奇迹般地生还的情形。这就使我们知道，《龙飞相公》的创作有着真实的素材来源。这则材料尤为珍贵的地方，在于使我们得以知道，小说中的矿难刑事责任的追究以及相关的那些法律诉讼活动，都是素材中没有，由作家虚构出来的。这非常有力地再一次证明，蒲松龄是一位法律意识非常自觉、清醒的作家，其大量作品的法律描写与成就，就取决于他的一贯有意为之。

九十三　嗜好中的罪与非罪界限

——说《棋鬼》《酒狂》

人们大约都有各自的嗜好：下棋、饮酒、品茶、钓鱼、养花……不一而足。蒲松龄从这里入手，把关于犯罪问题的专门讨论拓展到一个能引起许多人共同关心的层面上，从而提出这个问题：嗜好是罪行吗？《棋鬼》与《酒狂》对我们正解此题有大用。

《棋鬼》中的书生嗜棋如命，《酒狂》中的缪永定嗜酒如命，可以肯定，这两种嗜好本身都根本不是什么犯罪行为。为什么？因为法律并不禁止下围棋，也不禁止喝酒。查《大清律例》，根本找不到任何有关的条文。

然而，小说是将这两个人物的嗜好作为犯罪行为对待的。其理由是：嗜棋与嗜酒的行为引出了危害社会的结果，法律自然要对此加以惩处了。例如今天的酒后驾车引发交通事故，这嗜酒就成了违法甚至犯罪的导火线了。用这类比的方式读《棋鬼》与《酒狂》，可知我们今天关注的这类社会现象和法律问题，早就在蒲松龄的关注之中了。

书生嗜棋成瘾，一切都被置之度外。为此，弄得倾家荡产，其父忧心如焚，只好将他锁在家里，不许外出下棋，他就翻墙而出，偷偷在空地上与下棋人玩。父亲听说，大骂不止，终究制止不了。就这样，老父被活活气死。所有这些，充其量只是道德操守有缺陷，并未触犯刑法，不能构成犯罪。然而冥司把不道德的行为升格为罪行，缩短了他的寿命，罚他进了饿鬼狱，一转眼就在这里坐牢七年。

当了死鬼的书生仍不知悔改，继续痴迷于下围棋。退休将军梁公就目睹了书生作为鬼与人下棋一整天，连小便都顾不得的情形。马成是梁公的马夫，非常了解书生因嗜棋而下地狱的经历。马成告诉梁公，泰山的凤楼竣工，征集文人作碑记，阎王让书生出狱应征，以便他自我救赎。不料他应征途中碰到梁公与人下棋，就忘了正事，前来观战，接着就自己上阵没完没了地下棋，致使延误了应征期限。于是，书生只能是回到地狱，再也没有投生的希望了。

《棋鬼》显然对书生沉溺于下棋，连自己的生死存亡的大事都不管不顾的病态心理与行为非常不满，让他永远接受地狱的苦刑处罚，但毕竟没有触犯人间刑法，不应视为犯罪。否则，就会颠倒罪与非罪的界限。我们以为，小说没有写书生如何受人间法律惩处的道理，正在把握了这个界限。而书生的入地狱受处罚，因之，就应理解为道义上的谴责的法律化。

《酒狂》中的缪永定的嗜酒，则不是书生式的纯粹个人嗜好了，而是每次醉酒就大骂同座的酒客，从而犯了骂人之罪。小说的主题，因此有别于《棋鬼》，在于讨论不良嗜好引出的相应刑事犯罪问题。有趣的是，缪永定的酒后醉骂虽然构成犯罪，却无人到官府去控告他，因此他同样遭到冥司的法律处罚。在这一点上，两篇小说的构思是类似的。

就这样，两篇小说无论在思想内容上，还是在艺术表现手法上，具有强烈的可比性。这种可比性，恰巧有利于区分罪与非罪的界限，也有利于区分两个当事人作为公民与罪犯的界限。

缪永定酒后的骂人罪，一犯再犯，没完没了。有一次到同族的叔叔家里喝酒，纵酒骂座，触怒了客人，叔叔只得亲自出面调解，并叫其家人将他扶回家去。也就是说，叔叔私了此件骂人案。若诉诸法律，该受“笞一十”的处罚。(《大清律例》)

冥司似乎不满意人间的私了公案，就派衙役将缪永定捉拿归案。这时，他意识到自己有罪，但不知具体的骂人之罪，误以为是客人以“斗殴”罪控告了自己。他混迹于当被告的群鬼之中，被衙役中戴黑帽的称为“颠酒无赖子”、“颠酒贼”。

没料到在冥府碰到死去多年的舅舅，缪永定就请求他救自己。舅舅请黑帽人喝酒，这才知道是东方之神发现缪永定骂人犯罪，下令逮捕他的这一真相。

舅舅乘此良机，把缪永定教训了一顿，指责说：“你从十六七岁开始嗜酒，每三杯过后，就口无遮拦骂人。大家都说你年龄小，不计较。如今十多年过去了怎么一点也不长进。现在该怎么办！”缪永定再次求救，舅舅只好答应准备十万之巨款来为他找门路。

就在旧案还未了结之际，缪永定又犯下新案子。原来，他碰到了邻村的翁生，两人是十几年前的文字之交，重逢于冥间，免不了进店饮酒。酣醉之际，旧态复作，先是唠唠叨叨指责翁生，继而拍桌打椅地大骂。

翁某大怒之下，把缪永定推入溪中受苦：那溪水中藏有无数利刃，动辄伤人，加之水又黑又脏，吸入喉头万分难受。岸上围观者无数。舅舅这时赶来告诉他：东方之神正要审你的案子，不料又饮酒闹事误事，只好花钱消灾了。

自从遭到这回的冥罚，缪永定十几天后才康复，可以拄杖而行。一年多后，酒瘾又上来了。有一天，到一个同族晚辈之家喝酒，又把主人骂了一顿，被赶了出来。其子把他扶回家里，面壁长跪，自言自语一番就倒地死去了。

就这样，缪永定一生都在犯酒后骂人之罪。法律只规定凡骂人者就“笞一十”，并没有进一步规定像缪氏这样一辈子不断骂人的惯犯怎么惩罚。由此可以认为，《酒狂》通过跟踪描述缪永定一辈子顽固不化地坚持犯骂人罪，让他在从人间逃脱法网之后受到冥司的处罚，又让他在返回人间后依然在骂人罪过中沉沦到底，结束一生，有着弥补立法空缺的意义，也有着暴露惩治骂人罪的法律难以被百姓认同的弊病的意义。

更有意思的是，把《棋鬼》与《酒狂》放在一起做比较式的研读，对于法律人和有兴趣的广大读者思考个人嗜好中的罪与非罪的界限，大有裨益。

第五辑
法律描写艺术探索

前四辑的论述，对聊斋法理世界做了初步阐释。本辑的任务，是对蒲松龄建构法理世界的艺术做探索。纯文学家既然都难以正解两百多篇涉法作品的法理法意，那么他们的聊斋艺术论，就必然忽视作品的法律描写艺术，这是不争的事实。

我们以若干作品为实例，对蒲氏一贯性的法律描写艺术的几个主要方面，进行解剖麻雀式的说明，力求理论概括紧密联系作品实际。

笔者的奢望是：通过这五辑的大量完整篇目的一一赏析、讨论，为广大文学人提供一个可资借鉴、运作的文学阅读路径。

文学界的阅读革命的口号，早有所闻，但不见有相应的阅读理论与实践问世。笔者愿以这五辑的涉法文学作品赏析的系列文章，作为对文学界提出的阅读革命的姗姗来迟的响应。这种响应举措，虽从几年前开始撰写“法说”四大文学名著时就已启程，但至今仍有加以强调的必要。

九十四　法理法意的形象暗示特征：可塑性

——说《罗祖》

我们在前三辑已分别谈过，法律人物形象、法律诉讼案件、法律文化现象，是涉法文学的法理法意的三大共同载体。只要善于做这三方面的形象分析，法律解读就会顺利进行。

《聊斋志异》的法律描写艺术的首要成就，就是在法理法意的形象暗示上有自己的特征，即有较强的可塑性。这就是每一涉法作品，只是刻画法律人物形象，描述法律诉讼案件，展示法律文化现象，它们到底暗示出什么样的法理法意，通常有较灵活的解释方位与角度，从中抽象出来的法理法意也可有着多样、多元的思路，并非像解数学题那样只有唯一的某种答案。这就是所谓的可塑性。

我们已解读过的百余篇作品，越是篇幅长、人物多、案情复杂，这种法理法意的可塑性越强。惟其如此，任何优秀的涉法文学作品的法律解读都不可能毕其功于一役，需要大家集思广益，尽可能挖掘它们的固有法律寓意。四大文学名著《三国演义》《水浒传》《西游记》《红楼梦》以及《聊斋志异》中的一百多篇典型的涉法作品，都是如此常读常新，每读一次都会有新发现、新感悟的作品。

这里，仅以《罗祖》为例，对其较强的可塑性做一番具体分析说明。

这里所说的可塑性，取决于两个方面：一是作品的法理法意的形象载体的多样性，有多种选择，即可在人物形象、法律案件、法律文化现象三大载体中加以权衡，或三者全部利用，或选其一二加以运作，总之在解读中应根据立论的需要而择其切入的载体；二是多种载体之中都有相应的法理法意可谈可议，也应依立论需要加以取舍。《罗祖》就足以用来说明这两种情况。

以法理法意的载体而论，《罗祖》虽篇幅不过五百字，但三大载体俱备。罗祖作为小说的主人公，属于法律人物形象，可定为刑事犯罪的受害者。他是一个军人，在外出执行军事任务时，把妻子和儿子托付给朋友李某照顾，不料李某与妻子通奸，罗祖设计捉奸拿双成功，以此弃家出走，后在荒山之中坐化而死。显然，可解读罗祖的形象的法理寓意。

以案件而论，罗祖失踪后，乡亲们到官府告状，李某受到笞责，招供了通奸事实。由于没有找到罗祖，官方怀疑奸情背后有谋杀案，故关押了奸夫淫妇，一年后双双死于狱中。这就是说，奸情案引发了杀人疑案，又有法理可议。

再拿法律文化现象而言，小说中也有着可议之处。例如罗祖回家在床下发现的男子遗留的鞋，就是妻与李某通奸的物证；“乡人共闻于官”就是知情人集体到官府揭发、控诉通奸案，这在性犯罪案件极为频繁的聊斋世界为数却很少，故很值得专门谈论；还有罗祖坐化后被人们建庙当作神仙供奉与祭祀，而犯奸罪的男女死于狱中的强烈对比，可见法律与宗教联手的现象：这三种法律文化现象均有法理寄寓其中。

由此可见，带着不同研讨课题的读者，可依自己的需要而自由选用上述三大载体，于是不同读者就有不同的《罗祖》法理赏析结果。

再看每一种载体之中的法理内涵，也较为宽泛，并非单一的、固定的某种概念就可将其包罗无遗。假如要谈罗祖的形象，可以谈他如何从刑事犯罪的受害者转变为世人崇拜的庙中神人的道理，也可以谈他从一双男人的鞋子推测出妻子犯奸罪的结果，还可以谈他当初想当场杀死奸夫淫妇而中止了杀人活动的法理。

若剖析案例，则奸情案引发杀人疑案的因果关系、官方审理中是否合法等方面，均有法理可议。依有关法律，犯通奸罪的男女双方都有罪，应“杖八十”，而官员的做法是“笞李”，这就意味着放过了淫妇，便宜了奸夫，是执法官员有法不依的表现。还有男女双双死于狱中，也该讨论一下：官方对二人的死亡有没有责任？查一查《大清律例》，可知在押囚犯死于狱中可依一系列法律条文进行追查，一旦证实，失职的官吏都该负相应的罪责。小说仅仅一笔带过“并桎梏以死”，毫无相关情节的描述，故留下的法律疑问很多，讨论起来也就有很多话可说。

同样，上述几种法律文化现象也是内容丰富的话匣子，可任凭取用。单讲小说结尾处刘宗玉和"予"谈话中，"予"的最后一锤定音的话语是："若要立地成佛，须放下刀子去。"笔者对此有发议论的极大兴趣，仅仅抓住这一句话，就可用《法律与宗教》为题，写出《罗祖》的法理赏析文章。为什么？因为取用这句话，切入点是法律文化现象，而要谈清这议题之下的相应法理，有如牵一发而动全身，所有派得上用场的一切形象描写的东西，都会提取出来加以阐释。

尤其要注意的是，把《罗祖》置于《法律与宗教》的标题之下进行法理讨论，必将以"放下屠刀，立地成佛"的俗话为立论的中心，而所谈道理应当包含两个既对立又统一的思想意识层面，即有的法律条文同这句俗话一致，如本夫当场杀死奸夫淫妇，不负刑事法律责任的法条，就是如此。有关"杀死奸夫"法条云："凡妻妾与人通奸，而于奸所亲获奸夫、奸妇，登时杀死者，勿论。"（《大清律例》）

依此，罗祖当场动杀机，若杀死了李某和妻子，并不负法律责任，"立地成佛"是无疑的。但有的杀人罪或其他重罪，就算真正弃恶从善，也该判处死刑，"立地成佛"就完全不可能了。

以上说明了《罗祖》的法理法意的可塑性的基本情形。若要写赏析文章，据此写下若干篇立意有别的文章，并无困难。困难的地方，只在于论者从许多可供选择的切入点、论题中筛选出符合作品整体实际的最佳的甚至是唯一的切入点和论题。

有志于此的学者，唯有在充分了解法理法意的形象暗示上的可塑性艺术特征的基础上，才能自觉地去寻觅这最佳的、唯一的切入点与议题。仍以《罗祖》为例，这最佳、唯一的东西，尽在主人公罗祖的人物形象之中，议题可拟为：

中止杀人——从凡人到偶像的关键一步

应当看到，凡是涉法文学，其法理法意的形象暗示无不有着可塑性。我们所强调的，只是聊斋作品的可塑性较突出。之所以如此，同下面将要谈到的其他艺术追求关系密切。

九十五　法理空间的拓展方式：写实与志异并举

——说《霍生》

聊斋作品的法律描写艺术的又一突出表现，是在法理空间的拓展上有两大运用极普遍的方式：一是法律现象的写实与志异并举，二是法律现象存在的时间、空间无限制。这两种方式的运用，使现实主义文学的法理空间根本不可能抵达的领域——神秘莫测的天宫、阴森恐怖的阴间、与人类迥别的动物世界、不知何来何往的狐精怪物的栖身之处等，都有着法律的权威存在，更有着法理思绪的纠结与延伸。毫无疑问，上文所指出的法理法意的突出可塑性，在很大程度上取决于这两大拓展法理空间的方式的成功运用。

先说第一种方式，即写实与志异的并举。写实，就是用现实主义方法，描写法制人物，叙述诉讼案件，记录法律文化现象，而志异则是用浪漫主义方法，把写实的一切对象置于想象的天宫、阴间、动物世界、狐精怪物的活动场所，使现实世界与想象世界没有阻隔，自由往来，于是乎，作品每每让读者突破平凡世界的羁绊，走进想象世界，观察和思考在现实世界已经山穷水尽的法律问题，如同峰回路转，又有新的运作路径，得到枯木逢春一般的新生机，新的法理法意再度绽放开来。就这样，现实主义涉法文学的单一法理世界，就变成了双重法理世界——一重为人间法理王国，另一重为神、鬼、狐、怪共处的冥法天下，二者呈互相呼应、彼此支持、转换迅速、浑然一体的态势。

以《霍生》为例，写实与志异在篇幅上几乎是一半对一半，而在法理的表现与拓展上，双重法理世界的存在以及二者的相关关系，也正如笔者所说的那样不可分割。小说共有两个自然段落，第一段为写实，第二段为志异。

写实部分叙述的是：霍生把男女的犯奸罪之事拿来开下流玩笑，从而诱发严生拷打妻子，致使自杀身死的严重后果。霍生与严生是两个很亲近的朋友，一贯互相开玩笑。霍生的邻居老太婆，曾为严生的妻子接生。她偶然对霍生的妻子说，严生的妻子的私处有肉瘤。妻子把这话告诉给霍生，霍生竟然把这件事拿来开玩笑。有一天，霍生跟一伙人商讨事情，窥见严生即将走来，就故意说："我跟严生的妻子最相好。"大家不相信，霍生就讲了捏造的故事，并且说："如果不相信，她的阴部旁边长了一对肉瘤。"严生走到窗外，把霍生的话听得一清二楚，就返回家中拷打妻子，妻子不服，他打得更厉害。严妻忍无可忍，就上吊自杀了。这时，霍生很后悔，但不敢向严生承认对他妻子的诬陷之事。这就是写实的基本故事。

这写实故事的法理有三点。

首先一点，是霍生当众讲自己与严生妻子通奸的虚假而下流的事实，触犯了下列法律：

> 凡有狂妄之徒，因事造言，捏成歌曲，沿街唱和，以及鄙俚亵嫚之词，刊刻传播者，内外各地方官即时察拿，坐以不应重罪。（《大清律例》）

霍生编造的犯奸罪行，用语实属"鄙俚亵嫚之词"，且当众"传播"，该"坐"即判处"不应重罪"。"不应"即"不应为"的罪名，分轻、重两种处罚方式，轻者"笞四十"，重者"杖八十"。（《大清律例》）可见，霍生一旦落入法网，就该"杖八十"。

其次一点，严生亲闻霍生诬陷自己的妻子的下流言辞，本应上公堂控告霍生，而他采取的是回家拷打妻子，致使其自杀，这种人命关天的后果，也是应追究法律责任的。请看下列法条：

> 若因奸盗而威逼人致死者，斩。

其立法解释进一步指出："奸不论已成与未成"。就是说，严生以霍生虚构的"奸"罪事实严刑拷打妻子，使其自杀，构成了典型的"威逼人致死"的罪行，应依法判处死刑，以"斩"的方式处死。惟其如此，清白的严妻的在天之灵才可昭雪，其家属才可得到慰抚。

最后一点，由于无人告状，霍生的"杖八十"之罪和严生的"斩"罪均规避了法律的判处。换言之，有关法律成了一纸空文。

若蒲氏写小说仅靠写实，那么此篇的法理也就到此止步了。然而，他是善于志异的高手，于是小说接下来是一段闹鬼、做梦、梦中受罚兼而有之的奇异故事：

> 严妻既死，其鬼夜哭，举家不得宁焉。无何，严暴卒，鬼乃不哭。霍妇梦女子披发大叫曰："我死得良苦，汝夫妻何得欢乐耶！"既醒而病，数日寻卒。霍亦梦女子指数诟骂，以掌批其吻。惊而寤，觉唇际隐痛，扪之高起，三日而成双疣，遂为痼疾。不敢大方笑；启吻太骤，则痛不可忍。

闹鬼的故事，不过是蒲氏惯用的文学包装物，其中的法理才是应当关注的实物。简言之，上述写实故事突出一个"罪"字，而这志异故事则突出了一个"罚"字，二者浑然一体地表现了罪与罚的法律主题思想。

受惩罚的是严生、霍妻和霍生这三个人。严生本来犯有死罪，经过严妻鬼魂夜哭而暴死，可见冥法与人法对严生的处罚是相同的。

霍妻在梦中受到鬼的谴责，不久病死，这处罚未免过重。她的过错，在于不该把严妻的隐私抖露出来，让丈夫当作了犯罪的材料，但毕竟没有构成犯罪。这是冥法比人法严苛的又一个明证。

霍生受到的处罚颇有刑事立法上的同态复仇精神，亦即是俗语所说的"以牙还牙，以眼还眼"。他乱讲严妻阴部长了一对肉瘤，那么冥罚就是让他不负责任的嘴唇上长出一对肉瘤，从此再也不能随便讲下流笑话了。

《霍生》全文表明，正是因为写实与志异并举，作品才有效地把揭露和批判罪行的法理，拓展到有罪过之人应当接受法律处罚的新法理出现的新境界。

当然，写实与志异并举，不能简单理解为本篇的一半对一半的方式，而是二者有机结合，手法灵活多样，没有固定模式的卓越艺术经验。这需要专门加以总结，不可作为本文的任务。

九十六　法理空间的拓展方式：时间与空间无限制

——说两篇同题的《三生》

除了上面所说的用写实与志异并举的方式拓展法理空间之外，蒲氏还经常运用另一种方式，即打破现实社会中任何法律现象、案件的时间与空间的局限性，从而使时空条件处在不受限制的自由状态。这样，作品所表现的法理法意往往与法律人所认定、所谈论的法理既有彼此吻合、一致之处，还有更完善、更理想、更加人性化认识成果，这是学院法学研究绝对不能抵达的法理世界。这个法理世界，就是笔者20世纪90年代所提出的文学法律学的一大探究对象。

两篇同题的《三生》，用以说明聊斋拓展法理空间的这一方式及其成果的有别于学院法学的特色，是行之有效的。这两篇作品所讨论的都是罪与罚的法律主题，跟陀思妥耶夫斯基的长篇小说《罪与罚》的主题是相同的，然而后者的法理法意存在的时空条件，具体限制在19世纪的俄国，而两篇《三生》的法理却超然于蒲松龄时代的中国之外，是在现实社会与想象阴司之间自由转换的流动时空条件下出现和存在的。因此，解读这两篇作品的法律寓意，一方面要求解读者具备学院法学关于罪与罚的知识、理论修养，另一方面又绝对不能拘泥于既有的任何法学理论，否则就读不懂。

首先，从标题所用“三生”的概念，可以看出这两篇作品受到佛教关于“三世”的思想影响，而其内容则运用了佛教关于“业报轮回”的理论框架作为表述形式。“三生”、“三际”都是“三世”的不同说法。“世”，是迁流的意思，即指流逝的时间。个体生命一生存在的时间为世。三世或三生，指同一个人的三种生命时间：过去、现在、未来。显然，在这样流动而依次展现的时间里来讨论罪与罚，远远比局限在固定的时间里讨论同一问题复杂、困难得多。

以空间而论，同一个人的生命在三世中并非都以人的身份出现，可以是当牛做马，甚至是变成野生动物，于是所处空间就不都是人类社会环境，而是牛栏马厩之中，或野外洞穴里面，更有意想不到的某个角落。法律触角延伸到这样变化莫测的空间，自然会有别样的意味了。

披阅小说文本，顿时就感觉到，现实社会法学家所谈的罪与罚理论，陀氏《罪与罚》的现实主义文学化的罪与罚理念，到了两篇《三生》的故事里，都只剩下一个空洞的躯壳，装进去的东西则完全属于聊斋世界所特有的、不可雷同的罕见宝贝。将其条分缕析揭示、描述出来，又无不是关于罪与罚的法律理论。

前一篇《三生》没有平均使用力量写罪与罚两个方面，而是淡化罪，突出罚，似乎意在反讽人间刑罚往往落空的弊端。刘举人的一世是士大夫，活了六十二岁，“行多玷”即行为多污点，三个字就总括了一生的应有尽有的罪行。接下来所写，都是刘举人的鬼魂在阴司受冥王判处的详情。依据犯罪记录，第一次罚他变成马。过了四五年的痛苦生涯，绝食三天就死了。到了冥司，考察罚期未满，又罚他变成狗，诞生在地窖之中，过了一年，故意咬豢养它的主人，主人一怒之下把这狗打死了。冥王审讯刘某鬼魂，对他变狗时不服管教很恼火，就动刑笞数百后，罚他变成蛇。一年多过去了，这蛇寻找了自杀的机会：卧草中，听到有车过来，就躺在路上，被轧成两段。冥王认为蛇无罪被杀，就赦免了刘某的所有罪行，批准他再次变作人，就是如今的刘举人。

剥夺有罪的人的生命，让其先后变为马、狗、蛇，应当说这种处罚比人间刑罚更为残酷。有道是，士可杀不可辱。把别人骂作马、狗、蛇，已带有侮辱人格尊严的违法犯罪性质，何况人已变成马、狗、蛇呢！可见，这篇《三生》把对有罪之人在人间漏网，不曾受法律处罚看得很严重，故针锋相对地让罪犯在阴司反复接受灭绝人性的残酷至极的处罚。这种想象中的法律处罚，可认为是一种刑法理想，表现了人们严惩犯罪分子的心愿。如此拓展出来的罚罪理念确有理想色彩，与学院式的刑罚理论的距离相当遥远，故从不见有法学家如此立论。然而，谁也不能否认这是对固有的刑罚理论的发展、补充与纠偏。因为，所有刑罚理论只强调罪与罚相当，并不考察刑法条文实施于社会的效果欠佳的问题，更不去解决问题。恰恰是在这空当处，《三生》

把罚罪的力度贯注到同一个罪犯的相连续的三个阶段之中，有一股不处罚到底不罢休的顽强劲头。

再看第二篇《三生》。它在讨论罪与罚问题时，有别于前一篇的鼓吹罚罪到底，而是把关注目标定位于原告与被告的法律地位的对立与矛盾，使其由冤冤相报的敌对状态，最终发展为“和好如父子”的和谐关系。双方之间是怎么化干戈为玉帛的呢？

小说一开头，就把人世间才有的原告、被告双方变成了人与鬼之间的争讼。这就使案子的时空一举打破了现实社会的限制，程序法的各种规定若生搬硬套地搬用于此案，在起步的地方就已宣告不管用了。

湖南某人的前生三世故事就在这诉讼法学家不可思议的地方开头了。他一世是知县，参加了乡试的阅卷工作，名士兴于唐落榜了，愤懑而死，到阴司控告知县。此状一投，数以千万计的落榜鬼魂便推举兴于唐为头头，代表大家在打官司时大出冤气。等到走上公堂，知县推脱责任，说自己上面有“总裁”负责。等捉来总裁，又推卸说“房官”没有推荐。主审官阎罗判处动用“笞”刑。兴于唐反对说：“笞罪太轻，是必掘其双眼，以为不识文之报。”阎罗不同意掘眼，群鬼哄吵公堂，又提出剖心。不得已，只好将知县和主司两个被告剖心，群鬼在鲜血淋漓中哄闹着散去。

知县受刑而死，投生为陕西庶人之子，二十岁时被流寇捉去。省里巡察官也是个二十岁的青年人，被当作流寇的人细看，认出他就是兴于唐！这兴老爷不由分说，将其斩首，从而制造了冤案。知县到阴司告状，三十年后兴于唐才到堂受审。阎罗审判认为，知县投生后曾有打父母的罪行，兴于唐则滥杀无辜，将两人都罚为变狗：某为大狗，兴为小狗。不料这两只狗都知对方底细，又互相报仇，双双死于咬伤。到了冥司公堂，又是一番争吵不休。有鉴于此，阎罗说：“冤冤相报，何时停息？今天为你们化解吧！”于是判决兴于唐当知县的女婿，其来世是：知县投生到山东省，二十八岁中举，生一女儿，后选中岁考第一名的李某即兴于唐为女婿。在岳丈的帮助下，女婿终于扬名天下，由此翁婿亲如父子。

在这样完全不受时空条件限制所发生的一系列人生遭遇中，知县与兴于唐最初的被告与原告关系，依次改变为冤案的受害人与冤案的制造者的关系，大狗与小狗争斗而死的关系，最后终结于岳丈与女婿的关系。唯有最后一层关系，才彻底摆脱了法律争讼的旋涡，成为理想的人际关系之一。很清楚，突破时间、空间的法律争讼不断演变的结果，把一般诉讼法所规定的原告、被告的法律地位引向了复杂变化的过程，这变化的最低点是当初的原告、被告成了两条灭绝人性的小狗与大狗的争斗并同归于尽的关系。这变化的最高、最佳点，则是双方复归为人，并结成姻亲关系。让原告、被告双方法律地位如此发展、变化，如同把一堆混合的矿石投入特殊的熔炉里反复冶炼，不断提炼出各种金属，最后出炉的则是两勺黄金。不言而喻，这是法律诉讼的理想化反映，有着孔子的“无讼”思想倾向。

两篇《三生》是观察蒲氏用突破时间、空间方式大力拓展法理空间的两扇窗口，法律描写的艺术在这里大放光芒，耐人反复探究。二者所谈阴司的冥法、冥判、冥罚，实质上是人间法律、审判、刑罚的翻版或投影，如此写来的妙处在于现实主义方法观照不到的法律的奥妙以及作家的法律理想、愿望统统可以曲折地表现出来。因为，无能为力且不作为的司法执法官员所造成的法律架空后的该有的法理无从讲起，有了冥法、冥罚出现，法律话匣子一个个都打开了，畅快得很！

九十七　法律批判兼有锋芒与智慧

——说《快刀》《阳武侯》《天宫》

聊斋中的作品描写法律，并非法学家那样心平气和地谈学问之道，对现行法律一概采取支持、拥护的立场与态度，而是继承和发扬世界范围内涉法文学的不约而同的法律批判传统，对封建法律的不平等、不人道、不科学、放纵权贵者、仇恨农民起义等弊病一再进行揭露和批判。已谈过的《席方平》《促织》诸篇均为法律批判的杰作。

本文以《快刀》《阳武侯》《天宫》三篇作品为实例，对蒲松龄法律描写的又一艺术成就，即法律批判兼有锋芒与智慧，做初步探讨。

以法律批判的锋芒而论，其攻击矛头可谓准而狠。准，就是有刺杀的具体目标；狠，就是既敢于向高级统治者的法律过错开火，甚至连皇帝也不放过，又能直抵致命部位，以一击置被攻击者于死地。这三篇作品的攻击就做到了准而狠。

《快刀》如何准而狠的呢？请看原文：

> 明末，济属多盗。邑各置兵，捕得辄杀之。章丘盗尤多。有一兵佩刀甚利，杀辄导窾。一日，捕盗十余名，押赴市曹。内一盗识兵，逡巡告曰："闻君刀最快，斩首无二割。求杀我！"兵曰："诺。其谨依我，无离也。"盗从之刑处，出刀挥之，豁然头落。数步之外，犹圆转而大赞曰："好快刀！"

小说对法律规定的死刑处罚方式之一的"斩首"予以讽刺，有彻底否定的势头。试想，一个职业刽子手，把斩首杀人训练得像杀鸡杀鸭一样，一刀就达到了致命的穴位，根本不用来第二刀。被割下的头颅，飞落数步之外，竟像儿童玩具陀螺一样旋转不已，这就意味着杀人术已到了炉火纯青的地步。斩刑弄到这步田地，实在让人吃惊、反感，巴望着它快点废除。

《阳武侯》攻击的是侯爵的封赏与世袭制度。在封建法典中，关于公侯与官职的赐封与世袭，都有具体的规定，若有违背就视为犯罪。《阳武侯》既写了武侯的赐封，又写了其后代的承袭，虽都合法，却暴露出其中的荒唐可笑之处。被以军功封为阳武侯的人名叫薛禄。参军前，这薛禄"垢面垂鼻涕，殊不聪颖"，到十八岁，人们都以为他"太憨"，没有人上门提亲。有一天，他对大哥说："只要把婢女嫁给我，我就去参军，完成征兵的任务。"这样又脏又蠢、讨老婆都很困难的人，日后怎么能建立战功呢？小说写道：薛禄夫妇奔向边防途中遇到暴雨，在躲雨时岩石崩坠而死，于是化为两只猛虎，逼迫两个人作为虎的依附对象。从此，薛禄就非常勇敢，终于有了军功，封为阳武侯世爵。这就告诉我们，当初的封侯是不光彩的，仰仗的不过是野兽般的凶残罢了。"军功"的空洞字眼，被人化为虎的有趣故事所淹没，使读者只能把这空洞字眼解读为野兽的凶残。这讽刺力量实在强大之至。

日后的爵位继承，更为荒唐。承袭若干代之后，某一承袭者没有后代，只有遗腹，生男生女还是未知数，只好在其去世后暂以旁支代袭。一年多，夫人生下一个女儿，产后母腹还在震动，然而过了十五年，官方派来伴守的助产妇已轮换了好几个，这才迟迟生下一个男孩。依法，应由这嫡派男孩承袭爵位，可旁支都叫嚷开来，认为这男孩不是薛氏血脉所生。官方只得把那些助产妇抓来审问，严刑逼供，没有一个说否定的话。这样，争执不休的侯爵继承问题终于尘埃落定。这种漫长又荒谬的继承过程，再一次辛辣嘲讽了侯爵的荫袭制度，表明它是在朝廷的权力威压之下才勉强维持下来的。

《天宫》则通过二十多岁的郭生被陌生老妇诱饮美酒之后的奇特经历，抨击了朝廷高官及其子女的滥用职权的罪行。至少有两个方面。其一，这种豪门人家，不仅妻妾成群，婢女无数，家中淫乱，而且还招引外人进家犯男女通奸之罪；其二，家长巨额财富来源不明，该以“受赃”罪名论处，却始终无人过问。单讲无名奸妇送给郭生的礼物，竟是“黄金一斤，珠百颗”！仅此一项，那家长就该判死刑。

三篇作品的法律批判锋芒，指的是法律思想内容具有摧枯拉朽的战斗性。所谓法律批判的智慧，指的是这战斗性的艺术表现，显得很聪明，可进可退，左右开弓，若遇飞来横祸，可安全转移阵地。值得一提的，有这样几点。首先，三篇作品都取材于明代，属于历史题材，同现实的距离感很明显。《快刀》以“明末”二字开头，清代当局想挑刺都没门。《阳武侯》的中间有“启、祯间”字样，即明代天启、崇祯年间。《天宫》则有严东楼的名字出现。严东楼，就是严世藩的别号，为明代嘉靖奸臣严嵩的儿子。高官家庭的乌七八糟曝光于世，一旦有兴师问罪之祸，尽可往明代人身上推卸了事。而知道清承明制的历史特点的读者，则都能心领神会，透过几处文字的伪装薄纱，看到清代法律弊端的内幕。

此外，每一篇又都有各自的攻击艺术。《快刀》从标题到行文，似乎都在歌颂：歌颂屠刀之快，歌颂刽子手杀得到位，歌颂行刑之际答应罪犯要求说话算数，歌颂行刑效果超群出众。骨子里，却是无情的暴露和鞭挞。这里的要害，在于把草菅人命的事情职业化，而使用快刀的刽子手又在这职业领域名噪一时，于是乎那表面的歌颂，就成了骨子里的诅咒。

《阳武侯》对薛禄“勇健非常”的诠释，运用了电影蒙太奇的手法。前一个镜头，是“居人遥望两虎跃出，逼附两人而没”。而紧接着的后一个镜头，则是“侯自此勇健非常”。这跟电影界引以为经典的“羊群”、“人群”的两组镜头连接的画面，如出一辙，而蒲氏运用蒙太奇手法之时，电影技术尚未发明出来。在这种留空白的蒙太奇手法运作之下，薛禄的勇敢和军功，只不过是用人的兽性发作换来的。这种不留痕迹的抨击，实在高明之至。还有日后继承爵位的荒谬，用的是写实手段，取得的却是志异的效果。一对双胞胎姐弟出生于薛氏之家，竟相隔了十五年之久！官方派来的助产妇更换了好几个！族人非议而引发官司！这都是不可思议的怪现象。爵位继承如此折腾不休，除了劳民伤财，增加社会混乱，还有什么积极意义可言？荒诞与混乱，正是这法定承袭制度的产物。法律批判的效果，就在这里显示出来。

《天宫》对豪门罪行的揭露也有其机智之处。勾引郭生淫乱的女人们有密切的分工、合作关系：一老妇负责送美酒加以引诱；那二十来岁的青年女子充当的是犯奸的主角，留郭生在神秘地洞与华丽天宫达三月之久，她自称为“仙”；听使唤的婢女中有一个十七岁的少女，十四岁就被主人占有，至今三年一直被冷落，故在送别郭生时大胆、主动地同他行奸，构成新一轮性犯罪。分手之际，所谓仙女以“灭族”之罪相威胁，又以巨额黄金与珠宝赠送，无非要威逼加利诱，使其对外界守口如瓶。郭生虽然充当了通奸罪的同案犯，但在暴露豪门的罪恶与腐败和法律对打击豪门中的罪行完全不起作用的真相方面，却是充当了知情人、见证人和揭发者。

在批判策略上，《天宫》的可称道的一点是对那个十七岁小婢女有所同情，让她对郭生揭露了“仙女”关于“天宫”的谎言。她对好奇而寻根问底的郭生交了实底，说：“勿问！即非天上，亦异人间。若必知其确耗，恐觅死无地矣。”小小年纪，为什么对她所处的豪门的微妙与残暴了解得如此深透，说穿了就是十四岁就深受其害的痛苦经历的教训与启发。她的非议之词，实际上是黑暗堡垒内部的一线光明，一分破坏力量。小说的法律批判智慧的又一表现，就是有分寸地把这一线光明与力量派上了用场。

九十八　案中有案的叙事技巧

——说《某甲》《石清虚》

小说是叙事性的文学体裁形式，一旦涉及法律，其叙事的表达方式就往往用来叙述各种案件的来龙去脉。本书第二辑法律诉讼案件法理赏析的二十多篇文章已经反复证明了这一点。现在要谈的是，聊斋一百多篇典型的涉法小说在叙事艺术上有一个共同特点，就是案中有案，常常构成连环案件组合，彼此间有一定因果关系。

且说《某甲》，全文不足一百字，无论学人谈思想，论艺术，都不见有谁提及，然而却是一篇典型的涉法小说，它让我们惊叹的艺术特色，恰在小小篇幅里容纳了三件案子。请看：

> 某甲私其仆妇，因杀仆纳妇，生二子一女。阅十九年，巨寇破城，劫掠一空。一少年贼，持刀入甲家。甲视之，酷类死仆。自叹曰："吾今休矣！"倾囊赎命。迄不顾，亦不一言，但搜人而杀，共杀一家二十七口而去。甲头未断，寇去少苏，犹能言之。三日寻毙。呜呼！果报不爽，可畏也哉！

开头一句话，叙述的是某甲与其仆妇通奸、杀仆、将仆妇奸占为妻的案件，某甲犯有三大罪行，死罪难逃，然而逍遥法外达十九年之久。法律到哪里去了？反思、痛斥法律形同虚设，就是此案的寓意。

"巨寇破城，劫掠一空。"两句话，叙述了第二件案子。"巨寇"并非身躯高大如巨人的寇，而是人数之众多的武装集团，用规范的法律术语讲，就是一伙强盗。"劫掠"指的是强劫财物。强盗作案的猖獗，社会危害性的巨大，在案件概述中自然流露出来。前后两案合并推敲，可知其内在因果关系：正因为某甲一个人的三大罪行长期无人过问，那么歹徒聚众暴动，攻城入室，大规模犯罪，就是必然的恶果。所以说，这种简略叙述的案子貌似单纯反映犯罪猖獗，骨子里更深化了法律反思与痛斥的理念。

少年贼进某甲家中杀二十七人的大血案是第三起案子。作案者已犯下十恶不赦的大罪之一：不道。但他作案后扬长而去，法律又一次靠边站了。此案的发生原因在于少年凶手是某甲所杀仆人的后代，他要为父亲报仇雪恨。

综观之，三起罪案，一个主题：犯罪猖獗而法律缺席。法律批判的主题精炼、集中、鲜明，留给读者进一步回味的余地广阔无边，妙不可言。

《石清虚》篇幅较长，更有利于叙述案中有案的故事情节。唯有一一清理出所有案件的线索，才可综合出小说的法律主题思想。有一位文学博士生导师在其专题文章《天下之宝，当归爱惜之人》中，认为该小说的内容是“写出一个人与石悲欢离合的故事”，其中“寄托着蒲松龄深刻的人生感慨”，主人公邢云飞是一位“石痴”，而其叙事结构“可以分为三段”，等等，总之是从思想内容到艺术结构，都与法律无关。然而，在行文中，又不得不依小说情节固有的法律描写而讲“窃贼败诉”、“邢云飞打赢官司”、“将其逮捕入狱”、“盗墓贼被执送官府”之类的法律话语。这样一来，论者的结论与论证、说明互相脱节的不足之处就十分突出。

笔者以为，《石清虚》是又一篇典型的涉法作品，唯有充分注意到蒲松龄惯用的案中有案的叙事技巧，把所有案件线索一一清理出来，最后才可把所有案情头绪归结到一起，从中抽象出应有的法理结论。以纯文学的方法，任凭说得天花乱坠，终究会因脱离小说实际而失败。

综观全文，小说总共叙述了十四件案子，依次简述如下：

第一件，某势豪之人伙同他的仆人，登门抢劫宝石，主人公邢云飞无可奈何，只有气愤与悲哀。这是刑事案件。

第二件，抢劫者以宝石的主人自居，以“悬金署约”的民事法律行为，雇人下河打捞丢失的宝石，“由是寻石者日盈于河”，好不壮观，但没有预期结果。徒劳无功的人们一旦为酬金打官司，集体诉讼的场面将热闹非凡。

第三件，宝石的原主人登门拜访邢云飞，经过一番坦诚交谈，达成赠与与受赠的民事法律协议。慷慨的老汉连姓名都不愿留下，就离开了邢家。这起民事案是十四件案子中的亮点，也是兼具法律、道德、经济、美学、心理等多学科的综合价值尺度，所有对宝石怀有某种占有目的的人们与老汉相比，无不黯然失色。

第四件，窃贼入室偷宝石而去，几年过去了，案子一直未破，这同邢云飞不去报案、控诉关系极大。

第五件，几年后，有人出卖宝石，邢云飞认出为自己的失窃之物，同卖者发生争执，经官方审判此案，卖石者供认花了二十金买得，于是释放了他。上述博导认为卖石人就是窃贼，邢云飞胜诉，是缺乏证据的说法。

第六件，某尚书愿以百金购买邢云飞失窃而复得的宝石，回答是虽万金也不卖。这是生意场上的民事纠纷案。

第七件，尚书某仗势欺人，用诬告的手段陷害邢云飞，将其关入狱中，田产也被典当出去。诬告属于犯罪，不仅不被追究，反而被当作合法控告的案子来办。

第八件，邢云飞的妻子和儿子迫于尚书某和官方的压力，商量出一个对策，把宝“献”给尚书，这才换得邢云飞的出狱。法律沦为权贵害人的工具，在这入狱与出狱之事中再清楚不过了。献石为民事行为。

第九件，尚书某因为犯罪被罢官，不久死去，这就发生了其家人窃石出售的新案子。

第十件，邢云飞本是宝石的主人，不得不用两贯钱买回尚家出售之石。这一民事行为完全是刑法不管用的产物。

第十一件，邢云飞死后，宝石依其遗嘱殉葬，半年后发生盗墓案子，宝石被盗。由于邢的鬼魂显灵，捉住两个窃贼，送到官府，好不容易破了此案。

第十二件，审案官员企图占有宝石，把它当作玩物，已下令寄存于国库。可依贪赃枉法罪名惩治这贪官。

第十三件，吏奉命举石入库，失手将其堕地，碎为几十片，应负民事赔偿责任，可怜邢家不敢提出索赔要求。

第十四件，“官乃重械两贼论死”，一句话道破了执法者不懂法而错判的错案实质。在关于盗墓的专门法条中，有这样一条：“其盗取器物、砖石者，计赃，准凡盗论，免刺。”（《大清律例》）

可见，两个案犯罪不至死，“论死”的判决量刑畸重，应当纠正。

仅仅几百字的篇幅，依次叙述了十四起案子，它们依次出现，首尾相连，一块宝石的得而失、失而得如同一根线索，把这些案子串联起来，让读者有从总体上思考其法律寓意的良好切入点和整体观照面。这种案中有案的叙事技巧，在《石清虚》中同样得到了很好的运用。

笔者由此概括出来的法律主题是：小说以一块宝石为中心线索，把相关的十四起案件串联成一个有机整体，从而反映出社会各阶层的人与物的相互关系受法律规范、调节所出现的不尽如人意的黑暗现象，如抢劫、偷盗、诬告、执法犯法等罪行大量漏网，小百姓的人身权和物权得不到法律保护，反倒在法律的名义下受到一再侵犯，表现出持续批判法律的战斗精神。

小说结尾所写邢云飞的儿子将破碎为几十片的宝石收集回家，依然葬入墓中的情形，上述论者说成是“非常具有象征意义”，作家蒲氏“是借此来讴歌一种生死不渝的真情”。（张国风《话说聊斋》）实际上，这是百姓的无奈之举。官想占有宝石，吏打碎宝石，被损坏宝石的物主既不能告官侵占未遂的罪行，又不能向吏索赔原物的价值，只能忍气吞声把变得毫无用处的碎石片拿来安慰老父的在天之灵。这种法律细节描写作结尾，蕴含的法律批判的智慧和力度，都不可低估。“象征意义”、讴歌“真情”云云，不符合作品的实际。

九十九　法律描写的穿插与点缀

——说《阿绣》《娇娜》

法律描写的穿插与点缀，是对涉法文学的法理含量做定量分析而得出的两个类型。典型的涉法文学文本，法律描写通篇遍布，或占有一半以上的篇幅，它们的主旨显然以法律为核心。法律穿插类型，指的是含量在一半以下，在局部范围里足以影响到人物、情节、思想的准确评论的情况。法律点缀类型，则指的是文本中偶尔有两三次简短的法律话语出现，对评论作品的得失几乎不会有任何影响，甚至可忽略不计的情况。

然而，要全面考察涉法文学的法律含量，寻求其中的特殊规律，则非专门研究法律的穿插与点缀不可。尤其是对《聊斋志异》来讲，以谈狐说鬼见长，容易造成阅读中的误解，以为都是不食人间烟火的怪诞故事。一旦意识到有着法律穿插与点缀的作品多达八十篇左右，加上典型的涉法作品一百多篇，任何人都不会随意否认这突出的客观事实。否则，论者就会错误百出。

仅以本文所讲穿插与点缀之事来讲，确有论者因为不顾事实而出错。《阿绣》是最能说明法律穿插情形的实例，法律描写的笔墨集中在假阿绣狐女身上，在含量上不足全文的三分之一，似乎不能影响小说主题的表现，但要正确认识狐女的形象，却非做法律分析不可。马瑞芳教授用纯文学眼光看狐女，写出了《美丽可爱假阿绣》的专题文章，认为阿绣是“聊斋狐狸精里”最美最可爱的一个，并强调指出：

> 狐女阿乡美在外表，更美在内心，美在对美的不懈追求。（马瑞芳《谈狐说鬼第一书》）

这就完全抹杀了穿插在人物身上的法律描写。其有关法律描写依次穿插如下：

其一，真阿绣与刘子固相见、相识、相爱并分别、婚事受挫的缠绵爱情故事告一段落，狐女因外貌酷似阿绣，被刘子固误认为情人，这时她假冒阿绣身份，一本正经地解释刘子固舅父去姚阿绣家中求婚未果的原因，是“家君以道里赊远，不愿附公子婚，此或托舅氏诡词，以绝群望耳”。如此假冒他人身份，欺骗当事人刘子固，是法律禁止的诈骗行为。论者却认为这是“机智和控制局面的本领”。

其二，假阿绣与刘子固白天见第一面，晚上幽会，立即有男欢女爱之事发生。论者欣赏地写道：

> 刘子固宿愿得偿，与“阿绣”同居，欢乐无比，再也不提回家之事了。（马瑞芳《谈狐说鬼第一书》）

依清代法律，这是我们多次谈到的通奸之罪，男女都该“杖八十”。

其三，在刘子固与姚阿绣结婚之后，假阿绣充当第三者，到刘家不断骚扰，又一次冒充阿绣，并在房中“合扉相狎”，即再一次犯通奸之罪。对此，论者视而不见。

其四，每逢姚阿绣回娘家探亲，假阿绣就进家一住就是好几天，家人都害怕并躲避她。这种非法并居关系既猖狂，又引出家庭与社会的危害，已不是单纯的通奸罪问题了。如此严重的罪行，论者只是就事论事地说：“后来，民间阿绣回娘家时，狐女阿绣就来顶替她的位置。”请问：这种被今天称之为“小三”的女人乘虚而入，“顶替”妻子一住几天，使家人又害怕又躲避的行为，难道又美又可爱吗？“小三”不过是道德非议之词，从法律上讲是该禁止的违法行为，而在古代则是犯罪。论者的盲目歌颂，于德于法都讲不过去。

其五，假阿绣以刘子固家庭成员自居，每逢家中丢失物品，她俨然家长一般，华妆端坐，召集家人开会，用严肃的语言警告说：“所偷的东西，夜间送到指定地点；否则，作案人就将头痛难忍，后悔也来不及！”到天亮后，果然在指定地点找到了失物。这是用家法私刑处理家贼作案犯罪小案子的情形，曾在古代中国有普遍意义，法学家瞿同祖先生对此有详细论述。多好的法律细节描写，可论者对此不置一词。

其六，假阿绣的“小三”生涯长达三年之久，留下一个后遗症：家中一旦发生内贼偷金帛之事，姚阿绣仿效假阿绣的对策，也华服端坐，说一些恐吓的话，并每每有收效。依法，家贼也应诉诸法律。这里的家贼，显然指仆人、婢女中的偷窃者。法律明文规定奴婢盗窃家长财物有罪。假阿绣的后遗症，实质是家法私刑取代国家刑法的表现。这就谈不上美不美了。论者对此也是不闻不问，仿佛小说不曾写有此事似的。

将这六种法律穿插描写的情景综合观之论之，论者的议论就全盘失去了成立的根基。这个实例有力证明，法律穿插万万不可低估。

法律点缀，在量上比穿插更少。以《娇娜》为例，点缀这码事可立见分晓。此篇写的故事是：孔生到浙江拜访在天台县任县令的朋友，不料这朋友刚去世，只好暂住单氏的废弃住宅之中，从而认识了住在这里的一位少年公子。这公子不仅让亲妹妹娇娜治好了孔生胸前的肿瘤，还将亲属阿松介绍给孔生，二人结为夫妇，后生儿子，名叫小宦。在他们生死与共，逃过一场雷劫之后，一同回到了孔生的故乡。原来少年公子们都是狐，连孔生的儿子小宦长大后也有狐意。就在这么一个人与狐交友、婚嫁、治病、生子的怪异故事整体上，有三次法律点缀性的简约文字出现。

在小说开头，交代单先生故居废弃的原因，有道是“以大讼萧条”，就是说因为一起大案子的争讼，致使家景衰败。这是第一次点缀。

第二次点缀，借少年公子的口，告诉借住于单氏废宅的孔生说：“近单公子解讼归，索宅甚急。”这不仅呼应了第一次点缀，而且为孔生返故里提供了契机。

第三次点缀，为孔生后来中举做官，因触犯巡察高官而被罢官，留待受处罚而不能回家。原文是：“生以迕直指，罢官，罣碍不得归。”

在《聊斋志异》中，类似这种点缀一二，不超过三次的作品，约四十篇。通观之，可知这不起眼的点缀现象不失为与法律挂钩的艺术手段之一，其共同作用至少有两个方面：一是表明蒲松龄的法律描写的自觉性，跟那些典型的即专门描写法律的作品一样，都是有意为之，绝非偶然碰到；二是足以告诉读者，无论怎样“志异”，无论如何让人与鬼、狐、神、怪、动物们打交道，发生种种稀奇古怪之事，这些都不过是文学包装手段，作品的实质的东西，正在由法律点缀的现实社会之中，唯有人类社会才有真正的法律。

总之，着眼于法律描写的定量分析，所谓涉法文学，就包括三大类型：一是法律描写占作品一半以上的篇幅，主题思想在法律之内，属于典型的涉法文本，本书以上所谈百余篇作品全部属于这一类；二是法律穿插类型，可以《阿绣》为代表；三是法律点缀类型，可以《娇娜》为代表。

一百　“异史氏曰”的法律议论艺术

聊斋作品篇末附有的“异史氏曰”为数众多，其中就法律发表议论的共有二十几则，涉及的篇目如下：《犬奸》《僧孽》《金世成》《九山王》《李伯言》《黄九郎》《阎罗》《促织》《伍秋月》《骂鸭》《冤狱》《盗户》《诗谳》《狂生》《折狱》《胭脂》《龙飞相公》《恒娘》《王大》《王十》《商三官》《梦狼》等。作家针对自己的涉法作品如此频繁地进行自我评论，从渊源关系看受到司马迁的“太史公曰”的影响，而从今天的涉法文学研究来看，则有多方面的操作性极强的方法论启示。

首先，蒲氏的法律议论无意于建立法学理论系统，而是紧紧抓住法律实施的效果这个关键，对法律被架空、遭歪曲等问题予以剖析，发表真知灼见，为任何法学家所不及。“私盐”，是法定的罪名，《王十》有异议，“异史氏曰”进而指出，在社会实践中，出于地方保护正义和奸商的需要，这个罪名被弄得走了样：真正犯此罪的大商人成了逍遥法外的暴发户，而小本经营的小盐贩却成了私盐罪犯。若不是对当时的社会现实有调查、研究的心得，就不可能有这切中时弊的金玉良言。

法律实施途径主要在司法执法衙门的依法办案。《冤狱》《折狱》《胭脂》等篇的“异史氏曰”有一个共同理念：慎刑。意思是说，各级政府衙门，无论大小官员凡办案，都得谨慎小心，不可粗枝大叶。《冤狱》的“异史氏曰”的篇幅比小说还长，对“慎刑”主张有深刻、严密的论证。

正确的方法，对于破案、依法行政有重要意义。蒲氏就此发表己见的例子不少。在《金世成》篇末，他对县令南公从方法良好上进行肯定：“笞之不足辱，罚之适有济，南令公处法何良也！”《诗谳》写到了官员办案过程中有梦中算命先生的测字方式的参与，“异史氏曰”认为这是“相士之道，移于折狱”的表现，从而提出了一个在中国古代文学中常见的办案方法我们该如何对待的普遍问题。

久而未决的悬案，意味着有关法律不能落实的困境的存在。《阎罗》所写曹操的罪案，竟更换了几十个主审的阎罗，依然悬而未决。此中法律的奥妙何在？“异史氏曰”用提问的方式，让大家一起来思考、寻觅良方。

其次，蒲氏始终坚持法律批判立场，对于立法不公、执法不严、法律沦为助纣为虐歹徒的工具等消极、黑暗现象，总是予以揭露和抨击，战斗精神和攻击智慧都令人钦佩。《促织》中皇宫里的成人斗蟋蟀的游戏，玩到民间来，竟成了法律，这荒谬在小说中已表现得淋漓尽致，“异史氏”还不放过，直截了当指出：“天子偶用一物，未必不过此已忘，而奉行者即为定例。”“例”，是清代法律的一种表现形式，在法典中每附录于“律”之后。“定例”即指形成相应的法律条文。这里的议论，实质上是揭露了地方官员惧怕皇权，把游戏之举变作了法律强迫百姓遵守、执行，否则就把你整得死去活来。批判锋芒从基层官吏直至皇帝的倾向，是人所共知的。

《梦娘》再现的是官员在执法办案、治民时如狼似虎的凶残，作家还嫌战斗力未曾充分发挥，又用议论来指出："窃叹天下之官虎而吏狼者，比比也。即官不为虎，而吏且将为狼，况有猛于虎者耶！"

《盗户》讽刺官方害怕强盗而偏袒强盗的所谓执法办案，无异于向犯强盗罪的人们妥协投降，同流合污。"异史氏"的议论，进一步从官员之所以如此腐败无能的原因上做探究，指明了他们糊涂得不懂法律，不知法理，因而胡作非为就不可避免。其原话是："今有明火劫人者，官不以为盗而以为奸；逾墙行淫者，每不自认奸而自认盗。"就是说，官员不分盗与奸这两种罪行，跟百姓不分奸与盗完全一样，谁也不比谁高明。这样的糊涂官打糊涂百姓，名为执法办案，实为拿法律开玩笑。

在《伍秋月》篇末，蒲松龄妙语惊人，认为公役人员个个该杀！于是，他想提出一个立法建议："凡杀公役者，罪减平人三等。"这种看法，这种建议，唯有在了解封建法律中有特别保护官员的有关法律条文的基础上，才可充分看到论者的大义凛然、无所畏惧的胆识与勇气。至少应当知道有这样一条法律："九曰不义。"（《大清律例》）

其后有立法解释指出，"不义"罪包括有"部民杀本属知府、知州、知县，军士杀本管官吏，卒杀本部五品以上长官"。

不义，是十恶不赦大罪的第九条，杀以上规定的官吏，就以这个罪名处以死刑，没有任何赦免的希望。显然，其立法精神在于特别保护大大小小的官吏。而蒲松龄的立法建议，恰恰是反其道而行之，要大大从轻发落杀官吏的人们。可见，这种立法建议尽管只是一个想法，未曾出炉，但同立法者针锋相对的立场与观念，表现出蒲氏的非凡胸襟。

最后，为了深入议论法理，除了着眼于外部有目共睹的法律事实与现象，蒲松龄还注意到意识领域的法理逻辑与法制心理的分析。《狂生》中某狂生以不拘小节而遭官员处罚的教训，本已彰显出来，可蒲氏还要用议论加以强调，他的议论方法就是法理逻辑分析："士君子奉法守礼，不敢劫人于市，南面者奈我何哉！"

骂人，本是法定的罪名，可在《骂鸭》中邻翁的骂人治好了偷鸭人的怪病，这就有可议法理逻辑寓含其中，蒲氏用议论文字分析这法理逻辑，指出："彼邻翁者，是以骂行其慈者也。"在这种分析中，罪行变成了德行，不仅不该处罚，反倒该表彰，见解何其独到。谁若据以认为这是不通法律的外行话，那就是十足的皮相之见，是不明内在法理的辩证逻辑的形而上学。

做法制心理分析的也不乏其例。《九山王》写李生造反前有大肆毒杀不计其数的狐狸的情节。到发议论时，作家采用的是心理分析方法，有这样的评论："彼其杀狐之残，方寸已有盗根，故狐得长其萌而施其报。"所谓"方寸"，就是内心深处。外部的买毒药、用药杀狐的现象背后，有行为人李生心理上的支配根源，而这种残忍嗜杀的心理，容易产生上山造反之类的罪行，于是乎就容易被人加以利用，实施其报复计划。不能不认为这种心理分析式的结论很正确。

《恒娘》所写妻妾在丈夫面前用美容、美体、美态方式争宠、取悦的故事，本来就富有时代感，是旧中国实行一夫一妻多妾制的特定产物。在篇末发议论之时，蒲氏也采用了心理分析的方法。他说："买珠者不贵珠而贵椟；新旧难易之情，千古不能破其惑，而变憎为爱之术，遂得以行乎其间矣；古佞者事君，勿令见人，勿使窥书。乃知容身固笼，皆有心传也。"这段话，用三则心理分析材料的并列，证明了"容身固宠，皆有心传"的心理科学结论。第一则买椟还珠故事的当事人，出于不识货的蒙昧心理，闹出了笑话。第二则材料，是针对小说中朱氏向恒娘学得的妻如何战胜妾、取得丈夫宠爱的一套办法所作的心理分析，认为这在一夫一妻多妾制的中国有长久的意义。第三则材料讲的是奸臣事君的心理战术：不让他接近外人，又不让他看书，造成头脑一片空白，于是见到奸臣就格外亲切，言听计从了。三则心理分析材料的共同点，都在于使用心理战术的当事人，无非是要让别人吃亏，而自己取得"容身固宠"的实利和名声。形形色色的诈骗犯、投机取巧者，大约都倾向于玩这心理战的把戏。